KB122416

1960~1970년대 한국소설에 나타난

탈향과 귀향의 서사

박 찬 효

이화여자대학교 국어국문학과를 졸업하고 동(同)대학원에서 문학박사 학위를 받았다. 동(同)대학교 한국문화연구원 연구원, 동(同)대학교 인문학연구원 연구원을 했으며, 현재 이화여대·한경대학교에서 시간강사로 근무하고 있다. 「'장(場)'과 '대속(代贖)' 행위의 관계 양상 연구-각설이 연작을 중심으로」, 「김원일의 초기 단편소설에 나타난 애정 장애 양상과 자기파괴적 사랑의 의미」, 「김원일의 『노을』에 나타난 '죽은' 아버지의 귀환과 이중 서사 전략」, 「김원일의 『슬픈 시간의 기억』에 나타난 죄의식의 표출과 과거기억의 재현 양상」 등의 논문과 『1960년대 문학지평탐구』, 『글쓰기와 말하기』의 공저서가 있다.

이화연구총서 18

1960~1970년대 한국소설에 나타난 **탈향과 귀향의 서사**
박 찬 효 지음

2013년 10월 31일 초판 1쇄 발행

펴낸이·오일주
펴낸곳·도서출판 혜안

등록번호·제22-471호
등록일자·1993년 7월 30일

⨃ 121-836 서울시 마포구 서교동 326-26번지 102호
전화·3141-3711~2 / 팩시밀리·3141-3710
E-Mail hyeanpub@hanmail.net

ISBN 978-89-8494-478-7 93810

값 27,000 원

이화연구총서 18

1960~1970년대 한국소설에 나타난
탈향과 귀향의 서사

박 찬 효 지음

혜안

이화연구총서 발간사

이화여자대학교 총장   김 선 욱

127년의 역사와 정신적 유산을 가진 이화여자대학교는 '근대', '여성', '교육'이라는 측면에서 한국 사회에 매우 괄목할 성취로 사회의 많은 분야에 변화를 주도해 왔습니다. 우리 이화여자대학교는 이러한 역사와 전통을 바탕으로, 연구와 교육의 수월성 확보라는 대학 본연의 과제에 충실하려 노력하고 있습니다. 구체적으로 국내외 학문적 상호 협력의 연구공동체 거버넌스 구축을 비전으로 삼아, 상호 협력하는 개방적이고 민주적인 소통을 지향하며 다양한 포럼과 학문의 장 안에서 서로의 경험과 성과를 나누는 체계를 지향합니다. 아울러 다문화, 다언어의 역량을 갖추고 세계와 협력·경쟁하면서 타문화를 배려하는 나눔과 섬김의 이화 정신과 가치를 세계 속에 구현하려 합니다.

열린 학문 공동체 안에서 이화의 교육은 한 개인의 역량을 강화하는 데 머무는 것이 아니라 타인과 약자, 소수자에 대한 배려 의식, 다른 사람과 소통하는 공감 능력을 갖춘 여성의 배출을 목표로 합니다. 이러한 교육 속에서 이화인들의 연구는 무한 경쟁의 급박한 현실에 안주하지 않고, 섬김과 나눔이라는 이화 정신과 닿아 있는 21세기 우리 사회와 세계가 요구하는 사회적 책무를 다하려 합니다.

학문의 길에 선 신진 학자들은 새로운 시대정신과 도전 정신을 바탕으로 창의력 있는 연구 방법과 새로운 연구 성과를 낼 수 있는 든든한 이화의 자산이자 미래입니다. 따라서 신진 학자들에게 주도적인 학문 주체로서 역할에 대한 기대가 매우 큽니다. 또한 그들로부터 나오는 과거를 토대로 새로운 것을 創造하는 '法古創新'한 연구 성과들은 가까이는 학계의 발전을 이끌어 내고, 나아가 '변화'와 '무한경쟁'으로 대변되는 오늘의 상황을 발전적으로 끌어갈 수 있는 저력이 될 것입니다.

이제 이화가 글로벌 지성 공동체로 자리 매김하기 위해서는 이 학문 후속세대를 위한 지원과 연구의 장을 확대할 필요가 있습니다. 이에 따라 이화여자대학교 한국문화연구원에서는 창조적인 도전 정신으로 학문의 방향을 이끌어 갈 학문후속세대를 지원하기 위해 '이화연구총서'를 간행해 오고 있습니다. 이 총서는 최근 박사학위를 취득한 신진 학자들의 연구 논문 가운데 우수논문을 선정하여 발간하는 것입니다. 총서의 간행을 통해 신진 학자들의 논의가 보다 많은 사람들에게 제공되어 이들의 연구 성과가 공유될 수 있는 기회를 줌으로써, 이들이 미래의 학문 세계를 이끌 주역으로 성장하는 데 도움을 주고자 합니다.

앞으로도 '이화연구총서'가 신진 학자들이 한발 더 높이 도약할 수 있는 발판이 되기를 희망합니다. '이화연구총서'의 발간을 위해 애써주신 연구진과 필진 그리고 한국문화연구원의 원장을 비롯한 모든 연구원들의 노고에 진심으로 감사드립니다.

책머리에

대학교 시절 교양과목 과제를 하느라 아버지의 어린시절과 성장 과정에 대해 인터뷰를 한 적이 있었다. 흥미로웠던 것은 아버지가 과거의 고향을 기억하는 방식이었다. 고향 근처에 있는 도시에서 고등학교를 졸업하신 후, 대학교에 다니기 위해 상경한 아버지는 경제적, 정신적으로 의지할 곳이 없어 무척 힘이 드셨다고 한다. 이 자리에서 모든 것을 말할 수는 없으나 학교 빈 교실에서 어렵게 공부하던 일, 상경한 첫 날 서울의 한복판을 걸으며 앞일을 고민하셨던 일을 이야기하시는 아버지의 표정은 무척 어둡고 슬퍼 보였다. 그런데 대여섯 살 때부터 초등학교 시절까지의 이야기를 하시는 아버지의 표정은 이와는 상반되었다. 커다란 앞마당에서 마을 사람들과 잔치를 하던 일, 친구들과 시냇가에서 놀던 일, 형님의 어깨에 올라타 구구단을 잘 외어 칭찬을 받던 일을 말씀하실 때는 어느새 아이의 표정으로 변하시며 뺨까지 발그스름해지시는 것이었다. 그러나 전후 상황의 고향이 어디 아름답기만 했을까. 이런저런 상황을 연결해보면 어린 시절의 고향은 꼭 행복했고, 도시에 정착한 청년 이후의 시절이 꼭 힘들었다고 할 수는 없을 것이다. 아버지의 이야기는 꽤 인상에 남았으나, 잠시 이 일에 대해서는 잊고 있었다.

그런데 이후 대학원에 진학하여 본격적으로 1960~1970년대 발표된 한국소설을 꼼꼼하게 읽어나가는 과정에서 내 아버지와 비슷한 고향을 가진 청년들을 대거 마주하게 되었다. 김승옥, 이청준, 김원일, 이문구, 문순태 등의 작품 속 주인공들은 내 아버지의 그림자이자 친구들이었다. 그러면서 '고향'이라는 주제를 깊이 있게 공부하자는 결심을 하게 되었다.

이 글은 2010년 6월에 심사를 받고 7월에 마무리한 박사논문을 다듬은 것이다. 작품 분석의 경우 박사논문의 내용을 모두 그대로 살렸음을 알린다. 이 시기는 전쟁이 끝난 지 얼마 되지 않았고, 농촌에서 도시로의 이동이 빈번한 시기였기 때문에 '고향'에 대한 담론도 굉장히 활발할 수밖에 없었다. 그런데 고향의 존재성은 전쟁 체험과 관계가 있는 작품군과 산업화와 관련이 있는 작품군 사이에서 커다란 차이를 보이고 있었다. 또한 일반적으로 고향을 '안식처'라고 전제함으로써 '토포필리아(topophilia, 장소애)'의 개념과 연관시키는 경우가 많았으나, 막상 작품을 읽어보니 고향에 대한 장소애는 장소 혐오, 즉 '토포포비아(topophobia, 장소혐오)'와 관련을 가지며 시작되었다는 것을 알게 되었다. 애증과 혐오의 공간이었던 고향을 사랑의 장소로 위치시키기 위해서는 라캉이 말하는 '환상'의 메커니즘이 필요하다. 그래서 작품군을 나누어 '탈향'과 '귀향'의 서사를 분석하는 과정에서 고향이 어떤 의미가 있었으며 어떤 기능을 했는지 구체적으로 규명하고자 했다.

Ⅱ장에서는 김승옥, 김원일, 이청준의 소설과 이호철, 최인훈의 일부 작품을 분석 대상으로 하여 전쟁과 가난 등으로 인한 이향자의 탈향 추구 양상에 주목하면서 고향이 욕망의 대상이지만 결코 성취될 수 없는 '환영'의 모습으로 나타나고 있음을 고찰하였다. 도시를 안식처로 여기는 것은 아니지만 고향에 정주할 수 없음을 알기 때문에 도시는 제2의 고향이 된다. 주인공들은 자신을 고향의 내부인으로 위치시키지 못하며, 고향의 자연이 지닌 재생력이 '환상'에 불과함을 알고 있다. 그러나 고향과의

동일화가 불가능함에도 도시에서 새로운 삶을 도모하기 힘들기 때문에 고향에 애정과 혐오라는 감정을 가지고 끊임없이 탈향과 귀향을 반복하는 역설적 행위를 하게 된다. 이러한 고향의 존재성은 모성과도 연결되어, 작품에서 어머니는 아들의 삶을 위협하고 통어하는 '무서운 어머니'의 존재성을 가진다. 따뜻한 모성이 결핍된 모습은 역설적으로 고향의 파괴, 아버지의 죽음을 그대로 드러내는 효과를 창출한다.

Ⅲ장에서는 이문구, 문순태의 소설과 전상국, 오성찬, 황석영, 최일남의 일부 작품을 분석대상으로 하여 도시화와 산업화를 비판하기 위해 도시와 고향을 대립화하여 과거 고향을 전략적으로 낭만화하고 있음을 살펴보았다. 고통의 장소였던 과거 고향은 '향토'를 부각함으로써 인심이 조화롭고 모든 것을 화해로 이끄는 노스탤지어의 공간으로 탈바꿈된다. 탈향의 서사가 귀향의 서사로 전환되고 있는 것이다. 작가들은 과거 고향을 낭만화함으로써 퇴락한 현재 고향을 비판하고 공동체성을 바탕으로 현재의 고향을 재건하려고 한다. 고향의 뿌리를 강조하고 정체성을 획득할 수 있는 장소로 형상화하면서 부정적 근대성을 비판할 책임을 지닌 영웅형 인물들이 등장하고 현실 문제에 대응하게 된다. 그러나 문제적인 점은 타락한 고향의 재건이라는 과제 속에서 남성 역시 희생적으로 그려지나 그 속에서 여성은 더 억압적인 희생을 감수하는 것으로 나타난다는 사실이다.

Ⅳ장에서는 1960~1970년대 소설에 나타난 고향이 문학사에서 지니는 의의를 살펴보았다. 이 시기 소설에 나타난 고향은 2000년 이후까지 활동을 지속했던 작가들의 작품 세계에서 '원형'이 되고 있기 때문에 고향의 창조 과정과 변모 양상을 살피는 것은 그 원형을 탐색하는 한 시도가 될 수 있다. 또한 '고향'이 전쟁 체험과 산업화의 현실 속에서 상이하게 의미화되고 있으나 Ⅱ장과 Ⅲ장의 작가군은 서로 다른 형태로 시대를 극복하기

위한 탐색을 했다고 평가할 수 있다.

고향은 근본적으로 '환상'의 메커니즘에 의해 형상화되고 있다. 고향의 심연을 환상의 스크린으로 바라봤기 때문에 현실을 지탱할 수 있었고, 과거의 시간을 낭만화하면서 결코 도달할 수 없는 고향의 원형을 설정하였다. 그러나 여기에서 '환상'은 부정적인 의미를 지닌 것은 아니다. 잃어버린 정체성을 구축하고 사회가 당면한 과제를 해결하기 위한 발판을 마련하기 위한 것이었다. 그리하여 이 시기 '고향'은 전쟁의 상흔을 치유할 수 있는 힘이 내재된 상상력의 장소이며, 산업화에 내재된 부정적 근대성을 비판하고 해결을 모색하는 장으로써 중요한 역할을 했다.

도시에서 태어난 나에게도 '고향'은 다양한 형태로 존재한다. 다 큰 자식의 안위를 항상 걱정하시는 부모님과 누나의 든든한 버팀목이 되어준 두 남동생이 고향이시며, 마음 여린 부족한 제자를 따뜻하게 이끌어주신 지도교수 김현숙 선생님도 또 하나의 고향이시다. 아버지의 인자한 손길과 어머니가 해주신 밥 힘이 없었다면 논문은 정말 나오기 힘들었을 것이다. 또한 김현숙 선생님이 당시 가장 가까운 곳에서 공부를 이끌어주셨기에 긴 과정을 버틸 수 있었음을 안다.

학위논문을 심사해 주신 선생님들께도 진심으로 감사의 마음을 전해드리고자 한다. 부드러운 미소로 격려해주시면서 보완할 자료에 대해 날카롭게 지적해주신 한승옥 선생님, 작품 분석의 체계와 논리성에 대해 큰 도움을 주신 송현호 선생님, 각주의 내용과 분석 대상 작품 목록을 세밀하게 봐주신 정우숙 선생님, 글의 의미를 면밀하게 부각하기 위해 목차와 전체적인 구성을 잡는 데 중요한 조언을 해주신 김미현 선생님께 정말 감사드린다. 또한 이 글은 대학원 생활 내내 모교에서 배웠던 소설·비평론과 문학연구방

법론을 적용해서 완성한 것이다. 배운 내용을 제대로 적용하지는 못했지만
그나마 스승과 선배들의 도움을 받아 완성한 책이라 여겨진다.

그리고 논문 심사 전 바쁜 시간을 쪼개어 후배의 글을 읽고 조언과
격려를 아끼지 않았던 김세령 선생님, 오랜 기간 많은 가르침을 주었던
비평파트 선후배들, 석사 때부터 동거동락했던 박필현, 백소연, 조영실
언니에게도 감사드린다. 마지막으로 새롭게 가족의 인연이 된 남편과
뱃속의 아기에게 사랑하는 마음을 전한다.

논문을 쓸 때에는 원대한 꿈을 가지고 시작했으나 생각만큼 좋은 글을
완성하지는 못하여 아쉬움이 남는다. 이 글을 '이화연구총서'로 선정하여
출판해 주신 이화여자대학교 한국문화연구원과 도서출판 혜안에 깊이
감사를 드린다.

항상 부족하게 공부한 것 같아 마음이 무거웠다. 이 무거운 마음을
채찍으로 삼아 더 독하게 정진해야겠다. 이 책의 부끄러움이 한층 성숙된
연구의 세계로 나를 이끌길 바라며…

2013년 10월
저자 박찬효

목 차

I. 서 론

1. 한국현대소설의 중요한 주제, 고향

한국현대소설에서 '고향'은 시기별로 다양한 양상으로 나타나고 있으며, 많은 연구자들의 주요 연구 과제가 되어왔다. 그런데 1960~1970년대는 한국전쟁에 대한 기억과 산업화라는 사회적 상황이 맞물리면서 고향 담론이 그 어느 때보다 활발하고 역동적으로 생성된 때였다. 일반적으로 '고향'은 인간이 자신의 뿌리로 여기는 근원적 공간이기 때문에 현재의 슬픔과 상처를 치유할 수 있는 장소로 여겨진다. 그러나 일련의 사회적 상황으로 인해 이 시기 고향은 심원과 심연의 어느 중간 지점에 놓일 수밖에 없었다. 하지만 소설가들은 그러한 고향의 심연을 끊임없이 마주하면서 과거의 상처를 딛고 새로운 미래를 열어나갔으며 사회 문제를 비판하고 해결하는 장으로 확장해나갔다. '고향'은 단지 태어난 장소를 의미하는 것이 아니라, 인간이 정체성을 확인하며 계속 살아나갈 수 있는 근원이 되었던 것이다. 그래서 1960~1970년대 한국문학에 나타난 고향의 존재 양상을 분석하는 것은 매우 의미 있는 일이라 여겨진다.

해방 이후, 분단과 한국전쟁 등의 역사적 사건으로 삶의 터전과 가족을 상실한 사람들은 정주할 새로운 장소를 찾아 이주하였다. 또한 산업화로

급속한 경제 발전이 이루어지면서 서울을 비롯한 '도시'는 돈을 벌고 신분상
승을 할 수 있는 공간으로 인식되었고 수많은 사람들이 꿈을 안고 도시로
나아갔다. 즉, 1960~1970년대는 인구의 대이동으로 인하여 그 어느 때보다
도 '고향'이 중요한 화두가 되었으며 '고향'을 주제로 한 소설이 많이
발표될 수밖에 없었다.[1]

1960년대 문학은 전쟁이 남긴 상처에 대한 성찰에서 출발한다.[2] 1950년
대 전쟁을 다룬 소설에서 나타났던 감정 과잉이나 추상성에서 벗어나
일상적 삶에 대한 자기 인식을 확보해나가기 시작한다.[3] 50년대에는 전쟁
체험이 피해자들의 생태, 반항의 윤리, 실존 문제로 나타난 반면, 60년대에는
표층적인 직접 체험에서 벗어나 심층적인 내적 상처가 드러나는 등 새로운
양상의 문학적 상상력[4]이 표출된다. 이 시기 소설에서 근대는 알 수 없는
불안과 공포 등의 불투명한 실체로 나타나고 있는데, 그 근본적인 원인이
6·25 전쟁이라는 지적이 있다.[5] 1960년대에 등단해 문학적 성과를 일군

---

1) 이 시대 활동했던 작가들에게서 모두 '고향'의 이미지가 두드러지게 나타나는
   것은 아니다. '최인호'는 1970년대에 많은 작품을 발표했는데도 불구하고 상대적으
   로 다른 작가에 비하여 '고향' 이미지가 잘 나타나지 않는다. 그 이유는 서울
   출생의 소설가이기 때문이라고 여겨진다. 김승옥, 김원일, 문순태, 이문구, 이청준,
   이호철, 전상국, 최인훈 등 이 시기 활발하게 활동한 작가들은 대부분 고향에
   대한 의식이 작품의 주요 기저를 이루고 있다.

2) 하정일, 「주체성의 복원과 성찰의 서사」, 민족문학사연구소 현대문학분과, 『1960
   년대 문학연구』, 깊은샘, 1998, 18면.

3) 정희모, 「1960년대 소설의 서사적 새로움과 두 경향」, 위의 책, 52~56면 참조.

4) 한승옥, 「한국 전후소설의 현실극복의지」, 『숭실어문』 3, 숭실어문학회, 1986,
   21~23면 참조.

5) 김영찬은 1960년대 문학의 형성 조건을 설명할 때 6·25 혹은 1950년대를 결정적인
   지배소로 고려하지 않는 최근 1960년대 문학 연구의 동향을 지적하고 있다.
   그리고 1960년대 근대에 대한 인식은 6·25에서 비롯된 외상적 장면에서 주체가
   경험한 것과 정확히 겹친다고 주장한다(김영찬, 「불안한 주체와 근대」, 상허학회
   편, 『1960년대 소설의 근대성과 주체』, 깊은샘, 2004, 55~56면 참고).

작가들이 유년기에 전쟁을 체험했다는 점과 관계가 있는 것이다.[6] 그러한 소설가들은 개인들의 상처를 드러내거나 치유하는 데 주력하였다.[7]

1970년대는 고도성장의 시기였으며 물질 중심주의적 가치관이 전면화되었다. 이 시기의 소설은 소위 '산업화 시대'의 문학이라고 정의되며, 농촌에서는 과거 공동체적 삶의 미덕을 상실하고 이농현상이 일어났다. 그러한 가운데 농촌소설에 대한 논의가 활발하게 이루어졌다.[8] 상경했다가 도시 빈민에 머물게 된 사람들이 고향에 대한 향수를 드러내거나 농촌의 토속적인 풍경과 해체의 과정에 주목한 작가들이 대거 등장한다.[9]

고향[10]이란 그 곳에서 태어난 사람들이 공유한 역사적인 시간과 지리적인 공간 그리고 언어에 의해 양성된 감정에 근거한 공동체로 인정된다. 공동체의 구성원은 고향을 통해 현재와 미래에 대한 위기감을 공유하였고 또한 사건이 있을 때마다 '고향'의 실체화는 다양한 형태로 의도되었다.[11]

6) 김승옥, 이청준, 최인훈 등과 전쟁의 체험 간의 관계에 대해서는 김병익, 「분단의식의 문학적 전개」,『상황과 상상력』, 문학과지성사, 1979 등 참조(김영찬, 「1960년대 한국모더니즘 소설 연구-최인훈과 이청준의 소설을 중심으로」, 성균관대학교 박사학위논문, 2001, 37면 각주29, 30 내용 재인용).

7) 김한식, 「체험의 형식과 관찰의 문제-1960년대 소설을 위한 시론」,『우리어문연구』 24, 우리어문학회, 2005, 198면.

8) 권영민,『한국현대문학사2』, 민음사, 2004, 245~299면 참조.

9) 송지현, 「1970년대 소설」, 신동욱 외,『한국현대문학사』, 집문당, 2004, 453~456면 참조.

10) 사전적 의미에서 '고향'은 '태어나서 자란 곳'을 말하지만 고향은 향토와 연결될 때만 실감으로 느껴진다. 이는 근대화 과정에서 지방에서 도시로 대규모의 인구이동이 일어났다는 점, 또는 '향토로서의 고향'을 다루는 문화적 산물들이 널리 보급되었다는 점과 관련된다. 실제로는 대도시에서 태어난 사람이라 하더라도 향토담론을 접할 때 그곳을 마치 자기 고향인 것처럼 느끼게 되는 것이다(한만수, 「1930년대 '향토'의 발견과 검열 우회」, 동국대학교 한국문학연구소 편,『'고향'의 창조와 재발견』, 동국대학교 문화학술원 한국문학연구소, 도서출판 역락, 2007, 190면 각주3번 내용 참조).

11) 나리타 류이치,『고향이라는 이야기-도시공간의 역사학』, 동국대학교 출판부,

18

우리나라 1960~1970년대 문학사에서 고향의 존재성은 전쟁체험과 관계가 있는 작품군과 산업화와 긴밀하게 연결된 작품군에서 매우 다르게 드러난다. 고향에 대한 그리움의 감정은 있으나 고통스런 전쟁과 가난의 경험으로 인하여 고향에 긍정적 감정을 견지하기 어려웠던 전자의 소설과는 달리 후자의 소설에서 고향은 도시와 대비된 긍정적 공간으로서 의미가 부여되는 경향이 있다.

또한 이미 많은 연구자들이 지적하고 있듯이 근대문명이 발전하고 산업화가 진행됨에 따라 중요해지는 공간이 바로 '도시'이다. 도시로의 이동이 활발했기 때문에 고향은 항상 '도시'와 긴밀한 관계를 맺으며 이미지가 형성된다. 그런데 문학 작품에 나타난 도시와 고향의 관계는 고향에 도시적 요소가 유입되는 정도에 따라 달라진다고 여겨진다. 고향과 도시는 산업화가 고조되는 1970년대에 더욱 대립화 되는 경향성을 보인다.

본서는 이 시대의 작품 속 많은 이향자들이 도시와 농촌이라는 두 공간 사이에 놓여 있음에 주목하면서 고향 이야기를 시작하고자 한다. 그러나 그 관계를 농촌/도시라는 이항 대립적 도식으로만 설명할 수 없다는 사실에 주목하고자 한다. 전쟁의 경험이 긴밀하게 연결된 작품은 고향에서 겪은 어두운 기억으로 인하여 그 곳을 벗어나고자 하는 주체가 등장한다. 그렇기 때문에 농촌을 도시보다 우월한 공간으로 격상시킬 수 없었다. 그러나 1970년대 이후 점차적으로 전쟁보다 도시화·산업화를 문제시하는 작품이 많아지면서 고향에 풍요로운 안식처의 이미지를 부여하는 경향성이 나타난다.

어떤 대상의 이미지는 그것을 바라보는 주체의 시선에 의해 구현된다. 그런 의미에서 고향은 '텅 빈 기표'이며 그것을 바라보는 주체의 시선에

의해 의미화 되는 공간이다. 당대의 역사적·사회적 시공간 안에서 어떤
것에 의미를 두고 고향을 바라보고 있는가에 따라 고향 이미지는 달라질
수밖에 없다.

'고향'을 주제로 한 연구는 90년대까지 일제시대 문학 작품을 중심으로
이루어졌으며, 백석, 이용악 등의 일부 시인과 이기영의 <고향> 등 한정된
작품에 관한 논문이 대부분이었다. 그러나 최근에 이르러 그 주제와 연구
방법론이 다양해지면서 '디아스포라'와 '향토' 등의 개념으로 고향을 다룬
논문, 고향으로서의 농촌이 이상화되는 방식에 대한 논문 등이 다수 발표되
었다. 이 시기를 대상으로 한 연구업적은 1950년대 이후 한국문학에 나타난
고향의 양상을 고찰하는 데도 유효한 개념과 방법론을 제시한다.

1960~1970년대 소설에 나타난 '고향'에 대한 연구를 살펴보면, 양적으로
볼 때 이청준[12]과 이문구[13]를 중심으로 이루어졌다고 해도 과언이 아니다.
이청준에 관한 논문은 귀향 주체의 고향 인식과 어머니와의 관계를 다룬

---

12) 유대종, 「이청준 소설 연구-고향체험의 의미 탐색을 중심으로」, 고려대학교
   석사학위논문, 2008 ; 권정희, 「이청준 소설 연구-가족 관계의 갈등과 화해
   구도를 중심으로」, 성균관대학교 석사학위논문, 2006 ; 강배훈, 「이청준 소설에
   나타난 귀향 과정 연구」, 창원대학교 석사학위논문, 2005 ; 박강림, 「이청준 소설
   의 고향 의식 연구-현장 교육과 관련하여」, 관동대학교 석사학위논문, 2004 ; 한
   정민, 「이청준 소설의 '가난'과 '어머니'에 대한 연구-<눈길>을 중심으로」,
   대진대학교 석사학위논문, 2003 ; 고현제, 「이청준 소설 연구-'고향'의 상징적
   의미를 중심으로」, 경희대학교 석사학위논문, 2001 등 다수.
13) 김윤희, 「이문구 소설 연구-『관촌수필』과 『우리동네』를 중심으로」, 세종대학교
   석사학위논문, 2009 ; 엄현주, 「이문구의 『관촌수필』연구」, 강원대학교 석사학위
   논문, 2008 ; 김경희, 「이문구의 『관촌수필』연구」, 경기대학교 석사학위논문,
   2008 ; 이용구, 「이문구 연작소설에 드러난 '고향'의 의미」, 안동대학교 석사학위
   논문, 2007 ; 한선희, 「이문구의 『冠村隨筆』연구」, 충남대학교 석사학위논문,
   2006 ; 고인환, 「이문구 소설에 나타난 근대성과 탈식민성 연구」, 경희대학교
   박사학위논문, 2003 ; 구자황, 「이문구 소설 연구-구술적 서사전통과 변용을
   중심으로」, 성균관대학교 박사학위논문, 2002 등 다수.

연구가 대부분이며, 이문구는『관촌수필』을 중심으로 한 근대성 논의와 농촌소설에 대한 연구가 많은 부분을 차지하고 있다. 월남 작가의 작품에 나타난 고향에 대한 논문은 이호철[14]과 최인훈[15] 중심으로 이루어지고 있으며 분단 의식 등에 초점을 맞추어 고향을 다루고 있다. 최근에 문순태[16]의 작품에 나타난 고향에 대한 논문도 발표되고 있다.

주제론적으로 살펴보면, 고향의 변모를 다룬 논문,[17] 생태주의 혹은 토포필리아의 관점에서 고향을 다룬 논문,[18] 소설의 고향 모티프를 연구한

14) 조용준,「이호철 소설에 나타난 분단과 현실 비판의식－1960년대 소설을 중심으로」, 목포대학교 석사학위논문, 2002 ; 이철호,「이호철의 1960년대 소설 연구－작가의 분단의식을 중심으로」, 계명대학교 석사학위논문, 2001 ; 정현중,「이호철 소설의 귀향의식 연구」, 건국대학교 석사학위논문, 1999 ; 강은아,「1960년대 소설에 나타나는 분단 콤플렉스 양상－최인훈, 이호철의 작품을 중심으로」, 한성대학교 석사학위논문, 1998 ; 윤성원,「이호철의 분단의식 연구」, 숙명여자대학교 석사학위논문, 1994.
15) 최인훈의 경우 패러디, 환상성, 서사 구조 등 형식적 특성에 대한 연구를 통해 작품 세계를 탐구한 논문이 많다. 연남경,「최인훈 소설의 자기 반영적 글쓰기 연구」, 이화여자대학교 박사학위논문, 2009 ; 정영훈,「최인훈 소설에 나타난 주체성과 글쓰기의 상관성 연구」, 서울대학교 박사학위논문, 2005 ; 서은선,「최인훈 소설의 서사형식 연구」, 부산대학교 박사학위논문, 2003 등 다수.
16) 박성천,「문순태 소설의 서사 구조 연구－恨의 극복양상을 중심으로」, 전남대학교 박사학위논문, 2008 ; 심숙희,「서정희와 문순태의『달궁』비교 연구」, 경남대학교 석사학위논문, 2009 ; 최창근,「문순태 소설의 '탈향/귀향' 서사 연구」, 전남대학교 석사학위논문, 2005 ; 나정미,「문순태의 '철쭉제' 연구」, 경남대학교 석사학위논문, 2005.
17) 주지영,「이청준 소설에 나타난 '고향'의 변모양상과 주체의 동일화」, 서울대학교 석사학위논문, 2004 ; 강인숙,「이호철 소설 연구－고향의식의 변모양상을 중심으로」, 경희대학교 석사학위논문, 2002.
18) 이혜화,「이문구 소설의 생태주의 연구－『내 몸은 너무 오래 서있거나 걸어왔다』를 중심으로」, 동국대학교 석사학위논문, 2008 ; 배주현,「이문구 소설 연구－생태주의적 세계관을 중심으로」, 경희대학교 석사학위논문, 2007 ; 조은숙,「이문구 소설의 토포필리아 연구－연작소설을 중심으로」, 전남대학교 석사학위논문, 2005 ; 김정아,「이문구 소설의 토포필리아 연구」, 충남대학교 박사학위논문, 2004 ;

논문19)이 있다. 또한 꼭 '고향'을 주제로 한 연구가 아니더라도 이 시기 활동했던 작가의 작품을 분석하는 가운데 고향에 대한 논의를 일부분으로 다루고 있는 논문이 많다. 이는 시대적 상황으로 인하여 1960~1970년대 활동한 작가들이 대부분 '고향'을 소재로 한 소설을 많이 창작했기 때문이라고 여겨진다.

1960~1970년대 작품을 대상으로 한 고향 관련 연구는 2000년대 이후 더욱 심층적으로 이루어지고 있으며, 개별 작가에 대한 석박사 논문도 많이 발표되었다. 그 중 본 연구의 주제 및 방법론과 관련하여 의미가 있는 최근의 성과들을 살펴보면 다음과 같다.

안식처 혹은 존재의 근원으로서 고향의 의미를 파악한 연구로 김정아와 장윤호의 논문을 들 수 있다.

김정아는 박사논문 「이문구 소설의 토포필리아 연구」(2004)에서 이문구의 소설을 투안의 '토포필리아(topophilia, 場所愛)' 개념을 중심으로 분석하고 있다. '장소애'로 이문구의 작품을 새롭게 고찰했다는 의미가 있다. 그러나 초기작부터 전반적으로 다루지 않고 일부 작품을 중점적으로 분석하였기 때문에 이문구 소설에서 '장소애'가 어떠한 양상으로 변모되고 있는지에 대한 논의가 부족하다고 여겨진다. 또한 이문구의 작품에는 고향을 '토포필리아'의 관점에서 볼 수 없는 지점이 상당히 있으므로, '장소애'의 개념에 포함되지 않는 고향의 성격을 고찰할 수 있는 보다 세밀한 틀이 필요하다.

민병인, 「이문구 소설 연구-농경문화 서사와 구술적 문체 분석」, 중앙대학교 박사학위논문, 2001.

19) 장윤호, 「소설에 나타나는 고향탐색 모티프 양상 연구－김승옥·이청준·한승원 소설을 중심으로」, 동덕여자대학교 박사학위논문, 2005 ; 정재림, 「이범선 소설 연구－고향 모티프를 중심으로」, 고려대학교 석사학위논문, 2000.

장윤호는 박사논문 「소설에 나타나는 고향탐색 모티프 양상 연구」(2004)에서 김승옥, 이청준, 한승원 소설에 나타난 고향의 이미지를 고찰하고 있으며 산업화 시대에 고향이 어떤 의미로 존재하고 있었는지 분석했다는 의의가 있다. 그러나 먼저 고향이 존재의 근원이자 안식을 취할 수 있는 유토피아라는 대전제 아래 작품을 살펴보고 있어 고향의 의미가 한정되고 있다. 작가들의 실제 작품에서는 이러한 대전제를 벗어나는 균열의 지점이 드러나기 때문에 그것에 대한 설명까지 구체적으로 제시할 필요가 있다.

이청준의 작품에서 고향이 의미화 되는 방식과 그 변모 양상까지 고찰한 논문으로 주지영과 이수형의 논의를 살펴볼 수 있다.

주지영의 석사논문 「이청준 소설에 나타난 '고향'의 변모양상과 주체의 동일화」(2004)는 라캉의 '원환상'과 '주체의 동일화'의 개념을 중심으로 이청준 소설의 변모 과정을 추적했다는 측면에서 의미가 있는 논문이다. 초기 소설(1965~1970년대 초반)의 고향은 상징계로의 진입을 거부하고 상상계적 동일성을 획득하고자 했으나 상징계의 부정성과 폭력성으로 인해 구체적으로 드러나지 못하는 '환상으로서의 고향'이 형상화된다, 중기 소설(1970년대 중반~1980년대 초반)에 이르러서는 환상에서 벗어나 구체적인 현실성을 획득하면서 어머니에의 지향성이 드러나게 된다고 하였다. 고향을 통해 '용서와 화해의 삶'을 발견하고 이를 기반으로 상상계적 동일성을 획득한다는 것이다.

이수형은 박사논문 「이청준 소설에 나타난 교환 관계 양상 연구」(2007)[20]에서 이청준 소설에 나타난 기본적인 갈등의 구조를 교환 관계에 내재되어 있는 비대칭성에 대한 불안으로 보고 있으며, 그러한 구조의 한 양상으로서

---

20) 이수형, 「이청준 소설에 나타난 교환 관계 양상 연구」, 서울대학교 박사학위논문, 2007.

고향의 어머니와 '나'의 관계를 살펴보고 있다. 시골 출신의 도시인들이 고향에 환상을 품는 이유는 도시에서의 좌절을 보상받고자 하기 때문이다. 그리하여 이청준 소설에 나타난 귀향에 대한 욕망의 구조를 '고향에 대한 애정⇌도시적 질병의 치유'(<귀향연습>)로, 어머니와의 관계는 교환의 회복에 있다는 등으로 설명한다. 그런데 이러한 교환의 메커니즘 안에서 어머니는 대가를 요구하지 않고 자식에게 준만큼 돌려받으려고 하지 않는다. 또한 자신의 욕망이 투영된 고향에 대한 환상을 버리고 나서야 진정한 귀향이 가능해진다고 설명한다.

한편 이수형은 주지영이 이청준의 <귀향연습>을 고향에 대한 이미지를 방어하기 위해 고향행을 미루는 것으로 이해하고 있으나 이 작품이 전반적으로 고향에 대한 탈환상화라는 주제를 전하고 있음을 고려해야 한다고 주장한다. '나'가 귀향을 미룬다면, 그것은 고향에 대한 환상을 보존하기 위해서라기보다는 고향에 대한 탈환상화를 완료하지 못했기 때문이라고 보는 것이 타당하다는 것이다. 본서는 이수형의 논의에 기본적으로 동의한다. 그렇지만 주지영이 이청준의 소설에 나타난 '고향'의 이미지를 라캉의 환상 개념으로 분석함으로써 후속 연구를 위한 단서를 제공했다고 여겨진다.

이문구의 작품에 나타난 고향에 대한 논의로 구자황과 고인환의 평가가 주목된다.

구자황은 『이문구 문학의 전통과 근대』(2006)[21]에서 한국소설의 구술적 서사전통과 변용의 양상이 두드러진 이문구 소설의 성격과 특징을 규명하는 과정의 한 부분으로서 그의 소설에 나타난 고향을 고찰하고 있다. 『관촌수필』에는 화자의 기억 속에 남아 있는 충족과 조화의 고향과 화자가

---

21) 구자황, 『이문구 문학의 전통과 근대』, 도서출판 역락, 2006.

24

현실로 맞닥뜨린 결핍과 파괴의 고향이 맞서고 있는데 이것은 전통과 근대, 농촌공동체와 자본주의적 근대의 대립이라고 말한다. 이문구는 현재의 결핍이나 모순에 대해 그것의 극복 가능성으로서 과거의 충만성을 이끌어내고 있으며, 개인적 차원의 고립적이고 단절된 기억이 아니라 일종의 '집합 기억'을 형상화했다고 평가한다. 즉 이문구는 '고향 상실'이 아닌 '고향 탐색'으로 나아감으로써 고향의 원형적 이미지를 되살려내는 힘을 발휘했다는 것이다. 이러한 논의는 『관촌수필』에서 향수와 그리움으로 형상화 된 '관촌'이 적극적인 탐색의 공간이 될 수 없다[22]는 기존의 연구와 대립된다. 구자황의 논의에서 주목되는 것은 에른스트 블르흐의 유토피아 개념을 『관촌수필』에 적용하여 이문구가 단순히 과거에 함몰되거나 세상과 멀리 떨어진 사물을 파악한 것이 아니라고 주장한다는 점이다. 과서의 기억을 통해 현실을 이야기하는 역설적 의미의 리얼리즘 소설로 이야기한다.

고인환은 『이문구 소설에 나타난 근대성과 탈식민성 연구』(2003)[23]에서 근대에 대한 문제의식을 함축하는 시대정신으로서의 '근대성'과 이러한 근대성이 전통 양식과 맺고 있는 상관관계를 탈식민주의적 관점에서 고찰하고 있다. 그는 이문구의 초기 소설에 잠재되어 있던 근대화 논리의 허구성을 폭로하기 위한 기획이 중기 소설의 『관촌수필』과 『우리동네』에 이르러 미학적·형식적 실천으로 심화되었다고 보았다. 또한 『관촌수필』에서 기억 행위를 통해 화자는 전통과 근대, 농촌공동체와 자본주의적 근대의 이분법을 넘어서려는 탈식민주의적 실천을 수행하고 있다고 말한다. 또한

---

22) 진정석, 「이야기체 소설의 가능성—이문구론」, 문학사와 비평 연구회 편, 『1970년대 문학연구』, 예하, 1994, 185면.
23) 고인환, 『이문구 소설에 나타난 근대성과 탈식민성 연구』, 도서출판 청동거울, 2003.

『관촌수필』에서 할아버지로 대표되는 전통 세계와 아버지로 대표되는 근대 지향의 세계가 서로 통합되어 공동체적 질서를 유지하는 중요한 기반이 된다고 설명하면서 관촌을 하나의 이상적 공간으로 설정한다.

본서는 '고향'에 대한 이러한 연구자들의 성과를 바탕으로 '고향'에 대한 논의를 이어 나아고자 한다. 그런데 다음의 사항에 대해서는 차별성을 두려고 한다.

첫째, 1960~1970년대 작품에 나타난 고향에 대한 연구는 석박사 논문 등을 통해 그 업적이 양적으로 방대하게 축적되었으며 심층적으로 이루어졌다. 그러나 아직까지 몇몇 작가의 일부 작품만이 분석 대상이 되고 있어 그 시대 고향의 의미를 풍부하게 볼 수 있는 논의가 부족하다. 또한 도시와 고향을 근대/전근대라는 대립적 도식으로만 분석하여 '고향'이 담고 있는 다양한 의미를 간과하고 모성성·대지성의 이미지로 고향의 이미지를 한정했다고 여겨진다. 이 시기 김승옥, 김원일, 이청준 등의 작품에서 고향은 정주 불가능한 장소로 묘사된다. 보살핌의 모성은 부재하며 인물들은 고향을 개인의 근원으로 생각하지 못한다. 마찬가지로 1960년대~70년대 초반의 6·25 전쟁과 결부된 이문구, 전상국 등의 작품에서도 고향은 탈향의 공간으로 형상화 된다. 산업화의 물결이 농어촌으로 들어오는 1970년대에 이르러서 이문구, 문순태, 황석영, 전상국 등의 작품에서 치유와 안식처로서의 고향이 나타나고 있는 것이다.

둘째, 이제까지의 '고향'에 대한 연구는 도시의 부정적 측면을 부각시키면서 촌을 긍정적으로 장소화 하는 방향으로 진행되었다고 보아진다.[24]

---

24) 구자희는 기존연구에서 도시는 오직 인간의 욕망만이 난무하고 있으며, 각종 범죄를 양산하고 인간성의 파괴를 자행하거나 소외와 단절이 있는 곳으로 단정되고 있다고 보았다. 즉 다소 감상적인 향수로 농촌에 대한 동경을 그 대안으로 바라보면서 근대성을 획일화하고 있다고 비판한다(구자희, 『한국현대소설과 에콜

본서는 그러한 도식에서 벗어나 고향에 대한 논의를 시작하고자 한다. 이청준, 김원일의 작품에서 형상화된 '촌(고향)'과 이문구, 문순태 등의 작품에 나타난 '촌(고향)'의 이미지는 다르다. 그 이유는 그러한 이미지가 구성된 기반 및 배경이 다르기 때문이다. 전자는 전쟁 체험과, 후자는 도시화의 문제와 긴밀한 관계를 가진다. 두 작품군의 계열을 구분 짓고 이미지를 분석하여 그 차이를 파악할 필요가 있다고 여겨진다. '고향'이라는 기표를 의미화 하는 방식의 차이에 대한 고찰이야말로 작가의 욕망을 추적하는 실질적인 길이 될 것이기 때문이다. 즉 두 계열의 작품에서 고향의 서사와 근대화의 대응 양상이 '왜' 차이가 나는가 하는 것을 밝히고자 한다.

셋째, 김승옥의 소설과 김원일의 초기 작품에 관해서는 다소 부정적인 논의들이 존재한다. 김승옥의 모더니즘 성장소설은 감당하기 어려운 외상인 동시에 아직 변혁의 힘이 부재한 시기의 소설[25]로 평가되기도 한다. 또한 김원일의 초기 소설의 파괴적인 행동 양식은 상황의 억압성에 왜곡된 심리적 반응[26]으로 설명되기도 한다. 그래서 특히 김원일의 경우는 1960년대 모더니즘 소설에서 시작하여 장편소설로 확대되면서 극복의 과정을 거쳤다고 보는 시각이 일반적이었다. 그러나 본서는 김승옥, 김원일 등의 작품에 나타난 심연의 고향이 어떠한 힘을 가지고 있었는지 살펴보도록 하겠다.

넷째, 이문구의 중기 작품인 『관촌수필』에 대한 연구에서 흥미로운 점은 농촌이 복고적 향수의 대상이 되고 있는가 아닌가 하는 점이다.

로지즘』, 국학자료원, 2008, 261면).
25) 나병철, 『가족로망스와 성장소설』, 문예출판사, 2007, 441면.
26) 박혜경, 「실존의 역사, 그 소설적 넘나듦의 세계」, 『김원일 깊이 읽기』, 문학과지성사, 2002, 147면.

그런데 향수와 『관촌수필』을 전혀 관계없는 것으로 생각하면 이문구의 초기 소설과 『관촌수필』에 나타난 고향 이미지의 차이를 설명하기 어렵다. 그래서 『관촌수필』에서 향수가 왜 본격적으로 대두되었는지에 대한 고찰은 필요하다. '향수'는 '전근대'를 지향하는 것으로만 해석할 수는 없다. '미래'를 겨냥하여 '향수'가 중요해질 수도 있다고 보아진다. 이러한 논의는 과거 고향을 통해 궁극적으로 나은 미래로 나아갈 수 있다는 논리와 연결된다.27)

결론적으로 1960~1970년대 소설에 나타난 '고향'의 서사를 전쟁 체험과 산업화라는 두 개의 영향 관계 안에서 작가군을 구분하여 분석하고 그 차이를 밝히는 것을 목적으로 한다. 그러한 과정에서 고향의 서사를 구체적으로 살피고자 한다. 그리고 선행 연구에서 고향을 '안식처'라고 전제함으로써 '토포필리아'의 개념과 연관시키는 경우가 많았으나, 고향에 대한 장소애는 장소 혐오 즉 '토포포비아'와 관련을 가지며 시작된 것이라 주장하고자 한다.

본서는 1960~1970년대 문학사에서 중요한 화두였던 '고향'을 새롭게 읽고자 한다. 이전 연구에서 설명한 고향(긍정)/도시(부정)라는 단순한 도식을 넘어 '고향'의 존재 양상을 총체적으로 규명해 보고자 한다.

2. 심연(深淵)과 심원(心願) 사이의 고향

1960~1970년대 소설에서 주인공들은 고향(농촌)과 도시를 반복적으로 오가며 자기 정체성의 근원으로써 항상 고향을 떠올린다는 공통점이 있다. 고향이 자신의 정체성을 구축하는 원동력이 된다면 미래를 열어갈 수

---

27) 민병인, 앞의 논문, 2000 ; 구자황, 앞의 논문, 2006 등의 논의 참고.

있는 심원의 장소가 되지만, 만약 그렇지 않다면 부정하고 싶은 심연의 공간이 된다. 이 시기의 작가들은 심연과 심원 사이의 고향을 오가며 탈향과 귀향의 서사를 만들어나갔다.

본서는 고향 이야기를 구체적으로 살펴보기 위해서 다음의 사항에 주목하고자 한다.

첫째, 1960~1970년대 소설을 전쟁 체험과 산업화라는 사회적 배경과 긴밀하게 연관시켜 살펴보려고 한다. 고향 이야기는 전쟁 체험과 밀접한 관계가 있는 김승옥, 김원일, 이청준, 최인훈 등의 작품군과 산업화와 밀접한 관련이 있는 이문구, 문순태 등의 작품군 사이에서 커다란 차이를 보인다.

그래서 상반된 작가군에 나타난 고향의 서사를 비교하는 방식을 통해 이 시기의 문학적 특징과 그 변모 양상까지 파악해 보려고 한다. 전자의 작가군은 전쟁체험으로 인해 '탈향'을 지향하지만 1970년대 후반에 이르면 트라우마를 극복하고 '귀향'을 추구하는 경향이 나타난다. 후자의 작품군에서는 전쟁 체험이 부각될 때는 역시 '탈향'이 지향되지만, 본격적으로 산업화가 진행되는 1970년대 이후에 고향이 회귀해야 할 심원의 장소로서 중요시되는 현상이 나타난다.

둘째, 구조적인 측면에서 '탈향'과 '귀향'의 서사를 구분하여 분석하고자 한다.

귀향의 형식은 1960~1970년대 소설의 한 특징을 보여준다고 평가되는데, 이는 한국 사회에 있었던 커다란 지각 변동을 반영한 것이다. 도시로 인구가 집중되는 가운데 시골 출신의 청년들은 이향하여 도시에서 서구적 합리주의를 교육받았다.[28] 이 시기 고향 이미지는 고향이 자신을 속박하는

---

28) 김윤식·정호웅, 『한국소설사』, 문학동네, 2004, 403면 참조.

굴레라고 여겨서 벗어나고자 하는 경향이 강한가, 아니면 존재의 근원으로
생각하는가 하는 주체의 인식에 의해 달라진다고 할 수 있다. 고향을
떠나 도시로 이동한 인물들을 모두 크게 '이향(離鄕)'의 범주에서 생각할
수 있을 것이다. 그래서 본서는 '이향'의 범주를 세분화 하여 주체가 고향에
향수를 느끼더라도 태어난 곳을 벗어나 타지에서 자립하고자 하는 욕망이
크다면 '탈향(脫鄕)'이라는 용어를 사용하고, 고향을 그리워하며 회귀하고
자 한다면 '귀향(歸鄕)'이라는 용어를 사용하여 분석하려고 한다.

일반적으로 도시는 시골과 대비된 부정적인 공간이며 정착해야 할 목적
지로 인식되지 못한다. 그러나 실제 텍스트를 살펴보면 1960년대 소설에서
주체는 '탈향'[29]의 의지가 강한 것으로 나타난다. 1950년대 후반에 두루
발견되는 '결별' 모티프에 주목[30]하기도 하는데, 결별 모티프는 과거와는
다른 삶을 살려는 의지의 표현이다. 이는 본서의 '탈향' 개념과 연결된다고
할 수 있다. 이때 고향은 결별의 대상이기 때문에 안식처로서의 장소,
모성의 이미지가 나타나지 않으며 주체는 고향과의 비동일화를 견지한다.
그리고 탈향을 기획하는 주체는 일시적이지만 도시에 기대를 가지면서
도시에서의 삶을 모색하는 면모를 보인다.

반면 산업화가 전 국토로 확산되고 도시로의 이동이 더욱 활발해지는
1970년대는 '귀향'의 의지가 높아지는 경향성이 나타난다. 고향 담론에서

---

29) 1960년대 소설에서 탈향은 전쟁과 가난 등의 이유 때문에 발생되는데, 이는
1930년대 일제시대에 나타난 탈향의 맥락과도 연결된다. 빈궁과 일제의 수탈정책
으로 조선의 농촌은 붕괴 직전에 있었는데(송현호, 「일제 강점기 만주 이주의
세 가지 풍경-『고향 떠나 50년』을 중심으로」, 『한중인문학연구』 28, 한중인문학
회, 2009, 215면 참고), 이러한 빈곤한 촌(고향)에 대한 묘사는 김승옥, 이청준,
이문구의 소설에도 나타난다. 그러나 부분적으로 '탈향'의 맥락이 연결된다고
해도 1960~70년대는 산업화의 시기이기 때문에 '도시'와 깊이 결부된 고향 이미지
가 나타난다는 점에서 차이를 보인다고 여겨진다.

30) 하정일, 앞의 책, 1998, 19~24면 참조.

'귀향'의 서사는 중요한 모티프라고 할 수 있다. 한국 근대문학 특히 일제시대 문학작품에서의 귀향은 장년의 귀향이 아닌 청년의 귀향[31]이며, 고향에 깃든 가치를 새롭게 발견한 자의 귀향이 아니라 그것을 지워버리고자 하는 자의 귀향이었다.[32] 그런데 이 시기 '귀향'은 고통스런 기억을 가진 고향을 감싸 안으면서 고양된 형식의 귀향을 보여주거나 비판과 반성을 통해 정체성을 확보하자 하는 단계로 나아갔다는 점에서 이전 시기와는 다른 양상을 보여준다.

셋째, 인간은 자신이 태어나고 성장한 장소(place)에 큰 영향을 받으며, 자신이 살고 있는 장소로부터 정체성을 얻는다. 즉 사람은 무의식적으로 특정 장소를 자신의 심원으로 설정하려는 경향성이 있다. 그러한 장소가 없는 사람은 뿌리가 상실된 존재이다. 특정 장소를 자신과 동일시하는 사람은 그 장소의 일부가 되며 장소 역시 그의 일부가 된다.[33]

---

31) 예를 들어, 이광수의 <흙>에서 허숭은 도시에서 신분상승을 했으나 그것에 환멸을 느껴 도피적으로 귀향하였으며, 이기영의 <귀향>에서 희준은 농촌 사업에 대한 열망에서 자발적인 귀향을 한다. 약간의 차이는 있으나 두 작품에서 주인공들은 자신이 태어난 곳을 이상향으로 복구하려는 의도에서 귀향했다(한승옥, 「지식인의 귀농 의미 재고」, 『어문논집』 25, 안암어문학회, 1985, 839~842면 참조).

32) 류보선은 김기림의 표현을 빌어 근대 이후 한국문학은 조선(고향)의 아들이라는 조건을 거부하고 문명의 아들, 프롤레타리아의 아들, 도회의 아들, 천황의 아들로 살아가면서 의붓아비가 알려준 내러티브를 고수하기 위해 고향을 야만, 비위생, 불합리의 공간으로 규정하고 고향의 자리에 자신이 상상한 모범적인 세계를 이식하려는 세계창조자적 파토스로 가득차 있다고 설명한다(류보선, 「귀향의 변증법─이청준론을 위한 몇 개의 메모」, 『또 다른 목소리들』. 소명출판, 2006, 488면 참조).

33) 여기서 '장소'란 주체가 지향하고 초점을 맞추는 방식에 따라 그 의미가 달라질 수 있다. 예를 들어 민족주의자로서 내 장소는 국가이지만, 다른 상황에서 내 장소는 내가 살고 있는 지역, 도시 혹은 내 집이 될 수 있다. '장소'는 우리의 의도·태도·목적과 경험이 모두 집중되어 있는 곳이지만 단순히 장소의 본질이 장소를 점유하고 있는 공동체나 장소가 수행하는 기능에서 오는 것은 아니다. 장소의 본질은 장소를 인간 존재의 심원한 중심으로 정의하는 '무의식적인 의도성'

투안은 인간이 고향을 세계의 중심으로 간주하는 경향이 있다고 설명한다.[34] 또한 하이데거에게 고향은 뿌리와 근원의 개념을 상징적으로 보여주는 장소로서 은폐되고 망각된 인간의 역사적 존재 의미가 드러나는 공간이다.[35] 하이데거의 사상은 그의 고향 메스키르히에 대한 찬미와 깊은 관계가 있다.

이러한 근원으로서의 고향은 ① 급변하는 세계가 아니라 옛스럽고 안정된 삶의 세계 ② 고(故)에는 '떠나온'이란 의미가 있기에 떠나왔지만 그리워하는 추억의 장소 ③ 도회지처럼 노출된 때 묻은 공간이 아니라 감춰져 있으면서 아직 순수성을 간직한 세계 ④ 자연에 안겨있는 아늑한 곳으로 정의되기도 한다. 고향은 사랑과 정, 혈연적·지연적 유대감이 지배하는 공간이다. 또한 동일한 언어와 관습 전통을 공유하는 장소이다.[36]

많은 학자들이 규정하듯 고향은 '태어난 장소'로서 인간이 정체성을 찾고자 하는 공간이다. 그러나 주체가 고향과 항상 동일화를 이루어 정체성을 확인받을 수 있는 것은 아니며, 언제나 고향이 '안식처'가 되기도 어렵다. 1960~1970년대 소설의 주체들은 '현재'의 고향에 대부분 '탈향' 의지를 보인다. 그래서 본서는 고향에 대해 근본적으로 장소애(場所愛)를 가지고

에 있다. 결국 모든 사람은 태어나고 자라고 살고 있는 장소와 깊은 관련을 맺고 있으며 그 장소를 항상 의식한다. 이러한 장소와의 관계성에 인해 개인은 자신의 정체성을 규정하고 안정감을 가지게 되며 또한 그 장소는 우리 자신을 외부로 지향시키는 출발점이 되기도 한다. 프랑스의 철학자인 마르셀은 "개인은 자신의 장소와 별개가 아니다. 그가 바로 장소이다"라고 말하기도 하였다(에드워드 렐프, 김덕현·김현주·심승희 옮김, 『장소와 장소상실』, 논형, 2005, 104, 128면 요약).

34) 이푸 투안, 구동희·심승희 역, 『공간과 장소』, 대윤출판사, 1995, 239면.

35) 윤병렬, 「하이데거의 존재사유에서 고향상실과 귀향의 의미」, 『하이데거연구』 16, 한국하이데거학회, 2007, 62~65면 참조.

36) 전광식, 『고향』, 문학과지성사, 1999, 25~30면 내용 ; 박찬국, 『하이데거와 나치즘』, 문예출판사, 2001, 219~220면 재인용.

32

있다는 투안의 시각보다 장소혐오 즉, '토포포비아(topophobia)'에 주목하는
에드워드 렐프의 개념으로 고향 이미지에 접근하려고 한다. '토포포비아'로
서의 장소성은 고향과 주체의 합일을 불가능하게 하나, 공간을 의미화
하는 방식에 따라 장소성의 전환은 가능하다.

　본서는 소설에 나타난 주체가 '현재'의 고향과 동일성을 이루었던 적이
있었는가, 하는 의문에서 고향 이야기를 시작하려고 한다. 1960~1970년대
작품 속 주인공들은 공통적으로 현재의 고향과 동일화가 불가능하다는
사실에 직면하고 있다. 고향을 근원으로 인식하는 것과 실제로 고향이
근원의 공간인가 하는 문제는 별개이다. 즉 고향이 모든 것을 포용하는
대지성을 가졌다고 느끼는 것과 고향이 정말 어머니의 품인가 하는 문제를
생각해 보아야 한다.

　이와 관련한 고향의 서사를 고찰하기 위해 라캉과 지젝의 '환상' 개념을
이 시기 작품을 분석하는 큰 틀로 삼으려고 한다. 라캉의 환상 구조는
언어에 의해 분열되고 소외된 주체가 소외화 과정에서 불가피하게 떠맡게
된 존재론적 결핍을 보상해 줄 것으로 기대되는 어떤 욕망 속의 대상과
맺는 관계[37]로 설명할 수 있다. 불완전성을 완전성으로, 결핍을 충만으로,
부재를 존재로 바꾸려는 시도가 판타지의 작용을 통해서 이루어진다.
이 속에서 사회적 현실 혹은 세상은 잘 구성된 전체로서 경험된다. 만약
상징적으로 구성된 현실이 결핍된 현실이라면 판타지가 이 결핍을 덮음으
로써 현실을 부지하는 중요한 역할을 한다. 판타지를 통해 구조화된 욕망은
'죽음 충동'에 대한 방어로서, 욕망을 포기하지 말라는 윤리적 정언은
판타지를 가로지르는 것을 의미한다. '환상의 너머'에는 어떠한 숭고한
현상도 존재하지 않는다.[38]

---

37) 박찬부, 『라캉—재현과 그 불만』, 문학과지성사, 2006, 140면.

고향이 거부의 대상에서 벗어나 심원의 장소가 될 수 있기 위해서는 일종의 '환상'[39] 단계가 필요하다. 이때 환상은 현실의 고통을 잊기 위한 꿈이나 망각, 공상의 개념이 아니라 현실을 응시할 수 있게 하는 프레임이다. 그래서 오히려 환상을 통해 현실에 접근할 수 있다.[40] 이러한 환상의 단계를 통해 정주 불가능한 고향은 일시적으로 심원의 장소가 되거나 혹은 인간이 영원히 지향할 수 있는 정체성을 발견할 수 있는 공간이 된다.

한편 본서는 '환상'을 중심으로 정신분석학을 주요 분석 방법론으로 삼아 ① 고향의 자연 ② 주체의 존재성과 욕망 ③ 고향과 모성(母性)의 관계를 접근하려고 한다.

첫째, 이 시기 고향과 자연 이미지는 근본적으로 '환상'의 메커니즘에 의해 주조된다. 1960~1970년대 작품에서 현재의 고향은 정주 불가능하고 혐오스러운 공간으로 그려진다. 그러나 '환상'의 단계를 거침으로써 '안식처'로 공간의 성격이 전환될 수 있다.

이러한 측면에서 '자연'을 라캉의 '타자'와 관련시켜 생각해 볼 수 있다. '타자의 욕망'을 '자연의 욕망'으로 바꿔 설명하는 것이 가능한 것이다.[41]

---

38) 위의 책, 286~288면 내용 요약.

39) 지젝에 따르면 판타지는 큰 타자의 욕망을 위한 스크린이며, 큰 타자 속의 결핍에 대한 대답인 것으로서 큰 타자의 빈 곳을 메우는 역할을 한다(슬라보예 지젝, 주은우 옮김, 『당신의 징후를 즐겨라』, 도서출판 한나래, 2006, 36면, 각주13번 요약).

40) 김미현, 「수상한 소설들」, 『세계의 문학』 124, 2007 여름, 228~229면. 김미현은 지젝이 환상을 정의하는 특이점으로서 현실로부터 도망가게 하는 것이 아니라 오히려 현실로 도피하게 해 줌으로써 현실을 유지시키는 것이 환상이라고 설명한다.

41) 신구 가즈시게, 김병준 옮김, 『라캉의 정신분석』, 은행나무, 2007, 137~138면 내용 참조. 여기서 '자연'은 과학의 대상으로서의 자연이 아니라, 인간이 歸一할 곳으로서의 동양적인 자연이다. 신구 가즈시게는 '인간은 자연의 일부'라는 말

34

지적은 "여자가 존재하지 않는다"는 라캉의 명제에 상응하여 "자연은 존재하지 않는다"고 주장할 수 있다는 이야기를 한 바 있다.[42] 순리와 안식처의 의미가 부여된 자연 개념이 고향과 결부되면서 심연의 '고향'은 귀향하고픈 심원의 공간으로 전환될 수 있다. 노스탤지어적 대상의 기능은 그 매혹의 힘을 수단으로 하여 외상적 충격을 완화하는 것이다.[43]

전쟁체험과 가난 등의 기억으로 인하여 고향이 안식처가 될 수 없다는 것을 명확히 인지하는 경우, 과거의 고향을 낭만화 하여 추억하기는 힘들다. 그러나 고향과 같은 특정 장소를 자신의 심원으로 설정하려는 경향성은 나타난다. '도시의 삶을 치유할 수 있는 장소'라는 상징적 허구를 받아들여 일종의 능동적 망각[44]의 태도를 취하면, 그러한 환상 속에서 도시생활을 지탱할 수 있는 안식처로서의 고향을 구성하는 것이 가능해진다.

그런데 1970년대 이후 고향은 산업화로 인한 무장소(無場所, placelessness)화[45] 현상으로 고향의 땅 자체가 없어지거나 커다란 변모를 겪게 된다.

속에서 타자의 욕망을 발견할 수 있다고 설명한다.

42) 슬라보예 지젝, 김소연·유재희 옮김, 『삐딱하게 보기』, 시간과 언어, 1995, 75~83면 내용 참조.

43) 위의 책, 227~228면 참조. 노스탤지어 속에서 타인의 응시는 외상적인 오점으로 분출하는 대신, 우리가 타인의 응시 자체를 보고 있다는 환영을 갖게 된다. 노스탤지어의 매혹은 타인이 이미 우리를 응시하고 있다는 사실을 보지 못하도록 우리의 눈을 가리는 것에 있다(위의 책, 같은 쪽 내용).

44) 고통스러웠던 원체험, 근본적인 죄의식 등의 과거 기억에서 벗어나기 위해 자신의 무지를 유지할 수 있도록 '환상'을 창조한다(슬라보예 지젝, 이수련 옮김, 『이데올로기라는 숭고한 대상』, 도서출판 인간사랑, 2003 참조). '안식처의 고향'이라는 의미도 '떠도는 기표들'의 총체화를 수행하는 '누빔'의 행위로 의미를 고정시켜 개념화한 상상적인 것이다.

45) 무장소(Placelessness)는 장소가 상업적 개발과정에서 개성을 박탈당해 동질적이고 규격화된 경관으로 변화되어 결국은 고유한 장소감을 상실하는 것을 의미하는 것으로 보아 '無場所'로 표현되었다. 무장소성의 예로 戰時의 무자비한 파괴, 채굴과 매립에 의한 파괴, 도시팽창 등의 재개발로 인한 파괴 등을 들 수 있다(에드워

그러나 역설적으로 귀향 의지가 강해지는 경향이 나타난다. 과거의 기억을 부정하기보다 과거의 체험을 재구성하여 과거의 고향을 '노스탤지어'46)로 재탄생시킨다. 이러한 전환된 이미지를 통해 과거의 고향과 주체는 완전히 동일화되는 것이 가능해진다. 고향이라는 텅 빈 기표에 새롭게 의미를 부여하는 현상이 일어나게 되는 것이다. 작품 속 인물이 그러한 노스탤지어를 거짓이 아니라 사실이라 믿고 있다는 점에서 보다 견고하게 구성된 환상이라고 할 수 있다.

여기서 문제되는 것이 바로 '향토'이다. 투안은 조상들의 집, 전설, 신화와 바위, 언덕, 산 등 불변하는 자연물 등의 향토가 정체성을 뒷받침할 수 있다고 이야기한다.47) 문학작품에 나타난 향토는 모내기에서 추수까지의 농사일과 관련된 풍속, 성황당에 산제를 올리거나 무당을 불러 굿을 하는 민간 신앙, 아리랑으로 대표되는 민요 등 과거의 전통을 간직하고 있는 공간으로 나타난다.48)

드 렐프, 앞의 책 참조). 렐프는 장소보다 장소 상실, 즉 '무장소' 개념을 더욱 중시하였다.

46) 동양에서 鄕愁는 태어난 곳에 대한 그리움을 나타내며 이러한 감정은 특히 인간 기원의 공간으로서 '가족'(또는 가문)으로 수렴된다. 서양의 경우 노스탤지어 (nostalgia)는 그리스어의 'nostos(집으로 돌아감)'와 'algia(고통스러운 상태)'에서 유래된 말로 끊임없이 집으로 돌아가고자 하는 갈망에 의해 생긴 심리적 고통을 의미한다. 19세기 이후 노스탤지어는 지난 시간, 어린시절에 대한 동경 등의 의미와 연결되면서 '고향'뿐만 아니라 사건, 사람, 자연 등의 대상을 그리워하는 것으로 확대된다. 즉 이주자만이 느끼는 것이 아니라 인간의 보편적 경험과 감정으로 그 외연을 확장하면서 자아정체성을 확립하는 정서로 간주된다.
그리하여 일반적으로 향수 또는 노스탤지어라는 용어를 쓸 경우에는 근대 이후 새롭게 발견된 고향을 전제로 하는 경우가 대부분이다(오태영, '향수(鄕愁)'의 크로노토프-1930년대 후반 향수의 표상과 유통」,『한국어문학연구』 49, 한국어문학연구학회, 2007, 207~213면 내용 요약).

47) 이푸 투안, 앞의 책, 1999, 251~259면 내용 참조.

48) 오태영, 「'향토'의 창안과 조선문학의 탈지방성」, 동국대학교 문화학술원 한국문학

산업화가 가속화되는 1970년대에 이르러 향토가 작품 속에서 중요한
소재로 등장한다. '향토'가 과거라는 시간을 통해 낭만적인 향수를 불러일으
키는 특별한 대상으로 부각되는 것이다. 1970년대 작품에 나타난 '향토'는
현실의 외부에서 지식인의 시선에 포획된 '풍경'으로 혹은 서정적인 감흥과
동화의 대상으로 설명하기는 어렵다.

즉 이문구, 문순태 등은 향토를 통해 자신의 정체성을 정립하는 기반을
마련하는 문제점을 보이지만, 향토가 개인적 관조의 대상은 아니었다.[49]
이러한 작가들이 발견한 향토는 현재의 고향과 대립되는 과거 어린 시절
혹은 산업화 이전 전쟁 시기를 강조하면서 형성되었다. 그래서 자연은
통제되지 않는 혹은 매혹을 쫓는 공간이라기보다는 과거에 겪었던 체험,
감정 등과 깊은 관계가 있다. 또한 작품에서 인물은 지식인이 아니라
향토를 기반으로 구축된 존재들이다. 작품 속 주인공들이 가진 향토성은
도시의 속물성과 대립된다. 이러한 인물형은 전략적으로 강조되어 창조된
것이라고 할 수 있다. 또한 문순태는 실제의 고향이 아니라 인간의 근원적
장소로서 고향을 창조해 보았다고 말하기도 한다. 이런 경우 '향토'가
중요한 가치로 형상화된 고향을 구축하더라도 그것이 실제라고 생각하지는
않았음을 알 수 있다.[50]

이문구 등은 도시와 농촌의 도시화를 경멸하고 과거의 고향과 풍경을
사랑한다. 이 시기 두드러지는 자연과 향토성은 단순히 주체의 정체성
획득만 목적이 되는 것이 아니라 산업화에 대한 비판의 전략으로서 부각된

연구소 편, 앞의 책, 2007, 225면.

49) 그래서 일제시대 고향으로 회귀한 지식인이 등장하는 소설에서 보여지는 시혜적
태도, 농촌 현실의 피상적 파악 등이 보이지는 않는다(정한숙, 「농민소설의 변용과
정」, 『현대한국소설론』, 고대출판부, 1977 참조).

50) 이러한 근거에 대한 자세한 내용은 본서 Ⅲ장에서 전개하도록 하겠다.

다. 향토를 통해 '전근대'를 옹호하는 것이 아니라 현재의 '근대화' 과정을 비판적으로 수용하고자 한다. 향토는 '향수'에 머물지 않고 현실에 대응할 수 있는 힘을 지닌다.

둘째, "공간적 성격에 따라 개개인이 특정한 형태의 주체로 만들어지는 양상"[51]에 주목하려고 한다. 전쟁의 장(場)과 산업화의 공간 안에서 주체는 각각 다른 성격을 지니며 존재한다. 라캉은 '나는 존재한다'는 확실성에 도달하기 위해서 반드시 타자에 의존해야 한다고 설명한다. 이러한 설명은 주체가 결핍된 존재임을 의미한다. 주체는 자신의 존재 결핍을 환상으로 채운다. 즉 '환상'은 상실한 자신의 근원을 되찾으려는 불가능한 도전이다.[52]

전쟁 체험과 관련이 있는 김승옥, 이청준, 김원일의 작품 속 인물은

51) 우리의 경험을 가능하게 하는 어떤 논리적 장, 가능성의 장을 '객관적 선험'이라고 할 수 있다. 객관적 선험이란 경험 자체를 조직해 주는 논리적 구조이고 그렇기 때문에 주체는 바로 이 객관적 선험이 조직해 주는 틀 내에서만 경험할 수 있다. 주체가 경험을 구성하는 것이 아니라 경험이 주체를 가능하게 한다(이정우, 『사건의 철학』, 철학아카데미, 2003, 203~204면 참조).
본서에서 사용하는 '주체'는 이진경이 『근대적 주거공간의 탄생』(2007)에서 사용한 개념과도 관련이 있다. 여기서의 '주체' 개념은 데카르트나 홉스, 혹은 칸트 등에서 출발하는 어떤 실체가 아니라, 특정한 조건 속에서 만들어지고 구성되는 것이다. 특정한 삶의 방식, 혹은 그것을 제도화하고 강제하는 장치 등을 통해 개개인은 때론 노예로, 때론 임노동자로 생산된다. 여기서 공간과 주체의 관계를 설정하는 것도 마찬가지 관점에서이다. 즉 어떤 주체가 따로 있고, 어떤 형태의 공간이 있어서 관계를 맺는 것이 아니라, 특정한 공간적 배치가 개개인을 특정한 형태의 주체로 생산한다는 것이다. 주체의 형성은 예를 들어 '노동자 계급의 형성'에서처럼 분산되어 있는 어떤 요소들이 모여 하나의 집합적 주체를 이룰 때 사용하는 데 반해, '주체의 생산'은 개개인이 특정한 형태의 주체로 만들어지는 것을 뜻한다(이진경, 『근대적 주거공간의 탄생』, 도서출판 그린비, 2007, 69면 각주의 내용을 요약한 것임).
52) 홍준기, 「후설, 데카르트, 라캉의 주체 개념」, 『철학사상』 14, 서울대학교 철학사상연구소, 2002, 130~138면 참조.

전쟁과 가난의 기억이 가득한 고향을 심연의 장소로 부정했으며, 동일화가 불가능하다는 것을 알고 있었다. 그러므로 주체는 귀향을 할 수 없는 상황에 놓여있으며, 탈향→ 귀향→ 탈향의 행위를 반복[53]하게 된다. 라캉이 말하는 상징계는 근본적으로 그 구조에 채워질 수 없는 결여를 가지고 있는데, 반복은 이 결여를 채우고자 하는 행위라고 할 수 있다. 그러므로 라캉의 '반복' 개념은 단순히 '상징계에 나타나는 구조의 유사성'을 뜻하는 것 혹은 과거에 일어났던 것이 현재에 다시 일어나는 것을 의미하지 않는다. 그것은 오히려 실재와의 불가능한 만남의 반복으로서, 실재의 빈자리로 끊임없이 돌아오는 것을 뜻한다. 언어를 통해 포착될 수 없는 것을 포착하려는 욕망으로 인하여 반복적인 운동이 일어[54]나는 것이다. 이러한 반복은 동일화가 불가능한 '고향'에 다가서기 위한 주체의 고통스러운 행위이자 욕망이라고 정의할 수 있다.

반면 산업화와 고향의 문제를 다룬 이문구, 문순태의 소설에는 과거의 고향을 낭만적으로 인식하는 인물형이 등장한다. 고향과의 합일을 통해 주체의 결여를 메운 인물들은 현재 고향의 문제점을 비판하는 역할을 수행한다. 고향의 파수꾼으로서의 주인공들은 필연적으로 '영웅'의 지위를 얻게 된다.

셋째, 사회적 배경의 측면에서 보면 6·25 전쟁 이후의 작품에서 아버지는 이미 존재하지 않거나, 어떤 기억의 흔적 속에서만 존재하는 인물이기 때문에 그리움과 원망의 대상이 된다. 아버지의 부재를 어머니가 떠맡게

---

53) 고향에 머무를 수 없어 벗어났으나 다시 고향으로 돌아가 ① 안식처가 될 수 없음을 확인하고 도시로 돌아오거나 ② 고향이 안식처가 될 수 없음을 분명히 알지만 그것을 애써 부정하는 행위가 반복되는 것이다. 이러한 구조는 '탈향'을 전제로 하는 것이기에 '탈향' 행위를 반복하는 구조로 설명할 수 있을 것이다.

54) 정항균, 『시시포스와 그의 형제들-현대문학과 철학에 나타난 '반복' 모티브』, 을유문화사, 2009, 199~204면 내용 요약.

되면서 어머니들은 강인한 모습으로 점차 바뀌어간다. 또한 1970년대 산업화의 경제성장 논리 속에서 다시 가장들이 일터를 찾아 집을 떠나게 되었고 아버지로 상징되는 가부장 질서가 흔들린다.[55]

고향의 이미지는 모성의 존재 양상과 긴밀한 관계가 있다. 아버지의 부재는 가족 관계를 부조화의 상태로 만들며, 그 자리는 변덕스럽고 악의적인 모성적 초자아로 채워지게 된다.[56] 그리고 그 공포스러운 어머니의 형상은 아버지와 고향의 부재를 확연하게 드러낸다. 반면 보살핌의 어머니를 통해 인물은 고향을 결핍된 장소가 아닌 안식처로 느낀다. 희생적이며 따뜻한 어머니의 존재성은 고통스러운 고향을 가리는 기능을 하기 때문에 고향과 동일화를 이룰 수 있다. 그래서 아버지의 부재에도 불구하고 고향은 결핍의 장소가 아닌 충만한 공간으로 기억되는 것이 가능하다.

이렇듯 고향의 존재 양상은 '아버지의 부재', '강인한 어머니'로 이미지화되는 부모의 형상과 밀접하게 연결된다. 그리고 주체의 정체성 확립에 있어 귀향의 가능/불가능의 문제는 '모성'의 역할과 깊게 결부된다. 모성의 존재 양상에 따라 고향이 부재화 되기도 하고 숭고화의 메커니즘이 작동되기도 한다. 보살핌의 어머니 존재가 구성될 수 있을 때 비로소 아버지의 이름을 성취할 수 있게 되는 것이다. 즉 아버지가 부재하더라도 고향이 대지성의 이미지로 구성되면, 주체는 고향을 자신의 근원적 장소로 생각하는 것이 가능해진다. 고향 담론에서 정체성의 문제는 주체가 어머니와의 관계를 어떻게 성취하고 있는가와 밀접한 관계를 가진다. 요컨대 표면적으로 '아버지의 부재'가 문제가 되는 경우라도 근본적으로 탈향과 귀향의 서사는 어머니와 주체의 관계에 대한 이야기라고 할 수 있다.

---

55) 김현숙, 「현대소설에 표현된 '세대갈등' 모티브 연구」, 『상허학보』 2, 상허학회, 2000, 404~406면 내용 참조.
56) 슬라보예 지젝, 김소연·유재희 옮김, 앞의 책, 1995, 196~200면 내용 참조.

전쟁 체험과 관련이 있는 작가들의 작품에서 고향은 정주 불가능한 장소일 뿐 아니라 도시에서 받은 상처를 감싸 안을 수 있는 치유와 모성의 공간이 되기도 어려운 것으로 나타난다. 고향은 모성이 제거된 삭막한 대지로 묘사된다. 고향에 대한 인식과 어머니에게 가지는 감정은 서로 연결된다. 즉 고향의 이미지와 어머니의 위치는 상동성의 관계를 가진다고 말할 수 있다. 진정한 공포는 어머니의 자궁으로부터 뜯어내지는 것이 아니라 그 속에 갇히는 것이다.57) 고향의 부재화와 탈향의 욕망은 불가해한 대상인 공포스럽고 억척스러운 어머니로부터 벗어나고자 하는 주체의 모습과 연결된다. 반면 고향의 숭고화를 통해 귀향을 추구하는 주체들에게 보살핌의 어머니는 고향을 이루는 '땅'의 존재성을 가진 대상이다.

결론적으로 본서는 두 작품군에서 고향의 서사가 다르게 나타나는 이유가 모성의 존재 양상이 다르기 때문이라고 생각한다. 탈향과 귀향의 서사는 모성의 서사로 환원하여 설명하는 것이 가능한 것이다.

고향은 기본적으로 '타향으로 이동'하는 행위를 통해 탄생한 개념이다. 즉 '이동'과 함께 태어난 장소나 그때까지 거주했던 장소가 '고향'이 되고, 동시에 '고향'을 이야기하는 현재의 장소를 지각하게 된다. 또한 이동에 의해 '고향'이 학습되자 사람들은 출생지를 '고향'으로 설정했다. 고향을 모든 사람에게 선험적으로 부여된 것으로 이해하게 되었다.58) 우리나라는 전쟁과 산업화로 인하여 이북에서 이남으로 이동하는 월남과 농촌에서 도시로 이동하는 이농(離農) 현상이 있었다. 새로운 장소에 정착하는 과정과 고향에 대한 세부적인 인식은 이농자와 월남자가 다를 수 있으나, 그들은

---

57) 슬라보예 지젝, 주은우 옮김, 앞의 책, 2006, 204면의 내용과 각주 14번 참조.
58) 나리타 류이치, 앞의 책, 2007, 15~16면, 36면의 내용 요약.

모두 이향자(離鄕者)로서 '도시 체험'과 '타향살이'를 통해 '고향'을 발견하고 있다는 공통점이 있다. 1960~1970년대는 '도시 체험'으로 인하여 고향 담론이 활발하게 구성되었다. 이 시기의 고향은 '도시'와 밀접한 관련을 맺으면서 의미화 되었으므로 그러한 맥락 안에서 '고향' 이미지를 분석하고자 한다.

고향 이미지는 이향자가 도시와 태어난 곳을 직접 이동하거나 시간적 간격을 두고 두 공간성의 차이를 끊임없이 인식하는 것을 통해 구축된다. 주체의 인식에 의해 고향의 공간성은 계속해서 변모되기 때문에 '고향'에 대한 고찰은 필연적으로 '시간'과 '공간'의 문제를 다루어야만 한다. 그래서 고향과 도시를 이동하는 의미로서 '탈향'과 '귀향'은 고향의 공간성과 인물의 고향 인식을 잘 보여줄 수 있는 개념이 된다고 여겨진다. 이러한 맥락 안에서 연구 대상의 범위는 1960~1970년대 한국소설 중, ① 고향을 떠난 인물이 고향의 외부인 도시에서 타향살이의 경험과 함께 고향에 대한 이야기를 담은 작품 ② 역사적·개인적 이유로 고향에서 도시로 이동했던 인물이 다시 자신이 태어난 곳에 돌아와 고향에 대한 의식을 보여주는 작품으로 설정하려고 한다.[59] 그리고 이러한 '이동'의 가능성이 잠재되어 있는 작품, 즉 ③ 지금은 촌(도시)에 머물고 있으나 탈향(귀향)의 욕망이 잠재된 소설도 고향에 대한 인식을 보여주고 있다는 측면에서 분석 대상으로 삼고자 한다.

Ⅱ장에서는 어린 시절 6·25를 체험한 대표적인 작가인 김승옥, 김원일,

---

59) 본서가 문제 삼는 '고향'은 1960~1970년대의 도시화와 밀접한 관련이 있기 때문에 이재선이 설명한 도시소설의 여섯 양상과도 연결된다. 본서의 분석 대상 작품은 이재선이 제시한 첫 번째 유형인 '都市入城型 소설'과 세 번째 유형인 생태학적 도시소설 중 '도시성이 침투된 시골생태'와 관계가 있다(이재선, 『현대한국소설사』, 민음사, 1992, 277~315면 참고).

42

이청준60)의 작품을 중심으로 분석하려고 한다. 여기에 고향이 중요 모티프가 된 이호철, 최인훈의 작품을 일부 다룬다.61) III장에서는 산업화와 관련이 깊은 이문구의 중기 소설,62) 문순태의 소설이 중심이 되며 여기에 전상국, 황석영, 오성찬, 최일남의 소설이 일부 포함된다.

II장과 III장은 대상 작품의 성격 차이에 의해 나눈 것이며, 분석은 소설 경향에 따라 고향에 대한 인식이 달라지는 지점에 중점을 두려고 한다. 그리고 동시에 각 장에서 시간이 지남에 따라 고향 이미지가 변모하는 지점까지 살펴보려고 한다. II장에서는 1960~1970년대 전쟁 체험에 의해 형상화된 고향의 서사를 분석하고, 1970년대 중후반63)에 이르러 트라우마

---

60) 1960년대 중반을 지나면서 한국소설은 전후소설의 성과와 한계를 인식하면서 그 문제의식의 내면화에 주력하기 시작하는 새로운 작가층이 등장한다. 그러한 소설가들 중 대표적인 작가가 바로 김승옥, 이청준, 최인훈, 김원일이라고 할 수 있다(권영민, 앞의 책, 2004, 230면).

61) 이향자의 '도시' 경험을 통해 '고향'의 이미지를 분석하는 것이 목적이므로 월남과 분단의 이념 문제까지 심도 있게 다루는 것은 무리라고 여겨진다. 그래서 '고향'의 이미지보다 소시민성 이념 문제 등을 폭넓게 다룬 이호철의 경우 대상작품이 많지 않다.

62) 이문구의 작품 시기는 3단계로 구분하여 설명할 수 있다. 초기(1965~1972)는 도시 하층민의 생활에 관심을 두는 시기이고, 중기(1972~1981)는 농촌과 고향에 관심을 두는 단계로 『관촌수필』과 『우리동네』를 대표작으로 볼 수 있다. 그 이후는 후기로 설정된다(구자황, 앞의 책, 2006 ; 고인환, 앞의 책, 2003 등 참고).

63) 본서에서 70년대 중후반에 이르러 이청준, 김원일의 소설에서 변모 양상이 나타난다고 한 것은 각 작가들의 작품세계가 초기 소설에서 중기 소설로 나아가는 지점과도 연관이 있다. 주지영은 이청준의 작품 시기를 초기 소설(1965~1970년대 초반), 중기 소설(1970년대 중반~1980년대 초반)로 논의한다(주지영, 앞의 논문, 2004 참조). 김소륜은 작품 내에서 추구되는 모성 이미지에 따라 이청준의 작품을 전반기(1965~1974), 중반기(1975~1984)로 설명한다(김소륜, 「이청준 소설의 환상성 연구-'모성' 추구 양상을 중심으로」, 이화여자대학교 석사학위논문, 2006). 김원일의 초기 작품 세계는 1966년부터 1975년까지로 단편소설이 주를 이룬다고 할 수 있다(하응백, 「들끓음의 문학, 혼돈의 문학」, 『오늘 부는 바람』, 김원일 중단편전집2, 1997, 문이당 참조).

를 극복하는 양상이 나타나는 것에 대해 고찰할 것이다. Ⅲ장에서는 고향의
서사가 1960년대와 1970년대[64]가 현격한 차이를 보이고 있음을 파악하고,
산업화·도시화와 과거 고향 이미지의 관계를 분석할 것이다. Ⅲ장에서
'과거' 고향은 대체적으로 전쟁 시기 혹은 전쟁 직후를 의미한다.

그리고 각 1절에서는 역사·사회적 배경 등 고향 공간성의 구성 원리에
대해 각 2절에서는 고향에 대한 인식이 구축되는 양상에 대해 분석하고자
한다. 3절에서는 1절과 2절에서 분석한 내용을 기반으로 '정체성' 문제에
중점을 두면서, 이향자와 고향의 거리를 구체화하고 어떤 형태의 주체가
생산되고 있는지 고찰해 보려고 한다. 4절에서는 각 1, 2, 3절에 나타난
고향의 서사를 '모성'의 문제와 결부시키려고 한다. 탈향과 귀향의 서사는
결국 어머니로부터의 도피 혹은 모성 복원의 서사와 맞물리고 있다. 고향의
공간성과 모성은 긴밀한 관계를 지닌다. 보살핌의 모성이 강조될수록
고향은 안식처의 이미지가 확고해지며, 모성이 부재할 때 고향은 떠날
수밖에 없는 장소가 된다. 그래서 실제 고향에 모성이 부재한다고 해도
주체는 그것을 지향하게 되는 것이다.

분석 대상 작품 목록은 다음과 같다.

---

64) 각주 62번에서 이문구의 초기작을 1972년까지 설정한 것처럼, 이문구의 작품에서
   도시화 비판의 시선이 확연히 드러나는 시기는 1970년대 초반 이후라고 할 수
   있다. 문순태, 황석영, 전상국의 경우도 작품을 살펴보면, 1970년대 초중반 이후에
   발표된 소설에 도시화·산업화와 결부된 '고향'의 문제가 나타난다.

44

<표 1> 분석 대상 작품 목록

Ⅱ장 분석 대상 작가와 작품

김승옥	<생명연습>(1962), <환상수첩>(1962), <누이를 이해하기 위하여>(1963), <역사(力士)>(1964), <무진기행>(1964), <건(乾)>(1965), <빛의 무덤 속>(未完)(1966)
김원일	<나쁜 피>(1972), <빛의 함몰>(1972), <어둠의 혼>(1973), <절망의 뿌리>(1973), <벽>(1973), <잠시 눕는 풀>(1974), <여름 아이들>(1974), <돌멩이>(1975), <굶주림의 행복>(1975), <도요새에 관한 명상>(1979), <따뜻한 돌>(1981), <미망(未忘)>(1982)
이청준	<퇴원>(1965), <바닷가 사람들>(1966), <별을 보여드립니다>(1967), <침몰선>(1968), <꽃과 뱀>(1969), <개백정>(1969), <가학성 훈련>(1970), <소문의 벽>(1971), <목포행>(1971), <귀향연습>(1972), <현장 사정>(1972), <안질주의보>(1974), <새가 운들>(1976), <연 : 새와 어머니를 위한 변주 ①>(1977), <빗새 이야기 : 새와 어머니를 위한 변주 ②>(1977), <눈길>(1977), <잔인한 도시>(1978), <살아 있는 늪>(1979)
이호철	<탈각>(1959), <서빙고 역전 풍경>(1965), 『서울은 만원이다』(1966)
최인훈	<우상의 집>(1960), 『광장』(1960), <7월의 아이들>(1962), 『회색인』(1964), <국도(國道)의 끝>(1966), 『하늘의 다리』(1970)

Ⅲ장 분석 대상 작가와 작품

이문구	<백의(白衣)>(1969), <몽금포타령>(1969), <암소>(1970), <떠나야 할 사람>(1971), <추야장(秋夜長)>(1972), <해벽(海壁)>(1972), <다가오는 소리>(1972), 『관촌수필』(<일락서산(日落西山)>(1972), <화무십일(花無十日)>(1973), <행운유수(行雲流水)>(1973), <녹수청산(綠水靑山)>(1973), <공산토월(空山吐月)>(1973), <관산추정(關山芻丁)>(1976), <여요주서(輿謠註序)>(1976), <월곡후야(月谷後夜)>(1977))
문순태	<아버지 長구렁이>(1975), <청소부>(1975), <빈 무덤>(1975), <상여 울음>(1975), <멋장이들 세상>(1976), <복토(福土) 훔치기>(1977), <고향으로 가는 바람>(1977), <말 없는 사람>(1977), <흑산도 갈매기>(1978), <안개 우는 소리>(1978),『징소리』(<징소리>(1978), <저녁 징소리>(1979), <말하는 징소리>(1979), <무서운 징소리>(1980), <마지막 징소리>(1979), <달빛 아래 징소리>(1980)),『철쭉제』(1981)
전상국	<동행>(1963), <전야>(1974), <맥(脈)>(1977), <여름 손님>(1977)
오성찬	<흐르는 고향>(1973)
황석영	<돌아온 사람>(1970), <이웃 사람>(1972), <삼포 가는 길>(1973), <장사의 꿈>(1974), <맨드라미 피고 지고>(1977)
최일남	<서울 사람들>(1975), <손꼽아 헤어보니>(1979), <가위>(1979)

Ⅱ. 전쟁체험과 환영(幻影)으로서의 고향

이 장에서는 작품이 전쟁체험과 긴밀한 연관을 가진다고 평가되는 김승옥, 김원일, 이청준, 최인훈의 소설에 나타난 탈향의 서사를 중심으로 고향의 존재 양상을 고찰하려고 한다. 작품에서 주인공들은 전쟁 체험과 가난 등 역사적·개인적 사건으로 형성된 '트라우마'[1]로 인하여 고향을 심연의 공간으로 바라보고 있다. 트라우마란 전쟁 등을 통해 극단적 충격의 상태를 경험함으로써 정상적인 의식에 편입되지 못하는 상태를 말한다. 충격적인 경험은 무의식에 억압(repression)되어 있으면서 끊임없이 환각, 악몽, 플래시백(freshback) 등의 형태로 돌발적으로 재귀한다.[2] 이들은 유년기에 생존마저 불가능하게 하는 광기의 질서를 목격[3]하였기 때문에 고향과

---

1) 트라우마(Trauma)를 정신의학의 용어로 처음 사용한 사람은 프로이트로,『쾌락원칙을 넘어서』(1920)에서 "격렬한 물리적 충격, 열차의 충돌 및 그 밖의 생명의 위험과 결부되어 있는 재해가 있은 후에" 나타나는 정신증상으로 설명하고 있다. 여기서 주목되는 점은 이러한 증상이 과학병기를 본격적으로 이용하게 된 1차 세계대전 직후에 나타났다는 것이다(오카 마리, 김병구 옮김,『기억·서사』, 소명출판, 2004, 50면 각주2번 참조).

2) 전진성,「트라우마, 내러티브, 정체성 - 20세기 전쟁 기념의 문화사적 연구를 위한 방법론의 모색」,『역사학보』193, 역사학회, 2007, 218면.

3) 류보선,「새로운 방향의 모색과 운명의 힘 - 이청준의『자유의 문』에 대하여」, 권오룡 엮음,『이청준 깊이 읽기』, 문학과지성사, 1999, 301면.

비동일화를 견지하고 고향을 구축(驅逐)시킬 수밖에 없다.

고향은 개인의 발전을 도모할 수 있는 장소가 될 수 없으며 안식처로서의 기능을 상실한 것으로 그려진다. 고향은 회귀해야 할 장소가 되지 못하기 때문에 귀향이 아닌 탈향의 서사가 형성된다. 즉 이 시기 대다수의 작품 속 인물들은 '탈향'의 의지를 보이고 있으며 고향은 잊고 싶은 기억을 상기시키는 곳이자 근대적 주체로 거듭나고자 하는 인물이 견딜 수 없는 전근대적 장소로 나타난다. 그래서 이향자의 시선 속에서 도시의 부정적인 이면이 드러나기는 해도 고향과 도시를 긍정/부정의 장소로 형상화 하지는 못하였다.

고향은 전쟁의 원체험과 가난 등의 기억에 의해 망각하고 싶은 장소이다. 그래서 이 시기의 작가들은 도시에서 '살아내기' 어렵고 그 곳에서 안식처를 찾을 수 없다는 사실을 깨닫는다고 해도 귀향을 통한 재생을 꿈꾸기는 어려웠다. 고향과 마주하는 것은 더 참기 힘든 고통이기 때문이다. 그러나 역설적으로 이향자는 원초적 힘을 지닌 고향의 이미지를 주조하여 고향을 '환상'화 시키기도 한다. 아름다운 고향의 풍광 등은 고향을 대신하는 대체물로서 실제 고향이 가진 어두운 기억을 가리는 기능을 한다. 또한 이향자는 동향 사람과 융합하지 못한 채 자신을 외부인으로 위치시키면서도 고향의 고유한 특성이 무엇인지 개념화하려는 이중적인 면모가 드러난다. 문제적인 점은 대부분 인물들이 환상으로서의 고향 이미지를 창조하면서 그것이 단지 상상이라는 사실도 알고 있다는 것이다.

요컨대 이향자들은 고향의 실체를 알면서도 일시적으로 고향을 환상의 방식으로 대면하면서 삶을 지탱하는 힘을 얻고 있다. 그리하여 이향자들에게 고향은 다가가면 사라지는 환영(幻影)의 위치에 서게 된다. 고향이 그리워 귀향하더라도 주인공들이 마주하는 것은 고향의 어두운 현실뿐이

다. 김승옥, 김원일, 이청준의 소설 속 주인공들은 고향이라는 장소가
분명히 존재하고 가족이 그 곳에 살고 있더라도 오히려 '없는 것'으로
치부한다. 스스로 고향을 '부재화' 시키고 있는 것이다. 고향은 빈 공간으로
존재하기 때문에 인물들은 '환상'으로 그것을 채우며 일시적으로 고향을
동일화할 수 있는 대상으로 만들고 있다.

한편 라캉은 동일화의 욕망이 대상 목표물을 우회하는 것, 그것 주위를
빙빙 도는 것, 그것과의 만남을 연기하는 것을 통해 실현된다고 하였다.
왜냐하면 욕망의 대상과 만났을 때 직접 다가가지 않고 주위를 에두름으로
써 더 큰 만족을 얻게 되기 때문이다.4) 즉 욕망이 효과적으로 유지되기
위해서는 주체가 그것으로부터 거리를 유지해야만 하며 접근할 수 없어야
한다. 주체가 욕망의 대상에 너무 가까이 다가갈 때 환상은 깨진다.5)

이향자들은 '산책'을 통해 도시를 탐색하고 자신의 정체성을 찾고자
하지만 그것은 불가능한 일이다. 그래서 고향을 부정하면서도 도시 안에서
무의식적으로 고향과 비슷한 장소를 지향하고 친근감을 느낀다. 낯선
도시에서 발견한 익숙한 공간 속에서 고향을 떠올리고 그리워하기도 하는
것이다. 그러나 도시에서 고향을 생각하는 것에서 더 나아가 직접 고향을
마주하게 되면 환상의 프레임은 완전히 사라진다. 즉 도시에서 고향을
상상하는 것으로 그칠 때 고향은 도시의 탈출구로 존재할 수 있으며,
귀향을 하여 그 실체를 마주하게 되면 환상은 사라진다. 그렇기 때문에
주인공들은 그 환상을 유지시키기 위해 역설적으로 귀향을 거부하고 탈향
해야 하는 것이다.

그러나 고향과 동일화 할 수 없음에도 안식처를 찾고자 하는 간절한

4) 슬라보예 지젝, 박정수 옮김, 『How to Read 라캉』, 웅진 지식하우스, 2007, 119면.
   참조.
5) 김경순, 『라캉의 질서론과 실재의 텍스트적 재현』, 한국학술정보, 2009, 182면.

욕망으로 인해 인물들은 탈향→ 귀향→ 탈향의 행위를 반복하는 양상을 보인다. 주체와 고향의 동일화는 불가능한 것이기에 이러한 '반복' 양상은 고통스럽게 계속될 수밖에 없다. 고향에 머무를 수 없어 탈향했으나 다시 귀향하여 ① 고향이 안식처가 될 수 없음을 분명히 알지만 그것을 애써 부정하거나 ② 고향이 안식처가 될 수 없음을 확인하고 도시로 돌아오는 구조를 반복하게 된다. 이러한 작품에서 귀향은 항상 또 다른 '탈향'으로 이어지기 때문에 '탈향' 행위를 반복하는 구조6)로 설명할 수 있을 것이다. 주체들은 '고향과의 동일화'라는 성취할 수 없는 목표를 향해 고통스럽게 다가가면서 고향의 실재와 마주하여 끝내 자살에 이르기도 한다.

그러므로 궁극적으로 이향자들은 고향과 비동일화를 견지하고 도시에서 타향살이를 모색해야 하는 상황에 놓여 있다. 고향과 비동일화 할 때만이 고향이 삶을 지탱할 수 있는 대상이 되는 역설이 존재한다. 작품 속 인물들은 고향의 실체를 깨닫게 될 때 남는 것은 '죽음'이라는 사실을 알고 있다. 그래서 끊임없이 귀향을 지연시키고 탈향을 추구하는 행위를 하게 된다.

탈향의 욕망은 어머니에 대한 거부와 연결된다. 어머니의 형상은 작품 속에 잘 드러나지 않거나 혹은 모성이 결핍된 불가해한 대상으로 나타난다. 그래서 남성자아는 어머니를 대리할 수 있는 다른 여성을 통해 일시적으로 안식을 이루기도 한다. 따뜻한 모성이 부재한 억척스러운 어머니는 공포의 이미지로 구현된다. 모성이 결핍된 어머니의 존재성은 아버지의 부재를 드러내기 때문에 남성 자아는 정체성을 획득할 수 없다. 이러한 '무서운 어머니'를 피해 남성 인물은 탈향을 하고 고향과 비동일화를 추구할 수밖에 없는 것이다.

---

6) 대부분의 연구에서 '귀향형 소설'로 묶어 분석하고 있으나 1960년대~70년대 중반 정도까지 발표된 김승옥, 김원일, 이청준의 소설은 고향에 머물기를 주저하거나 거부하는 '탈향'형 소설이 대부분이라고 할 수 있다.

1. 원체험의 고향과 도시 지향성

이 시기 활동했던 작가들의 작품에서 6·25의 원체험은 커다란 상처로
각인되어 트라우마를 형성한다. 원체험은 주체와 고향을 분리시키고 작품
속 등장인물들은 고향에서 떠날 수밖에 없다. 그리고 인물들은 과거의
시간과 직면하는 것을 망설이고 자신의 기억 속 어디엔가 숨기고자 한다.
심연의 공간으로 고향이 탄생하고 있는 것이다. 그러나 자신이 가진 상처와
아무런 관련이 없는 것처럼 여겨지는 대상을 통해 고향의 심연이 겉으로
떠오르기도 한다.

고향에 대한 트라우마는 '소년'의 전쟁체험으로 형성되는 경향성을
지닌다. 여기서 유소년 화자의 의의는 성장체험에 가해진 상처를 통해
새로운 인식지평으로 나아가게[7] 된다는 것이다. 즉 김승옥, 김원일, 이청준,
최인훈 등의 작품은 전쟁으로 인한 부모의 죽음, 가난 등의 사건을 고통으로
만 치부하고 끝내지 않는다. 그 고통을 플래시백(flashback)[8]의 형태로 계속
드러내고자 시도한다. 과거의 고통을 현재 그대로 '기억'하거나 완벽히
'재현'할 수 없지만 외상이 꿈, 정신병 등으로 반복 재생됨으로써 반성과
비판으로까지 나아가고 있다.

또한 고향은 분단으로 인하여 더 이상 갈 수 없는 곳이 되었거나 전쟁과
가난으로 정주 불가능한 곳으로 형상화된다. 많은 인물들이 농어촌에서의
삶이 미래가 없다고 여겨 도시로 떠나고자 하며, 월남인의 경우도 고향을

---

7) 유임하, 『분단현실과 서사적 상상력』, 태학사, 1998, 139면 참조.
8) 플래시백(flashback)이라는 '과거의 재생' 현상은 정신적 외상을 입은 자가 이미지,
　상기, 지각을 수반하여 사건을 집요하게 회상하는 것을 의미한다. 꿈속에서 사건을
　여러 번 보는 등 환영, 환각 등과 함께 사건이 마치 다시 일어나고 있는 듯
　생생한 감각이 발생하며 사건을 스스로 연출하는 등의 증상이 나타난다(오카
　마리, 김병구 옮김, 앞의 책, 2004, 50~51면 각주3번 참조).

그리워는 하지만 새로운 장소에 정착하기 위해 노력하는 면모가 부각된다. 그래서 도시에서 새로운 삶을 실현할 수 없는데도 불구하고 대부분의 인물이 탈향을 꿈꾸게 된다. 즉 주인공들이 도시에 큰 기대를 가지고 있어서가 아니라, 고향에서의 삶이 이향(離鄕)보다 더 나쁜 선택이 될 수 있기 때문에 탈향을 하는 것이다.

1) 전쟁의 트라우마 형성

6·25를 다룬 소설에서 문제가 되는 것은 '전쟁'이라는 역사적 사건뿐만 아니라 그러한 상황에서 잔인해지는 인간의 모습이다. 폭력의 체험을 통해 어린 시절은 '상실'의 시간으로 전환된다. 많은 작품에서 트라우마는 가까운 사람들이 끔찍하게 살해당한 시체를 직접 보거나 죽임을 당했다는 소식을 들음으로써 형성된다.

김승옥의 <건(乾)>(1965)에서 소년 주인공은 토끼의 세계를 버리고 모방과 흉내를 통해 어른들의 세계로 진입9)하는 과정을 겪게 된다. 6·25 전쟁 이후 시방위대가 사용하게 된 퇴락한 대저택은 본래 '나'를 비롯한 아이들의 놀이터였다. 이 작품은 이러한 어린 아이의 놀이 공간이 어른의 전쟁 공간으로 바뀌는 과정에 대한 이야기라고 할 수 있다. 좋아했던 미영이가 피난 간 후 남겨진 빈집처럼 '나'의 충만했던 어린 시절은 결핍된 공간으로 변모한다. 그리고 폭력의 공간에서 살아남으려면 어른의 세계로 나아가야 하기 때문에 '나'는 형들이 윤희 누나를 윤간하는 음모에 가담하는 나쁜 짓을 저지르게 된다.

이청준의 작품 <퇴원>(1965), <소문의 벽>(1971)에 등장하는 '전짓불 체험'은 트라우마를 설명하는 중요한 모티프라고 할 수 있다.10) 이러한

---

9) 안남일, 『기억과 공간의 소설현상학』, 나남출판, 2004, 61면.

원체험이 나타난 소설로 전쟁으로 인한 외종형의 죽음을 다룬 <개백
정>(1969)을 주목할 수 있다. '나'의 외삼촌댁은 마을에서 인심이 좋은
집이었으나 전쟁이 일어나고 인민군이 들어오면서 몰살을 당한다. 이
소설은 전쟁에서 오는 공포가 아닌 인간성 상실에서 오는 살육과 횡포를
부각시킨다. 가족이 몰살당한 날 외종형은 재빨리 마을에서 도망쳐 죽음을
면할 수 있었다. 그 후부터 어머니는 한 명 남은 외종형을 걱정하면서
위험을 무릅쓰고 외삼촌댁으로 가고, '나'는 외종형의 소식을 들으러 간
어머니를 기다리며 매일 여우고개에서 공포에 떤다. 초등학생인 '나'가
두려워했던 것은 숲의 어두움과 이 숲에 들끓고 있다는 여우가 아니라
바로 '사람'이었다. '나'는 사람을 피하기 위해 더 깊은 숲으로 들어가
어머니를 기다린다. 그러나 '나'는 외종형이 끝내 산채로 흙에 파묻혀
죽었다는 소식을 듣는다.

소문으로 들은 외종형의 끔찍한 최후는 개백정과 강아지의 관계로 변용
되어 나타난다. 전쟁의 잔혹함과 외종형의 죽음을 아직 이해하기 어려운
소년인 '나'는 외종형의 죽음 이미지에 개백정에게 잔인하게 죽임을 당한
복술이의 이미지를 겹쳐 놓으며 그 의미를 이해하기 시작한다. 수복이
된 후 마음을 놓고 마을로 돌아오던 외종형의 존재성은 할당된 개가죽

---

10) 이청준의 작품에 나타난 트라우마를 분석할 때 <소문의 벽>, <퇴원> 등에
    나타난 '전짓불'의 양상을 많이 언급한다. <소문의 벽>에서 박준은 어둠 자체가
    아니라 어둠 속에서 나타나는 전짓불을 무서워하는데, 이는 6·25의 체험으로
    형성된 공포이다. 예를 들어, 김정자는 이청준의 작품에 나타난 전짓불은 폭력과
    공포감의 근원으로, 부권중심주의적인 폭력구조를 내포하고 있는 것으로써 아버
    지에 대한 두려움과 연결된다고 설명한다. 김영찬은 이청준의 '전짓불 체험'은
    원체험으로서 이청준 소설에서 반복되는 핵심 모티프이며, 사람의 정체가 보이지
    않는 가운데 이럴 수도 저럴 수도 없는 상황에서 극도의 공포감이 나타난다고
    설명한다. 자세한 내용은 김정자, 『소외의 서사학』(태학사, 1998, 363~366면)과
    김영찬, 『근대의 불안과 모더니즘』(푸른사상사, 2006, 94~105면) 참조.

수량을 채운 개백정이 단지 공짜 고기를 먹기 위해 때려죽인 복술이의 시체로 전이된다.

외종형의 죽음을 그와 유사한 다른 사건을 통해 바라본 것은 문제를 회피하는 것이 아니라 오히려 구체화하는 효과를 낳는다. 인용문에 나타나듯이 이념의 허구성이 들춰지고 폭력성은 명료해진다.

> 그 집 개를 한 마리 잡아봤으니까 오늘도 그 집 개를 잡아야 했다 이거야. 자네 전번 그 집 노랑이 잡았을 때 고기 먹고 한 소리 생각나지 않아? 속상하다구 고기도 안 찾아가는 집 개만 때려잡으라구 말이야. 하여튼 모르겠거든 이따 고기나 많이 먹어. 공짜 개고기에 배가 불러오면 자연 알게 될 일이니까. (이청준, <개백정>, 77면)

김원일의 작품에서 트라우마는 사회주의자인 아버지 그리고 혼자서 아이를 키워야 하는 어머니의 존재성에서 기인된다. 초기 소설 중 대표작이라고 할 수 있는 <어둠의 혼>(1973)은 전쟁의 원체험을 구체적으로 형상화하고 있다. 이청준이 <개백정>에서 가족의 죽음을 강아지의 죽음으로 치환하여 드러냈다면, 이 작품에서는 고향을 어둠의 시각적 이미지를 통해 말할 수 없는 부분까지 묘사하고 있다.

초등학교 2학년인 어린 주인공은 아버지가 왜 돌아가셨는지, 어머니는 왜 아버지에 대한 험담만 하는지, '나'는 왜 계속 굶주려야 하는지에 대해 의문을 가진다.11) 그리고 그 답을 알 수 없는 고향은 그 자체로 심연이며

---

11) 정재림은 <어둠의 혼>에서 소년인 '나'는 아버지의 실체를 알지 못하는 것이 아니라, 알고 싶지 않은 것이라고 설명한다. 아버지로 표상된 이데올로기를 '요술'이나 '수수께끼'로 부르며, 그것과 끊임없이 거리를 취하고자 한다. 그러므로 이 작품에서 '나'가 이룬 성장은 지배 이데올로기가 사적 기억을 억압하는 상황에서 지배담론을 용인·수용하는 과정과 같다는 것이다(정재림, 「기억의 회복과 분단극

'어두운' 이미지로 나타난다. '나'에게 죽음의 색으로 여겨지는 '보라색'은
고향의 빛깔이자 세상에서 함몰된 가족의 존재를 드러낸다.

(가) 대추나무 뒤쪽 하늘은 짙은 보라색이다. 나는 보라색을 싫어한다.
손톱에 들이는 봉숭아 꽃물도, 닭볏 같은 맨드라미도, 코스모스의 보라색
꽃도 싫다. 어머니 젖꼭지 색깔까지도 싫다. 보라색은 어쩐지 아버지가
바깥에서 숨어 다니며 하는 그 일과, 어머니의 피멍 든 모습을 떠올려준다.
(중략) 이 세상에 밤이 있음이 참으로 무섭다. 밤이 없는 곳에 있다면
나는 늘 그 땅에서 살고 싶다. 나는 환한 밝음 아래 놀다 그 밝은 세상에서
잠자고 싶다. (김원일, <어둠의 혼>, 218면)

(나) 대문 옆 꽃밭은 음침하다. 애써 구한 씨를 분선이와 함께 뿌린 꽃밭이다.
(중략) 그 꽃밭이 어둠에 묻혀간다. 꽃밭만은 밤낮을 가리지 않고 밝았으면
싶다. 꽃밭까지 어둠이 삼킨다는 건 하느님이 세상을 만들 때 잘못 만든
듯싶다. 겨울 한철 빼고 꽃밭은 늘 푸르고 색색의 꽃이 알록달록 피어야
한다. 향기를 뿜고 그 향기를 좇아 나비와 벌이 찾아와야 한다. 아니,
꽃밭 주위만은 겨울이 닥치지 않아야 한다. 잎이 푸르고 꽃은 늘 피어
있어야 한다. (김원일, <어둠의 혼>, 221~222면)

보라색이라는 어둠의 색이 관통한 고향은 전혀 아름답지 않은 장소로
묘사된다(인용문 가). 남편을 욕하고 자식이 굶어도 제대로 챙기지 못하는
어머니가 존재하는 고향은 황폐하고 모성이 부재하는 공간이다. 그리고
나는 어두운 고향이 아닌 밝은 다른 곳을 꿈꾼다. 그리고 자신과 동생이
만든 꽃밭이라는 공간에 실현할 수 없는 소망을 품기까지 한다(인용문

복의 의지-김원일의 초기 단편소설과 ≪노을≫을 중심으로」, 『현대소설연구』
30, 한국현대소설학회, 2006, 193~195면 내용).

나). 부모에게 '겨울이 닥치지 않는 꽃밭'을 요구함으로써 어린 자신들을 지키지 못한 부모에 대한 증오를 표출한다.

그 분노로 인하여 아버지의 죽음을 소망하기도 하고 먹을 것은 주는 함안댁이 어머니였으면 좋겠다고 생각하기도 한다. 그러나 실제 아버지의 죽음은 어둠에서 밝음으로의 전환이 아닌 더 큰 심연을 형성할 따름이다. "집안을 떠맡은 기둥으로 힘차게 버티어나가지 않으면 안"[12] 될 짐을 얻은 장자에게 고향은 거부하고 싶은 트라우마의 공간으로 남을 수밖에 없다.

아래의 인용문은 김승옥, 이청준, 김원일의 소설에서 소년들이 동네 사람 혹은 가족의 죽음을 목격한 부분으로 트라우마가 될 수 있는 장면이다.

> (가) 한 사람이 땅바닥에 손발을 쭉 뻗고 엎드려 있었다. 얼굴은 이쪽으로 향하고 있고 땅바닥에 한쪽 볼이 처박혀 있는데 마치 **정다운 사람과 얼굴을 비비는 형상**이었다. (중략) 땅에 뿌려진 피와 머리맡의 총만 없었다면 그것은 영락없이 만취되어 길가에 쓰러진 한 **거지의 꼬락서니**였다. (중략) 벽돌이 쌓여 있는 더미의 강렬한 색깔이 나의 눈을 찔렀다. 엉뚱하게도 나는 거기에서야 비로소 **무시무시한 의지**를 보는 듯싶었다. (중략) **고통을 목구멍으로 토하며 죽어가는 것을 바로 곁에서 묵묵히 팔짱을 끼고 보고 있다가 그 남자가 드디어 추잡한 시체**가 되고 그리고 아침이 와서 시체를 구경하러 사람들이 몰려들었을 때, 나는 모든 걸 다 보았지, 하며 **구경꾼**들 뒤에서 만족한 웃음을 웃고 있었다. (김승옥, <건>, 64~65면, 강조는 인용자)

> (나) 복술이의 머리통은 짧게 째진 두 개의 상처처럼 눈을 감은 채 언제나

---

12) 김원일, <어둠의 혼>, 『어둠의 혼』, 김원일중단편전집1, 문이당, 1997, 237면.

분별없이 나의 다리와 뺨을 핥아대려고 덤비던 혀를, 윗입술이 걷어 올라가서 무섭게 길어 보이는 이빨들 사이로 반쯤 깨물고, 그리고 사람처럼 번들거리는 얼굴에 땀을 뻘뻘 흘리며 익어가고 있었던 거야. (이청준, <개백정>, 80면)

(다)-1 아버지 얼굴을 피칠갑을 한 채 찌그러졌다. 눈을 부릅떴다. 턱은 부었고, 입은 커다랗게 벌어졌다. 아버지가 저렇게 변해버렸다는 걸 나는 믿을 수 없다. 아버지가 아닌, 다른 사람만 같다. (중략) 이제 아버지 가슴은 그 두려운 보라색으로 변하고 말았다. (김원일, <어둠의 혼>, 235~236면)

(다)-2 할머니가 달려들어왔다. 한 녀석이 할머니 가슴을 걷어차곤, 벽장문을 열고 목을 디밀었다. (중략) 아버지를 벽에 붙여 세운 사내가 닭잡듯, 아버지 가슴에 대검을 꽂았다. 어머니와 할머니가 쓰러진 아버지 위에 엎어졌다. (중략) 방바닥에 질펀하게 적시던 피와, 바깥에서 들리던 요란한 총소리는 뒤범벅이 되어 내 유년의 기억에 깊이 뿌리내린 어둠이 되고 말았다. (김원일, <절망의 뿌리>, 251면)

이 시기 작가들에게 6·25는 마음속에서 떨칠 수 없을 만큼의 충격적인 경험이었다. 그리고 그 처참한 시체의 이미지는 그들이 느꼈을 원체험의 강도를 그대로 보여주고 있다. 그러나 이러한 순간들을 목격한 그 당시에는 그것의 의미를 알 수 없다. 사후의 경험을 통해 그것이 '트라우마'로서 외상의 기원으로 자리하게 되는 것이다. 즉 이러한 원체험의 장면이 이후 그대로 떠오르게 되는 것은 아니다. 요컨대 정신적 외상(trauma)을 입은 사람은 플래시백(flashback)이라는 '과거의 재생' 현상을 경험하게 된다.[13]

---

13) 프로이트는 무서운 악몽 등을 통해 극심한 폭력을 반복해서 체험하는 증상을

58

실제로 김승옥, 이청준, 김원일의 소설에서 고향이 언어로 설명할 수 없는 심연의 이미지로 구성되고 탈향의 욕망이 작동되는 것은 이러한 과거 고향에서의 원체험이 큰 영향을 끼치고 있다고 말할 수 있다.

　김승옥의 <건>에서 '나'는 죽음의 목격을 통해 어린 시절의 낭만을 상실하고 현실에 대한 위악적 시선을 갖게 된다.14) 위의 인용문 (가)에서 빨치산의 죽은 형상은 사랑하는 사람을 향한 모습→ 거지 → 전쟁의 희생자 →추잡한 시체로 이미지가 변화되고 있다(위 인용문 가). 그러나 그 시체를 "고통을 목구멍으로 토하며 죽어가는" '전쟁의 희생자'로서 인식한 것은 잠시 뿐이다. 혼란스럽게 이미지가 변주되는 가운데 주인공이 마주하게 되는 것은 그러한 상황을 방관하다가 끝내는 공모해버리는 자신의 모습이다. 김승옥의 작품에는 아이였을 때 누렸던 '토끼의 세계'를 갈망하는 자아가 반복적으로 나타나는데, 그 이유는 이러한 원체험 때문이라고 할 수 있다.

　이청준의 경우도 초기 작품인 <개백정> 등에 나타난 고향의 원체험은 이후 작품에 끊임없이 영향을 주고 있으며 작가는 트라우마에서 벗어나려는 글쓰기를 계속적으로 시도한다. 어머니가 직접 보지는 못했지만 산 채로 흙구덩이 속에 버려진 채 죽었다는 외종형의 존재성은 후에 <목포행>(1971)에서 불사조로 재탄생 되는 등 그 이미지가 변주된다. '소문'으로 들은 외종형의 죽음을 '소문'으로만 존재하는 육촌형의 부활로 변이시키고 있는 것이다.

앓는 사람을 외상적 신경증자라고 명명했다. 그리고 그러한 사람들이 원체험을 망각하는 것, 무의미하게 사후에 그 사건을 반복하여 체험하는 것을 '능동적 억압'으로 가치 부여를 한다. 과거의 의미를 현재의 요구에 따라 축소시키지 않고 미래로 열어 놓는 적극적인 행위라는 것이다(전진성, 앞의 논문, 2007 참조).
14) 안남일, 앞의 책, 2004, 63면.

또한 김원일의 작품에서도 사회주의 이데올로기를 추종했던 아버지에
대한 원체험을 포함한 전쟁의 기억은 이후 소설의 중요한 모티프가 된다.
그런데 김원일의 초기 소설에서 과거가 재생될 때 대부분 '폭력성'이 동반된
다. 단순히 과거에 당한 폭력적인 사건을 떠올리며 고통스러워하는 것뿐만
이 아니라 현재형으로 그 사건에 자신의 모든 감정과 몸이 노출되는 경험을
하게 되는 것이다. <굶주림의 행복>, <절망의 뿌리> 등의 초기 작품에
강렬하게 나타나는 폭력성은 <어둠의 혼>에서의 정신적 외상이 현재
형태로 재생되는 것이다.[15]

원체험의 기억은 어린 시절에는 죽음의 끔찍함으로만 여겨질 수 있으나
유년회상 혹은 근원체험의 반복을 통해 죽음 이면에 놓여진 더 고통스러운
사실들을 인식하게 된다. 앞으로 살펴보겠지만 원체험은 이들로 하여금
'근원적인 결핍'을 끊임없이 느끼게 하는 것이다. 그러나 억압을 통해
망각되었다고 여겨진 트라우마는 반복 재생되면서 고통의 진실을 드러낸다
는 측면에서 매우 중요하다.

최인훈의 작품에서도 전쟁의 트라우마는 끔찍한 죽음을 목격하는 것에
서 시작된다. 그리고 타인의 죽음을 구출하지 못한 죄책감이 강하게 나타난
다는 독특성이 있다.

최인훈의 <칠월의 아이들>(1962)에 등장하는 철은 전쟁으로 다정하고
똑똑했던 형을 잃었다. 그 사건 이후 한 손으로 철을 번쩍 들어 목마를
태워 주곤 했던 아버지는 병이 들어 죽은 아들을 그리워만 하고, 어머니는

---

15) 그리고 트라우마는 단순히 플래시백의 형태로만 드러나는 것이 아니라 '복원'의
방향성으로도 나아가게 된다. 예를 들어, 김원일의 <어둠의 혼>에서 '모른다'는
단어로 '지워버린 아버지'는 그 이후 ≪노을≫등의 소설에서 복원된다. 즉
'모른다'가 '앎'으로 대체되는 것이다. 자세한 내용은 차혜영, 「성장소설과 발전
이데올로기」, 『상허학보』 12, 상허학회, 2004 참조.

석탄을 주워 팔아 생계를 이어 나간다. 철은 앙상한 손으로 끈적한 눈깔사탕을 주는 아버지와 석탄장수 할아범에게 받은 돈을 내미는 어머니 모두에게서 달아나고 싶은 감정을 느낀다. 비가 많이 오던 날 철은 자신을 괴롭히던 대장과 도랑을 건너려다가 혼자 물에 휩쓸려 죽는다. 이 작품에서 문제되는 인물은 '대장'이다. 그는 그 사건 이후 교외로 도망쳐 어두운 숲속을 걸으면서 구슬을 길바닥에 버린다. 형의 죽음을 통해 철의 가족이 무너졌듯, 대장도 철의 죽음을 통해 고향을 상실했음을 상징적으로 보여준다. 시내가 아닌 교외로 달아난 것은 그가 탈향의 욕망이 생겼음을 암시한다.

<우상의 집>(1960)에서 정신병자 '그'는 '나'에게 서울에서 태어났으면서 자신이 월남인이라고 신분을 속이고 전쟁의 경험을 이야기한다. 후에 거짓말임이 탄로나지만 6·25 전쟁의 참혹성만큼은 진실성이 담겨 있었다. '그'는 주인공에게 평소 좋아하는 마음을 품고 있던 여자가 공습으로 인하여 죽은 모습을 목격했다고 말한다.

> 카루가 그치는 곳에 그 여자는 커다란 기둥에 가슴을 눌린 채 반듯이 누워 있었다. 그 얼굴을 들여다보자 나는, "악!" 하고 소리쳐버렸다. 그 무서운 얼굴.
> 온통 피투성이가 된 얼굴에 입을 벌리고 나를 향하여 손을 허우적거리는 것이었다. 나는 올 때의 배나 되는 속도로 달음질쳐 집으로 뛰어드는 길로 이불을 뒤집어쓰고 드러누워버렸다. (중략)
> "눌렸어. 빨리만 발견했어도 살렸을 것을…" (최인훈, <우상의 집>, 85~86면)

'그'는 한 여자를 고통에 발버둥치며 죽어가게 했다면서 자신을 살인자라 명명하고 괴로워한다. 이러한 거짓말과 죄의식은 주인공에게 "전쟁이 우리들에게 무엇을 했는가를 가르쳐"16) 주는 동시에 전후에 그 참혹성을 망각하고 있던 문학도에게 현실을 일깨운다. 그래서 이 작품은 정신병자인 '그'를 대학 강단에서 헤겔 논리학을 풀어낼 수 있는 사람으로, 지성인인 '나'는 정신병자로 그 존재성을 역전시킨다.

이러한 심연의 고향은 남한의 도시로 이동한 이향자들의 삶 속에서 사라지지 않고 계속해서 영향을 미친다. 최인훈의 <하늘의 다리>(1970)는 이북의 고향을 떠나 남한 도시에 정착한 인물을 통해 전쟁의 원체험이 드러난다. 이 작품에서 고향을 거부했던 월남인은 상징적인 대상인 '다리' 이미지를 변주하면서 자신의 트라우마를 재생시키고 있다. 이향자가 망각하고자 했던 고향을 기억의 대상으로 이끌어내어 고향과 자신의 거리를 형성한다. 또한 <우상의 집>에서 남자가 여자를 구하지 못해 죄의식을 가졌다면, <하늘의 다리>에서 주인공은 고향 은사의 딸인 성희와의 만남을 통해 점차 전쟁의 참혹성과 도시의 황폐함을 동일시하면서 그녀에게 도움을 주고자 한다.

<하늘의 다리>에서 준구는 전쟁 중 LST를 타고 월남한 사람으로 실질적으로 고향에 갈 수 없기 때문에 자신과 고향을 '기억'의 고리로만 연결시킨다. 명절 때마다 서울역에서 벌어지는 귀성객 소동 같은 것이 이상스럽게 보이고 서울 사람 태반이 시골과의 탯줄을 생활상으로 끊지 못하고 지내는 사정을 모르는 것이 바로 자신이 타향 사람인 증거라고 생각한다. 그는 자신이야말로 이 도시에 어울리는 사람이라고 여기며 고향을 부정한다. 그러나 반대로 무의식 속에서는 고향과 자신의 관계성을 끊임없이 변주하며 환기시킨다. 이유는 알 수 없으나 우연히 환상 속에서 보게 된 하늘에 걸린 마네킹의 다리 이미지를 의식 속에서 변주·확대해 나가면서 망각하고

---

16) 최인훈, <우상의 집>, 『우상의 집』, 최인훈전집8, 문학과지성사, 1993, 90면.

62

자 했던 고향과 마주한다.

즉 다음의 <표 2>의 내용과 같이 준구가 '마네킹 다리'를 '하늘의 다리'라는 상징적 대상으로 전환시킨 까닭은 '다리'에 개인 체험을 투영시켰기 때문이다. 그리고 '마네킹 다리'에서부터 계속되는 환유적 전환은 과거 기억이 표출되는 형식이라고 할 수 있다. 준구는 원체험을 추상적인 형태로 상기함으로써 망각에서 벗어나고 있다. '하늘의 다리'는 단지 '텅빈 기표'에 불과하지만 주인공은 그 기표를 '무언인가'로 의미화하고 있는 것이다.

<표 2> <하늘의 다리>에 나타난 '마네킹 다리'의 변주 양상

① 양말을 신고 있는 마네킹의 다리	'하늘의 다리'라는 이미지의 생성	무의식, 트라우마 (월남인, 분단)
② 고향 은사의 딸 성희의 다리	'하늘의 다리'로 느낌	'고향'을 매개로 자신과 연결된 인물
③ 하늘의 다리를 그리다.	그리기를 시도하자 환영이었던 '하늘의 다리'는 사라짐	망각하려 했던 과거를 불러내려는 노력
④ '하늘의 다리'가 성스러운 그림으로 화하다.	준구의 개인 체험이 그림 속에 투영	고향과 주인공의 거리 성립

작품에서 허공에 떠 있는 다리는 피난민이자 실향민인 준구의 처지를 반영[17]한다. 이러한 상황 아래에서 준구는 속으로 고향을 그리워하고 있었으나 그것을 애써 부정하려고 한다. 그런데 고향이 같은 스승에게 집나간 자신의 딸을 부탁한다는 편지를 받은 후 ① 하늘에 여자 다리가

---

17) 허공에 떠 있는 다리는 피난민으로서 살아가는 사람들이 위치할 바를 찾지 못하는 정신의 형태이며, 땅에 닿지 못하고 있는 다리는 고향땅을 하루아침에 잃어버린 실향민의 반영이라고 할 수 있다(연남경, 『최인훈의 자기 반영적 글쓰기』, 도서출판 혜안, 2012, 88면 참조).

걸려 있는 것처럼 느껴지는 착각을 하게 된다. 그리고 끊어졌는데 그 자리를 찾을 수 없고 피도 흐르지 않는 다리의 묘사는 고향과 준구의 관계를 보여주는 것이다.[18]

고향 은사의 딸인 성희의 등장은 망각하려 했던 고향의 기억을 불러낸다. 그리고 준구가 ② 고향 은사의 딸을 '하늘의 다리'와 연결시키는 행위는 고향에 대해 고민하기 시작했음을 의미한다. 그러나 고향 원산이 확실히 존재하는 장소임에도 갈 수 없듯이 성희는 "저 하늘의 다리처럼 확실히 보이면서도 손에 잡히지 않는 물건이 된"[19]다.

준구는 어떤 대상이 분명히 존재함에도 그 의미를 알 수 없는 것을 고민하고 구체화할 필요성을 느낀다. 스승이 죽고 그 딸은 행방불명이지만 준구는 자신과 그들의 관계를 온전한 삼각형으로 머리에 그린다. ③ '하늘의 다리' 그림은 추상적이지만 역설적으로 준구의 과거 기억을 끌어내는 역할을 한다. 예술이란 "바다에 가라앉은 추억의 배를 끌어내는 것"[20]이다. '하늘의 다리' 그림을 완성한 준구는 ④ 일시적으로 작품의 다리가 후광에 싸여 있는 모습을 본다. 개인의 체험에 의해 그려진 것이기 때문에 그 후광은 준구의 눈에만 보이는 것이 당연하다. 이로써 없다고 생각했던 고향은 준구의 의식 속에서 다시 구성되고 그와 스승 그리고 성희로 이루어진 삼각형의 구도가 온전히 만들어진다.

---

18) 정우숙은 최인훈이 희곡 창작에서 압축된 시어로 인한 눌변과 말더듬이 형식, 개방적인 무대 공간, 빛과 소리 등의 장치를 통해 '말로는 표현할 수 없는 세계'에 대한 인식을 지향하고 있다고 설명한다. 언어의 여백을 채우는 연극적 장치로 독특한 공연성을 지향하고 있는 것이다(정우숙, 「1960-70년대 한국희곡의 비사실주의적 전개 양상」, 이화여대 박사학위논문, 1996 참조). 『하늘의 다리』의 '다리'도 재현할 수 없는 세계를 표현하기 위한 일종의 '장치'라고 할 수 있다.
19) 최인훈, 『하늘의 다리/두만강』, 최인훈전집7, 문학과지성사, 1994, 56~57면.
20) 위의 책, 65면.

최인훈은 위의 <표 2>에 도식화한 것처럼 ①→④의 순서로 '하늘의 다리'를 환영에서 체험의 기록으로 확장한다. 이러한 '다리'는 형체화할 수 없는 원체험에 대한 자신의 입장을 정리하고 정체성을 찾기 위해 노력하는 과정 안에서 나타난 구조물이다. 그림을 통해 불완전한 상황에 있는 자기 존재를 끊임없이 인식한다는 의미에서 트라우마의 극복이 아닌 보존의 과정을 보여주는 것이라 할 수 있을 것이다.

이 작품에서 '다리' 그림은 전쟁의 체험이라는 트라우마의 형식[21]으로서 중요한 의미를 가진다. '다리' 그림을 그리는 것은 원체험을 재현하려는 행위라기보다는 과거의 고통을 보존하고 끊임없이 상기시키는 역할을 한다. 그가 다리 그림을 통해 본 것은 글로 표현하기 어려운 '실재'이다. 다음의 인용문에 나타난 '뻥 뚫린 구멍'은 원체험을 글로 재현하려 할 때 일어나는 틈과 잉여까지지 함축하고 있다. 즉 원체험 그 자체를 보여주려고 한 것이다.[22]

---

21) 료타르는 유대인 학살과 집단적 기억전수의 관계를 다루면서 프로이트의 '심리적 억압'이라는 개념을 사용한다. 심리적 억압은 망각의 형식이라기보다는 보존의 형식으로서 억압하고 싶은 욕구가 무의식의 형태로 숨어서 보존되는 것을 의미한다. 프로이트에게 이러한 심리적 억압은 그 억압의 원인을 밝혀냄으로써 치유되어야 할 병적인 것으로 간주되는 반면, 료타르는 심리적 억압을 문화적 차원에서 집단적 기억을 보존하기 위한 수단으로 간주한다. 그리고 집단적 기억을 전수하기 위한 확실한 수단은 문자 등의 매체가 아니라 트라우마의 형식이 적합하다고 주장한다. 문자는 기억의 대상을 재현하는 수단이 됨으로써 그것의 대상 자체와 멀어지고 망각을 촉진시키는 반면, 트라우마는 무언가를 재현하는 기호의 성격을 띠지 않기 때문에 잊혀질 수도 없는 것으로 간주된다. 그런 이유에서 이때의 트라우마는 과거의 사건에 대한 기억을 통해 과거를 극복하는 것이 아니라 과거의 고통을 자신 속에 간직하며 끊임없이 상기시키는 역할을 하게 된다. 따라서 중요한 것은 '과거극복'이 아니라 '과거보존'인 것이다(정항균, 『므네모시네의 부활』, 도서출판 뿌리와이파리, 2005, 237~238면 요약).
22) <하늘의 다리>에 나타난 '다리'와 '구멍'은 문자로 드러낼 수 없는 트라우마 자체를 보여주는 어떤 것이 된다.

다리를 그린 하얀 부분은 어둠 속에서 뻥 뚫린 구멍처럼 보였다. 그가
그토록 그 자리에 붙잡아 두려고 한 오브제가 바로 그 오브제를 떨구어버린
함정의 아가리처럼 보였다. (최인훈, <하늘의 다리>, 110면)

또한 주목되는 점은 이 작품에서 트라우마로 인한 플래시백의 형태가
현재 도시의 문제와 긴밀하게 연결되고 있다는 것이다. 사람이 많은 서울의
식당가의 풍경은 피난 올 때 탔던 LST에서의 야영 모습을 떠올리게 한다.
다음의 인용문에서처럼 현재 도시의 풍경과 과거의 LST의 풍경을 겹쳐놓고
있는 것이다. 즉 아래 인용문은 과거와 현재를 모두 지시하고 있다.

核가족 핵개인만 있는 사람의 무리, 사정없고 매정스럽고 아귀 같고.
울어대는 아이들. 욕지거리를 하는 아낙네들. 각기의 주변머리의 정도를
어김없이 폭로하면서 설치는 남정네들. (중략) 노동과 전투의 인간 집단에
언제나 어디서나 따라다니는 영원한 천사들인 갈보들. (최인훈, <하늘의
다리>, 49~50면)

다리 그림을 그린 캔버스가 찢어지는 소리는 전쟁의 상흔을 들추어낼
뿐만 아니라 현재의 "마포에 있는 아파트가 무너진 사건"과도 연결된다.
그러므로 단순히 현재의 어떤 풍경을 통해 과거를 불러내는 것이 아니라
현재와 과거의 문제가 연결되고 있다고 보아야 할 것이다. 최인훈은 전쟁의
충격뿐만 아니라 그가 겪은 1960년대의 상황까지도 은유적으로 다 같이
"하수도 같은 그 시간"으로 표현한다. 상실된 고향의 문제를 도시에서의
삶 모색과도 결부시키고 있는 것이다. 이 소설은 트라우마를 그 자체로
보여주었다는 측면에서 의미가 있다.

요컨대 1960~1970년대는 표면상 새로운 근대가 열리는 듯 했지만 고향

은 고통을 감추고 있는 거대한 심연의 공간으로 형상화된다. 전쟁의 트라우
마와 고향의 상실은 월남 작가에만 나타나는 것이 아니라 이 시기 모든
작가들의 작품에서 중요한 모티프라고 할 수 있다. 그리고 정신적 안식처를
상실한 도시 공간에서 이향자들은 상실된 고향을 불러내는 한 방법으로서
'환상'의 스크린을 사용하게 되는 것이다.

2) 고향의 정주불능성과 탈향

이 시기 서울(도시)과 고향은 긍정/부정으로 명확히 변별되는 공간성을
확보하지 못한다. 도시가 긍정적인 공간으로 형상화 되는 것은 아니지만,
고향에서 정주할 수 없기 때문에 도시로 이동할 수밖에 없다. 또한 '출향'은
단순히 고향에서 밀려난 것이 아니라 탈향의 욕망을 가진 인물들이 자발적
으로 선택한 측면이 부각되어 나타난다. 전쟁과 분단은 탈향을 추동하는
중요한 원인이었으나 동시에 고향에서의 가난, 전근대성 등의 내부적
원인 역시 탈향의 의지를 이끌어낸 잠재적 요인이다.

타관으로 나가기를 바라던 인물들이 이향한 후 막상 서울에서의 삶이
자신이 기대한 것과 다르다고 해도 다시 귀향할 생각을 하는 경우는 찾아보
기 어렵다. 이호철의 <서울은 만원이다>(1966)에서 기상현은 상경하여
험난한 삶을 살고 있으면서도 "시골에 박혀 있었대도 별수는 없었을 것이다.
군청이나 면사무소나 농협의 직원이나 하다못해 순경 자리나 얻어 걸린다
면 모르되, 그렇지 않고서야 차라리 빌어먹더라도 서울 올라오길 백번
천번 잘했다"[23]고 생각한다. 길녀 역시 고향에서 어렵게 살 가족을 생각하며
눈시울을 적시기도 하지만 막상 고향에 가볼 것이냐는 월남자 남동표의
말에는 머뭇거린다. 서울은 '만원'이며 착하던 사람도 흉악스럽게 변모시키

23) 이호철, 『서울은 만원이다』, 한국문학대표작선집18, 문학사상사, 1994, 160면.

는 곳이지만 그렇다고 고향이 '안식처'가 될 수는 없다.

또한 김승옥의 거의 모든 작품은 '탈향형' 소설[24]로, 고향의 전쟁과 가난 등의 기억을 추방하고 도시를 선택한 이향자가 등장한다. 이청준, 김원일의 작품에서도 도시로 공부를 하러 떠난 이향자들은 다시 귀향하는 것을 원하지 않는다. 이들이 도시를 안식처로 생각하는 것은 아니지만 고향에 정주할 수 없음을 인식하고 있기 때문에 도시는 제2의 고향이 되는 것이다.

김승옥의 <누이를 이해하기 위하여>(1963)는 3인칭 관찰자 시점으로 시작하다가 1인칭 주인공 시점으로 전환된다. 소설의 초반부에서 주인공의 모습은 타인의 눈에 과거에 묻혀 살고 있는 이상한 소설가로 비쳐진다. 후반부에는 1인칭 시점으로 주인공 자신이 '왜' 이상한 사람이 되었는지 이야기하고 있다. 그에게 서울에서의 삶은 누이가 "도시에서 묻혀온 고독"을 이해하기 위한 과정이었다고 할 수 있다. 그리고 그는 타인의 시선에 의해 "생전 이름도 들어 보지 못한 시골에서 올라와서 서울을 빙빙 돌아다니며 사는 놈"[25]으로 정의된다.

'나'는 고향에 살 때는 고향을 도시와 대립되는 치유의 공간으로 설정했다 (아래 인용문). 그러나 막상 도시체험을 하고 난 이후에는 도시를 경멸하고 고향을 그리워하면서도 쉽게 귀향을 할 수 없는 존재가 된다. 고향의 해풍 속에서 만족을 얻지 못하는 사람들은 도시로 갈 수밖에 없었던 것이다. 이향자들에게 고향은 그리움의 대상이 되더라도 더 이상 정주할 수 있는

---

24) Ⅱ장의 2절과 3절에서 구체적으로 논하겠지만, 표면상 '귀향형' 소설로 여겨지는 <환상수첩>과 <누이를 이해하기 위하여>에서도 귀향의 실패 혹은 고향을 그리워하지만 귀향을 할 수 없는 이향자의 존재성이 드러난다. 김승옥의 작품에는 엄밀하게 말해 귀향지향적 소설이 부재한다고 여겨진다.

25) 김승옥, <누이를 이해하기 위하여>, 『무진기행』, 김승옥 소설전집1, 문학동네, 2004, 123면.

68

장소성을 가질 수 없다.

> 강물이 빠르게 밀려오고 금빛 하늘이 점점 회색으로 변해가는 이 시각에 내게는 아직도 신비한 힘이 보여주는 자연 속에서 나는 누이로 하여금 도시의 모든 기억을 토해버리게 할 생각이었다. (중략) 이 년 동안을 씻어버리고 다시 이 짠 냄새만을 싣고 오는 해풍으로 목욕시키고 싶었다. **(중략) 저 도시가 침범해오지 않는 한, 우리의 한 고장을 지키기에 충분한 만족을 가지고 있는 것이다. (중략) 도시에 갔던 사람들이 여간해선 돌아오지 못하고 마는 이유는 어디 있는 것일까.** (김승옥, <누이를 이해하기 위하여>, 131면, 강조는 인용자)

이청준의 <침몰선>(1968)에서 소년은 처음 도시에 갔을 때는 고향이 그리웠으나 도시를 체험할수록 고향에 돌아가는 것을 망설이게 된다. <귀향연습>(1972)의 결말 부분에서도 주인공은 자신이 정주할 곳은 고향이 아니라 서울이라고 이야기한다.

> 1년에 두 번씩 방학이 되어 차를 타고 시골 마을로 가는 것이 그를 훨씬 더 잘 견디게 해주었다. (중략) 머나먼 저곳 스와니 강물 그리워라, 하는 가사의 노래며, 시시때때로 올라가던 그리운 뒷동산아, 하는 등의 노래를 열심히 부르며 그는 그 3년을 잘 참아냈다. 그리고 그때까지 그는 언제나 다시 집으로 돌아갈 것을 생각하며 지냈다.
> **그러나 그 3년이 끝나자 그는 비로소 마을로는 영영 다시 돌아갈 수가 없게 된 자신을 깨달았다.** 누가 그렇게 시킨 것은 아니었으나, 수진은 그 무렵 어느 날 문득 제물에 그것이 깨달아진 것이었다. (중략) 고등학교 진학을 하고부터는 1년에 두 번씩 찾아오는 **방학 때가 되어도 그는 집에도 잘 가지 않고 열심히 공부를 했다.** (이청준, <침몰선>, 36면, 강조는

인용자)

"아냐, 여기(과수원)선 안 돼. 자네 뜻은 고맙지만 여기서는 아무래도
가망이 없는 것 같아." (중략)
"자넬 그렇게 온통 폐허로 만든 곳이 어딘데, 이번에도 또 그 악마구리
속 같은 서울이란 말인가?" (중략)
"악마구리 속이라도 할 수 없지. 나를 그토록 폐허로 만든 곳이 서울이라면
내 병도 아마 그 서울 쪽에 뿌리가 있을 테니까. 뿌리를 뽑고 싶으면
싫더라도 그 뿌리가 내려진 곳으로 돌아가는 게 정직한 태돌 테구."
(이청준, <귀향연습>, 221면)

　김원일의 <빛의 함몰>에서 '나'는 서울 대학가의 데모 주동자의 한
사람으로 제적 통고를 받고 형수가 사는 곳으로 요양을 간다. 그 곳은
천안 시내에서 15킬로 벗어난 T읍 북쪽 변두리에 외따로 자리하고 있는
장소이다. 천안의 조그마한 마을은 도시도 아니고 두메산골인 고향 갯마을
도 아닌 '사이'의 공간으로서 주인공이 쉴 수 있는 유일한 유사 안식처라고
할 수 있다. 그는 고향 사람들과 자식에게 기대를 걸었던 부모님이 심리적으
로 큰 부담이 되었기 때문에 고향에는 갈 수 없다. 고향 사람들은 '나'로
인해 후광을 입게 되리란 기대에 부풀어 있었고 부모님은 형을 잃은 뒤
똑똑한 자신을 통해 삶을 보상받으리라 여긴다. 그렇기 때문에 고향은
언제나 주인공에게 '무거운 책임'의 공간이 된다.
　그러나 천안마저도 '나'에게 완전한 안식처가 되지 못하는 것으로 나타나
며, 주인공은 끝내 고향과 서울 사이에서 서울을 선택한다. 각자 맞는
토양이 있듯이 자신의 살 길은 '서울'에 있다고 생각한다. 그러나 사실
'나'가 서울에 갈 수밖에 없는 이유는 그곳 이외에 정주할 수 있는 장소가

없기 때문이다. 아래 인용문의 내용처럼 고통스러운 장소더라도 '서울'이
최후의 정주지가 된다.

> 서울에서 이겨내지 못한다면 제가 설 곳이 아무데도 없을 거란 생각이
> 들어서 …. 아마 저는 다시 일어서지 못할 겁니다. 이런 안정이 오래
> 저를 잡아맨다면 말입니다. (김원일, <빛의 함몰>, 184면)

김원일의 <잠시 눕는 풀>(1974)의 시우는 고향에서 새벽부터 밤까지
쉴 틈 없이 일해도 처지가 나아지지 않아 가족과 함께 상경한다. 서울에서
그 꿈이 허구였음을 안다고 해도 고향으로 돌아갈 생각을 하지 못한다.
다른 사람을 대신하여 감옥살이를 하면서도 미래를 꿈꿀 수 있는 곳은
서울인 것으로 나타난다. 김원일의 다른 작품 <여름아이들>(1974)에서는
죽음을 불사하며 탈향을 하는 소년들이 등장한다. 그들은 가난하여 도시락
을 먹지 못했고 학비를 내기 어려웠다. 또한 아버지들은 해방 직후 좌익을
돕다가 총살당했거나 병에 걸려 죽고 떠돌아다니다 객사했다. 점복이는
암흑 같은 고향을 떠나 "죽었으모 죽었지 부산 앞바다까지 가볼 끼다.
(중략) 높은 집 있고 뻔쩍뻔쩍 전등불 케진 시내로 들어갈 끼라!"[26]하고
다짐하기도 한다.
　요컨대 도시가 긍정적으로 그려지는 것은 아니지만 서울과 부산은 고향
을 벗어나 그들이 새로운 삶을 시작할 수 있는 곳으로 나타난다.

> 고향에서 일 년에 벼 열두 섬을 받기로 하고 어느 큰 농가에서 꼴머슴을
> 살았다. 쇠죽도 쑤고 거름도 져나르고 힘겨운 쟁기질까지 했다. 새벽별이

---

26) 김원일, <여름 아이들>, 『오늘 부는 바람』, 김원일중단편전집2, 문이당, 1997,
　136면.

스러질 때부터 밤이 이슥하도록 쉴 틈이 없었다. 소작농이었던 아버지를 신장염으로 잃고 난 뒤부터였다. (중략) **막벌이를 하더라도 지금 처지보단 나을 테니 서울로 이사 가자고 어머니를 설득했다. 가진 것 없고 노동력이 생활 밑천인 사람들에겐 서울이 훨씬 일터가 많다고 했다.** (김원일, <잠시 눕는 풀>, 101면, 강조는 인용자)

우리가 장터를 탈출하여 고향 땅을 등지기로 한 이 엄청난 계획을 눈치챈 사람은 아무도 없었다. (중략) 낯설고 신기한 도회지, 숯불로 밥해 먹고 전차가 달리는 부산, 그곳에서 우리가 어떻게 살 것이냐란 문제는 다음이었다. 우리는 오직 허기와 어른들의 모멸에 찬 눈총과 무료함이 고름처럼 괴어 있는 장터마당을 떠나 여정의 모험에 나섰다는 사실만이 지금 중요하다. (김원일, <여름 아이들>, 123~124면)

최인훈의 『회색인』에서 김학의 집은 가세가 점점 기울어갔고 그는 서울에서 하숙비 송금을 받을 때마다 마음이 무겁다. 월남인 독고준에게 자신의 고향에 같이 가자고 권유하기도 하고 물질주의를 추수하는 도시를 비판하기도 하지만 고향이 도시보다 나은 공간이라고 할 수 없다. 서울은 공부를 할 수 있고 삶을 확신할 수 있는 공간이며, 고향은 병든 아버지 등을 책임져야 하는 장소로 형상화 된다. 즉 도시에서는 근대적 주체가 되어 앞으로 전진하는 듯한 느낌을 가질 수 있었으나 고향은 오히려 개인의 삶을 구속한다.

서울에서 『갇힌 세대』의 동인등과 어울려 있으면 그 분위기 속에서 그는 어떤 확신 속에서 살고 있다는 느낌을 가질 수 있었다. (중략) 그는 병석에 누워 있는 아버지의 아들이었고, 형편이 기울어진 지방 유지의 차남이었고, 나날이 소란스러워가는 시골 도회의 아들이었다. 그에게는 아직도

이 모든 것을 뿌리치고 그, 김학이라는 순수한 개인의 자리만을 차지하겠다
는 용기는 없었다. (최인훈, <회색인>, 130면)

한편 '분단'이라는 역사적 상황으로 인하여 이북에 있는 고향의 땅을
더 이상 밟을 수 없게 된 월남자들에게도 이러한 양상이 나타난다. 고향을
그리워는 하지만 고향을 떠나온 것을 슬퍼하기보다는 새로 이주한 공간에
서의 정착을 도모하고 있다. 또한 북한에 가더라도 그 곳에 더 이상 자신이
정주할 곳이 없다는 사실을 알고 있다.
　　이호철의 <탈각>(1959)에서 형석, 필구, 동연은 이북이 고향인 사람들로
남쪽의 도시에서 조우하게 된다. 이들은 서로의 얼굴에서 고향을 느끼며
형석의 집 안에서 동향인(同鄕人)이라는 성지 의식 혹은 한울타리 의식을
가지고 있다. 그러나 그들의 고향 의식은 그렇게 견고한 것이 아니다.
형석은 남한(南韓)에서 장가를 들었고 동연은 살림을 늘리면서 넉넉하게
살고 있다. 형석의 '고향의식'은 통일 후의 귀향을 목적으로 하는 것이
아니라 돈을 많이 벌어 동향인(同鄕人)인 필구와 동연에게 베풀면서 셋이
늙을 때까지 같이 있었으면 하는 마음에서 나온 것이다. 형석이 필구와
동연의 결혼을 반대하는 이유는 자신이 셋의 관계 안에서 소외될 것이라
생각하기 때문이다. 또한 고향에 함몰되기보다는 현재의 삶을 잘 꾸려가는
것이 중요하다고 여긴다. 고향이 가까운 곳에 있지만 휴전선이 굳어지고
환도 바람이 불면서 모두들 새로운 도시에 정착할 모색을 하는 것이다.

(가) 이젠 어차피다. 임시 변통도 유만부득이지, 말이 되나. 무한정하고
임시루야 살 수 없는 거 아닌가. (중략) 고향이래봤자. 형석이나 나나
동연이나 피차의 상판때기에서 겨우 느낄까 말까, 아닌가. 고작 피차의
상판때기에서 …. 도대체 어이가 없고 우스운 노릇이 아닌가. 고향을

빗대서 서로 구애를 받아야 하구, 나름대로 경우를 따져야 하구, (중략) 도대체 뭐 말라죽은 고향이냔 말이야. 이럴 바엔 차라리 **그까짓 군더더기 같은 고향일랑 깨끗이 걷어내야 해, 건강해져야.**

걸핏하면 '고향이 지척이다' 하는데, 그런 쓸개 빠진 데나 써잡수시라는 고향인가요? 허지만 군이 따져보지 않드래도, 고향이라는 건 저 깊이깊이, 말로 다 못하게 귀한 것이 있잖우? (중략) **언젠 우리 조상들이 뭐 그다지나 잘나고 화려했던가요. 고작 이 정도였지. 하지만 이 정도가 어딘데. 그점, 나는 늘 긍지를 갖고 있시오** (이호철, <탈각>, 65면, 77~78면, 강조는 인용자)

(나) 온 세상 사람들, 3천만 사람들을 모여들이구, 활짝 문들을 열구, (중략) 이 곰팡이 낀 성지 냄새는 깨끗이 씻어낸대나. 어차피 이 바닥에서 사는 바에야 떳떳이 살아야지, 안 그래요? (이호철, <탈각>, 80면)

(다) '이미 이렇게 돌아와 있는 것이 아닌가, 여기 이 방이, 동연과 단둘이 있는 이 방이 바로 고향이 아닌가. (중략) **그런 필구의 눈앞엔 오늘따라 고향 산천의 풍물 하나 하나가 눈앞에 환하게 펼쳐지며 절절하게 손에 잡힐 듯이 다가들었다.** (이호철, <탈각>, 82~83면, 강조는 인용자)

<탈각>은 위의 인용문의 내용처럼 (가)→(나)→(다)로 내용이 전개되면서 고향에 대한 의식이 분명해지고 있다. 탈향을 통해서 새로운 삶을 시작하려는 것이다. (가)에서는 '새출발 의식'이 엿보인다. 고향을 부정하거나 잊으려고 하는 것은 아니지만 현재의 삶을 방해할 수 있는 고향 의식은 버려야 '건강한 것'이라고 규정한다. 과거의 고향을 이상화하거나 그리움에 사무치는 모습은 찾아보기 어렵다. 즉 생산적인 삶을 살기 위해 고향에 얽매일 필요가 없다는 이야기는 '탈향'의 의지와 연결된다고 할 수 있다.

탈향을 해야 남한에서의 삶에 편입될 수 있으며(인용문 나), 남한의 도시에서 가족을 꾸리며 행복하게 살 수 있는 것이다(인용문 다).

이러한 고향 의식은 동연이 이북에서 아버지가 맺어준 강준장이 사실 유부남임을 알게 되면서 이혼을 결심하는 과정과 맞물려 나가고 있다. 분단으로 인하여 고향에 갈 수 없고 남한에 정착해야 하는 상황을 딸과 정을 떼어야 하는 상황과 연결시키고 있는 것이다. 고향과의 단절은 그만큼 어려운 것이지만 1960년 즈음의 이호철은 월남인들의 정착기를 고향에 대한 그리움보다는 탈향 의식으로 그려내고 있다.

김원일의 <벽>(1973)에서 이만두는 단신으로 월남한 사람이다. 사실 그에게 고향 운산은 어머니가 계신 곳이라는 의미가 있을 뿐 어두운 기억만 이 가득한 장소이다. 아버지는 일제 말엽 홋카이도로 징용을 떠난 뒤 낙반사고로 죽었고 전쟁이 나자 형은 징집당해 경상북도에서 전사했다. 이만두와 그의 어머니는 운산에 계속 있을 이유가 없었고 월남을 하기로 하지만 지독한 추위와 수많은 인파로 인해 헤어지고 만다.

이만두는 세계에서 가장 팔이 긴 남자로 국제적으로 신문에 알려지면서 유명인사가 된다. 매스컴에 의해 그가 서울에서 건실하게 사는 월남인이라 는 사실이 밝혀지면서 북의 어머니와 상봉이 추진된다. 그러나 이만두는 어머니의 병환이 갑자기 악화되어 손도 잡아보지 못하고 잠자는 듯 누워있 는 모습만을 잠깐 보고는 서울로 돌아온다. 이산가족 상봉은 하나의 거짓 축제가 된 것이다. 북한여행이 매스컴에 발표된 날부터 이만두는 남북 통일의 물꼬를 트는 상징적 인물로 남한에서 큰 인기를 끌게 되었고 평양방 송은 남조선에 살고 있는 아들을 만난 후 만족스러운 최후를 마쳤다는 발표를 한다. 이만두는 어머니가 이미 죽어 있는 것이 아니었나 추측해 보지만 어쩔 수 없는 일이다.

요컨대 구체적인 맥락은 다르더라도 전후의 고향은 머물 수 없는 장소로 형상화되고 있으며, 대부분의 작품에서 주인공들은 산업화·근대화의 물결 속에서 새로운 집짓기를 하고자 모색한다.

2. 고향의 대체물과 '환상'의 고향

이 절에서는 도시의 이향자가 6·25의 체험과 가난 등의 부정적 기억들이 존재하는 고향을 어떻게 이미지화 하고 있는지 고찰해 보고자 한다.

1960~1970년대 소설에서 고향만이 가진 힘이라고 생각되는 자연, 신비한 육체적 힘 등의 '원시성'은 도시 체험을 통해 상실되었다고 여겨진다. 과거 고향에서는 육체적인 힘이 삶의 기반이 될 수 있었으나 현재 도시 안에서는 필요 없는 것이 되거나 소멸된 것으로 나타난다. 그래서 표면상 원시성은 도시에 의해 억압당하는 것처럼 여겨진다. 사실 그러한 원시성은 궁극적으로 재생력이 존재하지 않는 고향을 대신하는 것으로서 고향과 동일화를 가능하게 하는 고향의 대체물27)이라고 할 수 있다. 즉 현실에서 귀향은 거부되고 고향과의 동일화는 불가능하지만, 작중 인물들은 원시성, 자연 등을 고향과 연결시키는 '환상'28)을 통해 정체성을 확보29)할 수

---

27) 권택영, 「증상으로 읽는 이청준 소설」, 『한국문학이론과 비평』 42, 한국문학이론과 비평학회, 2009, 282~283면 참조. 우리가 추구하는 욕망의 대상이나 지젝이 언급한 숭고한 이데올로기는 모두 살기 위해 매달리는 증상들이다. 증상을 제거하면 텅 빈 것으로서의 무(無)가 나타난다. 권택영은 그래서 증상은 제거가 불가능하며 치유란 오직 다른 증상으로의 대체일 뿐이라고 설명한다. 또한 어머니가 아니라 어머니 대체물에 의존하여 불안을 다스리게 된다고 이야기한다. 즉 자연, 육체적 힘 등도 고향의 대체물일 뿐 실제의 고향이 아니기 때문에 이들 작품에서 '고향'의 이미지 역시 잉여 혹은 결핍을 피할 수 없다.

28) 여기서 '자연'은 고향의 대체물이라는 측면에서 라캉의 '환상' 개념으로 해석할 수 있다. 그러나 이청준의 <목포행>에 묘사된 불사성, 김승옥의 <역사>에

76

있게 되는 것이다.30) 이러한 메커니즘은 김원일의 <잠시 눕는 풀>에서
이향자 시우가 가지게 될 점포명의 의미와 연결된다. 고향에서 살기 어려워
탈향한 시우 가족은 서울에서 각종 일용품을 파는 상점을 운영할 꿈을
꾸고, 그 점포명을 고향 지명을 가져와 '백암상회'로 지으려고 한다. 이향자
에게 고향은 '백암상회'라는 간판명으로만 존재하는 것이다.

주목할 점은 대부분의 경우 인물들이 환상적인 고향의 이미지를 창조하
면서 그것이 단지 상상이라는 사실도 알고 있다는 것이다. 즉 주인공들은
도시의 성격과 대립되는 재생·정화·원초적 힘을 지닌 고향의 이미지를
주조하여 고향을 '환상'화 시키기도 하지만 동시에 고향이 심연의 공간이라
는 것을 명확히 인지하고 있다. 그래서 고향의 재생력은 일시적으로만

니타난 비현실적인 육체적 힘 등은 독자와 작중 인물이 그것이 현실적인 것인지,
비현실적인지 의문을 가진다는 측면에서 환상문학에서의 '환상'과 결부된다.
환상문학에서는 불멸하는 인간, 염동력 등이 자연스럽게 수용되며, 결핍된 것에
대한 갈망이 나타난다(캐서린 흄, 한창엽 옮김, 『환상과 미메시스』, 도서출판
푸른나무, 2000, 55면 참조). 결핍된 것을 갈망하는 것 등은 고향의 결핍을 메우고
동일성을 유지하려고 하는 정신분석학의 맥락과 연결되는 측면이 있다고 여겨진
다. 본서에서는 Ⅱ장과 Ⅲ장의 통일성을 위해 라캉의 '환상'이라는 개념 틀 안에서
만 작품을 읽어내려고 한다.
29) 재생력의 공간으로서 '고향'이 상정되기는 하지만 김승옥, 이청준 등은 사실
그 고향이 실패한 것, 구멍난 것으로서의 세계라는 것을 인지하고 있었다. 이때
자연 등의 원시성은 無로서의 고향을 대신하여 존재하는 대체물이라고 할 수
있다. 고향 대신 존재하는 원시성은 고향에 어떤 실체를 부여할 수 있는 힘을
지니고 있으며, 고향과 동일화가 일시적으로 가능하게 만든다(슬라보예 지젝,
주은우 옮김, 앞의 책, 116면, 각주 37번 내용 참조 적용). 다시 말해 여기서
'원시성'은 매혹의 힘을 발휘하면서 '고향'이 아무 것도 아니라는 사실을 감추는
역할을 한다. 상징적 질서 내의 결핍인 비일관성을 가려 주체에 일관성을 부여하는
기능을 한다고 할 수 있다.
30) 여기서 '환상'은 고향이라는 개념을 봉합할 때 나타날 수밖에 없는 틈을 메우면서
고통스러웠던 고향을 사라지게 만드는 기능을 한다. 즉 동일시 가능한 고향 이미지
가 구현되는 것이다.

지속되며 정체성도 온전하게 확보하기는 어렵다. 이때의 환상은 오히려 고향의 현실을 은폐하지 않고 드러내는 기능을 한다.

이 시기 많은 작품에서 고향의 이미지를 연상시키는 자연 등은 재생력이 존재하지 않는 고향을 대신하는 대체물로서의 성격을 지닌다. 인간은 원초적 불안에 대해 자아를 방어하고 억압되는 본능을 충족하기 위해 대체물을 만들어 의존한다.[31] 아름다운 풍광과 원초적 힘이 실제 고향이 가진 어두운 기억을 가리는 기능을 한다. 즉 고향의 자연에 대한 동경과 원초적 이미지 안에는 아무 것도 아닌 무(無)인 고향을 유(有)로 만드는 힘이 있다.

한편 이동이 빈번해지면서 토박이와 타지인을 구분하게 되고, 더불어 같은 고향 사람들을 인식하는 동향(同鄕)의 개념이 성립된다. 그러나 최인훈, 이청준, 김승옥의 작품에서 주인공들은 자신을 고향의 내부인으로 생각하기 어려운 것으로 나타난다. 또한 오랫동안 고향에서 떨어져 살다 보면 그동안 간직해 왔던 억양, 습관 등이 변하고 이주한 지역의 특성과 혼합되기도 하기 때문에 특정 지역의 성격을 개념화하기는 어렵다. 그런데 이향자들은 이러한 '혼성성'에 대해 분명하게 인식하면서 동향 사람과 융합하지 못한 채 자신을 외부인으로 위치시킨다. 동시에 동향이라는 관념이 환상에 불과함을 알면서도 자신을 고향의 내부인으로 만들 대상을 만들거나 혹은 고향의 고유한 특성이 무엇인지 개념화시키려는 면모가 드러난다.

요컨대 작가들은 고향에 대체물인 자연, 육체적 힘, 고향 사람의 추상적 특징들이 모두 '환상'에 불과하다는 점을 알고 있다. 그런데 그 환상의 프레임으로 고향을 바라보는 까닭은 현실을 도피하기 위해서가 아니라 궁극적으로 불안한 현실을 지탱하기 위해서라고 할 수 있다.

---

31) 권택영, 앞의 논문, 2009, 282면.

1) 도시체험과 상상의 재생력

가. 원시적 몸과 환상

일반적으로 고향은 원초적 힘을 지닌 공간으로 여겨지는 반면, 도시는 그러한 힘이 삭제된 장소로 형상화된다. 김승옥의 <역사(力士)>(1963), 김원일의 <절망의 뿌리>(1973)는 그러한 이항대립성이 잘 드러난다. '역사의 과거 영광과 현재의 몰락'이라는 서사가 구현되고 있다. 이러한 양상을 시골의 원초성과 그것을 억압하는 도시의 규율성으로 해석하는 것도 가능하다. 그런데 이들 작품에서 고향으로 대변되는 요소들은 실제 고향 대신 존재하는 고향의 대체물이라고 할 수 있다.

김승옥의 <역사>에 등장하는 '나'는 술집에서 6·25 때 단신 월남하여 공사장에서 일하고 있는 함경도 출신의 '서씨'를 만난다. 그는 보여줄 것이 있다면서 나를 동대문으로 이끌고 간다. 그리고 평소와는 전혀 다른 사람이 되어 온갖 근육을 움직이며 성벽을 기어오르고, 지렛대나 도르래를 사용해야 올릴 수 있는 큰 돌덩어리를 맨손으로 들어 흔들기까지 한다. 비록 그의 행위는 아무도 알아챌 수 없는 성벽의 큰 돌을 바꾸는 무의미한 것이었으나 '나'는 거대한 무대 위의 장엄한 연극을 보는 듯한 감동을 느낀다. 그런데 현재에 이르러 장사들은 죽음에 이르거나 흔적으로만 남아 있다. 선조에게 이어 받은 육체적인 힘은 도시에서 큰 소용이 없는 것이기 때문에 공사장의 인부가 된다. 서씨의 힘은 공사장에서 약간의 보수를 더 받을 수 있는 기능밖에 안 되었으나 그는 그것을 거절하고 남만큼만 벽돌을 날랐다. 그리고 다만 아무도 모르게 동대문에 있는 돌의 위치를 바꾸는 것으로 자신의 힘이 유지되고 있음을 확인할 뿐이다.

이 작품에서 서씨의 선조들은 모두 육체적인 힘을 바탕으로 세상을 평화롭게 하고 스스로도 영광스런 자리에 오를 수 있었다. '몸'은 그 자체로 큰 재산인 동시에 그들이 존재하는 이유이기도 했다.

> 그는 중국인 남자와 한국인 여자 사이에서 난 혼혈아였다. 그의 선조들은
> 대대로 중국에서 이름 있는 역사들이었다. 족보를 보면 헤아릴 수 없이
> 많은 장수(將帥)가 있다고 했다. 그네들이 가졌던 힘, 그것이 그들의 존재
> 이유였고, 유일한 유물이었던 모양이었다. 그 무형의 재산은 가보로서
> 후손에게 전해졌다. 그것으로써 그들은 세상을 평안하게 할 수 있었고
> 자신들의 영광도 차지할 수 있었다. (김승옥, <역사>, 144면)

그런데 서씨가 가진 원시적 힘은 비현실성이 강하다. '나'는 이러한
비현실적이면서 동시에 역동적인 이미지를 서씨와 서씨로 대표되는 도시
변두리에 투영한다. 이 작품의 주인공은 겉으로는 고향의 기억을 추방했다
고 말하고 있으나 서씨와 도시 변두리를 고향 대신 흠모할 수 있는 대상으로
전환시키고 있다.[32]

한편 김원일의 <절망의 뿌리>(1973)에서 육체적 힘은 과거 영광과
함께 심연의 고향까지 드러낸다. 만현의 부계는 기골이 장대하고 힘이
센 집안이었으나 일제시기, 6·25 등을 거치면서 소멸되는 것으로 나타난다.

> 네 할아버지는 정말 인물이었지. 진사 집안 외동이라 학식도 많았고
> 기골 또한 장대하여 스물 되기 전에 씨름판에서 황소를 탔단다. 삼일
> 만세 때 증조부가 감옥으로 넘어가고, 육개월 만에 풀려나오자 자리에
> 누우신 게 그해 동지에 숨을 거두셨지. (중략) 할아버지가 참수당하는
> 걸 보셨다. 칼이 목을 내리칠 때 얼굴빛도 변함없이 꼿꼿이 (중략) 그
> 소식을 전했을 때 네 아버진 겨우 세 살이었어. 내 나이 스물, 그때부터

---

32) 이는 주인공이 서울의 삶을 상징하는 '이층집'에 소속될 수 없기 때문에 일어나는
   현상이라 할 수 있다. 자세한 내용은 본서 II장 3절을 참고.

안씨 가문은 기울기 시작했단다 …. (김원일, <절망의 뿌리>, 242면)

그러나 만현은 선조의 기개는 잃어버리고 다만 폭력을 사용하다가 감옥에 가거나 서울 광화문 근처에서 폭식과 폭음을 한 후 난동을 피운다. 선조의 성스러운 힘이 난폭한 몸으로 전환된 것이다. 그러나 <역사>의 주인공과 다르게 <절망의 뿌리>에서 만현은 스스로 이러한 자신의 몸을 부정적으로 생각한다. 그러한 인식은 그의 식성과 큰 몸에 압도된 여자의 불안한 얼굴을 통해서도 나타난다. 여기서 만현의 몸은 고향에서 목격한 전쟁의 폭력성을 그대로 반영한다고 할 수 있다. 작품의 마지막에 만현은 도심을 벗어난 산정에서 자신이 벌인 상황을 파악하게 된다. 도심의 무수한 불빛을 바라보며 서울에서 자신이 섞여 살 수 없음에 괴로워한다. 그 괴로움은 도시에 내재된 폭력성에서 기인된 것이 아니라 과거 고향의 상처에서 시작된 것이다. 김원일의 소설에서는 육체적 힘과 전쟁 이전 고향의 영광이 연결되고는 있으나 그 원시적 특질이 정체성 확보로까지 이어지지는 못한다. 그러나 작품의 마지막 부분에서 만현은 '가은'이라는 여성의 몸을 어머니의 몸과 동일시하면서 안식을 찾게 된다. 이때 앞으로 새 생명을 품을 수 있으리라 여겨지는 가은의 '배'는 자신과 합일을 이룰 수 없었던 고향의 대체물이다.

요컨대 도시에서 소모 당하는 몸(<역사>)에 숨겨져 있던 건강한 생명력을 강조하는 것은 고향을 고향답게 만드는 작업이라고 할 수 있다. 그리고 이러한 힘이 사라진 고향은 아무 것도 아닌 공간으로 남게 된다. 실제 고향은 폭식과 살인하는 몸(<절망의 뿌리>)이 연상시키는 어떤 장소인 것이다.

1970년대 후반 고향과의 화해 양상을 보여주는 이청준도 초기 소설에서

는 다른 시선으로 고향에 접근한다. <꽃과 뱀>(1969)은 생화33)와 조화로
원시성과 인공성을 대립시킨다. 그런데 이 작품에서 생화/조화는 긍정/부정
의 도식으로 설명하기 어렵다. 주인공이 생화를 동경하기는 하지만 동시에
그것을 서울에서의 삶을 위협하는 무서운 대상으로 느낀다. '원시성'이
가진 위험과 매혹을 동시에 보여주는 것이다.

'나'는 서울에서 아버지의 가업을 이어 조화 가게를 운영한다. 보통
꽃과 나무는 휴식을 도와주는 역할을 한다고 생각하지만 '나'는 조화의
화려한 색깔로 인해 늘 신경을 곤두섰으며 아내도 자주 피곤해 보였다.
그러나 시들지 않는 조화는 견고하게 만들어져 생화보다 더 생화 같은
아름다운 모습으로 묘사된다.

　　시들지 않는 꽃, 그 꽃은 시들지를 않는 대신 피어나는 일도 없는 꽃이었습
　　니다. 옛날 아버지와 어머니는 그 꽃에 향기가 없는 것이 늘 걱정거리였지
　　만, 지금은 아내 말마따나 진짜보다 더 은은하고 매혹적인 향기를 낼
　　수 있게 되었습니다. 게다가 옛날의 종이 제품보다 비닐과 플라스틱은
　　훨씬 견고하고 생화에 흡사했습니다. (이청준, <꽃과 뱀>, 216면)

　어느 날 그는 생화 가게 앞에 서 있는 딸 경선이의 모습에 대한 인상과
조화 속을 빠르게 훑고 지나는 뱀의 그림자를 본 것 같은 착각이 겹쳐지면서
지금은 소식조차 알 수 없는 누이 이화(梨花)를 기억하게 된다. 누이는

───────────
33) 생화로 대변되는 자연은 이청준에게 '고향살이'란 말로 대신할 수 있는 어린
　시절의 그리움으로서, 근원으로의 회귀 욕구인 동시에 그 과정에서 느낄 수 있는
　자기 정화의 기쁨으로 상징될 수 있을 것이다(이청준, 「작가노트─고향의 자정력」,
　『병신과 머저리』, 이청준 문학전집2, 열림원, 2006, 233면 내용 참조). 그러나
　엄밀히 말하면 이청준의 60년대 소설에서 자연은 삶의 근원인 동시에 삶을 무너뜨
　리는 위협으로 존재한다. 자연이 정화의 기쁨으로 변모되는 시점은 <눈길>
　등이 쓰여지는 70년대 후반 무렵이라고 할 수 있다.

82

생화를 가꾸듯 조화에 물을 끼얹기도 했다. 그리고 어머니에게 매질을 당하면서도 늘 사내아이들과 놀러 다니며 들판에 핀 꽃 보기를 좋아했다. 몸에는 항상 상처가 있었고 옷은 더러웠다. 부모님은 자신들의 규율을 무시하는 딸의 모습에 질색했다. 결국 부모님의 말씀에 순종할 수 없었던 누이는 가출을 하고 남편에게 무시당하는 결혼 생활을 한다.

그런데 누이의 가출 후 아버지는 조화 가게에서 뱀[34]을 본다. 그 뱀은 아버지의 눈에만 보이며, 계속된 환각 속에서 쇠약해져 죽고 만다. 그리고 이제 '나'에게 그 뱀이 보이기 시작한 것이다. 뱀은 이중적인 존재성을 가진다. 작품에서 뱀은 누이와 대응되는 존재이기 때문에 그 등장은 누이의 회귀를 암시한다. 그러나 '나'는 누이를 가여워 하면서도 어머니에게 누이가 돌아오지는 않았으면 좋겠다고 이야기한다.[35]

이청준의 초기작인 <꽃과 뱀>에서 원시성은 지향하고 싶은 유혹적인

---

34) <꽃과 뱀>에서 '뱀'은 라캉의 사물(대상a)이라고 할 수 있다. 즉 '뱀'은 상징계를 침범하는 무서운 실재계의 모습을 하고 있기 때문에 '나'는 공포스러워하면서 거부하고자 하는 것이다. 뱀을 마주하는 것을 두려워하는 것은 실재와의 조우를 피하고 '현실' 속으로 돌아가고자 하는 것이다. '뱀'은 '자연'이라는 어떤 실체를 가정하고 봉합했을 때 나타날 수밖에 없는 잉여라고 할 수 있다. 이 작품에서 자연과 거기에서 기인된 원초성은 도시와 대비된 것이라기보다는 오히려 현실의 안식을 불가능하게 하는 것으로 그려지고 있다. 실재를 피해 현실로 도피하는 것에 대한 해석은 「코기토와 성적 차이」(슬라보예 지젝 외 지음, 김영찬 외 옮김, 『성관계는 없다』, 도서출판b, 2005, 172~178면) 참조.

35) 작품에 명확히 서술된 것은 아니지만, '나'는 가출한 누이가 집으로 돌아온 날 아버지가 돌아가셨던 것처럼 자신도 그러한 운명을 반복할까봐 두려워하고 있다고 여겨진다. "누이 이화가 아버지의 죽음을 이끌고 돌아온 것 같은 느낌이었습니다. 이유 같은 건 알 수 없었지만, 아버지가 뱀을 보고 자리에 눕게 된 것이 누이가 집을 나갔을 때였고 그리고 그녀가 다시 나타난 날 아버지가 돌아가셨다는 시간의 일치가 나를 아주 그렇게 믿어버리게 했습니다. 그러니 자연 나는 그 뱀의 정체도 누이와 무슨 관련이 있는 것만 같았습니다."(이청준, <꽃과 뱀>, 『병신과 머저리』, 중단편소설2, 열림원, 2006, 225~226면).

것이지만, 동시에 현재의 삶을 위협하기 때문에 배격하고 싶은 이중적 이미지로 나타난다. 즉 이 작품에 나타난 생화는 매혹의 대상이지만 위험하면서도 불안한 요소를 동시에 지녔다고 할 수 있다. 도시/고향(시골)을 인공(부정)/자연(긍정)의 도식으로 설명할 수 없는 근거를 제공하는 것이다.

표면적으로 볼 때 고향에서는 삶의 보배였던 힘이 도시에서는 보잘 것 없는 것, 삭제되어야 할 것으로 전락한다. 여기서 육체적인 힘은 근대성과 대립되는 것, 비문화적인 것, 규율되지 않은 것 등을 뜻하지만 그러한 힘을 고향에 부여하는 것 자체는 환상이다.

그런데 이 시기 고향(원초성)/도시(원초성 부재)의 대립은 일시적으로만 지속된다. 그 이유는 작품 속 인물들이 고향에 재생력이 존재하지 못함을 명확히 알고 있기 때문이다. 그러나 조화가 아닌 생화(누이의 원시적 몸)를 갈망(<꽃과 뱀>)하고 규칙적인 삶을 사는 몸집이 작은 서울 사람이 아닌 이향인 장사에 동경의 시선을 보내는(<力士>) 이유는 근대성의 경험으로 인하여 겪게 되는 자기 소멸의 공포 때문이다. 안식처로서의 고향 이미지는 잘 드러나지 않지만 따뜻한 대자연의 고향을 소망하는 의식은 충분히 발견할 수 있다.

나. 고향의 자연과 환상

최인훈의 작품 속 인물들은 고향의 풍광에 아름다움과 생명력 혹은 평화의 의미를 부여하기도 하지만 동시에 그것의 허구성을 들춘다.

『회색인』(1964)의 주인공들은 고향의 자연에 특별한 힘이 없다는 것을 알면서도 그것에 일시적으로 의미를 부여한다. 김학의 형은 고향 밖에서 힘이 들 때 고향의 '산'을 생각했다고 말한다. 그 산은 잠깐의 향수를 불러올 뿐 구원의 대상이 아님에도 삶을 지탱할 수 있는 힘으로 작용하고

84

있다.

> 이 길은 그들의 어린 시절 무시로 쏘다니던 놀이터이기도 했다. 그때의
> 집은 토함산 동쪽 기슭에 있었다. 토함산은 그들에게는 그저 뒷산이었다.
> 아무런 특별한 까닭도 없는 산이었을 따름이다. (중략) 밖에서 오는 사람들
> 이 품고 있는 이 고장에 대한 동경과 찬탄의 감정은 그들의 마음속에는
> 새겨져 있지 않았다. 그러나 지금 형은 이 길을 오르면서 말하기를 그는
> 바다에서도 이 산을 생각했다 한다. 그것은 무엇일까. 향토라는 것이
> 우리들에게 구원이 될 수가 있을까. (최인훈, 『회색인』, 128~129면)

  이러한 현상은 독고준에게도 나타난다. 그는 고향을 가지고 있는 김학을
부러워하면서 나그네살이를 하고 있는 자신의 처지를 서글퍼한다. 그는
남한에서 귀향을 상상하며 마음의 안식을 느끼기도 하지만, 귀향으로
꿈과 평화를 되찾을 수 없다는 것을 알고 있다. 어린 시절 이북집은 토지개혁
으로 살림이 얼마 남지 않았다. 분단과 전쟁으로 가족은 흩어졌고, 어머니와
누이는 서로의 설움을 아는 과부가 되었다. 그래서 아래의 인용문 내용처럼
달디단 사과꽃의 꿈은 한 여자의 슬픔으로, 즐거움을 주었던 공장의 굴뚝은
더럽고 무서운 일들로 전환된다.

> 그러나 나는 고향에만 가면 행복할 것인가. 그 과목밭에서 나의 꿈과
> 평화를(오, 그 오월의 사과꽃 같은 달디단 꿈) 찾을 수 있을까. 나를 그토록
> 즐겁게 해주던 공장의 흰 굴뚝에서, 나는 장승을 불러낼 수 있을까. 땅에
> 떨어진 사과 열매는 그 옛날처럼 달까. (중략) 그 과목밭이 친일파와
> 소부르조아에 어떤 경제적 기초를 주었는가를 끊임없이 역설하던 공산당
> 의 기억이 거기 묻혀 있다. 오월의 사과꽃 아래서 얼굴이 까맣게 탄
> 채 말없이 일에 묻히던 한 젊은 여자의 슬픔을 나는 알아버렸다. 공장의

굴뚝은 그때 벌써 꺾어졌었고, 그 후 나는 그 굴뚝이 결코 장승같은 것이 아닐뿐더러 얼마나 더럽고 무서운 일들과 연결되어 있는가를 알지 않았는가. (최인훈, 『회색인』, 219면)

김원일의 <빛의 함몰>(1972)의 마지막 부분에서 죽은 형과 형수가 살았던 유사고향으로서의 '천안'은 안온한 휴식처로 묘사된다. 이 부분만 보면 천안은 감나무, 달빛, 풀벌레소리가 존재하는 이상적인 공간으로 여겨진다(아래 인용문). 그러나 이러한 이미지는 서울로 올라갈 것을 결심한 후에 부각된 것이라고 할 수 있다. 처음에 요양을 하러 내려왔던 주인공은 천안을 아무런 의미도 부여할 수 없는 정체된 공간으로 인식했으며 오히려 상경을 희망했다. 천안을 떠날 상황에 이르자 비로소 평화로운 자연의 이미지가 강조된다.

감나무 가지 사이로 흐르는 달빛이 아름다웠다. 그 달과 감나무 가지 사이의 넓은 공간은 예전이나 지금이나 다름없이 맑았다. 그 조용한 공간을 일깨우는 풀벌레소리도 예나 지금이 다름없었고, 내일 밤에도 들릴 것이다. (김원일, <빛의 함몰>, 184면)

고향의 '자연'에 대한 환상은 이청준의 작품에서 보다 정밀하게 구축된다. 1960년대의 작품에서 막연한 희망의 의미가 부여되었던 '바다'는 1970년대로 넘어가면서 이향자의 삶을 지탱할 수 있는 힘을 가진다. 물론 주인공들은 그것이 '환상'임을 명확히 알고 있으나 그 환상을 통해 도시에서 출구를 얻게 된다.

이청준의 <바닷가 사람들>(1966)에서 아버지는 자신이 살고 있는 바다를 떠나 육지로 가고 싶어 한다. 평생 바다에서 살았지만 그는 항상 가난했고 큰아들을 잃었을 뿐이다. 그러나 아버지는 다음 날이면 또 다시 바다에 나가 배를 탄다. 이와 같이 끊을 수 없는 절망의 순환 고리는 어두운 고향의 이미지를 그대로 반영하고 있다. '바다'는 사람들이 끊임없이 죽어가는 장소이다. 아버지와 형을 잃은 주인공뿐만 아니라 가난에서 헤어나올 수 없는 고향 사람들의 고통이 반영된 공간이다. 그러한 고향의 굴레 안에서 어린 '나'는 배들이 사라지는 수평선 너머에 있을 이야기에 대해 욕망한다(아래 인용문). 그러나 수평선은 가까이 간 만큼 달아나 버리기 때문에 그 이야기는 결코 가져올 수 없다. 그런데 출구 없는 어두운 공간에 놓인 자아에게 '수평선 너머'라는 미지의 공간을 설정하는 것은 중요하다. 그 이유는 결코 도달할 수 없는 바다 공간이 벗어날 수 없는 괴로운 현실을 지탱할 수 있는 버팀목이 될 수 있기 때문이다.

> 나는 수평선 쪽을 향해 눈을 가늘게 떠보았다. 수평선이 붙잡힐 듯이 가깝게 다가왔다. 문득 나는, 언제고 저 수평선 너머로 가서 그곳의 이야기를 모조리 알아가지고 돌아오리라 다짐한다. 아버지도 달이도 어쩌면 그것을 알아내고 싶어 그곳으로 갔을, 그러나 아무도 그것을 알아올 수 없었던 그 수평선 너머의 이야기들을 말이다. (이청준, <바닷가 사람들>, 25면)

이 작품의 서사 구조와 '바다'의 이미지는 <침몰선>과 많은 부분 일치한다. <바닷가 사람들>에서 바다로 끊임없이 나아가는 아버지의 모습은 <침몰선>에서 멈춰 있는 배가 넓은 바다로 곧 나아가리라 믿는 소년의 욕망으로 이어진다. 그리고 수평선 너머의 '어떤 존재'는 '침몰선'으로 구체화된다.

이청준의 <침몰선>(1968)에서 '침몰선'은 고향 사람들의 욕망이 투사된 대상이다. 마을 사람들은 침몰선의 크기, 바다에 가라앉은 정도를 가늠하며 바다로 나아갈 수 있는지의 여부에 대해 끊임없이 궁금해 하고 그에 대한 수많은 이야기를 만들어낸다. 전쟁이 진행됨에 따라 배와 바다의 이야기는 더욱 풍부해진다. 전쟁 상황이 변화하면서 마을 사람들은 같은 모양으로 떠 있을 뿐인 배의 모습을 매번 다르게 묘사한다.

<표 3> <침몰선>에서 배의 존재 양상

① **배는 곧 넓은 바다로 나아간다.**
② 배는 많은 사람을 실을 수 있으며 굉장한 대포를 가지고 있다.
③ 배가 조그맣게 보이다→거대한 모습으로 보이다→배가 다시 작아지다.
④ 곧 다른 큰 배가 와서 넓은 바다로 끌고 나갈 것이다.
⑤ **침몰선은 마을에 큰 액운을 가져오는 공포의 대상이다.**
①´ **그럼에도 불구하고 배는 떠날 준비를 하고 있다.**

처음에 마을사람들과 소년은 그 배가 바다로 나가지 못하게 된 침몰선이라는 것을 모르고 있었으며 배가 언제고 다시 떠나가리라 확신한다. 배는 계속 떠나지 않고 머물러 있었으나 사람들은 그 배가 개펄에 얹혀 버렸기 때문에 그런 것이고 곧 물을 타게 될 거라고 생각했다. 피난민인 이북 사람들은 이 배가 큰 대포를 장착하고 있어 '나쁜 군대'가 도망치지 않았더라면 마을을 불바다로 만들었을 것이라고 말하기도 한다. 두려움과 희망의 대상이었던 배는 예측할 수 없는 전쟁의 상황처럼 소년에게 시시각각 그 크기가 변모되어 나타난다. 결국 지친 마을사람들이 저 배가 다른 큰 배에 의해 바다로 나아갈 수 있다고 여길 때에도 소년은 곧 배가 스스로 움직일 것이라는 희망을 잃지 않는다.

그러나 방둑이 무너지는 등의 큰 사고가 잇달아 일어나면서 배의 의미는 역전된다. 사람들은 배가 마을에 액운을 몰고 왔다고 생각하게 된다. 그리고 곧 망망대해로 나아갈 것이라고 여겨지던 배는 본래 '가라앉은 배'에 불과했던 것으로 이야기된다. '검은 괴물'의 이미지가 부여되면서 공포와 두려움의 대상으로 전환된다. 이러한 가운데 오직 소년만이 그 배가 떠나갈 준비를 하고 있다고 생각하는데, 그 이유는 그래야만 소년이 마을에서 희망을 가지고 살 수 있기 때문이다. 마을 사람들에게 배의 이야기는 <표 3>의 ①~⑤에서 중단되지만 소년에게는 ①~①´로 끝이 나야 하는 것이다. 마을 사람들과 소년에게 침몰선의 의미는 다르지만 배에 대한 '환상'을 주조하면서 삶에 의미를 부여한다는 점에서 같다.

소년이 침몰선에 대해 거짓 환상을 가지는 것은 세상 어딘가에 경이로운 세계가 있으리라 상상하고 그것을 바라기 때문이다. 그러나 작품에서 소년은 오래 전부터 이미 고향의 실체를 명확하게 알고 있었다.

> 그는 어렸을 때의 그 불가사의한 일들의 비밀의 해답을 알아낸 지가 오래였다. 바다는 그렇게 푸르거나 맑지가 않으며 침몰선은 영원히 떠나지 못하고 그 자리에 삭아 없어지거나 가라앉고 말리라는 것을, 그리고 그 배가 물길을 막고 있기 때문에 마을에 횡액이 많다는 것도 모두 거짓말이라는 것을. 헌데도 그는 그것을 감추고 소녀에게 거짓 꿈같은 이야기들만 해온 것이었다. (이청준, <침몰선>, 40면)

수진은 고향을 벗어나 도시에서 중학교 시절을 보내면서 자신이 마을로 다시 돌아갈 수 없게 되었다는 것을 알게 된다. 침몰선에 대한 환상만으로는 고향에서의 삶을 지탱할 수 없게 된 것이다. 수진은 이제 고향과 떨어진 도시에서 바다의 환상을 키운다. K시의 고등학교에 입학하면서 여학생과 사귀는데, 도시가 고향인 그녀는 바다를 알 수 없었기에 수진의 고향

바다에 대한 이야기를 좋아한다. 소녀에게 바다는 "가지지 못한 것, 알지
못한 것, 이야기 할 수 없는 것"[36]이라고 할 수 있다. 그녀는 아름다운
바다와 물결에 흔들리는 침몰선의 이야기를 들으면서 수진의 고향을 환상
화 하여 인식하게 되고, 그는 그녀의 눈을 통해 자신이 갖지 못한 완벽한
안식처로서의 고향을 찾아낸다. 위 <표 3>의 ①′ 내용이 실현되는 것이다.

그러나 소녀는 그의 고향 마을 앞바다를 구경하고 난 후에 소년의 말이
환상에 불과했다는 사실을 알게 된다. 또한 침몰선은 고향의 외부인, 즉
이북 웅진에서 온 피난민에 의해 그 실체가 드러난다. 고철을 파는 장사꾼인
그는 피난 시절 보았던 침몰선을 수색하는 과정에서 배의 실상을 파악한다.

> "그것참, 쇠붙이라곤 단 한 조각도 남아 있질 않았어요. 게다가 지독한
> 것은 쓸 만한 나뭇조각까지도 깡그리 모두 떼어가 버렸더구먼. 왼통
> 10년 묵은 도깨비집 광이야. 내가 잘못 알고 왔어. 이 마을을 말예요."
> 자신의 심중을 모두 털어놓고 나서 사내가 짐짓 애석하다는 듯, 그러나
> 한편으론 통쾌하다는 듯 지껄여댄 소리였다. 그는 그러고 나서 그날로
> 미련 없이 마을을 떠나갔다. (이청준, <침몰선>, 46면)

삶을 지탱하는 방편으로서의 '환상'은 타인의 침입에 의해 큰 상처가
남게 되기도 한다. 이북인 고철 장수는 이 마을의 환상을 침범한 타인이며,
그 사건으로 '나'는 더 이상 침몰선에 대한 희망을 가질 수 없게 된다.[37]

---

36) 이청준, <침몰선>, 『숨은 손가락』, 중단편소설9, 열림원, 2001, 37면.
37) 이청준의 작품에 나타난 '침몰선'은 지젝이 예로 든 퍼트리샤 하이스미스의
    단편소설 '검은 집'과 같은 의미를 가진다. 마을 사람들은 언덕 위에 있는 검은집을
    마법에 걸려 있거나 살인광이 살고 있는 악마적 장소로 인식하고 있었으나 외부에
    서 온 사람에 의해 그 장소가 아무런 위험도 초자연적인 힘도 없는 버려진 집임이
    드러난다. 마을사람들은 그에 대한 혐오감에 치를 떨고 외부인은 죽는다(토니
    마이어스, 『누가 슬라보예 지젝을 미워하는가』, 앨피, 2005, 193~194면 참조).

즉 고철 장수는 현실과 환상 간의 차이를 제거하여 욕망을 접합할 수 있었던 장소를 박탈[38]한 존재이다. 그러나 배가 단지 '침몰'선임을 명확히 알게 된 사람들은 그에게 아무런 제재를 가하지 않는다. 왜냐하면 '나'를 비롯한 마을 사람들은 고향의 실체를 너무 잘 인식하고 있어 더 이상 환상을 지속시킬 수 없는 상황이었기 때문이다.

　환상이 무너지면서 아무런 희망도 갖지 못하게 된 소년이 등장하는 <침몰선>과는 달리 <목포행>에서는 바다의 생명력을 지닌 상상의 인물을 내세우면서 환상을 유지시킨다. <침몰선>에서 '바다'가 전쟁의 황폐한 현실에서 벗어나 잠시 꿈을 꿀 수 있던 공간이었다면, <목포행>의 '바다'는 그 꿈이 현실이 되는 지점을 만들어낸다. 즉 이 작품은 '환상'을 통해 현실을 유지시키는 한 형태를 보여준다. 문제적인 점은 이러한 환상을 통해 재현할 수 없는 전쟁과 현실의 폭력까지도 드러내고 있다는 것이다.

　<목포행>에서 '나'는 육촌형을 찾기 위해 처음으로 목포를 방문한다. '나'에게 목포는 죽었다고 여겨진 육촌형이 부활한 공간이기 때문에 축복받은 장소로 인식된다. 육촌형에 관한 기억은 어린 시절의 일들뿐이기 때문에 희미하며 그것이 실제인지 상상인지조차 알 수 없다. 그는 시간을 초월해서 상상적인 존재로 형상화된다. 존재의 불명확성 때문에 '육촌형이 죽었다'는 소문 뒤에 '사실은 육촌형이 살아 있었다'는 또 다른 소문이 만들어지는 것이 가능하다.

　저는 그 형이 고향을 떠날 무렵의 희미한 기억들뿐이에요. 그땐 제가

38) 슬라보예 지젝, 김소연·유재희 옮김, 『삐딱하게 보기』, 시각과언어, 1995, 28면 ; 정영훈, 「최인훈 소설에서의 반복의 의미」, 『현대소설연구』 35, 한국현대소설학회, 2007, 240면 각주 24번 재인용. 정영훈은 최인훈의 <그레이 구락부 전말기> 역시 패트리샤 하이스미스의 '검은 집'의 의미를 분석에 적용하여 깨어진 환상으로 인해 그레이 구락부의 붕괴가 필연적인 사건이었다고 설명한다.

너무 어렸으니까요. 아, 지금까지 말씀드린 제 이야기도 대갠 제가 직접
보고 들은 것들이 아니구요. 제가 차츰 자라면서 어머니로부터 이야기를
듣고 알게 된 것이 대부분이죠. **어떤 때는 그 형이 고향을 떠날 무렵에
대해 제가 지니고 있는 기억들마저도 정말 제 자신이 보고 들은 것인지
아닌지 의심이 들 정도니까요 어쩌면 나중 어머니로부터 들은 이야기를
자신이 겪은 일처럼 착각하고 있는 건 아닐까** … (135면)
**동네 사람들은 어떻게 된 셈인지 바로 그 사내가 어쩌면 제 육촌형이었는지
모른다는 것이었어요 처음에는 아주 조심스럽게 쉬쉬 뒷 추측들을 하고
있는 것 같더니, 나중에는 마을이 온통 그런 식으로 믿어버리는 기미더라니
까요.** (이청준, <목포행>, 141면, 강조는 인용자)

주목되는 점은 '나'뿐만이 아니라 동네 사람들까지도 이미 죽었다는
육촌형의 또 다른 죽음을 굳게 믿고 있다는 사실이다. '또 다른 죽음'에의
믿음은 '부활'의 소망이라고 할 수 있다. 육촌형의 죽음은 항상 태평양
전쟁, 6·25, 4·19 등 역사적 사건과 결부되어 있다. 그리고 죽을 때마다
매번 살아나게 되는데, 불사의 사건을 가능하게 하는 것이 바로 '바다'의
공간성이다. 태평양 전쟁 때는 남중국해에서, 6·25 전쟁 때는 인천 근처와
부산 근처에서 소생했으며, 4·19 때는 서울 거리에서 죽었다가 목포에서
되살아난다. 이러한 사촌형의 존재에 대한 굳건한 믿음은 상징적인 허구를
받아들이는 것이라고 할 수 있다. 사촌형의 생존이 불가능함을 알지만
마치 가능한 것처럼 행동하는 것이다.
'나'는 '불사신'으로서의 육촌형을 설정하여 도달할 수 없는 어떤 것을
욕망하고 있다. 즉 처음부터 만족할 수 없는 욕망을 설정하여 '만족'을
불가능하게 하고 있다.39) 사촌형은 죽은 사람이기 때문에 '나'는 결코

39) 브루스 핑크, 맹정현 옮김, 『라캉과 정신의학』, 민음사, 2002, 96~97면 참조.

그를 찾을 수 없다. 여기에서 육촌형은 <침몰선>에 나타난 '침몰선'과 그 의미가 같다고 할 수 있다. 바다로 나아가려는 듯 보이는 희망의 대상이자 마을에 저주를 몰고 온 공포의 대상이었던 배는 사실 아무런 쓸모없이 버려진 배일 따름이었다. 육촌형 역시 역사적 사건에 의해 이미 죽어버린 사람일 뿐이다. 그런 의미에서 육촌형의 '되살아남'은 '나'를 비롯한 고향 사람들이 간절히 소망하지만 이루어질 수 없는 욕망이다. 그러나 역설적으로 욕망이 충족되지 않음으로써 목포는 생명력이 넘치는 바다를 품은 '유사 고향'의 공간성을 가지게 된다. <침몰선>에서 침몰선의 정체가 탄로나면서 욕망의 대상이 제거되었다면, <목포행>에서 육촌형은 욕망의 대상이라는 지위를 유지한다. 죽음과 되살아남의 순환은 마치 끊임없이 미끄러지는 기표와도 같아서 '나'의 욕망을 지탱시켜준다. 즉 '환상'을 통해 욕망이 충족되는 것처럼 느껴지게 된다.

그러나 사실 그러한 환상 이면에 드러나는 '현실'은 육촌형이 일부러 자신의 고향을 피했다는 사실이다. 고향을 피한 이유는 <침몰선>의 소년이 방학 때도 고향에 가지 않고 도시에 남아 있으려고 했던 것과 같다. 육촌형은 일제말기 상급학교 진학을 위해 출향한 후 한 번도 고향을 찾지 않았으며, 고향과 고향에 남은 친척을 대수롭게 생각하지 않았던 것으로 나타난다. 이러한 현실은 환상을 통해 전복된다. '나'는 매번 형의 죽음을 확인하러 항구 도시를 찾아가는데, 결국 목포행은 '유령'인 육촌형의 흔적을 따라가는 길이다. 그는 이미 나의 기억 속 인물이 아니며, 회생을 통해 예전과는 전혀 상관없는 다른 의미의 인물로 주조된다. 그리고 도시가 아닌 '바다'라는 자연의 공간성이 그러한 회생의 반복을 가능하게 한다.

브루스 핑크는 꿈, 환상, 백일몽은 실제로 욕망을 충족시키는 것이라기보다는, 단지 욕망이 충족되는 장면을 상연함으로써 역으로 욕망을 지탱한다고 설명한다.

고향이 아니면서 고향의 역할을 하는 유사고향이 탄생되는 것이다.

요컨대 육촌형의 재생 사건으로 인하여 죽음의 바다는 생명의 바다로 이미지가 전환된다. <바닷가 이야기>와 <침몰선>에서 거센 파도로 사람들의 생명을 위협했던 바다는 사람들에게 잠재적인 힘을 줄 수 있는 곳으로 변모한다. 이제 목포는 '유사 고향'으로서 주인공에게 삶의 탈출구를 제공하게 된다.

> 목포는 상징적인 의미에 불과할지 모르지만, 탈출구를 가지고 있는 도시는 그러니까 그만큼 행복한 도시인 거죠. (중략) 그 위대한 목포에 이번 제 육촌형이 나타난 것은 너무도 당연한 일이지요. 적어도 저한테 그렇게 생각돼요. 당신은 대개 그 항구 도시들에서 불사신처럼 나타났고, 목포는 그 항구 도시들 가운데에서도 자신의 바다를 가장 사랑해왔고, 지금도 그 바다를 사랑하면서 스스로 위대해져 가고 있는 도시거든요. (이청준, <목포행>, 154면)

그런데 중요한 점은 '나'가 불사조로서의 육촌형에 대한 일들을 믿고 있는 만큼 역설적으로 그 일들이 환상에 불과하다는 사실도 알고 있다는 것이다. '나'는 육촌형의 죽음 소식을 접할 때 바로 가서 확인하지 않는다. 신변에 좋지 않은 일이 일어날 때만 뒤늦게 그의 죽음을 확인하러 간다. 이러한 행위는 스스로 환상을 만들어 자기 위안을 삼는 일이라 할 수 있다. 육촌형에 대한 환상은 "삶의 암울한 상실감 같은 걸 그럭저럭 씻을 수 있"[40]기 때문에 현실을 지탱할 수 있는 버팀목이 된다. 즉 '나'는 현실에서 항상 낭패스런 일을 당하기 마련이므로 언제나 육촌형의 소생 소식을 접할 수밖에 없다. 그래서 '나'는 "육촌형을 찾아 나섰다가 정말로 그분의

---

40) 이청준, <목포행>, 『가면의 꿈』, 중단편소설3, 열림원, 2002, 147면.

소식을 만난 적은 여태까지 한 번도 없지만, 그러나 또 어떻게 생각하면 전 그때마다 늘 그 형을 만나고 있었거든요."[41]라고 말할 수 있는 것이다.

다. 귀향의 가능성과 환상

이 시기에 귀향을 그린 소설은 쉽게 찾을 수 있으나 귀향을 진정으로 원하는 주체는 발견하기 어렵다. 그러나 고향 공간의 환상화를 통해 도시와 대비된 장소로의 회귀, 자아 발견으로서의 귀향이 가능해진다. 고향의 자연에 도시와 대립된 생명력, 치유성의 의미를 부여하면 일시적으로 평온한 귀향의 분위기까지 고조시킬 수 있다는 것이다. 김승옥의 <무진기행>은 그러한 귀향의 양상을 잘 보여준다.

김승옥의 <무진기행>(1964)에서 무진의 바람과 햇살은 귀향한 '나'를 반수면 상태로 만든다. 또한 주인공은 서울에서 살면서 도시의 무자비한 소음을 듣고 괴로울 때 고향의 아름다운 자연을 생각한 것으로 나타난다.

> 햇빛의 신선한 밝음과 살갗에 탄력을 주는 정도의 공기의 저온, 그리고 해풍에 섞여 있는 정도의 소금기, 이 세 가지만 합성해서 수면제를 만들어 낼 수 있다면 그것은 이 지상에 있는 모든 약방의 진열장 안에 있는 어떤 약보다도 가장 상쾌한 약이 될 것이고 (중략) 그런 생각을 하자 나는 쓴웃음이 나왔다. 동시에 무진이 가까웠다는 것이 더욱 실감되었다. **무진에 오기만 하면 내가 하는 생각이란 항상 그렇게 엉뚱한 공상들이었고 뒤죽박죽이었던 것이다.** (중략)
> 서울의 어느 거리에서고 나의 청각이 문득 외부로 향하면 무자비하게 쏟아져 들어오는 소음에 비틀거릴 때거나, 밤늦게 신당동 집 앞의 포장된 골목을 자동차로 올라갈 때, 나는 물이 가득한 강물이 흐르고 잔디로

---

41) 위의 책, 152면.

덮인 방죽이 시오리 밖의 바닷가까지 뻗어나가 있고 작은 숲이 있고
다리가 많고 (중략) 대로 만든 臥床이 밤거리에 나앉아 있는 시골을 생각했
고, 그것은 무진이었다. 문득 한적이 그리울 때도 나는 무진을 생각했었다.
**그러나 그럴 때의 무진은 내가 관념 속에서 그리고 있는 어느 아늑한
장소일 뿐이지 거기엔 사람들이 살고 있지 않았다. 무진이라고 하면
그것에의 연상은 아무래도 어둡던 나의 청년이었다.** (김승옥, <무진기
행>, 161~163면, 강조는 인용자)

그러나 '나'는 무진이 '상상' 속에서만 아늑한 뿐 실제로는 분뇨 냄새와
느린 곡조의 유행가만 흘러나오는 장소라는 것을 알고 있다. 또한 "모두가
전쟁터로 몰려갈 때 나는 내 어머니에게 몰려서 골방 속에 숨어서 수음을
하고 있었"[42])던 무진의 공간성을 끊임없이 상기하면서 고향의 심연을
들여다본다. 그렇기 때문에 아름다운 풍광과 아늑한 이미지를 가진 고향의
이미지는 일시적으로만 지속된다. 무진의 '햇빛의 신선한 밝음' 등의 이미지
는 '엉뚱한 공상'으로, '아늑한 장소'로서의 고향은 곧 '어둡던 과거'의
이미지로 전환한다.
　　<무진기행>은 총 4개의 챕터로 구성되어 있다. "무진으로 가는 버스
→ 밤에 만난 사람들 → 바다로 뻗은 긴 방죽 → 당신은 무진을 떠나고
있습니다."로의 서사 진행은 과거로 침잠했다가 그 시간으로부터 헤어
나오는 과정이다. 네 개 챕터의 표제는 모두 '무진'을 은유적으로 지시한다.
인숙이 무진은 "밤엔 정말 멋있는 고장이에요"[43])라고 말하는 것에서 드러
나듯이 '밤'은 무진의 현실을 가리고 환상화 시키는 시간이라고 할 수
있다. '바다로 뻗은 긴 방죽'은 아늑한 무진의 이미지를 구성한다.

---

42) 김승옥, <무진기행>,『김승옥 소설전집』1, 문학동네, 2004, 164면.
43) 위의 책, 175면.

'밤'에 만난 인숙과 '나'는 "바다로 뻗은 긴 방죽"에서 서울에서는 경험하지 못할 환상의 세계로 나아간다. 서울을 갈망하는 인숙은 잠시 동안이지만 '나'를 통해 상경의 꿈을 꾸고, '나'는 사위의 전무 선출을 위해 타인에게 호걸웃음을 지을 장인에 대한 부끄러움을 잊을 수 있다. 무진에서 항상 이방인이었던 두 사람이 처음으로 이 공간에서 아늑함을 맛본다. 그러나 마지막 장인 "당신은 무진을 떠나고 있습니다"에서 '나'는 아내의 전보를 받고 인숙에게 편지도 남기지 못한 채 서울로 떠난다. '아늑한' 무진은 사라지고 전무로서의 무거운 책임의 세계로 나아가게 되는 것이다. '나'는 인숙을 서울로 데려다준다는 약속을 지키지 못하게 됨을 부끄러워한다. 그러나 "선생님이 여기 계시는 일주일 동안만 멋있는 연애를 할 계획"[44]이라는 인숙의 말을 통해 그녀 역시 그가 서울로 자신을 데려줄 것이라 꼭 믿는 것은 아니었음을 알 수 있다.

'나'는 힘든 일이 있을 때 항상 고향 무진을 방문할 것이다. 무진이 나에게 새로운 용기나 계획을 주는 것은 아니었으나 "서울에서의 실패로부터 도망해야 할 때거나 무언가 새출발이 필요할 때"[45] 무진은 탈출구가 될 수 있기 때문이다. 무진은 타자에게 나의 비겁한 욕망과 걱정을 넘겨줌으로써 책임에서 벗어나 자유를 누릴 수 있는[46] 장소이다. 동시에 무진은 일시적인 꿈과 환상을 경험하게 하면서 자신의 부끄러운 모습을 알게

---

44) 위의 책, 191면.

45) 위의 책, 162면.

46) 곽상순, 「김승옥의 <무진기행> 연구―'무진'과 '하인숙'의 상징적 의미를 중심으로」, 『국제어문』 44, 한국국제어문학회, 2008, 266면. 곽상순은 지젝의 「환상의 돌림병」(김종주 옮김, 인간사랑, 2002)의 이론을 <무진기행>에 적용하여 나 자신을 '무서운 어머니'의 명령에 종속시킴으로써 사태가 원활하게 돌아가도록 해야 할 책임을 타자(어머니, 아내)에게 전가한 채 자유를 누릴 공간을 얻는다고 설명한다.

해 주기도 한다. 이렇게 고향 무진은 이중화되어 이미지화되고 있다.

또한 <무진기행>에서 하인숙과의 관계를 일방적으로 청산하고 서울로 돌아가는 주인공의 행동은 무진을 '반수면'의 공간으로 남기고 싶은 마음이 발로된 것이라 할 수 있다. '나'가 무진에 더 오래 머문다면 앞으로 대면하게 될 것은 현실보다 훨씬 더 강한 외상, 즉 무진의 실체이다. 만일 무진이 '나'에게 전쟁 중 친구들과 동참하지 못한 채 골방에 갇혀 있었던 곳이자 도시와 다름없는 속물이 살고 있는 공간으로만 각인된다면 더 이상 갈 수 있는 고향이 될 수 없다. 그 실체를 반쯤만 인식할 수 있는 '반수면'의 공간으로 남겨두기 위해서 그는 현실 속으로 깨어나는 것이다. 즉 다음에 또 무진으로 돌아오기 위해 현실인 서울로 돌아가는 것이라고 볼 수 있다.[47)]

2) 이방인으로서의 정체성과 고향 외부적 존재성

이 시기 발표된 소설에서는 도시에서 만난 이향자들이 서로에게 특별히 동향(同鄕) 의식을 가지지는 못하는 것으로 드러난다. 서울 사람과 시골 사람을 긍정/부정으로 나누거나 고향 사람에게 특별히 애정을 표현하는 내용은 찾기 어렵다.

이호철의 <서울은 만원이다>에서 이북출신 금호동 집 사람들과 서울토박이인 서린동 집 사람들은 모두 부정적인 인물로 그려진다. 서울은 이북에

---

47) 환상이 우리가 날것의 실재에 직접적으로 압도당하지 않도록 보호해주는 스크린으로 기능한다며, 그때 현실은 실재와의 대면으로부터 도피하는 기능을 한다. 꿈과 현실의 대립에서 환상은 현실의 편에 있으며, 외상적인 실재와 대면하는 것은 바로 꿈에서이다. 즉 프로이트의 『꿈의 해석』에서 아버지가 "아버지, 내가 불타는 게 보이지 않나요?"라고 말하는 아들의 말에서 대면하게 된 것은 현실보다 훨씬 더 강한 외상(아들의 죽음에 대한 그의 책임)이었고, 그래서 그는 실재를 회피하기 위해 현실 속으로 깨어난다(슬라보예 지젝, 박정수 옮김, 『How to Read 라캉』, 웅진 지식하우스, 2007, 89~91면 참조). 즉 <무진기행>의 '나'는 『꿈의 해석』의 아버지처럼 외상(무진)을 피하기 위해 현실(서울)로 돌아간다.

서 온 남동표, 촌에서 살기 어려워 상경한 길녀, 기상현 등의 인물이 쉽게 정주할 수 없는 곳이지만 서울 사람들 역시 이북에서 온 사람들의 악착같은 생활력에 희생당하는 것으로 나타난다. '서울토박이'는 서울이라는 근대적 도시의 대변자로 그려지는 것은 아니며 '촌사람'도 농촌의 순진성을 담지하고 있지는 않다. 오히려 도시인과 시골사람의 이미지가 서로 교환된다.

> 서울내기로서 촌스러운 사람은 진짜 촌사람보다도 더 못 볼 꼴이다. 진짜 촌사람은, 촌사람이라는 제 분수라도 알기 때문에 겉으로는 촌스러울는지 몰라도 기상현처럼 저 나름으로 속은 실한 구석이라도 있는데, 서울사람임을 자처하면서 기실 세상 물정 모르고 고지식하게 빠진 사람은 더 꼴을 못 본다. (이호철, <서울은 만원이다>, 167면)

이 작품에서 토박이와 타지인은 서로 가해자이면서 동시에 피해자로 존재한다. 복실 엄마는 시골에서 과부가 되어 상경한 후 식모살이를 하면서 주인집에게 수모를 당하지만 그녀는 그것을 기회삼아 전셋집을 인계받는다. 서울 사람들에게 복실 엄마는 시골에서 올라온 '마귀'로 느껴지며, 또한 이북 사람 남동표가 평양 출신의 금호동집 사람들에게 동향으로서의 감정을 느끼는 부분도 찾아볼 수 없다.

최인훈의 소설『회색인』에서 서울은 '오가잡탕의 추악한 도시'로 묘사되지만 그 황폐성 역시 '도시'에 본래 있는 성격이라기보다는 이향자인 '촌놈'들이 만들어낸 것으로 형상화된다. 서울 토박이와 이향자가 대립적이지 않은 것이다.

> 지금의 서울은 촌놈의 서울이지, 서울 사람의 서울은 아니다. 서울뿐만 아니라 어느 도시건 도시란 원래 그런 것이다. 새로운 힘과 허영을 가슴에

품은 지방 사람이 도시에 와서는 그들의 정력과 끈기로 그것을 살찌게 하고 변하게 만드는 것이다. 학의 경우에는 그래도 유학을 온 셈이지만 자기 손으로 살림을 꾸리는 사람들에게는 서울은 커다란 저자에 지나지 않는다. 그곳에서 사람들은 분주하게 속이고 상대방을 넘어뜨리고 허세를 부리면서 화폐를 한 장이라도 더 긁어모을 생각에 바쁠 뿐 이웃을 즐기고자 동네를 치장하는 그런 겨를이 없다. (최인훈, 『회색인』, 89~90면)

이러한 인식은 주인공들이 도시를 안식처로 삼을 수 없으나 동시에 자신을 고향의 내부인으로도 생각할 수 없기 때문에 나타나는 현상이라고 할 수 있다.

한편 데리다에 따르면 가까운 어떤 장소에 대립하는 것은 그것과 멀리 떨어진 어떤 장소라기보다는 가까운 장소의 다른 형상이다.[48] 즉 고향에 대립하는 것은 다른 곳 혹은 도시가 아니라 고향의 다른 모습이라고 말할 수 있다.

<무진기행>에서 무진에서 태어나 상경한 인물인 '나'는 자신을 고향의 외부인으로 인식하고 있으며 무진 사람들 역시 '나'를 완전한 무진 사람으로 환대하지 않는다. 이 작품의 '나'는 무진에서 태어났음에도 무진 사람이라고 할 수 없는 역설적인 존재이며, '여행자'의 시선[49]으로 고향을 바라보고

---

48) 안 뒤푸르망텔, 「초대」(자크 데리다 지음, 남수인 옮김, 『환대에 대하여』), 동문선, 2004, 25~27면 참조. 안 뒤푸르망텔은 데리다의 사유를 통해 그리하여 '가까운 것에 대해, 망명자에 대해, 이방인에 대해, 타자의 집에서의 자기-집에 대해' 말하는 것은 '자아와 타자' 또는 '주체와 객체' 같은 개념들이 지속적으로 이원적인 법칙 아래 제시되지 못하게 한다고 설명한다.

49) 에드워드 렐프에 따르면 실존적 외부성은 사람들과 장소로부터의 소외, 돌아갈 집의 상실, 소속감의 상실 등을 포괄하는 개념이라고 할 수 있다(에드워드 렐프, 앞의 책, 2005, 119~120쪽 참조). 그런데 <무진기행>에서 주목할 점은 그가 자신을 도시의 외부인이 아니라 고향의 외부인으로 설정하고 있다는 것이다.

있다. '나'에게 고향은 소속과 정체성의 관점에서 '텅 빈 장소'일 뿐이다. '나'는 무진에서 태어났으나 도시경험을 한 사람이기 때문에 완전한 무진 사람으로 대우받을 수 없는 이방인이다.

그런데 '나'는 과거를 직접적으로 내세우기보다는 과거의 자신을 현재의 무진에서 만난 인숙에게 투영시키면서 그녀를 통해 고통스런 옛일들과 조심스럽게 마주한다. 이때 인숙은 고향을 대신해 '나'의 존재성을 확인해 주는 사람이다. 주인공은 무진이 고향이 아닌 인숙을 통해 자신이 지닌 균열을 드러낸다.

인숙은 다음의 <표 4>에 나타난 소설적 장치를 통해 '나'의 이미지와 겹치고 있다. 이러한 이미지의 묘사는 '나'의 이방인적 특성을 들추어내는 역할까지 한다.

<표 4> <무진기행>에서 인숙에게 투영되는 '나'의 이미지

매개체	인숙의 이미지	인숙을 통해 드러나는 '나'의 상태
① 미친 여자의 비명	광녀의 냉소가 스민 인숙의 노래	이방인으로서의 '나'의 존재성과 연결됨
② 냇가의 다리	냇가의 다리 건너는 것이 무서움 (무진에 정주할 수 없는 인숙)	과거 냇가의 나무를 무서워 했음 (무진은 '나'를 옥죄던 공간)
	무진에 편입되지 못하는 외부인 (고향이 무진이 아님)	고향의 외부인 (무진이 고향이지만 외부인임)

① 주인공은 귀향하는 도중 광주에서 '미친 여자'와 마주친다. 그 여자가 미친 사람이라는 것을 알 수 있는 단서는 쉼 없이 굴리고 있는 눈동자와 그 앞에서 여자를 놀려대고 있는 구두닦이 아이들이다. 여자는 남자 아이들이 자신을 놀릴 때마다 무표정한 얼굴로 비명만 지르고 있었다. 세무서장이 된 고향친구 '조'는 인숙을 "어디서 굴러온 줄도 모르는 말라빠진 음악선생",

"성기 하나를 밑천으로 해서 시집가보겠다는 고 배짱"⁵⁰⁾을 가진 사람으로
취급하지만 인숙의 유행가 듣기를 즐긴다. 인숙을 대하는 '조'의 태도는
'미친 여자'를 대하는 구두닦이 아이들의 존재성과 연결된다. 그리고 도시의
대학에서 성악을 배운 후 무진으로 들어온 인숙이 부르는 유행가의 음성은
'미친 여자'의 비명과 맞물려 이미지화되고 있다.

> <어떤 갠 날>과 <목포의 눈물> 사이에는 얼마큼의 유사성이 있을까?
> 무엇이 저 아리아들로써 길들여진 성대에서 유행가를 나오게 하고 있을까?
> 그 여자가 부르는 <목포의 눈물>에는 작부들이 부르는 그것에서 들을
> 수 있는 것과 같은 꺾임이 없었고, 대체로 유행가를 살려 주는 목소리의
> 갈라짐이 없었고 흔히 유행가가 내용으로 하는 청승맞음이 없었다. 그
> 여자의 <목포의 눈물>은 이미 유행가가 아니었다. 그것은 이전에는
> 없었던 어떤 새로운 양식의 노래였다. 그 양식은 유행가가 내용으로
> 하는 청승맞음과는 다른, 좀 더 무자비한 청승맞음을 표현하고 있었고
> <어떤 갠 날>의 그 절규보다도 훨씬 높은 옥타브의 절규를 포함하고
> 있었고, 그 양식에는 머리를 풀어헤친 광녀의 냉소가 스며 있었고 무엇보다
> 도 시체가 썩어 가는 듯한 무진의 그 냄새가 스며 있었다. (김승옥, <무진기
> 행>, 173~174면)

작부들의 유행가도 세련된 성악도 될 수 없는 여자의 노래는 그 어떤
공간에도 귀속될 수 없는 것이라고 할 수 있다. '유행가의 가사보다 더
무자비한 청승맞음'과 '아리아보다 훨씬 더 높은 옥타브의 절규'를 포함하
고 있는 노래는 무진에 편입될 수 없는 그녀의 존재성을 드러낸다. 그리고
동시에 '나'는 고향이 무진임에도 불구하고 무진이 고향이 아닌 인숙과

---

50) 김승옥, <무진기행>,『김승옥 소설전집』1, 문학동네, 2004, 185~186면.

동일시된다.51)

② '나'는 과거 무진에서 살 때 냇가의 다리를 밤중에 건너는 것을 좋아하지 않았다. 주변 나무들이 어슴푸레하게 물속을 비추고 있었는데 그 모습이 공포스럽게 느껴졌다. "시커멓게 웅크리고 있는 나무들"52)은 전쟁 때 어머니로 인해 집에서 웅크리고 있던 자신의 모습이자 고향 무진에 숨겨진 어두운 기억들이라고 할 수 있다. 그런데 이 작품에서 인숙 역시 그 냇물의 다리를 건너는 것을 무서워한다. '나'와 인숙의 이미지가 겹쳐지고 있는 것이다. '나'가 '조'를 비롯한 무진의 친구들과 서로를 훼손시키는 관계에 있듯이 그녀도 어쩔 수 없이 유행가를 부르며 무진의 사람들과 관계를 맺고 있다.

그런데 주목되는 점은 '나'와 인숙 모두 고향보다는 타지의 삶을 선택한다는 것이다. '나'가 무진이 아닌 서울을 택했듯이 인숙 역시 고향이 아닌 무진에서 살고 있다. 또한 타지인을 통해 일시적으로 무진과 화합할 수 있는 상황은 주인공이 고향의 '외부인'임을 거듭 증명한다.

한편 이청준의 <현장 사정>(1972)에서 '유행가'는 고향과 합일의 감정을 이끌어낼 수 있는 대체물이라고 할 수 있다. 이 작품은 도시를 체험한 사람이 고향에서 느끼는 외부적 존재성뿐만 아니라 농촌의 요소를 담지하려고 하는 도시인이 지닐 수 있는 혼성적 성격까지 드러낸다. 주인공 지인호는 산골에서 태어나 이향한 사람으로 고향의 외부적 존재성을 지닌 인물로 그려진다.

---

51) 김미현은 독해서 자살할 것 같지 않았던 술집 작부와 성기 하나를 밑천으로 삼고 있다고 비난받는 하인숙을 '나'의 모습을 담고 있는 여성 분신으로 설명한다. 그래서 작부의 자살 시체를 보고 정욕을 느끼거나 비난받는 하인숙이 갑자기 그리워지는 것은 자기 연민이나 자기애가 되는 것이다(김미현, 『젠더 프리즘』, 민음사, 2008, 206면 참조).

52) 김승옥, <무진기행>, 『김승옥 소설전집』 1, 문학동네, 2004, 170면.

지인호는 K시에서 2백리나 떨어진 J읍에서도 한 시간은 넘게 버스를 타고 들어가야 하는 곳에서 태어난 시골내기로 K시에서 중고등학교를 다니고 서울로 대학 진학을 한다. 그리고 친구 현석의 고향은 K시와 J읍의 중간쯤 되는 Y읍인데 시골이라 해도 전깃불이 들어왔고 기업농 규모의 농사를 짓는 곳이었다. 인호는 법조인이 되었고 친구 현석은 농촌의 근대화를 위한 사업을 벌이는 '새농촌연구회'에서 일을 한다. 현석은 새농촌봉사상을 탄 기념으로 연구회 회원들과의 술자리에 '나'를 초대한다. 그리고 현석과 강회장으로 대표되는 연구회 회원들과 지인호 사이에 도시와 농촌(고향)의 대립적인 거리가 생겨난다. 그런데 이 작품에서 그 대립은 매우 중층적으로 나타난다. 단순히 농촌/도시의 대립이 아니라 도시에서 이해되는 농촌(고향)/실제의 농촌, 도시체험을 한 농촌 출신자/도시체험을 하기 전의 농촌사람의 관계가 나타난다. 그러한 양상은 농촌에서 부르던 유행가가 도시에 반사될 때 나타나는 '또 다른 모습의 유행가'를 통해 은유적으로 드러난다.

현석은 노래 솜씨가 좋을 뿐만 아니라 옛날 유행가에 능했다. 그런데 지인호는 그의 노래를 들으면서 도시 사람에게 자신의 가난을 빼앗긴 것과 같은 느낌을 가진다. 그 이유는 현석이 유행가의 가사에 공감할 만한 '고향'을 가진 자가 아니기 때문이다. 인호는 시골 유행가란 설움과 세월의 내력이 묻어 있는 것으로 생각한다. 시골 유행가의 특징은 <귀향연습>에 더 상세히 묘사된다. 노래는 술집에서 흥을 돋게 하기 위해서가 아니라 밭과 산에서 고된 일을 할 때나 시름을 잊기 위해 불리어졌다. 그렇기 때문에 부르는 사람이 누구인지 드러나지 않았다. 고향의 시름과 생활의 내력이 그대로 반영된 노래가 농촌의 유행가였기 때문에 그 노래는 특정 누구의 노래가 아니라 고향 그 자체였던 것이다.

산에서는 언제나 멀고 유장한 노랫가락이 들려왔다. 나무나 풀을 베러 산으로 들어간 사람들이 그렇게 쉴새없이 노래를 부르고 있었다. 노랫가락 은 어머니가 집에서 물레질을 할 때나, 밭으로 나가 김을 매면서 끊임없이 우우우우 울음 소리도 같고 노랫소리도 같은 걸 웅얼거릴 때처럼 슬픈 가락을 지니고 있었다. 공연히 가슴이 주저앉고 까닭 모를 설움 같은 것이 서려오는 노랫가락이었다. 나는 언제나 그 노랫가락을 들으며 임자 없는 무덤을 동무삼아 지냈다. **그러나 한 번도 그 노랫가락을 뽑아대고 있는 사람의 모습을 본 일은 없었다. 노래를 부르는 사람은 푸르고 울창한 숲에 파묻혀 모습을 드러낸 일이 없었다.** (이청준, <귀향연습>, 185~186 면, 강조는 인용자)

시골 유행가라고 하면 어폐가 있는 말일지 모른다. **도회지에선 유행가가 전축과 방송국과 술집들에서만 억척스럽게 불리어진다.** (중략) 시골의 유행가는 보다 천천히 그리고 오래오래 불리어지면서 가난과 한탄과 설움이, 때로는 작은 즐거움이나 꿈이 깃들기 시작했다. 생활의 내력과 추억이 어려들었다. 세월의 때가 묻어들었다. 그리하여 하나의 유행가는 거기에서 다시 태어났다. **그리고 사람들은 그렇게 세월의 때가 앉은 유행가를 가지고 거꾸로 그 노래가 보내준 도회지로 나갔다.** (이청준, <현장 사정>, 192면, 강조는 인용자)

그런데 그러한 시골 유행가는 도회지의 술자리에서 강 회장에 의해 새로운 노래로 탄생한다. 생활의 내력은 '멋'으로 한탄과 설움은 '풍부한 성량'으로 고통스러운 현실은 '그리운 고향'으로 전환한다. 남쪽에 고향이 있는 사람보다 고향이 없는 도시인이 훨씬 고향을 고향답게 표현하고 있는 것이다. 역설적으로 표면상 강 회장은 고향의 내부인으로 존재한다.

그의 노랫가락은 멋이 들대로 들어 있었다. 성량도 풍부했고 음정도 정확했다. 그리고 무엇보다 그는 노래를 부르는 데에 조금도 고통을 느끼지 않은 느낌이었다. 그는 정말로 남쪽 어디에 고향을 두고 온 사람처럼 눈을 지그시 감은 채 구성진 목소리를 뽑아대고 있었는데 (중략) (이청준, <현장 사정>, 182면)

이에 반해 인호는 두메산골 고향에서 태어나 그 곳의 삶을 체험한 사람이다. 연을 날리면서 배고픔을 달랬던 그는 유성기를 통해 유행가를 수도 없이 들었고 그 노래들을 누님에게 알려주기도 했다. 도회지로 중학교 선생을 나간 매형과 떨어져 힘들게 시댁 마을에서 밭을 갈던 누이는 '낙화유수'를 즐겨 불렀다. 그럼에도 현재의 그는 무엇을 불러야 할지 몰라 망설이기만 한다. 그리고 '간절한 것'이 없이 유행가를 부르는 강 회장과 그 연구회 회원들에게 복수심과 묘한 심술기를 느낀다.

요컨대 지인호가 강 회장 앞에서 유행가를 부를 수 없는 이유는 노래를 못해서가 아니라 유행가에 내재된 추억을 잃어버렸기 때문이다. 그는 '구체적인 사물의 경험'이 포함된 노래를 시골 유행가로 간주하며, '추상적이고 허망스런 상징'으로 고향을 이해하는 것에 대해서는 반감을 가지고 있다고 여겨진다. 유행가를 좋아했던 그가 노래를 제대로 부를 수 없게 된 까닭은 도시 생활을 통해 고향을 점점 잊어갔기 때문이다. 이러한 측면에서 인호는 고향의 외부적 존재성을 지닌다고 할 수 있다.

한편 강회장이 '미더운 일꾼'이자 '헌신적인 일꾼'으로 현석을 추켜세우지만, 정말로 상을 받을 만한 사람은 인호이다. 인호의 손가락에 난 흉터는 농촌일의 흔적이자 그가 옛 시절 고향에서 불렀던 유행가의 추억이 담긴 자국이다.

무성한 풀더미를 찾아낸 것이 낚시터의 월척만큼이나 즐거웠다. 낫질을 하다가 잠시 바윗돌 위에 주저앉아 산바람을 쏘이던 휴식을 잊을 수가 없었다. (중략) 해가 떨어진 다음까지도 아직 산을 내려오지 않고 있는 녀석들의 그 게으르고 천연덕스런 노랫가락 소리. 녀석들을 기다리면서 아무것도 조급할 것이 없는 지게터의 화답소리. 그 청승맞고 여유로운 지게터의 노랫가락들. (이청준, <현장 사정>, 196면)

인호의 손가락에 각인된 낫질의 흔적을 연구회 사람들은 "시멘트 바닥에 다 손바닥을 박박 문질러 놓은 것" 혹은 "유리창 같은 데다 손을 몹시 다친"53) 것으로 생각한다. 농촌을 연구하면서도 촌의 흔적을 알아채지 못하고 도시 생활의 자국으로 귀인시키고 있는 것이다. 이러한 인호는 고향의 외부적 존재일 뿐 아니라 도시의 내부에도 편입될 수 없다. 유행가를 부르고 싶지만 제대로 부를 수 없고 침묵만 지키는 인호의 모습은 그의 존재성을 그대로 반영한다. 그렇기 때문에 인호와 강 회장이 함께 부르는 유행가의 불협화음과 희극성은 고향의 실체를 '지우는' 기능을 한다. 고향을 불러내면 불러낼수록 실제의 고향과는 멀어지는 것이다. 오직 인호의 손가락에 있는 흉터만이 고향을 지시한다.

한편 이청준의 <안질주의보>(1975)는 특정 지역 사람이 가지는 얼굴색, 성격 등의 특징을 개념화시킴으로써 '고향'을 불러낸다. 이 작품에는 자신의 출신지를 말하기 꺼려하는 남도인이 등장한다. 그러면서도 그는 정의하기 어려운 고향의 특성을 끊임없이 개념화하는 주변 사람들의 말을 그냥 넘길 수 없다.

'나'는 예비군 훈련 날만 되면 남도사람을 구분할 수 있다는 '위인'을 만난다. 그 사람은 서울역에서 차를 타서 종점에서 종점으로 몇 번씩

---

53) 이청준, <현장 사정>, 『별을 보여드립니다』, 중단편소설1, 열림원, 2001, 196면.

차를 바꿔 타고 들어가야 하는 남도의 조그마한 마을에서 태어났다. 그는
학업과 취직 때문에 바닷가 작은 마을을 벗어나 지금은 서울에서 산다.
그리고 고향에서 서울로 이동하는 몇 십 년의 시간 속에서 남도 사람의
특성에 대해 '알게 되었다'고 고백한다. 이제 그 과정을 역으로 추적하면서
남도 사람을 구분해내고 있는 것이다.

　남도의 작은 마을→대흥면→장산읍→광주→서울로 공간을 확산하
는 과정에서 고향성이라는 추상적 개념이 설정된다. 위인은 어머니를
따라 대흥면에 선 장을 구경하면서 말소리나 얼굴을 전혀 분간할 수 없는
먼 거리에서도 걸음걸이 등으로 같은 마을 사람들을 알아냈다. 중학교를
다니기 위해 장산읍에서 지냈을 때는 다른 골 사람들에 비해 별스런 느낌을
주는 데가 있는 장산 사람들을 구별할 수 있었다. 이러한 단계로 고향
사람을 찾는 기술을 익힌 그는 "서울에서라면 남도 사람이 금세 눈에
드러나게 마련이지요."54)라고 말한다. 실제로 그는 남도 사람을 찾아냈으
며, 그가 안면이 없는데도 말을 건 '나' 역시 남도 출신이었다.

　그러나 그가 이야기하는 고향 사람의 특징은 특별히 '남도'만의 성격을
드러낸다고 할 수는 없다. 남도인의 특징은 언어로 명확하고 분명하게
표현할 수 있는 것이 아니었다. 즉 서울에서 남도로 공간을 응축시키는
가운데 고향의 특성은 지워지고 '고향성'이라는 환상을 들추어내게 된다.

　글쎄요. 어딘지 좀 다른 데가 있을지도 모르지요. 얼굴 생김새라든지
표정이나 행동거지 같은 게 말입니다. 전 그런 걸로 사람을 알아내는
건 아니지만 말씨도 물론 다르겠고요. 참 그쪽 사람들 가운덴 재빨리
서울 말씨를 배워버린 사람들이 많으니까, 그건 아무래도 기준이 되기
어렵겠군요. 하지만 **전 어쨌든 그런 건 자세히 설명할 수가 없어요. 무어가**

54) 이청준, <안질주의보>, 『병신과 머저리』, 중단편소설2, 열림원, 2006, 266면.

다른 건지 별로 생각을 해본 일이 없으니까요 아마 뭐 다른 게 있더라도
어느 한 가지가 아니라 **그것들 전부가 합해져서 생긴 어떤 특별한 느낌**으로
전해져 온다고 할까, 그런 식이겠지요. 이를테면 그 사람의 분위기 같은
걸로 말입니다. (이청준, <안질주의보>, 267면, 강조는 인용자)

남도 소리에 관심이 많은 동창도 남도 사람의 됨됨이가 다른 지방하고
확연히 다르다고 이야기한다. 예비군 훈련장에서 만난 위인이 '남도 사람'의
특성에 대해 내린 정의보다는 구체적이지만 역시 명확히 고향의 성격을
설명했다고 보기는 어렵다. 개인적인 직감으로 남도인을 정의하고 있는
것이다.

골상도 그냥 우리들하곤 좀 다른 것 같고, ① 묘하게 짭짤한 맛을 풍기는
피부 색깔이라든가 표정 가튼 게 모두 … (중략) 표정이 어떻다고 하는
게 좋을까. 한? 체념? 원망? 어쩌면 그런 것이 온통 한데 엉켜들어 있는
것 같기도 하고 … 얼굴에선 늘 불안하고 각박한 무엇이 느껴지면서도
행동이나 생각은 이상스럽게 또 느릿느릿 여유가 많은 것 같고. 아까
얘기한 그 한이라든가 체념이나 원망기 같은 것이 이 사람들에게 오히려
어떤 적극적인 생활 에너지로 전이되어 새로운 삶의 깊이를 지니게 된
것 같다고 할까. 글쎄 ② 얼핏 보면 그렇게 순박하고 단순해 보이면서도
자세히 뜯어보면 그렇게 복잡할 수가 없고, 겉으로는 그렇게 만만스러워
보이면서도 막상 속을 부딪쳐 들어가 보면 그렇게 단단하고 차디찬 고립감
같은 것을 만나게 될 수 없거든. 하여튼 그런 식이야. 난 그렇게 느껴졌어.
느껴질 정도가 아니라 이제 어디 다른 곳에서라도 그 동네 사람들을
만나면 금세 알아볼 수가 있을 것 같던걸 뭐. 그런데 자넨 여태 아직
그런 걸 느껴본 적이 없어? 그렇게 분명한 걸 말이야. 글쎄, 딱 집어
한마디로 뭐라고 할까 (중략) 참 이렇게 말하는 게 적당할지 모르겠군.

남도 육자배기 같은 사람들이라고 말야. (이청준, <안질주의보>, 275면,
밑줄과 숫자는 인용자)

그러나 "남도 사람이 있어도 이제 고향을 알아맞힐 수 있는 남도 사람은
없"55)다. 도시에 정착하여 생활하면서 고향의 관습을 잃어버리기도 하지만
이향자가 자신이 가진 고향의 특징을 도시에서 드러내려 하지 않기 때문이
기도 하다. '나' 역시 남도사람임에도 불구하고 자신이 그렇다는 사실을
끝까지 고백하지 않았으며 위인이 자신의 고향을 읽어낸 것 같아 개운치
않은 느낌을 가진다.

그런데 주목해야 할 점은 '나' 역시 표면적으로는 부정하고 있지만,
무의식적으로 남도 사람을 관찰하고 그 이미지를 주조해낸다는 것이다.
<안질주의보>는 적지 않은 부분을 '남도 사람을 찾는 위인의 모습'을
묘사하는 데 할당하고 있다. 또한 그 위인의 이미지는 '나'의 동창생이
남도인을 개념화한 부분의 내용과도 겹친다. '나'는 위인이 남도인일 것이라
고 짐작하는 인물을 볼 때마다 동료들을 피해 혼자 있는 것을 즐기는
숫기 없는 사람들이라는 느낌을 받는다. 또한 마지막에 가서는 '나'도
그가 가리키는 사람들이 정말로 "쉬워 보이면서도 막상 가까이 다가가
보면 이상하게 단단한 고립감이 느껴지는 (중략) 격절스런 느낌을 주는
인물"56)이었음을 인정하기까지 한다(위의 인용문 ②의 내용). 또한 주인공
은 남도 사람을 찾는 능력이 있다는 위인이 검붉은 얼굴을 하고서 강박증에
걸린 사람처럼 동향인을 찾으려 하다가도 어느 날은 이상스럽게 무관심해
지고, 예비군 동료들에게 무참히 매를 맞고 흉하게 변한 몰골을 하고
있을 때에도 표정만은 태연한 것으로 묘사한다(위의 인용문 ①의 내용).

55) 위의 책, 285면.
56) 위의 책, 280~281면.

그리고 동향인을 찾았다는 사실만으로 금방 의기양양해졌다가 그렇지 못하면 금방 무안해하고 쓸쓸해하며 '나'를 피하기까지 한다. 그는 비굴하고 바보스러워 보이지만 가끔씩 그런 표정 대신 기묘한 비소기가 스쳐 지나갈 때가 있는 것으로 나타난다. 하지만 그러다가도 금방 다시 헤픈 웃음을 짓는다(위의 인용문 ②의 내용).

요컨대 '나'는 그 위인을 통해 동창이 자신에게 말한 '남도 사람의 기질'을 끊임없이 찾고 있었던 것이다. 그리고 그에게 계속 남도 사람을 찾으라고 추동하면서 내심 자신이 남도인임을 말해주길 원했다고 할 수 있다. 그러나 그 위인은 그러지 않음으로써 '나'의 존재를 무시한다. 작품 속에서 명확하게 표현된 것은 아니지만 그 위인도 '나'가 먼저 스스로 남도 출신임을 밝히길 소망했다고 여겨진다.

<안질주의보>는 처음에 단순히 직감이라고 단정했던 위인의 능력을 '나'가 믿고 싶어 하는 지점에 이르면서 이야기를 끝낸다. 일반적으로 고향(지방) 사람에게 부여되는 구릿빛 피부, 순박성, 모자라서 웃음을 유발하는 인물 유형[57]은 서울(도시) 사람보다 열등한 존재성을 가질 수 있으나 이 작품에서 지방성은 결코 타자적 지위가 부여되지 않는다. 그 이유는 작가가 문제 삼는 것이 남도인을 개념화 하는 것이 아니기 때문이다.

'나'는 동창이 자신에게 남도 사람 기질을 전혀 찾아볼 수 없다고 했던 말을 끊임없이 의식한다. 예비군 훈련장에서 만난 위인은 동향 사람을 더 이상 찾아낼 수 없다고 인정하면서도 그만둘 수 없었다. 그 이유는

---

57) 김화경, 「모더니티가 구성한 농촌과 고향-김유정 '농촌소설' 재론」, 『현대소설연구』 39, 한국현대소설학회, 2008, 214면 참고. 김화경은 '고향'을 대표하는 인물이 쓰는 사투리, 큰 손발 등의 외모, 자연의 목소리를 떠올리게 하는 유창한 의성어와 의태어의 사용, 육화된 비속어 등에 대한 묘사는 주로 '타자'적 이미지를 가지는 경우가 많다고 설명한다.

자신의 정체성에 대한 자각과 물음 때문이라고 여겨진다. 또한 주인공이 남도인이면서 그러한 면모를 발견할 수 없는 인물로 형상화 되는 것은 고향을 의식하면서도 고향과 쉽게 일체감을 느낄 수 없는 존재성이 반영된 것이다.

이호철, 최인훈의 작품에 드러나듯 동향 사람과 서울 사람을 대립시켜 인식하지 않았던 것은 주인공들이 자신을 고향의 내부인으로 위치시키지 못했기 때문이다. 자신을 고향의 외부인으로 위치시키는 양상은 김승옥과 이청준의 소설에 구체적으로 나타난다. 그러나 고향의 내부인으로 자각할 수 없더라도 고향의 대체물이라고 할 수 있는 <무진기행>의 인숙, <현장 사정>의 유행가, <안질주의보>의 남도 사람의 특징을 통해 일시적으로 고향의 내부인이 되려는 면모도 발견할 수 있다. 이러한 대체물이 순수하게 고향을 의미하지 못함을 명확히 알고 있으면서도 그것을 추종한다. 인숙에게 애정을 보내고, 어린 시절 부른 유행가를 그리워하며, 남도 사람의 특징을 끊임없이 찾아내려고 하는 이중적 의식을 보이는 까닭은 그 균열된 대체물들이 주인공들의 정체성을 담지해 주는 유일한 대상이기 때문이다. 그래서 고향이라는 환상을 명확히 알면서도 그 환상을 믿고 싶어 하는 것이다.

3. 고향의 부재화와 주체의 비동일화 욕망

김승옥, 김원일, 이청준, 이호철 등의 작가들에게 근대화의 상징이었던 도시는 '생활'을 위해 적응하며 살아갈 수밖에 없는 곳이었던 반면, 시골은 향수와 구축(驅逐)의 양가감정[58]이 투사되는 공간이었다. 이 시기 도시의

---

58) 황호덕, 「1960년대 소설의 형식적 변별 요인과 심미적·탐구적 주체의 문제」,

이향자들은 태어난 곳을 그리워하는 감정이 있으나 돌아가 정착할 수 없기 때문에 도시에서 새로운 삶을 모색한다. 이향자에게 도시는 낯선 공간이기 때문에 도시의 본질을 탐구하는 과정이 나타난다. 그 수단이 바로 '산책'과 '구경'[59]이다.

그런데 고향을 떠난 인물들은 어두웠던 과거에 대한 기억을 망각하고자 했으나 역설적으로 도시 곳곳에서 고향의 흔적과 마주한다. 주체는 도시에서 과거의 흔적을 털고 새롭게 무엇인가를 시작하려고 하지만 도시에서도 과거의 그림자로부터 자유로울 수 없다. 새로운 공간에서 정주할 집을 짓고자 했던 인물들의 소망이 좌절되거나, 과거 고향의 굴레가 사라지지 않고 현재의 도시에서 조금씩 형식을 달리하여 재현되기도 한다. 요컨대 이향자는 도시에서 고향을 추방하고 새로운 삶을 시도하지만 정체성을 찾을 길이 부재한 것이다.

즉 도시에서 장소감을 획득할 수 없기 때문에 고향이 자신에게 정체성을 부여해 줄 수 없는 공간임을 앎에도 귀향을 시도한다. 그러나 고향의 심연과 직면하지 않기 위해 그 귀향은 탈향이 전제되어야 한다. 김승옥, 김원일, 이청준의 소설에서 귀향은 항상 '탈향'이 전제되어 있으며, 그것을 제대로 이행하지 않을 경우 죽음에 이른다. 그래서 고향을 원하면서도 전략적으로 비동일화를 견지하는 자세를 취한다.

'애도'[60]는 상실된 대상을 향한 슬픔의 감정이라고 할 수 있다. 그런데

논총간행위원회 편, 『한국국어국문학연구』, 국학자료원, 2001, 280면 참조.

59) 산책자와 구경꾼은 미묘한 차이가 있다. 순수한 산책자는 항상 자기 개성을 충분히 확보하고 있는 반면, 구경꾼은 외부 세계에 열광하고 도취되기 때문에 그들의 개성은 외부 세계에 흡수되어 사라지고 만다. 구경거리에 정신이 빼앗긴 구경꾼은 비인격적인 존재가 된다. 그는 公衆, 군중이다(발터 벤야민, 조형준 옮김, 『도시의 산책자』, 아케이드프로젝트3, 새물결출판사, 2008, 34면 참고).

60) 라캉의 '애도' 개념은 주체 속에서 일어난 상실로 사랑하던 대상을 잃었을 때

이 시기 작품은 이향자들이 고향이 부재함을 인식하고 있음에도 고향에
애도를 하는 경우는 찾기 어렵다.[61] 이향자가 이러한 역설을 보여주는
까닭은 고향이 삶을 지탱할 수 있는 유일한 대안이기 때문이다. 그래서
고향의 상실을 알면서도 인정하지 않는 면모를 보인다. 즉 고향에 대한
애정과 혐오라는 양가적 감정은 탈향과 귀향을 반복하는 원동력이 된다.
부재와 반복의 모티프는 서로 밀접한 관련이 있다. 반복은 결국 부재와
결핍을 인식하기 때문에 이루어지는 행위인 것이다.[62]

이 시기 작품들에 등장하는 인물들은 고통스럽지만 고향에 다가가고자
한다. 고향을 근원으로 생각할 수 없고 돌아가고 싶은 과거도 없는 주체들이
고통을 감수하고 시도하는 귀향은 그러한 노력에 대한 성과물도 없다.
귀향은 고향에 대한 환상을 무너뜨리고 어두운 실체를 인식하게 하면서
자살을 불러오기도 한다. 그러므로 궁극적으로 인물들은 삶을 지탱하기
위해 고향과 비동일화를 견지하는 탈향의 행위를 지향하게 된다.

1) 도시 산책과 구축(驅逐)의 고향

이향자들은 타향살이를 모색하기 위해 도시의 이곳저곳을 탐색하게
되는데, 도시에 대한 앎은 많은 부분 '산책'을 통해 얻어진다. 즉 이향자는
도시에 대한 지식을 얻기 위해 산책자가 된다. 그런데 이향자의 산책은
도시 토박이의 산책과는 본질적으로 다르다. 도시에서 안식처를 얻지

잠기는 슬픔이다. 애도는 대상이 떠난 빈자리를 메우는 기능을 하며, 슬픔을
사랑으로 다시 전환하는 절차이기도 하다(권택영, 『라캉·장자·태극기』, 민음사,
2003, 120~135면 내용 참조).

61) 이러한 양상은 Ⅲ장에서 이문구, 문순태의 작품에서 고향에 대한 '애도'가 충분히
이루어지면서 사라진 고향이 현실에서 더 생생하게 부활하는 것과 상반된 면모를
보인다.

62) 정항균, 앞의 책, 2009, 199~204면 내용 참조.

114

못한 이향자들은 고향과 비슷한 공간에서 편안함을 느끼기도 한다. 근대화된 도시에서 전혀 근대적이지 않은 이향자의 발걸음은 일상적인 풍경도 이질적인 것으로 의미화 한다.

이호철의 <서빙고 역전 풍경>(1965)에서 외인주택인 듯싶은 아담한 집들이 써늘한 윤곽을 드러내고, 다닥다닥 레이션 상자 지붕의 판잣집들이 모여 있는 서빙고 역전 풍경은 식민지 거리의 냄새를 풍긴다. 차 시간을 기다리는 두 남자는 멀리 판자촌 아이들이 공을 차는 모습을 통해 옛날 시골에서 팔깍지를 차던 것을 기억해낸다. 작품의 마지막에 '전우의 시체를 넘고 넘어' 노랫소리가 울려 퍼지면서 서빙고 역은 개발될 땅이면서 동시에 전후의 시간적 이미지까지 드러내고 있다. 그런데 이향자의 눈에 서빙고 역의 풍경은 매우 낯설게 느껴진다. 주인공이 서빙고 역 근처를 천천히 걸으며 말할 수 있는 것은 과거의 기억과 연상되는 풍경에 대한 것뿐이다.

이호철의 『서울은 만원이다』(1966)에서 길녀는 도시를 산책하는 여성이다. 그녀는 산책을 통해 도시의 창부로 살고 있는 자신의 정체성을 깨닫고 근대 도시의 어두운 면을 경험한다. 이 작품에서 길녀는 정주할 공간을 찾지 못했기 때문에 끊임없이 거리를 산책하고 도시 안에서 거주지를 옮긴다. 그러는 가운데 도시의 거리와 삶의 풍경이 드러난다. 그녀는 서린동 집과 피부비뇨기과 의사를 거치는 일련의 과정에서 도시를 경멸하게 된다. 그리고 실제 고향은 거부하면서도 서울 변두리에서 새롭게 '고향과도 같은 이미지'를 발견하고 그 곳에 살고 싶어 한다. 이때 변두리는 근대 도시도 전근대적 고향도 아닌 도시 속 고향이라는 이질적 공간성을 가진다. 길녀는 서울 도화동에서 고향의 풍경을 떠올리며 그곳에 안주하고자 하고, 시골스러움을 긍정적으로 받아들인다(아래 인용문 가). 그리고 처음에는 서울의 전혀 다른 두 공간인 중심가와 서민촌 가운데 '사람 사는 냄새'가

나는 서민촌에 긍정적 시선을 보낸다(아래 인용문 나).

(가) 벼랑 밑으로 들고 나오는 당인리 발전소로 가는 낡은 기관차 소리도 어딘가 서울 같지 않은 인정을 풍겨주었다.

사람 사는 곳이 다 그렇듯이 이곳에도 복덕방, 연탄 가게(이곳 사람들은 연탄도 끼니 때마다 낱개로 새끼줄을 매어서 들고 다녔다), 통술집, 늙은 색시 있는 술집, 이발관, 미장원, 있어야 할 것은 다 있었고 모두가 시골 읍거리의 그것처럼 헙스레하였다. (중략)

이렇게 할머니들이 많아서 그런가, 길녀는 오랜만에 사람들 사는 고장으로 돌아온 듯 물큰물큰 서러워지기도 하고, 혼자서 질끔질끔 눈물이 나오고 고향 생각에 젖어드는 버릇이 생겼다. (이호철, 『서울은 만원이다』, 307~308면)

(나) 사실 서울에 洞도 많고 사람도 많지만 사람 사는 고장다운, 젖은 정감을 느낄 수 있는 동이 얼마나 될까. 중심가 쪽은 날고 뛰는 신식 도깨비들이 나돌아 가는 곳일 터이고, 한다 하는 고급 주택이 늘어선 그렇고 그런 동은 (중략) 아래윗집이 삼사 년을 살아도 피차 인사도 없이 냉랭하게 지내기 일쑤다.

이에 비하면 서민촌이 훨씬 사람 사는 냄새가 난다. (중략) 이 근처 사람들의 하루하루 열심히 살아가는 모습은 참으로 산다는 실감을 안겨 주었다. (이호철, 『서울은 만원이다』, 308면)

거리는 산책자를 어떤 과거로 데려가기도 하는데, 이 과거는 산책자 본인의 것, 사적인 것이 아닌 만큼 더 매혹적인 것으로 다가온다. 그러나 동시에 이 과거는 항상 자신이 전에 살았던 유년 시절을 떠오르게 하기 때문에 이중적인 성격을 가진다.[63] 과거의 기억이 좋은 것만은 아니어서 실제 고향이 안식처로 기억될 수 없더라도 고향과 비슷한 지역은 안식처의 의미를 부여할 수 있다. 왜냐하면 도원동은 길녀의 사적인 기억은 부재하며, 오직 고향의 풍경과 비슷한 이미지만을 재현한다. 도원동의 풍경은 과거의 이미지, 즉 고향을 떠오르게 만든다. 그렇기 때문에 길녀는 도원동에서 갑자기 평소에 생각하지 못했던 고향에 가고 싶은 충동도 느끼는 것이다.

그런데 길녀는 서민촌에 정착하지 못한다. 도원동 쪽에 온 것을 거듭 잘했다고 하면서도 하는 일 없이 매일을 보내게 되자 심심하다는 생각을 하게 되고 결국은 그 곳을 떠난다. 또한 문득 고향에 가고 싶은 마음에 돈을 가지고 통영으로 내려가지만 결국 다시 상경한다. 오랜만에 돌아왔는데도 고향은 변한 것이 하나도 없으며 서울이 어떠냐고 계속 물어보는 촌스러운 동네 사람도 보기가 싫다. 어머니도 '돈'을 벌어온 딸을 대견하게는 생각하지만 서울에서 겪었을 딸의 상처까지 어루만져주지는 못한다. 작품의 마지막에서 길녀가 도시의 뒷골목에서 죽어간 미경이의 장례를 치른 뒤 사라지는 까닭은 그 때문이다. 도시를 경험한 이향자인 길녀는 도시를 경멸하지만 그렇다고 고향에도 머물 수 없다.

김승옥의 <누이를 이해하기 위하여>에서도 『서울은 만원이다』와 비슷한 부분을 찾을 수 있다. 도시에서 고향이 그리워 고향과 비슷한 공간을 찾아 그 곳에 가보기도 하는데, 이러한 행위도 일종의 '향수'의 표현이다. "별도 보이지 않는 밤에, 고향의 논두럭이 그리워서 중량교 쪽 어느 논두럭에 가서 서다."[64] 그러나 일시적인 향수일 뿐, 작품 속 인물들은 고향에 정주할 수 없음을 알고 있다.

한편 많은 인물들은 길녀처럼 도시의 중심가와 변두리를 이동하면서

63) 발터 벤야민, 조형준 옮김, 앞의 책, 2008, 10면 내용 참조.
64) 김승옥, <누이를 이해하기 위하여>, 『김승옥 소설전집』 1, 문학동네, 2004, 138면.

양쪽의 삶을 경험해 보지만 어떤 곳에서도 정체성을 발견할 수 없는 것으로
나타난다.

김승옥의 <역사>(1963)에 나타난 도시 중심부와 변두리의 관계와 흥분
제에 관해서는 이미 여러 해석이 존재한다.[65] 그런데 근대의 거리를 처음
방문한 남성 자아의 시선을 분석함으로써 도시 중심가(낯섦)/변두리(익숙)
로 새롭게 공간을 배치할 수 있다고 여겨진다. 이때 변두리는 고향과
등가의 공간성을 가진다. 이 작품은 대상에 근접하거나 혹은 대상과 너무
멀리 떨어질 때 발생하는 왜곡된 감정을 통해 '이중으로 낯선 시선'을
보여준다. 벤야민은 어린아이가 안정된 거리를 둔 어른의 시선을 혼란시키
는 분열적인 상상력을 제공한다고 설명한다. 어린아이의 '알지 못함'은
때로는 통찰력을 발휘하는 또 다른 방식의 앎이다.[66]

'나'는 돌아갈 고향도 없이 죽는 날까지 서울에서 살아야 하는 절망감을

---

65) 공종구는 <역사>에 나타난 대립적 공간을 원초적 건강성과 개인의 자유의지를
억압하는 근대적 규율 권력의 폭력성으로 설명한다. 이혜원은 질서와 안정이라는
도시 생활의 현실적 덕목들을 충실히 수행하는 삶과 불안하고 무질서한 시원의
힘에 무의식적으로 끌리는 삶의 뚜렷한 대비라고 규정한다(공종구, 『한국 근·현대
작가·작품론』, 새미, 2001, 21면 참고). 한편 오양진은 이러한 규율 잡힌 도시
중심부의 현실과 소외된 변두리적 삶을 유토피아적 해방의 모델로 만드는 것에
대해 낭만주의적 소외 심리학으로 설명한다. 김승옥의 이와 같은 낭만주의적
소외 심리학은 현실 비판적인 유토피아 정치학만 작동시키는 것이 아니라 왜곡된
심리 과정을 보여주는 것이라 주장한다. <역사>의 흥분제가 야기한 것은 비판적
희화화로 이어지지 않는다. 소외된 자신의 처지를 규율과 질서에서 초월하여
스스로 자족하는 해방의 거점으로 조작하여 자기도취에 빠지는 나르시시즘의
충동을 보여준다고 설명한다(오양진, 『소설의 비인간화』, 도서출판 월인, 2008,
77면~86면 내용 참조).
66) 글램 질로크, 노명우 옮김, 『발터 벤야민과 메트로폴리스』, 효형출판, 2005,
127~128면. 글램 질로크는 착각으로 가득 찬 어린아이의 앎은 의도하지 않았다
하더라도 도시 풍경의 감춰진 측면을 드러낼 수 있고, 성인 관찰자를 매혹시키는
신화적 허울에 불과한 사물들의 거짓된 외관을 벗겨낼 수 있다고 설명한다(같은
책, 128~129면).

가지고 있다.(67) 이유는 밝히고 있지 않지만 고향에 대한 일은 이미 기억에서
추방해 버렸다고 말한다. 그러나 말하지 않은 혹은 말할 수 없는 고향의
어떤 측면을 서울의 빈민가에서 발견하고 있다고 여겨진다. 그래서 창신동
거리는 이전에 경험했던 익숙한 세계이고, 항상 계획성 있게 움직이는
서울의 가족 공간은 낯선 세계가 되는 것이다. 소설의 도입부에 제시되듯이
서울에서의 하숙집 생활은 "신기하고 놀랍고 재미있는 얘기"(68)가 된다.
    양옥집이라는 한정된 공간은 이향자인 '나'의 눈에 의해 서울의 복잡한
거리가 된다. 도시에 처음 입성한, 혹은 어린아이로서의 '나'의 시선은
소설의 초반부에서 양옥집의 방을 묘사하는 지점부터 나타난다. 방을
더듬는 시선은 도시 거리의 이곳저곳을 조심스럽게 훑는 이방인의 눈을
연상시킨다. 새로 양옥집으로 이사 왔을 때 깨끗한 벽지와 높은 천장이
낯설게 보인 것은 이전까지 그가 존재했던 공간에서 다른 세계로 진입했기
때문이다. 그에게 이 공간은 완전히 새로운 '첫인상'으로서의 도시 중심부
이미지를 재현한다.

**나는 내가 누워 있는 방 전체를 보고 싶어져서 천천히-내가 몸을 돌렸을
때 나는 방 가운데서 무서운 괴물이라도 보지 않을 수 없다는 듯이 천천히
몸을 반대편으로 돌렸다.** (중략) **나는 방 안을 찬찬스럽게 눈으로 더듬었다.**
내 오른쪽 벽의 구석진 곳에 다색의 나왕으로 된 방문이 있다. **내 맞은편
벽에 기대서 책들이 좀 무질서하게 줄을 지어 서 있다.** 나를 향하고

---

67) 김미현은 김승옥의 소설에 나타난 남성들이 다시 과거로 돌아갈 수 없음을 스스로
   잘 알고 있다고 설명한다. <무진기행>에서 '나'가 서울로 다시 올라갈 수밖에
   없었듯이 <역사>의 '나'도 창신동으로 돌아가지 못한다는 것이다. 이미 도시가
   그들의 고향이 되어 버린 것이다(김미현, 「근대성과 여성성 – 김승옥의 소설을
   중심으로」, 앞의 책, 2008, 201면 참조).
68) 김승옥, <역사>, 『김승옥 소설전집』 1, 문학동네, 2004, 82면.

있는 책들이 좀 무질서하게 줄을 지어 서 있다. 나를 향하고 있는 책의 등에 적혀진 그 책들의 표제를 나는 읽었다.『연극개론』『비극론』(중략) 바로 나의 책들이었다. 그리고 핀이 빠졌는지 **캘린더가 벽에서 떨어져서 마치 단정치 못한 여자가 주저앉아 있는 듯한 모습으로 방바닥에 널려져 있고** 왼쪽 벽 구석 가까이에 잉크병, 노트들, 펜들, 나의 세면도구 (중략) 모든 것이 나의 소유였다. **그러면 이건 나의 방이다, 라고 나는 생각했다. 그러나 방은, 여기저기 붙어 있어야 할 여자의 나체사진 한 장도 없이 이렇게 깨끗하고 아담할 리가 없는 것이다.** (김승옥, <역사>, 85~86면, 강조는 인용자)

위의 인용문에서『연극개론』등의 책은 흡사 거리의 건물명처럼, 그리고 바닥에 널린 물건들은 도로 구석에 놓인 쓰레기처럼 읽혀진다. 방에 누워 있는 주인공은 그 자체로 깨끗하고 근대적인 도시에 들어선 남루한 이향자의 모습을 재현한다. '나'는 이 공간에서 완전히 어린 아이가 된다. 양옥집에서 어떻게 소변을 보아야 하는지조차 잊어버리고 당황스러워한다. 그는 아직 이 공간과 친밀해 지지 못했기 때문에 방에 놓인 자신의 물건들까지도 생소하게 다가오는 것이다. 또한 낯설기 때문에 지나치게 자세하게 바라본다.

'나'는 도시의 변두리와 중심부를 서로 다른 거리에서 바라보고 있다. 창신동 빈민가 모습은 양옥집으로 이사 오기 전 거리에 대한 기억을 불러낸 것으로서, 너무 익숙한 장면이기 때문에 어른의 습관화된 시선으로 풍경화 시킨다. 그리고 현재 바라보고 있는 양옥집은 잘 모르는 공간이기 때문에 지나치게 근접하여 바라봄으로써 낯설게 만든다. 아래 인용문 (가)에 나타난 거리는 일반적인 빈민가의 풍경과 크게 다르지 않다. 반면 인용문 (나)의 내용은 도시의 특징이라고 여겨지는 어떤 면을 지나치게 확대한 나머지 왜곡된 이미지로 표출된다. 그러나 이러한 시선을 통해 도시에 처음 진입한 이향자가 느낄 수 있는 감정을 그대로 보여주게 된다고 여겨진다.

(가) ① 교과서의 직업 목록 속에서는 찾아볼 수 없는 가지가지의 일터에서 사람들이 땀이 말라 끈적거리는 얼굴을 손으로 부비며 돌아오고, ② 이 마을에 들어서면 그들의 굳어졌던 얼굴들이 풍선처럼 펴진다. 웃통을 벗은 사내들은 모여서서 ③ 쉴새없이 떠들고 (중략) 아낙네들은 풍로를 밖으로 내놓고 그 위에 얹은 냄비 속에 요리책에는 없는 ④ 그들의 그때그때의 사정이 허락하는 신기한 요리 재료를 끓인다. 이 냄비와 저 냄비 속에서 끓고 있는 음식은 나라와 나라 사이의 풍토보다도 더 다르다. 마치 마귀할멈이 냄비 속에 알지 못할 재료를 넣고 마약을 끓여내 듯이 그네들도 가지가지의 마약을 끓이고 있는 것이다. (김승옥, <역사>, 97~98면, 밑줄은 인용자)

(나) 아침 여섯시에 기상. (중략) 오전 열시경에 며느리와 할머니가 놀리는 미싱 소리를 쭉 듣게 되고, 열두시경에 라디오에서 나오는 음악을 듣고, 오후 네시엔 <엘리제를 위하여>를 듣게 된다. ①´ 오후 여섯시 반까지는 모든 식구가 집에 와 있어야 하고, 저녁식사. ③´ 식사가 끝나면 십여분 동안 잡담. 그게 끝나면 모두 자기 방으로 가서 공부. (중략) ②´ 식구 중 누구 한 사람 얼굴에 그늘이 있는 사람은 없었다. 나로서는 상상도 하지 못하던 세계에 온 것이었다. 동대문이 가까운 창신동 그 빈민가의 내가 들어 있었던 집의 식구들을 생각하지 않을 수 없는 ④´ 이 正式의 생활. (김승옥, <역사>, 91~92면, 밑줄은 인용자)

서울 빈민가의 생활이 나타난 (가)와 서울 양옥집의 생활을 묘사한 (나)의 내용은 대립구를 이루고 있다. 빈민가 사람들은 상황에 따라 불규칙적으로 행동하며 위생적이지 못하지만 나름대로의 즐거운 생활을 영위하는 것으로, 양옥집 가족은 '정식의 생활'에 표현된 것처럼 규칙적이고 틀에 맞춘 삶을 사는 것으로 묘사된다.[69] 어느 곳에도 소속되기 어려웠던 주인공은 빈민가 사람들과 서울 양옥집 사이에서 고민한다. 그리고 빈민가에 살던 사람들의 '끝없는 공전 같아 뵈던 생활'이 알찬 것이 아니었을까 하는 생각을 한다. 반면 양옥집은 '병원처럼 깨끗한' 장소로 묘사되거나 '지나치게 낯설어' 정붙일 수 없는 곳이다.

요컨대 '나'는 빈민가 생활은 잘 알고 있지만 이층 양옥집의 생활은 새로운 것으로 인식하고 있다. 예를 들어 창신동의 삶은 딸을 함부로 대하지만 사실은 딸을 아끼는 절름발이 사내의 이야기, 창녀지만 마음이 여리고 삶이 고달픈 영자의 사연 등으로 개연성 있게 구성된다. 또한 그들의 삶을 긍정적으로 상상하며 이야기를 만들어내고 있다. 반면 양옥집의 삶을 제시할 때는 서사성은 거의 드러나지 않으며 시간에 따른 일의 진행 순서가 기계식으로 나열된다. 즉 전자가 서사적인 공간이라면 후자는 시각적인 공간이라고 할 수 있다.[70]

문제적인 점은 '나'는 이미 양옥집에 오기 전부터 양옥집의 세계를

---

69) 빈민가와 양옥집의 이항대립성은 앞서 제기한 바와 같이 이향자가 느낀 '낯선 근대의 풍경'에서 기인된다. 양옥집을 통해 '집'이라는 공간은 공공성을 상실하고 외부와 단절된 폐쇄적 공간으로 변환되며 집 내부의 방이 특정 목적에 따라 구분되고 사생활의 절대적 공간이 만들어진다(이진경, 『근대적 시·공간의 탄생』, 도서출판 푸른숲, 1997, 150~163면 참조). 반면 빈민가의 개방성은 농촌공동체의 공간성을 보여준다. 즉 빈민가의 공간성과 고향의 공간성이 연결될 수 있는 것이다.
70) 『구경꾼의 탄생』의 역자 노명우는 <해제>에서 농촌의 삶이 서사적이라면, 도시의 삶은 시각적이라고 설명한다. 즉 공동체는 신화, 뒷이야기 등 수다스러운 서사의 공간인데 비해 익명성에 의해 보호받는 군중의 공간인 대도시는 서로 표면만을 본다(바네사 R. 슈와르츠, 노명우·박성일 옮김, 『구경꾼의 탄생』, 도서출판 마티, 2006, 37~38면 참조).

122

선택하고 있었던 것으로 작품에 나타난다는 사실이다. 주인공은 역사(力士) 서씨의 세계를 동경하지만 자신이 구성해낸 그 세계가 '환상'에 불과함을 알고 있었다. 그러므로 주인공이 서울 양옥집이 '빈 껍데기'처럼 느껴져 '홍분제'로 일순간에 무너뜨리고 싶어 하는 감정은 이율배반적이라고 할 수 있다.[71]

즉 '나'가 혐오했던 것은 양옥집의 할아버지 혹은 규칙이 아니라 그것이 대변하고 있는 근대의 속도라고 할 수 있다. 근대의 속도는 '나'가 흥분제를 주전자에 넣는다고 해서 멈출 수 있는 것이 아니다. 그런 의미에서 '흥분제' 사건은 근대의 속도를 따라가지 못하는 자신을 합리화하고 싶은 행위이다. 주인공에게 흥분제는 빈민가 사람들이 만들어내는 여러 재료를 혼합하여 만드는 음식, 즉 '마약'의 의미를 지닌다. 자기 전에 마시는 '순수한' 음료인 보리차 속에 마약을 집어넣음으로써 양옥집 가족을 자신이 이해할 수 있는 사람들로 만들고 싶었던 것이다. 그러나 '흥분제'는 결코 양옥집으로 상징되는 도시와 근대의 속도를 변화시킬 수 없었다. 결국 이 불안은 도시에서 이향자의 정체성을 찾을 수 없기 때문에 나타나는 것이다.

그런데 이 이야기의 액자 바깥에 존재하는 제3자의 말을 통해 빈민가/양옥집으로 상징되는 전근대/근대의 대립적 관계가 무너진다. 두 세계는 주체에게 모두 "잔혹한 세계"로 자리 잡고 있는 것이다. 그래서 문제가 되는 점은 주인공이 창신동 빈민가와 도심가의 양옥집 중 어느 공간을 선택할 것인가가 아니다. 두 공간 사이에서의 주체의 반응[72]이 중요하다.

---

71) 그러므로 본서는 <역사>에 나타난 빈민가와 양옥집에 대한 기존의 논의 중 오양진의 의견에 가깝다고 할 수 있다. 본서 117면, 각주 65번 내용 참조.
72) 김명석은 작가가 전달하려는 것은 흔해빠진 빈민가의 세태나 과장되고 왜곡된 중산층에 대한 관찰이 아닌 주체의 반응이라고 주장한다. 새 하숙집에 대한 심리적 부적응에서 포착해낸 작가의 '감수성'은 자신의 생활 방식을 어떻게 주체적으로 변화시킬 것인가 보다는 생활의 변화에 어떻게 적응해 나가는가로 제한된다는

<역사>에 나타난 이러한 고향과 도시의 모호한 경계는 <빛의 무덤 속>(1966)에 이르러 보다 구체화된다.[73] 이 작품은 두 가지 환상적인 이야기를 병치하여 작품화한 소설로 '자라는 귀'와 '순간이동 능력'을 가지게 된 주인공들을 통해 고향/도시, 전근대/근대 사이에 놓인 이향자의 존재성을 드러낸다. 주인공들은 고향과 서울을 순간이동을 통해 이동하거나, 서울의 거리를 끊임없이 돌아다닌다. 이들이 이렇게 이동하는 이유는 이양의 경우 두메산골에 친밀감을 느끼지 못해서이고, 공군의 경우 자신의 귀가 자라는 이유와 귀에서 나는 소리의 정체를 알아내기 위해서이다. 특히 공군에게 '산책'이란 도시의 삶을 모색하는 하나의 과정이다.

'자라나는 귀를 가진 사내 이야기' 편에서 공군은 원인 모를 소리가 계속 들려 괴로워한다. 교통사고가 나서 귀가 잘리기 전에 들었던 것은 사람을 죽일 만큼의 커다란 폭음이었으며 귀가 새로 나고 나서는 철벅거리는 소리를 듣는다. 이 두 소리는 공군이 처한 상황을 상징적으로 드러내는 것으로 전자는 도시의 삶속에서 책임과 의무에 시달리는 심리를, 후자는 억압된 그의 원초적 욕구를 나타낸다. 그런데 '나'는 이 두 소리의 의미를 도시를 산책하는 것을 통해 깨달아가고 있다.

귀가 다치기 전 공군은 시골에 살고 있는 형의 집안에 중환자가 생겨 그 달에 받을 봉급을 모두 보내버린다. 그리고 점심시간이 되면 밥을 먹지 못하고 길거리 구경을 한다. 처음에는 구경거리가 많았던 거리는 점차 익숙해짐으로써 '점심을 먹지 못했다'는 그의 상황만 부각시킨다.

것이다(김명석, 「김승옥 소설과 일상성의 경험」, 『한국소설과 근대적 일상의 경험』, 새미, 2002, 69면 참고).

73) <빛의 무덤 속>이 未完이 아니었다면 도시 중심가와 변두리, 도시와 고향 사이에 놓인 이향자의 존재성, 즉 정체성의 양상을 더욱 구체적으로 분석할 수 있었을 것이다. 이 작품은 두 번째 이야기인 '신데렐라' 부분이 미완으로 끝나고 있다.

124

공군은 생활의 곤궁을 감내하기 힘들 무렵 귀를 잃은 것이다. 그런데 공군은 새로 자란 귀에서 이전과는 다른 형태의 느낌을 받는다. 그 귀는 "조금씩 부풀어서 손바닥 안을 가득히 채우는 것"으로서 "어머니의 젖을 만지던 적이 있었다는 기억이 되살아날 정도로 아름다운 부피와 마음 든든한 탄력"[74]을 가진 것으로 묘사된다. 이러한 속성은 어머니의 품과 같은 안식처의 이미지와 연결된다. 그리고 새로 자란 귀에서 철벅 소리를 듣게 된 이후 공군은 적극적인 산책자가 된다. 이전의 공군이 '구경꾼'에 불과했다면 이제는 적극적인 탐색의 면모를 보여주게 되는 것이다. '나'는 자신의 귀에서 왜 이런 소리가 나는지 궁금해 하며, 사고가 난 곳을 주의 깊게 둘러보거나 거리에서 만나는 모든 사람들을 관찰한다. 그리고 그 산책을 통해 마침내 소리의 정체를 알게 된다.

철벅음/폭음은 현재 도시의 삶과 과거 고향의 삶을 대비시킨 소리라고 할 수 있다. 철벅 소리는 성적 욕망과 결부되어 있는 것으로 공군은 얼마간 자신의 원초적인 욕구에 충실하지만 그것을 통해 만족을 얻을 수는 없었다. 또한 모든 사람이 철벅 소리를 가지고 있으나 특히 고자(鼓子)인 남성에게 더 큰 소리가 난다는 설정은 이 작품이 결코 성취될 수 없는 욕망에 대해 이야기하고 있음을 알 수 있다. 도시가 그에게 원초적인 욕구를 허용하지 않기 때문이 아니라 그의 만족이 채워질 수 있는 장소가 없는 것이다. 작품의 마지막에 귀를 찢어버리는 것은 결국 철벅음을 포기하는 행위, 즉 고향의 포기로 해석된다. <역사>에서 고향에 대한 기억을 추방한 주인공처럼 <빛의 무덤 속> 공군도 고향을 상징하는 철벅음 나는 귀를 찢는다. 그리고 "사랑하고 있어, 정말이야"라는 중얼거림은 성적 흥분을 느꼈던 간호원에게 하는 말이자 '말할 수 없는 공간'으로서의 고향에 대한

---

74) 김승옥, <빛의 무덤 속>, 『김승옥 소설전집』 2, 문학동네, 1995, 252면.

고통스럽고 슬픈 고백이라고 할 수 있다.

　요컨대 공군은 '새로운 귀'를 통해 자신의 욕구를 억제하는 규격화된 삶에서 일시적으로 벗어나는 듯 했으나 그것 역시 불가능한 삶이라는 것을 깨닫는다. 공군이 살아가면서 들을 수 있는 소리는 굉장한 폭음(현재 도시의 삶)과 철벅거리는 소리(실현할 수 없는 원초성)뿐이며, 그 중 한 가지를 선택하는 것을 통해 삶을 모색해야 한다. 그리고 주인공은 필연적으로 도시를 선택할 수밖에 없다.

　미완(未完)으로 끝나는 '신데렐라' 이야기 편에서는 폭음/철벅음의 실체를 구체적으로 보여주고 있다. 이양은 두메산골 P촌의 초등학교 선생님인데 그 곳에서 할 수 있는 것은 풍금 치는 일뿐이다. 그러나 해가 지면 바로 잠을 자는 마을 사람들은 그녀의 풍금 소리를 '귀신 우는 소리' 같다며 항의를 한다. 이러한 상황에서 이양은 사건 많고 화려한 곳에 가고 싶다는 소원을 달에게 빌고 순간이동 능력을 얻게 된다. 문제적인 점은 화려한 곳에 가고자 했던 이양이 가장 먼저 순간이동을 시도한 장소가 그녀의 고향이라는 것이다. 고향 마당에 도착한 이양은 처음에 가족들과 만날 생각에 설레었으나 곧 반가울 수 없는 고향의 어두운 실체를 깨닫는다(아래 인용문 가). 또한 그 능력을 사용하여 서울에 도착한 이양은 고향과 다르지 않은 서울의 후미진 골목 풍경에 당황한다(아래 인용문 나). 고향과 서울 변두리는 매우 흡사한 모습을 하고 있었던 것이다.

　(가) 왜 친구들이 서울에 있는 종합대학교로 진학할 때 자기는 이 소도시의 2년제 교육대학엘 가야 했던가, 그리고 친구들이 도시에 있는 일류 초등학교로 발령이 났을 때 자기는 벽촌의 부스럼쟁이들 틈으로 가야만 했던가. 이제 얼마 있으면 아무개의 방이나 집이나 토지를 팔아주고 얻은 돈으로 몽땅 술을 마신 주정뱅이 아버지가 신문에 폭풍경보가 날 때마다 한번씩

126

쓰러지는 허름한 대문을 쿵쿵 두드리시겠지 (중략) (김승옥, <빛의 무덤 속>, 276면)

(나) 이양은 지붕들이 끝없이 연결되어 있는 골목안 풍경을 잠깐 넋 잃고 올려다보았다. 자기가 길 잃어버린 아이 같은 착각이 들었다. 서울엔 고등학교 수학여행 때 와본 적이 있었다. 그러니 그 여자의 서울은 창경원 이나 덕수궁이나 종로나 서울역이었지 이런 비좁은 골목은 아니었고 낮고 음산한 기와지붕들은 아니었다. (김승옥, <빛의 무덤 속>, 279면)

이양은 고향의 가족들을 만나지 못한 채 빨리 두메산골의 '자기 방'으로 돌아가고 싶은 감정을 느낀다. 가난한 고향은 기분전환 삼아 그녀가 공간이 동을 하는 장소가 될 수 없다. 방학이 오면 버스와 기차를 이용하여 먼 거리를 거쳐 돌아가야 하는 곳일 뿐이다. 또한 서울로 공간이동을 한 이양은 사람들의 '서울 말씨'를 통해서만 도시에 왔다는 것을 느낄 뿐 동창생의 서울 집 대문은 자신의 시골집 대문과 크게 다르지 않다.

김승옥은 작품에서 계속적으로 타향살이의 모색과 그것이 결렬되는 과정을 보여준다. 도시는 누이의 삶을 이해하는 곳(<누이를 이해하기 위하여>)에서 고향의 기억을 추방한 주체가 새로운 삶을 모색하는 곳(<역 사>)이 된다. 그러나 결론적으로 도시와 고향 모두 정체성을 찾을 수 없는 공간(<빛의 무덤 속>)이 된다.

김원일의 <돌멩이>(1975)에서 이향자인 창수는 잠시 일거리를 찾아 지방으로 갔다가 서울로 돌아온다. 창수는 고향에서 쫓겨났으며 서울에서 일거리를 찾다가도 지방에 공사판이 벌어지면 내려가 돈을 벌어오기도 한다. 일이 끝나고 난 뒤 그는 다시 서울로 회귀한다. 이 작품에서 창수는 막일을 하더라도 서울에서 살 생각을 하는 것으로 나타난다. 그렇지만

서울 거리가 "낯선 곳이 아닌데 처음 와보는 곳"[75] 같이 느껴진다. 그에게
서울은 오래 살았어도 친밀감을 느낄 수 없는 곳이기 때문에 낯선 장소라고
할 수 있다. 그는 몇 달 전 함께 잠자리를 했던 순자를 만나기 위해 창동
거리를 헤맨다. 서울은 주택단지가 착공되느라 망치질 소리가 끊이질
않았고 창동의 밥집은 너무 많아 순자를 찾기는 어렵다.

창수에게 '순자'는 그가 서울에서 정체감을 회복할 수 있는 매개체가
되는 여인이다. 그러므로 그녀를 찾아 창동거리를 배회하는 행위는 그가
자신의 삶을 발견하는 계기로 작용한다. 좀도둑에서 벗어나 공사판을
선택한 일, 집은 계속 지어지는데 자신이 정주할 곳이 없는 현실을 돌아본다.
그리고 열심히 일하며 순자와 가정을 꾸릴 생각도 해본다.

이 작품에서 거리를 걷는 창수의 눈에 펼쳐진 창동은 새로운 건물 뒤에
숨겨진 가난한 난민촌으로 형상화된다. 그 판자촌 가운데 순자가 일하는
밥집이 있었고, 그 밥집은 충청도에서 올라온 이향자가 운영한다. '낯선'
서울 안에 '익숙한' 시골의 풍경이 펼쳐지는 것이다.

아까 아줌마가 손가락질한 샛길로 걷는다. 너무 덥다. 일할 땐 더운 줄
모르는데 놀면 덥다. **저쪽, 또 집들이 지어지고 있다. 계속 변두리로
늘어나는 집이다.** 그래도 집없는 사람이 더 많다. 집없고 가족 잃은 사람이
창수다. (중략) 술집이 하나 있고, 점포가 하나 있다. 술과 밥을 파는
집들도 있다. **그 뒤로 십 년은 넘게 터잡고 살아온 오십여 채 판자촌이
있다. 게딱지 같은 난민촌이다. 골목은 반들반들하고 손때 묻은 문짝들이
달렸다. 구슬 구르듯 애들이 뙤약볕 아래 뛰논다.** (김원일, <돌멩이>,
205~206면, 강조는 인용자)

---

75) 김원일, <돌멩이>, 『오늘 부는 바람』, 김원일중단편전집2, 문이당, 1997, 199면.

그런데 '순자'는 고향을 지시하는 인물이기도 하다. 창수의 아버지는 고기잡이 나갔다가 죽었고 어머니는 새로 결혼을 했으며 의붓아버지는 그를 괄시해 내쫓는다. 창수에게 고향에서의 기억은 고통스러운 것이었으나 자신의 아이를 임신한 순자의 몸을 통해 행복해 하며 옛 어머니를 떠올린다. 즉 작품 안에서 창수가 고향에서의 기억을 부정적으로 생각하고 있었으나 순자를 찾는 행위를 통해 희망적인 타향살이를 모색하게 된다. 비록 순자가 아이를 유산하면서 목숨을 잃을 뻔하지만, 순자와 연결되면서 창수는 새로운 이향자의 존재성을 가지게 된다. 고향을 부정하면서도 그것을 통해 삶을 모색하는 이중성이 나타나고 있는 것이다.

요컨대 처음에 창수는 서울에서 삶을 모색하되 서울을 안식처로 삼을 수는 없었다. 순자와 창수 사이에서 생긴 아이도 병원에서 죽는다. 또한 창수에게 고향은 고통스러운 기억이 있는 장소이다. 그러나 역설적으로 순자를 통해 돌아갈 수 없는 옛 고향을 추억하며 새로운 미래를 꿈꿀 수 있게 된다. 이 시기 작품에서 도시 산책을 통한 삶의 모색과 그 과정에서 떠오르는 고향의 기억은 밀접한 관계가 있다고 여겨진다.

이청준의 소설은 산책자가 부각되어 드러나는 것은 아니지만, '수동적인 관찰자', '구경꾼'의 존재성을 비판하면서 타향살이를 모색하는 과정이 나타난다.

<별을 보여드립니다>(1969)에서 '그'는 이상을 가지고 별을 바라보는 인물인데, '나'를 포함한 자신의 친구들을 '구경꾼'이라 생각한다. 시골집에서 졸업을 위해 와줄 사람이 없었던 '그'는 중학교와 고등학교 졸업식에 참가하지 않는 것이 좋았을 것이라고 자신의 처지를 한탄했다. 그러나 대학 졸업은 남들처럼 축하 받고 싶은 마음에 친구들에게 와주기를 부탁하지만 모두 나름의 사정만 내세운다. 시골의 어머니가 돌아가셨을 때 사정이

어려워 돈을 빌려달라고 했을 때도 부탁을 들어준 친구는 없었다. '그'는
마침내 자신의 친구들을 '구경꾼'으로 취급한다. 작품에서 '나'를 비롯한
친구들이 '그'를 보는 시선은 거리의 축제를 바라보는 구경꾼의 눈과 등가를
이루며 형상화 되고 있다. 거리의 초상화와 네온사인을 구경하듯 '그'의
불행을 관망하고 있는 것이다.

'그'는 영국에서 천체 물리학을 공부하다가 귀국하여 친구들과 재회할
때에도 시선은 상대가 아닌 상대의 어깨 너머 어딘가에 둔다. '그'는 도시에
존재하지 않을 하늘의 '별'과 같은 대상을 끊임없이 찾고 있었다고 할
수 있다. '그'는 우연히 거리에서 망원경을 제대로 사용할 줄 모르면서
별을 보려는 사람들을 만난다. 그리고 별을 보는 것을 단순히 '구경거리'로
전락시킨 사람들에게 화가 나 망원경을 사버린다.76) '그'는 도시의 거리가
아닌 망원경 안의 세계에 존재하는 사람이었다고 할 수 있다. '별'을 하나의
상품 즉 볼거리(spectacle)로 전환하는 것을 혐오스러워했지만 '그' 역시
결국에는 망원경을 물속에 버린다. 이러한 행위는 별을 추구했던 생활을
버리고 도시에서의 삶을 모색하는 행위이다. 별을 꿈꾸고 싶던 '그'는
이제 별과 고향을 등지고 도시에서의 삶을 생각할 수밖에 없는 것이다.

<가학성 훈련>(1970)은 과거의 고향과 현재 도시의 삶을 '기억'을 통해
넘나들고 있다. 고향에서는 굴레를 쉽게 벗어던질 수 있었던 것에 반해
도시에서는 그것이 불가능함을 이야기한다. 이청준 소설에 나타난 도시는
'탈출구'가 없는 공간으로 그려지곤 하는데, 그 이유는 탈출구가 될 수

---

76) <별을 보여드립니다>의 '그'에게 망원경으로 보이는 별은 소중한 꿈이지만,
　　거리의 사람들에게 별과 별을 보는 행위는 상품과 상품을 파는 행위가 된다(진영복,
　　「한국 자본주의 형성과 60년대 소설」, 민족문학사연구소 현대문학분과 편, 앞의
　　책, 1998, 93면 참조). 그래서 본서는 거리에서 망원경을 보는 사람들을 '구경꾼'의
　　개념과 연결시켜 분석하고자 한다.

있는 고향이 부재하기 때문이라고 할 수 있다.

현수는 고향에서 아버지가 가졌던 굴레와 현재 도시에서 살고 있는 자신이 가진 굴레를 비교한다. 송아지에게 굴레 씌우는 일을 했던 아버지는 굴레가 헐렁하면 소가 괴롭기만 하기 때문에 태어날 때부터 지니고 나온 신체의 한 부분처럼 해줘야 한다고 했다. 현수의 가족은 굴레가 씌어진 소처럼 도시에서 피학적 형태의 삶을 살아야 하는 사람들이다. 주인집은 자신의 딸이 울면 기이하게도 현수의 딸 선희의 머리카락을 붙잡고 놀게 한다. 선희는 머리칼을 끄들리면서도 주인집이 준 과자를 우물거리며 자신의 삶에 적응하는 모습을 보여준다. 현수의 아내는 방세가 오르는 것도 걱정이지만 선희의 굴레를 끊기 위해서도 다른 집을 보러 다닌다. 굴레를 일시적으로나마 벗기 위해서 취할 수 있는 행위는 집을 옮기는 것밖에 없다. 그렇기 때문에 현수가 서울에서 친밀감을 느낄 수 있는 공간은 부재하게 된다.

고향의 아버지와 도시의 '나'의 차이는 자신에게 주어진 굴레를 스스로 벗을 수 있는가의 여부에 있다. 그런 의미에서 아버지는 굴레에서 자유로운 사람이었으나 '나'는 자신의 굴레를 관망하는 수동적인 위치에 있다고 할 수 있다. 고향에서 아버지는 송아지에게 굴레를 씌워주는 일을 사랑했으나 송아지의 굴레와 자신이 가진 굴레의 동일함을 깨닫고는 마을을 떠난다. 여기서 아버지에게 탈향은 하나의 '탈출구'로 작용한다. 그러나 도시에 살고 있는 현수는 자신의 굴레를 쉽게 벗을 수 없다. 현수는 이미 탈향 했기 때문에 또 다른 탈향은 있을 수 없다. 그래서 '나'는 과거 아버지의 고향을 혐오하면서도 그리워하는 양가적 감정을 표현하게 되는 것이다.

어린 딸이 자신의 머리를 잡아당기는 주인집 딸의 손을 인내하는 것은 과자 때문이 아니라 벌써부터 자신의 굴레를 인정하는 것이 아닐까 하는 생각에 이르자 더욱 괴로워진다. 굴레를 버릴 수 없는 도시에서 현수가 할 수 있는 것은 가학성을 훈련시키는 일일 뿐이다.

지금까지 김승옥, 김원일, 이청준, 이호철 등의 소설을 통해 도시에서 삶을 모색하는 이향자의 존재성을 살펴보았다. 이향자들은 과거의 고향과 불화하고 있으며, 고향이 실제로 없거나 있어도 없는 것처럼 여긴다. 즉 부재화 되고 있는 것이다. 이향자들은 과거 고향에서의 기억을 추방하고 부정적으로 인식하지만, 정체성을 찾을 수 없는 도시에서 고향 혹은 고향과 비슷한 장소는 갈망될 수밖에 없다. 도시에서 새로운 삶을 모색하고 있으나 그 곳에서 자신의 정체성을 구성하기는 어렵기 때문에 고향과 동일화가 불가능하다는 것을 앎에도 끊임없이 고향가기를 반복하는 행위가 나타나게 되는 것이다.

2) '애도'의 거부와 탈향 반복 행위

최인훈의 작품에서 많은 남성 인물들은 전쟁으로 인하여 고향을 상실했음을 알면서도 고향을 찾아 나선다. 그러나 고향은 이미 갈 수 없는 곳이기 때문에 귀향을 시도하더라도 필연적으로 탈향의 상황에 이를 수밖에 없다. 『광장』의 명준은 남한에서 북한으로 넘어가지만 결국에 어느 곳에서도 안주하지 못하고 자살에 이른다. 고향은 어두운 기억의 공간이며 귀향은 성취될 수 없는 고통스런 여로로 나타난다. 그럼에도 최인훈의 작품 속 월남인은 자신의 부계를 거슬러 올라가 할아버지의 고향을 찾아가기도 하고 상상 속에서 고향으로 향하는 열차를 기다리기도 한다.

『회색인』에서 독고준의 할아버지는 한말에 고향을 떠나 북한의 W시로 갔다. 그러므로 전쟁으로 월남한 아버지는 타향에 피난 온 것이 아니라 고향에 왔다고 할 수 있다. 그러나 부친은 월남 후 계속된 실패로 고향에

132

갈 생각을 못하고 죽음을 맞이한다. 독고준은 할아버지의 고향을 찾아가면서 안도와 설렘의 감정을 느끼지만 전쟁 이전의 서류가 모두 불타 없어져 '독고'성을 가진 할아버지의 자취를 찾을 길이 없다. 또한 마을에서 할아버지 세대는 죽거나 타관으로 나가 존재하지 않는다. '할아버지'의 존재성마저 완전히 사라진 남한에서 독고준은 허무함을 느낀다. 이러한 독고준은 『서유기』에서 '상상'의 귀향을 시도하기도 한다. 상상적 귀향은 결코 도달할 수 없는 땅에 대한 욕망을 드러낸다.

귀향의 불가능성은 최인훈 작품의 월남인에게만 나타나는 것이 아니다. 고향 땅과 가족이 존재해도 작품 속 인물들은 고향을 부재화 시키고 있기 때문에 고향은 '없는' 것이나 마찬가지이다. 김승옥의 <환상수첩>, 김원일의 <나쁜 피>, 이청준의 <귀향연습>에는 고향에 정주하기 어려워 이미 탈향했음에도 역설적으로 끊임없이 귀향을 지향하는 남성 주인공이 등장한다. 그런데 이들은 프로이트적 의미의 '애도'를 거부하고 있다는 측면에서 문제적이다. 그리고 애도를 하지 않음으로써 고향의 '실재'와 마주하게 된다.77)

---

77) 진정석은 프로이트의 '애도' 개념은 트라우마의 역설을 보여주지 못한다는 측면에서 한계가 있다고 주장한다. '애도'를 충분히 하지 못해 나르시시즘적 '동일시'의 심리로 퇴행해서는 곤란하겠지만, '트라우마'는 본래 그 상실을 결코 인정할 수 없는 타자의 체취를 머금고 있다는 것이다. 섣부른 재현은 그 아련한 체취를 소멸시킬 수 있기 때문에 트라우마는 원천적으로 재현불가능하다고 할 수 있다. 그러면서 프로이트의 이론을 넘어서는 라캉 등의 논의를 긍정적으로 이끌어낸다. 라캉은 트라우마가 죽음이 아니라 삶을 예고하는 것이며, 궁극적으로 타자의 호소에 적절히 응답하지 못했음을 일깨우는 것으로 해석하고 있다. 이러한 라캉의 논의는 과거를 단지 인식의 대상으로만 '전유'할 수는 없음을 알려준다. 타인의 죽음을 나의 생을 위한 기회로 삼는다는 것은 이기적인 발상에 지나지 않는다는 것이다(진정석, 앞의 논문, 228면 참조). 김승옥, 김원일 작품 속 인물들은 상실된 고향을 '애도'하지 않고 귀향을 시도함으로써 트라우마로서의 고향 실체와 마주하게 된다. 재현할 수 없는 트라우마가 드러나고 있는 것이다. 즉 애도의 거부는

　김승옥의 <환상수첩>(1962)에서 '나'의 하향(下鄕)은 표면상 견디기
어려운 서울에서의 삶78)을 벗어나게 해 줄 무엇인가가 고향에 있을 것이라
는 기대감에서 시작된다. 주인공은 자신의 '결여'된 삶을 근절시켜 줄
타자를 필사적으로 찾는다고 할 수 있다. 그런데 '나'의 귀향에 대해 자살하
러 가는 거냐는 오영빈의 말은 의미심장하다. 고향이 '나'에게 아무 의미도
부여해주지 못할 것임을 암시하고 있기 때문이다. 이 작품은 처음부터
고향이 서울에서의 상처를 치유할 수 있는 공간이 될 수 없음을 보여주고
있으며, 서울보다 더 깊은 어둠을 간직한 장소로 형상화되고 있다. '나'도
그것을 모르고 있지는 않았으며, 다만 모르는 척하고 귀향을 했다고 할
수 있다.

　'나'는 고향 친구 윤수, 형기, 수영을 차례로 만나며 어른이 되면서
떨구어낸 "아카시아 잎이나 먹고 새빨간 눈알로 푸른 하늘이나 바라보고
때때로 사랑이나 하고 살면 그만인"79) '토끼의 세계'를 다시 찾고자 한다.
그리고 화재로 가족을 모두 잃고 화상으로 장님이 된 형기에게서 하향의
의미를 발견하기도 한다. 일시적으로는 귀향의 의미가 이루어지고 있는
것이다. 그러나 이야기가 진행될수록 '나'의 희망은 불가능한 것으로 나타난
다.

　<환상수첩>에서 '나'의 귀향이 실패한 이유 중 하나는 윤수의 위치를
서울의 '오영빈'과 같은 것으로 오인했다는 것에 있다.80) 윤수의 존재성은

고향의 실재를 불러오는 기능을 하고 있는 것이다.
78) <환상수첩>의 선애는 서울에서의 삶을 "아무리 발버둥쳐도 별수없이 눈이
　　보이는 구멍"으로 표현한다. 박훈하는 이 구멍을 라캉의 개념인 '실재'로 설명하고
　　있다(박훈하, 「당대적 시원으로서의 김승옥 소설과 위악의 수사학-<환상수첩>
　　을 중심으로」, 『한국문학논총』 47, 한국문학회, 2007, 421면 참조).
79) 김승옥, <환상수첩>, 『김승옥 소설전집』 2, 문학동네, 1995, 22면.
80) <환상수첩>의 '나'는 변변찮은 철공소를 차려놓고 어머니라는 여자 하나만으로

'나'가 서울에서 범했던 위악의 범위에서 읽혀져야 한다. '나'가 서울에서 오영빈의 세계를 피하고 싶었듯 윤수 역시 고향의 어두움을 내재한 듯한 수영의 세계에서 벗어나기 위해 위악의 삶을 살고 있었던 것이다.

그렇기 때문에 아래의 <표 5>와 같이 인물의 대응 관계를 생각해볼 수 있다. 오영빈은 '나'에게 초자아의 역할을 하고 있으며 수영은 '나'가 보지 말아야 할 고향의 어떤 실재를 그대로 간직한 존재이다.

오영빈은 '나'에게 '위악'이라는 가면을 씌워준 동시에 그것 때문에 주인공을 괴롭게 했던 인물이다. 사실 '나'는 그 가면을 통해 서울의 삶을 견뎌냈다고 할 수 있다. '위악'을 행하는 것만이 이들의 존재를 입증해 주지만 그러한 위악의 대가를 치르고 형성된 자기세계는 필연적으로 '실패'가 내장된다.[81]

<표 5> <환상 수첩>에 나타난 세 개의 공간과 인물의 대응 관계

서울	여행지(환상)	고향
오영빈(초자아) ↔ '나'	'나'와 윤수	수영(고향의 실재) ↔ 윤수
선애와의 사랑 실패 고향으로 도피	미아와 윤수의 결혼 계획 환상을 통한 고향과의 동일화 시도	진영을 위한 복수 실패 윤수의 죽음
		도피할 곳의 부재 '나'의 죽음

참아야 하는 아버지가 불쌍하다며 아버지에게 기생들을 데리고 가서 효도를 하겠다는 윤수의 위악 속에서 자신이 피해온 오영빈의 세계가 되살아옴을 느낀다고 서술하고 있다. 그러나 이러한 윤수의 위악은 수영과 고향의 세계에 함몰되지 않기 위해서였다는 점에서 오영빈과 연결시키는 것은 무리가 있다.

81) 박진영, 「김승옥 소설의 비극적 수사학 연구」, 『한국문예비평연구』 27, 한국현대문예비평학회, 2008, 274면.

그런데 오영빈은 초자아82)로서 '나'에게 '나쁜' 행위를 즐기라고 요구한다.83) 그리고 '나'는 그러한 영빈의 요구를 이행하기 싫은 의무감으로 느끼며 죄의식을 가지기도 한다. 오영빈은 자신의 창녀와 '나'의 선애를 교환하자고 제안한다. '나'는 가난한 시골의 맏딸인 여대생 선애를 좋아했음에도 그녀에게 그것을 숨기고 친구 영빈을 소개시켜 준다. 그녀는 '나'의 위악적 행위로 인해 끝내 자살하고, '나'는 그러한 상황 속에서 서울과 자신의 삶에 대한 혐오가 커진다.

한편 '나'는 윤수와 여수로 여행을 하면서 자신이 꿈꾸던 토끼의 세계를 경험한다. 여행을 통해 '나'는 희망 없는 서울과 고향의 삶에서 벗어날 수 있는 출구를 찾게 된다. 서울에서는 위선으로 인해 선애와 '나'의 사랑이 실패했으나 여수에서는 윤수와 미아의 결혼이 계획된다. 서커스 일을 하면서 어렵게 살아가는 여인과 윤수가 결혼을 약속한 것이다. '나'는 여수의 경험으로 선애의 기억에서 자유로워질 수 있게 된다. 고향의 윤수가 새로운 삶을 살 수 있게 되자 서울에서 윤수처럼 위악의 삶을 살았던 '나' 역시 존재적 변환을 기대할 수 있게 된 것이라고 할 수 있다. 실패한 연애를 성공적인 결혼으로 재탄생시키면서 '나'는 희망을 이야기하기 시작

82) 라캉이 주장하는 초자아는 그 요구가 엄하면 엄할수록 도덕의식과는 아무 상관이 없다. 오히려 초자아는 비합리적으로 과도하고 잔혹하며 불안을 야기한다. 그런데 이러한 초자아는 자비로워 보이는 자아이상이 '욕망의 법'을 배반하고 아버지의 이름을 성취하라고 강요하는 것에 대해 압박을 가하는 역할을 한다. 초자아는 이러한 압박을 통해 우리가 욕망을 배반했다는 점을 들추는 자아이상의 필연적 이면일 따름이다(슬라보예 지젝, 박정수 옮김, 앞의 책, 2007, 125~126면).

83) 초자아는 주체로 하여금 남근적 질서를 뛰어 넘어 비남근적 향유를 경험하라고 명령하는 악마적 작인이지만, 동시에 이 향유에 주체가 접근하는 것을 금지한다. 초자아는 원초적 아버지의 웃는 목소리를 닮았다. "네가 날 죽였으므로 가서 이제 여자들을 즐겨라. 하지만 너는 네가 실제로 그렇게 할 수 없다는 것을 알게 될 것이다"(레나타 샤레클, 이성민 옮김, 『사랑과 증오의 도착들』, 도서출판 b, 2003, 116~117면 참조).

136

한다.

그러나 윤수는 수영의 동생인 진영을 강간한 사람들에게 복수를 하려다가 죽는다. '나'가 윤수를 통해 고향과의 동일화를 성취하려는 순간에 욕망의 대상이 사라지게 된 것이다. 갑작스런 강간 사건으로 '나'는 애도할 겨를이 없었고 주체가 텅 비게 되는 공허함을 경험한다.[84] 그 결과로서 '나'는 윤수 대신 그 어떤 미래도 기대할 수 없는 무(無)로서의 고향과 자신을 동일시하게 된다. 작품의 후반부에 묘사된 염천 풍경은 바로 고향이 가진 '아무 것도 아닌' 무(無)의 존재성을 드러낸다. 텅 빈 자아를 마주하게 될 때 '나'는 자살할 수밖에 없다.

> 사방을 둘러보면 텅 빈 벌판뿐. 눈은 펑펑 쏟아지고 산들도 눈발에 가리어 보이지 않았다. (중략) 드디어 우리는 파도가 해변의 바위들에 부딪쳐 내는 무서운 소리를 들었다. 생명이 물러가는 소리가 있다면, 아아, 저 파도 소리와 흡사하리라. (중략) 아슴한 눈발 속에서 염전 벌판은 한없이 넓어져가고 있는 듯했고 나는 아무래도 그 벌판을 건너가지 못하고 말 것 같았다. (김승옥, <환상수첩>, 76면)

그런데 작품의 마지막 수영의 글을 통해 고향과의 동일화는 애초부터 불가능한 것임이 또 한 번 드러난다. '수영'은 그 존재성 자체로 고향의 무(無)를 드러내는 인물이라고 할 수 있다. 심한 폐병에 걸린 그는 서울의

---

84) 애도의 과정이 온전히 끝나야 주체는 욕망을 다른 곳으로 선회할 수 있으며, 그것이 충분히 이루어지지 않으면 욕망의 再起가 불가능하므로 애도가 멜랑콜리(중증우울병)로 전환된다. 애도와 멜랑콜리의 결적인 차이는 '애도'에서 빈곤하고 공허해진 것은 세상이지만, 멜랑콜리의 경우 그렇게 되는 것은 자아 자체라는 점이다. 멜랑콜리에서 주체는 자신의 자아를 상실된 대상과 동일시하는 결과를 초래한다(숀 호머, 김서영 옮김, 『라캉 읽기』, 도서출판 은행나무, 2006, 147~148면).

삶을 견디지 못하고 도피한 '나'와 달리, 학업과 가족을 모두 등지고 극도의
외로움 속에 놓여 있음에도 살아내는 존재이다. 수영의 가족은 어두운
방에 기생을 데려다 사진을 찍는 그가 차라리 죽었으면 하고 바라기도
한다. 이러한 수영의 끔찍한 존재성과 고향이 연결되고 있는 것이다.

요컨대 '나'는 애초에 '고향'에서 서울과 다른 가치를 찾아낼 수 없었음에
도 '환상'을 통해 그것을 보고자 했다. 그리고 나의 죽음은 고향이 아무
것도 아닌 '텅 빈 공간'임을 알았기 때문에 일어난 필연적인 결과이다.
여기서 살아남은 오영빈과 수영은 서울과 고향을 의미하며, 이 두 존재와
주인공 간의 관계에 의해 고향이 도시만큼 혹은 더 심하게 괴로울 수
있는 공간임이 드러난다. 자신의 진짜 모습을 내보이기 힘든 도시도, 세상에
대해 백치로 일관하려는 아버지가 계신 고향도 모두 참기 어려운 공간인
것이다. 이 작품은 도시와 고향 모두 그 삶을 견뎌내는 방식이 똑같이
'위악'이었다는 역설이 숨겨져 있다. 서울과 고향은 모두 대안이 부재하는
동일한 공간[85]인 것이다. 그러나 도시에서는 고향이 '빈 공간'임에도 환상
화 하여 도피처를 꿈꿀 수 있었던 반면, 고향에서는 그럴 수 없다는 차이가
있다. 그래서 오히려 서울에서 고향과 비동일화를 견지해야만 고향이
희망을 품을 수 있는 장소로 남는 역설적 상황이 발생하게 되는 것이다.

김승옥의 <환상수첩>에 등장하는 인물들은 과거로 침잠하며, 그러한
행위로 말미암아 파국으로 치닫는다. 이러한 작중 인물의 형상화는 부정적
으로 해석되기도 한다. 그러나 정신분석학의 차원에서는 다른 관점에서
바라볼 수 있다. 본서가 주목하는 점은 <환상수첩>에서 감수하기 힘든
고통을 동반한 귀향 행위가 왜 이루어지고 있는가이다. 또한 귀향을 시도했

---

85) 김형중, 「서울과 무진 사이, 위악과 죽음의 경계에서」, 『소설과 정신분석』, 푸른사
상사, 2003, 200~201면 내용 참조.

어도 고향과의 합일은 불가능하기 때문에 필연적으로 다시 탈향할 수밖에 없다. 김승옥 소설의 남성 자아들이 과거로 침잠할 수밖에 없었던 이유는 그들이 원하는 대상이 과거에 있기 때문이다. 주체가 반복행위를 통해 얻으려고 했던 대상은 '장소감', '정체성'이었고, 이러한 것들이 고향에 내재되어 있다고 생각했기 때문에 '과거'에 얽매일 수밖에 없었던 것이다. 주인공은 서울 안에서 참아내는 것을 거부하고 귀향한 대가로 고향의 공백 안으로 추락했다고 할 수 있다.[86]

또한 김승옥은 <환상수첩>에서 고향의 실재와 마주했다면, <무진기행>에서는 끝까지 환상으로서 그 실재를 덮고자 했다고 보아진다. <무진기행>은 다분히 <환상수첩>에 나타난 고향의 결핍을 채우는 서사를 보여주고 있는 것이다.[87] 또한 김승옥이 대안을 못 찾은 것이 아니라 고향에 욕망의 대상이 부재했다고 할 수 있다. 즉 <환상수첩>의 '나'는 서울이라는 '나쁜 선택'을 피하기 위해 고향이라는 '더 나쁜 선택'을 한 인물로서, 고향의 심연을 그대로 드러냈다는 의미가 있다. <무진기행>의 '나'처럼 고향에서 다시 서울로 도피했다면 자살은 피할 수 있었을 것이다.[88]

한편 김승옥의 작품에서 이러한 탈향과 귀향의 '반복' 행위로 주체가 깨닫게 되는 것은 고향이 아무 의미도 될 수 없다는 사실이었다. 역시 김원일의 작품에서도 탈향의 반복 행위를 통해 자신도 인지하지 못했던 고향의 트라우마를 재생함으로써 그 실체와 마주한다.

김원일의 <나쁜 피>(1972)에서 상경(上京)한 주인공은 고향의 형으로부

---

86) 숀 호머, 김서영 옮김, 앞의 책, 2006, 168~169면 참조.
87) 자세한 내용은 본서의 Ⅱ장 2절 내용 참조.
88) <무진기행>의 '나'가 서울로 돌아간 것을 '도피'로 설명할 수 있는 이유는 본서 97면 각주 47번 내용 참조.

터 누이가 실연 끝에 자살했고 그 충격으로 어머니가 실성해 버렸다는 내용의 편지를 받는다. 그가 고향을 떠나게 된 표면적 이유는 과수원집 어린 딸을 꾀어 몸을 망치고, 아버지를 돌아가시게 만든 죄목에 있다. 그는 평소 언젠가 고향에 한 번쯤 가야겠다고 다짐했는데 이제 그 기회가 생겼다고 여긴다. 가족과 동네 사람들이 자신에게 증오의 시선을 보내겠지만 지금 다녀오면 길을 트는 셈이 된다고 생각한다. 그러나 귀향을 해야겠다고 하면서도 그는 계속해서 귀향하는 것을 주저하고 두려워한다. 빨리 갈 수 있는 방법이 있는데도 굳이 시골 역마다 정거하는 완행열차를 타서 한밤중에 도착하고자 하거나, 전날 밤 술을 마시고 작부와 잠을 잔 후에 차 시간에 임박해서야 일어나기도 한다.

즉, '나'는 고향에 내려갈 절대적인 이유가 생겼다고 표면적으로 이야기하고 있으나 실제 내면에서는 그러고 싶지 않기 때문에 계속해서 귀향하지 못할 이유를 만들어낸다. 그러므로 '나'가 저지른 살인과 강간의 행위는 탈향을 도모하고 귀향을 지연시키기 위한 필연적 선택이라고 할 수 있다. 이러한 '나'의 부정적인 행위는 다음의 <표 6>에 정리한 내용처럼 여러 차례에 걸쳐 작품에 나타나고 있다.

<표 6> <나쁜 피>에서 귀향을 거부하기 위한 수단으로의 '강간 행위'

현실	'나'의 행위(표면적 내용)	행위의 원인 (숨겨진 내용)
① 아버지의 병환 등으로 인한 어려운 집안 사정	아버지의 수술비 훔침 과수원집 딸의 몸을 망침	탈향의 구실 마련
② 단절되었던 고향집과 다시 연락이 됨	극장에서 영화를 보는 여자의 목을 조르고 싶음(살인충동)	귀향의 구실이 생기자 거부의 마음이 발동
③ 누이가 자살하고 미친 어머니가 있는 고향으로 가는 길	고향으로 가는 기차 안에서 임신한 여자를 추행하고 자살	귀향의 거부
'나'의 비인간적 행위의 목적은 귀향을 지연시키기 위한 것		

'나'가 처음에 고향을 떠날 때 행한 절도의 행위 등은 탈향의 원인이 아니라 탈향을 하기 위해 선택한 자발적인 수단이라고 할 수 있다. 즉 탈향의 진짜 원인은 아버지의 병세가 악화되어 생활비의 대부분을 의존하던 논 열 마지기를 팔면서 집안 사정이 완전히 기울게 된 사정에 있는 것이다. 그가 돈을 훔쳐 아버지가 수술을 못해 죽고 어린 과수원집 딸을 책임지지 않았기 때문에 역설적으로 그는 가족의 공간을 완전히 탈출할 수 있었다. 고향으로 돌아갈 낯도 기회도 없었기 때문이다.

그런데 서울에 사는 고향 친구가 '나'의 근황과 주소를 고향집에 전달하는 일이 생기고, 고향과 다시 연결된다. '나'는 급박하게 귀향 여비를 마련하기 위해 회사의 스토브를 빼돌리고, 빠른 판매실적에 대해 회사에서 의심할까 봐 삼류 극장에서 시간을 보낸다. 그리고 극장 의자에 앉아 외로운 한숨을 쉬는 여자의 목을 조르고 싶은 충동을 느낀다. 여자에 대한 살인 충동은 표면적으로 자기 안에 살인 본능이 있는 것이 아닌가 하는 자아 혐오로 나타난다. 그러나 실제는 고향에 가야 하는 상황에 대한 역겨움이 무의식적으로 분출된 것이라고 할 수 있다. 고향이 아닌 자신을 혐오함으로써 귀향을 거부한다는 사실을 은폐하고 있다. 주인공은 처음에 현실을 제대로 인지하지 않음으로써 무서운 진실을 직면하지 않으려 했다.

고향의 기차 안에서 '나'는 누이가 자살할 때 임신 중이었을지도 모른다는 생각을 한다. 눈 속에서 죽은 누이를 부르고 도망친 나를 찾으며 울다 웃는 어머니를 떠올리기도 한다. 그러나 동시에 그는 노쇠한 기차가 헉헉대며 눈밭을 가르고 질주하는 모습과 흰 눈을 통해 처녀를 범하는 나이든 사내를 연상한다. 그리고는 기차 안에서 처음 만났지만 누이를 떠올리게 하는 임신한 여자를 추행한 후 죽인다. 이러한 일련의 상황을 생각할 때, 기차 안에서 만난 여성은 유사 누이이며 그 여인을 추행하는 행위는 누이를 죽음에 이르게 한 남자의 역할을 상징적으로 수행하는 것으로 생각할 수 있다.[89] 남자는 이러한 행위를 통해 고향의 트라우마를 재현하고 있으며, 그 결과로 피하고자 했던 고향의 실재와 만나게 된다.

요컨대 이 작품은 표면상으로 "누이의 시신과, 미친 어머니와, 이를 갈며 나를 맞을 형"을 마주해야 하는 상황이 결국 자신 때문이라는 죄의식에서 벗어나기 위해 그 곳과 멀어질 수단을 강구하게 되는 것으로 나타난다. 그러나 귀향을 거부하는 진짜 이유는 죄의식 때문이 아니라 가족이 죽거나 미칠 수밖에 없었던 고향의 실제 모습을 보기 싫어서이다. 그리고 귀향을 거부하기 위해 기차 안에서 벌였던 행위로 인하여 역설적으로 망각하고자 했던 고향에서의 일이 재생된다.

고향의 실체에 직면하지 않기 위해서는 귀향을 막아야 한다. 그러므로 이 작품에서 살인은 궁극적으로 돌아갈 수 있는 고향을 남겨 두기 위한 탈향의 행위라고 할 수 있다. 사실상 귀향을 통한 동일화는 불가능하기 때문에 도시에서 고향과의 비동일화를 견지해야 하는 것이다.

<나쁜 피>에서 '나'는 탈향→귀향의 시도→귀향의 거부를 통해 스스로를 '나쁜 피'의 인간으로 낙인찍어 버리고 끝내 고향과 마주하기를 거부한다. 그런데 주체의 탈향 행위는 단순히 고향의 거부로만 읽기는 어렵다고 생각된다. '나'는 고향의 상실을 인정하지 않기 때문에 '애도'할 생각이 없으며 오히려 귀향을 준비하기도 했다. 단지 고향과 마주함으로써 고향의 상실을 인정해야 하는 상황을 피하기 위해 탈향 행위를 선택하는 것이다.

한편 고향이 부재하거나 회귀할 곳이 없다는 인식은 일종의 '불안'을 야기한다. 그 불안을 치유하는 유일한 길은 회귀할 곳을 만드는 것이다.

---

89) 이 작품에서 이렇게 '반복'되는 경험은 '망각될 수도 없고 기억될 수도 없는 것'으로서의 트라우마를 회상하며, 그 자리에 도달하려는 주체의 모습을 보여주고 있다는 점에서 주목된다(정항균, 앞의 책, 2009, 204면 각주 25번 내용 참조).

이청준의 <귀향연습>(1972)에서 '나'는 동백골 근처를 서성이며 매번 귀향을 뒤로 미룬다. 이러한 행위는 동백골이 고통스러운 곳이라는 것을 알기 때문에 나타난다. 즉 자신과 동백골이 동일화할 수 없음을 알기에 고향의 실체를 망각하고자 하고 동백골에 접근하지 않는 것이다. '나'는 귀향이 아닌 '탈향'을 해야 하는 상황에 놓여있다. 이러한 면모는 김원일의 <나쁜 피>와 연결된다.

<귀향연습>에서 표면상 구축하고 있는 고향의 이미지는 인용문 (가)에 드러난 것처럼 '정신적 요람'으로서의 공간이지만 인용문 (나)의 내용처럼 '나'도 친구 기태도 사실 동백골이 그러한 장소가 아님을 알고 있다.

(가) 고향이란 게 자기가 나고 어린 시절을 보낸 곳이라는 사전적인 의미를 넘어서 그곳을 지키고 살거나 떠났거나 간에, 어떤 사람의 생활 속에 늘 위로를 받으며 젖줄처럼 의식의 끈을 대고 있는 우리들의 어떤 정신의 요람으로까지 뜻이 깊어진다면 지금의 서울 사람들에겐 진정 고향이란 게 있을 턱이 없었다. (이청준, <귀향연습>, 177면)

(나) 난 사실 동백골이 어떤 곳이었던가를 깡그리 잊고 있던 건 아니거든. 그런데 거기 너무 오래 발을 끊고 지내다보니 어릴 적 일들이 터무니없는 요술을 부리려 들더구만. 그럴듯한 요술로 나를 마구 속이려 든단 말일세. 내 눈으로 다시 가서 사실을 확인해두고 싶기도 했어. 더 이상 내게 요술을 부릴 수 없도록. **하지만 아직도 내게는 용기가 훨씬 모자란 것 같아. 고향이 어떻게 나를 두렵게 하더라도 그 현실을 현실대로 정직하게 맞부딪쳐 들어갈 수 있는 내 용기가 말일세.** 당분간은 그 동백골 한 곳이라도 나를 속이게 놔두는 것이 나을 듯싶더구만. 그래야 또 자네 말대로 **그 악마구리 속 같은 서울살이를 벗어나가기가 나을 듯싶기도 하고** … (이청준, <귀향연습>, 221~222면, 강조는 인용자)

허구의 고향을 구축하여 스스로를 속이는 이유는 고향에 대한 환상을 무너뜨릴 수 없기 때문이다. 그리고 고향에 갈 수 없는 까닭은 몰골이 흉하게 변해버렸거나 금의환향을 하지 못해서가 아니라, 서울의 삶을 유지시키기 위해서이다. 소설의 마지막에 기태가 언급하는 금의환향을 할 수 없는 상황 등은 스스로를 동백골에 갈 수 없게 하기 위한 '가짜 이유'로서 귀향이 아닌 서울행을 선택할 수 있는 명분을 만들어 준다. 금의환향을 못하게 된 상황은 역설적으로 탈향 행위를 이끌어냄으로써 '나'가 품고 있는 고향에 대한 환상을 유지시키는 역할을 한다. 이 작품은 과거의 고향을 직면하기 위한 노력을 보여주고 있기 때문에 '귀향' 연습이며 동시에 위의 인용문 (나)에 드러나듯이 아직 고향의 심연을 들여다 볼 용기가 없기 때문에 귀향 '연습'이다. 그리고 그 연습 과정을 통해 주인공은 결국 '동백골'로 갈 것인가 말 것인가의 기로에 놓이게 되는 것이다.

그런데 <귀향연습>은 독특한 이야기 제시 방식을 보여준다. 이미 제시한 행위 혹은 말을 부정하고 그것의 이면을 보여주는 구절을 삽입함으로써 특정 사건을 상반된 각도에서 바라본다. 아래 <표 7>의 내용처럼 '나'는 잡부금을 내지 못했던 고향에서의 좋지 않은 추억을 망각하기 위해 서울을 '악'의 도시로 만들며, 기태는 열등감을 숨기기 위해 과수원을 이상화하고 있다. 그리고 뼈가 쉽게 부러지는 훈이는 원인을 알 수 없는 병에 대한 공포 대신 자신이 고향이 없는 도시 소년임을 부각시킨다. 그러나 이 작품은 고향을 '환상화' 하면서도 동시에 '나'가 정주할 곳은 고향이 아닌 '서울'이며 과수원은 과일을 수확하는 공간일 뿐이고 훈이가 뼈를 다치는 까닭은 알 수 없다는 진실을 은폐하지 않는다. 이러한 내용의 배치는 주인공이 의식 속에서 끊임없이 현실의 고향(탈향)과 환상화 된 고향(귀향)을 왕복하고 있음을 보여준다.

<표 7> <귀향연습>에 나타난 특정 사건에 대한 두 가지 시선

	환상	사실
'나'의 배앓이	배앓이는 힘든 서울 생활의 반영 배가 아파서 학교에 가지 못함	배앓이는 고향에서 시작되었음 잡부금을 내지 못해 학교에 가기 싫음
기태의 과수원	환자들이 모여 있는 신비스런 과수원(치유의 공간 시골(고향)과 치유자로서의 기태)	오랜 시골 생활을 한 기태의 열등감(기태는 고향이 없는 인물)
훈이의 병	병은 고향이 없어서 생긴 것이다.	뼈가 쉽게 부러지는 원인은 모름

환상과 사실을 병치하여 반복적으로 기술하는 '글쓰기 방식'은 고향의 현실을 직면하려는 주체의 노력을 보여준다. 환상/사실의 관계는 귀향/탈향, 동일화/비동일화의 거리를 생산한다. 고향과의 동일화는 환상 속에서만 가능한 일이다.

<표 8> <귀향연습>에 나타난 성취할 수 없는 '동일화'의 소망

나	정 선생
시골에서는 '병'이 나을 수 있다(상상의 동일화)	
고향이 안식처가 될 수 없는 것에 대한 "고향이 안식처가 되었으면 좋겠다."	과거의 남자와 이루지 못한 사랑에 대한 "남자와 사랑하고 싶다."
탈향하여 도시에서 비동일화를 견지 (상상의 동일화 유지 가능)	강간을 당하면서 환상이 깨짐 (상상의 동일화 파괴)

이 작품에서 고향과의 상상적 동일화는 시골에서 병이 나을 수 있다는 대전제에서 이루어진다. 그래서 '나'는 친구의 과수원에서 요양을 하게 되는 것이다. 이러한 소망은 정 선생이 훈이의 병을 고치기 위해 정성스럽게 아이를 보살피는 행위와 상동의 구조를 가진다. '나'는 귀향하지 않고 비동일화를 견지할 때 고향과의 상상적 동일화가 가능하다는 것을 알기 때문에 다시 상경한다. 반면 정 선생은 강간을 통해 환상이 깨지면서

동일화가 불가능해진다.

<귀향연습>의 내부에는 또 하나의 이야기가 진행된다. 그것은 정 선생이 중학교 시절에 사귄 소년과의 사랑 이야기이다. 정 선생이 중학교 시절 사귀던 남학생은 고향의 바다에 대해 끊임없이 이야기하면서도 정작 고향에는 데려가 주지 않았다. 아름다운 바다를 보고 싶은 소녀와, 고향이 안식처로서의 공간이었으면 좋겠다는 시골 출신 소년의 욕망이 합치하는 순간 두 사람은 서로 완벽히 사랑하고 있다는 환상에 도취될 수 있다. 소년은 고향과의 동일화를 위해 소녀에게 고향을 구경시켜주지 않은 것이다.

동일화의 보상은 고향과의 일체감이며 '나' 역시 고향의 환상화를 통해 배앓이를 호전시킨다. 반면 기태의 '강간' 행위[90]는 정 선생의 환상을 강제로 제거시키는 비윤리적인 행위[91]라고 할 수 있다. 강간을 통해 정 선생은 '바다'로 상징되는 고향을 빼앗기고 만다.

이 작품은 서울에서의 삶을 지탱하기 위해 동백골에 가지 않음으로써

---

90) 권택영은 기태가 고향을 떠나 본적이 없기 때문에 '고향'에 대한 환상을 가질 수 없는 사람이라고 설명한다. 그는 자신이 갖지 못한 정 선생의 시선을 질투하여 처녀성을 빼앗았다는 것이다(권택영, 앞의 논문, 2009, 288면).

91) 기태의 강간 행위가 비윤리적인 까닭은 정 선생이 가진 고향을 죽임으로써, 치유자로서의 자신의 정체성을 확고하게 하는 기회로 삼았다는 것에 있다. 즉 과수원을 경영하는 기태는 과거에 함몰되어 있는 정 선생에 문제가 있다고 여겼으며 자신이 그것을 치유해야 한다고 생각했다. 그런데 그 치유의 방식이 정 선생의 환상을 무너뜨렸다는 점에서 문제의 심각성이 있다. 환상이 사라졌기 때문에 동일화할 대상을 잃어버린 정 선생은 삶을 지탱할 수 있는 지지대를 상실했다고 할 수 있다. 타인의 환상 공간에 침입하여 그 꿈을 망치는 것은 죄가 된다. 타인의 욕망은 교란되고 그의 인격에 일관성을 부여했던 버팀대가 박탈당하기 때문이다. "타인의 환상 공간에 대한 어떠한 폭력도 피하라"는 정신분석학적 윤리학의 공리에 대해서는 슬라보예 지젝, 김소연, 유재희 옮김, 『삐딱하게 보기』, 시각과 언어, 1995, 307~312면 참조.

동일화를 이루는 척하는 전략을 취한다. <귀향연습>(1972)은 <침몰선>(1968)과 상호텍스트의 관계에 있다고 할 수 있는데, 주목할 점은 <침몰선>에서의 내용을 변경하여 <귀향연습>에 삽입하는 양상이다. <침몰선>에서 소년은 도시 소녀에게 전혀 아름답지 않은 시골의 실제 모습을 보여줌으로써 촌에 대한 환상을 제거하지만, <귀향연습>의 소년은 고향에 데려다 달라는 소녀의 말을 이행하지 않아 소녀로 하여금 끊임없이 자신을 욕망하게 만든다. 자신을 성취할 수 없는 욕망의 대상으로 만드는 것이다. 그럼으로써 역설적으로 여자의 눈에는 남자가 욕망하는 고향이 존재하게 된다. 즉 이청준의 초기 소설에서 고향과의 동일화는 '환상'을 유지시킬 때 가능해진다. <환상수첩>과 <나쁜 피>와는 달리 고향의 심연을 명확하게 알면서도 모른 채하는 수법에 의하여 고향이 안식처로 남을 수 있는 것이다. 즉 이 작품에서 '나'는 탈환상화를 의도적으로 하지 않았다. 동백골을 가지 않고 서울로 돌아가 고향과 비동일화를 견지하는 것 자체가 역설적으로 고향과의 동일화를 가능케 하는 행위이기 때문이다. 이렇게 될 때 고향은 명확히 존재하는 것이므로 '애도'의 행위는 필요치 않게 된다.

요컨대 <귀향연습>에서 '나'는 '돌아갈 고향'을 남겨두기 위해 고향과의 비동일화를 욕망한다고 할 수 있다. '탈향'의 반복은 고향의 실체를 보지 않기 위한 수단이다. 주인공은 귀향을 하는 듯하지만 고향 동백골의 주변만을 배회하고 있다. 고향과의 비동일화를 견지할 때 동백골은 욕망의 대상이 된다.

<귀향연습>에 나타난 환상은 '낮'에 꾸는 꿈으로서의 환상이기 때문에 '필요한 오류' 혹은 '전략적 오류'라고 할 수 있다. 그래서 현실로부터 벗어나거나 거부하는 것이 아니라 현실을 확장시키면서 초월을 가능하게

한다. 고향의 상실, 전쟁의 고통, 부성의 부재 등을 극복하기 위한 고양감과
황홀감의 긍정성을 부여할 수 있는 것이다.[92]

　세 작품에 공통적으로 드러나는 탈향의 반복 구조는 표면상으로는 고향
을 거부하는 것으로 여겨지지만 궁극적으로는 고향을 욕망의 대상으로
남겨두기 위한 행위이다. 고향과의 비동일화를 견지할 때 고향은 존재할
수 있으며, 동일화는 일시적으로 '환상'을 통해서만 가능하다. 결국 <환상
수첩>에서 남성 자아는 고향을 너무 가까이 보아 환상이 무너져 더 이상
삶을 지속할 수 없었다. <나쁜 피>에서는 고향의 실체를 보지 않기 위해
탈향 행위를 반복했으나, 끝내 고향의 심연과 직면하여 자살할 수밖에
없었다. 반면 <귀향연습>에서는 탈향 행위를 성공적으로 수행하여 주체가
고향과 비동일화를 유지함으로써 역설적으로 고향이 욕망의 대상으로
남게 된다.

　주목할 점은 이러한 탈향이 전제된 귀향을 거듭하면서 1970년대 중후반
정도에 이르면 김원일은 <일출(日出)>(1975), <미망(未亡)>(1982) 등의
작품을, 이청준은 <눈길>, <살아 있는 늪> 등의 소설을 쓰게 된다는
사실이다. 탈향에서 귀향의 서사로 나아가는 양상을 보이게 되는 것이다.
김원일의 <나쁜 피>, 이청준의 <귀향연습>은 그러한 변화를 도모하는
기반이 되는 소설들이라고 할 수 있다. 고향을 향한 고통스런 반복행위가
결국은 귀향에 이르는 중요한 바탕이 된 것이다.

　김원일의 <일출>에서 장씨는 전쟁으로 인해 아들을 잃었으며, 헤어졌
던 며느리와 손주를 어렵게 찾는다. 그리고 고통스러운 과정을 겪은 며느리
를 감싸 안고 보듬어낸다. 또한 '일출'의 모습을 손주의 동공 속에서 바라봄

92) 김미현, 「현실적 환상, 환상적 현실-여성 소설의 환상성」, 앞의 책, 2008, 68~69면
　요약.

으로써 미래에 대한 희망을 암시하고 있다. 그리고 <미망>에는 고향과 어머니에 대한 이해가 담겨 있다.

이러한 변모를 드러내는 작품으로 특히 이청준의 <살아 있는 늪>(1979) 이 주목할 만하다. 이 작품에서 '나'는 20년 동안 저녁 어둠과 새벽녘의 미명만을 이용하여 어머니를 만나고 도시로 돌아오는 일을 계속한다. 그러나 이 작품은 '나'가 왜 고향에 대해 '난처한 일', '지워버'릴 일로 이야기하는지 정확히 나타나지 않는다. 다만 '나'는 낮에 고향을 직면하면 서울과는 대비되는 무질서한 고향의 모습을 볼 수밖에 없기 때문에 어둠을 통해 귀향과 탈향을 반복하고 있음을 이야기할 뿐이다. 시골 버스는 특별히 시간을 지켜 운행하지 않았고, 그 안에서 만나는 사람들에게서 타인에 대한 배려나 촌사람들이 가지고 있을 인정 같은 것도 찾아보기 어려웠다. 무엇보다도 농촌의 풍경은 아늑한 자연이 아닌 '답답함'으로 묘사되고 있다.

> 낮차가 **속도감이 없는 것**은 원래 운전사란 작자들의 무신경한 늑장 탓도 있었지만, 그것은 또 들끓는 손님이나 지루하고 **답답한 창밖 풍경**들 때문이기도 했다. 장날 거리라도 만나면 낮차들의 늑장은 말로 이루 다 형언할 수가 없었다. 운전사는 무한정 손님을 기다렸고 차 속은 아예 통로까지 막혀버린 장물 거리와 아낙들의 아우성으로 **난장판**을 이루었다. **양보도 없었고 이해도 없었다. 사람들이 그토록 악착스러울 수 없었다. 그렇게 사람을 피곤하게 만들 수가 없었다.** (이청준, <살아 있는 늪>, 48면, 강조는 인용자)

그렇기 때문에 새벽에 텅빈 버스에서 속도감을 즐기는 모습은 시골의 느린 시간성을 부정하는 행위이자 고향과 빨리 멀어지고 싶은 속마음이 표현된 것이라고 할 수 있다. '나'는 20년간 매번 귀향이 아닌 '탈향' 행위를 지속했던 것이다. '나'는 버스 안에서 고향 사람들을 만나지 않을 때만 버스 창 밖 풍경을 '고즈넉'하고, '눈발이 날리는 해변길'과 같은 낭만적 공간으로 바라볼 수 있다.

그런데 이 작품에서 고향에 대한 이해는 안식처로서의 고향을 발견하는 것에 의해서가 아니라 죽음의 늪과도 같은 고향 자체를 인정하면서 가능해진다.

> 그 늪의 깊고도 견고한 밑바닥에서 나는 마침내 죽음처럼 무겁게 가라앉아 들어간 수많은 사람들의 질기디질긴 삶의 숨결과 그 삶들의 따스한 온기가 조용히 파도쳐 오르고 있음을 느꼈다. (이청준, <살아 있는 늪>, 90면)

이 소설은 고향의 자랑스럽지 않은 부분까지 인정하면서 귀향에 이르는 과정이 나타나고 있다. 즉 죽음의 늪과 같았던 과거 기억, 심연의 고향까지 감싸 안을 때 비로소 탈향에서 귀향으로 전환될 수 있는 것이다.

4. 결핍된 모성과 무서운 어머니

작품의 인물들이 고향을 자신의 근원적 장소로 삼지 못하는 상황과 보살핌의 성격을 지닌 모성(母性)의 부재 양상은 밀접한 관계를 가진다. 또한 어머니와의 관계 맺기 실패는 고향의 부재화로 이어지며, 결국 자신의 정체성도 구성할 수 없는 것으로 나타난다. 왜냐하면 고향은 무(無)를 드러내는 고통스러운 공간이기 때문에 동일화를 통해 자신이 누구인지 정의할 수 있는 기반이 없는 것이다. '고향=모성적인 장소'로 인식하고 싶지만 그것이 불가능하기 때문에 고통스럽다. 가족이 있는 곳, 자신이 태어난 곳이기 때문에 그리움의 장소가 되어야 하는데 그럴 수 없으므로 문제가 생긴다.

고향에서의 기억이 고통스러우면 고통스러울수록 어머니에 대한 혐오는 극단적으로 나타난다. 고향에 대한 미움과 어머니와의 갈등이 밀접한 관계가 있는 것이다. 그러나 안식처로서의 고향이 부재하기 때문에 그것을 희구하는 욕망이 절실하게 드러난다. 인물들은 자신의 실제 어머니를 대리할 수 있는 '유사 어머니'를 만들어내기도 한다. 대체 어머니들은 실제의 어머니가 아니기 때문에 여전히 '결핍'을 느낄 수밖에 없다.

이 시기 많은 작품에서 어머니와 '나'는 절연된 관계로 나타나며, 어머니는 죽여야 할 대상이 되기도 한다. 소설에서는 보살핌의 어머니 이미지가 잘 드러나지 않으며, 심지어 어머니를 죽이고 싶어 하는 주체들이 등장하고 있다. 모성이 삭제된 것으로 여겨지는 어머니는 아버지의 부재, 주체의 결핍을 끊임없이 상기시킨다. 황폐한 고향과 주체의 결핍을 계속해서 들춰내는 어머니는 공포의 대상이 될 수밖에 없다. 이러한 무서운 어머니는 '보살핌'의 어머니와 대립된 지위를 가진다. 또한 아들은 전쟁 시기 고향에서 살아내야 했던 어머니의 억척스러움을 '공포'의 이미지로 구현한다. 고향의 황폐함에서 오는 공포의 감정은 '무서운 어머니'에게 느끼는 두려움과 연결된다.

한편 극단적으로 고향을 혐오하던 남성자아들은 1970년대 후반에 이르면 점차 고향의 결핍된 부분까지 인정하고 감싸 안는 행위를 통해 고향 부재에서 고향 추구로 나아가게 된다. 이러한 전환은 어머니의 삶을 이해하는 것에서 출발한다. 1970년대 후반 특히 김원일, 이청준의 작품에서 두드러지게 나타난다. 시대적 상황으로 말미암아 황폐해진 고향과 그 고향을

지켜냈던 어머니의 모습을 그대로 인정하기 시작하는 것이다.93)

1) 고향의 해체와 모성의 대체물

주체가 고향과 가족에 동일화되지 못하는 까닭은 고향의 심연을 인식하기 때문이다. 고향은 모성, 풍요로움, 대지적인 것으로 연상되지 못하며, 고통스러운 장소로 묘사된다. 고향은 모성이 결핍된 장소이며, 고향과의 동일화를 이루려면 결핍을 인식시키는 어떤 것을 제거해야 한다. 그러자면 결핍을 메우는 작업이 수행되어야 하는데, 그것은 어머니와의 관계를 해결하는 것을 통해 가능하다고 할 수 있다. 모성으로서의 어머니를 되찾을 때 고향과의 동일화가 가능해지는 것이다. 그러나 Ⅱ장의 작가들에게 이 시기 고향은 그 심연이 너무 명확하게 인지되기 때문에 완벽한 '보살핌의 어머니'를 구성하는 것이 불가능하다.

최인훈, 김승옥, 김원일의 소설에 나타난 어머니는 따뜻하게 아들을 감싸거나 전쟁과 가난에서 가족을 구원할 수 있는 존재로 그려지지 못한다. 이때 실제 어머니를 대신하는 '유사 어머니'가 구성된다.

최인훈의 작품에서 남성 자아는 어머니와 누이를 사랑하면서도 그들과 완전히 함께 할 수 없는 처지에 놓인다. 전쟁의 황폐한 공간 안에서 어머니와 누이는 생계를 위해 창부가 되거나 그러한 위치에 놓이게 된다. 그리고 남성들의 시선 속에서 이들은 혐오스러우면서도 감싸 안을 수밖에 없는 양가적 존재로 형상화된다.

<칠월의 아이들>에서 소년 철의 유일한 친구는 어머니이다. 어머니는 철이 가족의 생계를 위해 석탄을 줍는 것을 기특하게 여겨 용돈을 주려고

---

93) 70년대 후반 이청준과 김원일의 작품에 뚜렷하게 나타나는 어머니와의 화해 양상은 고향과의 화해와 결부된다고 할 수 있다. 인물과 고향과의 관계는 아버지가 아닌 어머니와의 관계성과 밀접하게 연관되는 것이다.

152

하지만 철은 그것을 받지 않고 노려본다. 어머니의 치마 고름에 있는
동전은 석탄 장수 할아범한테서 받은 돈이기 때문이다.

<國道의 끝>(1966)에서 남자들에게 성적인 놀림을 당한 창부 누나가
집에 돌아가지 않고 죽는 것, 그리고 보호자인 누나를 하염없이 기다리는
소년의 모습은 전쟁의 참혹성만큼 잔인하게 형상화된다. 그런데 버스
안 남자들로부터 성적 놀림을 받는 '창부'는 교사인 남자의 시선에 의해
평범한 젊은 아가씨로 이미지화 된다(아래 인용문). 작가가 그 여인이
단지 어떤 이의 '누이'임을 강조하고자 이러한 부분을 서술했다고 여겨진다.
결국에는 어머니 역할을 했던 누이가 자살을 선택함으로써 소년은 영원히
누이와 함께 할 수 없게 된다. 전쟁이라는 역사적 상황 안에서 소년은
기댈 수 있는 어머니가 부재하게 되는 것이다.

> 손님들은 또 맥없이 흐드르르 웃었다. 교사는 얼굴이 빨개지면서 몸을
> 일으킬 사하며 무엇인가 입을 뗄 듯하다가 주저앉았다. **목을 꼬고 밖을
> 내다보고 있는 옆얼굴이 아름답다고 그는 생각하였다. 그리고 입매가
> 참하다고 생각하였다.** 청년들은 쉴새 없이 음란한 상소리를 지껄여댔다.
> (최인훈, <국도의 끝>, 239면, 강조는 인용자)

고향이 없기 때문에 고통스럽게 탈향이 전제된 귀향을 반복하듯이 모성
의 부재는 고통스럽게 어머니를 희구하는 결과를 낳는다. 어머니에 대한
희구는 안식처의 희구와 연결되며 이러한 남성 자아의 욕망은 대부분의
작품에서 발견된다. 그러나 보살핌의 어머니를 욕망하지만 부재하기 때문
에 그것을 대신할 수 있는 모성의 대체물을 구성한다.

최인훈의 『광장』에서 명준은 남한에서 만난 윤애를 속물적인 여자로
이미지화 하고, 북한의 은혜에게 '어머니'의 이미지를 부여한다. 표면적으

로 은혜는 명준과 애인 사이지만, 명준은 은혜와 자신을 어머니와 아들의
관계로 위치시킨다(아래 인용문 가). 은혜는 명준이 반동분자이거나 인민을
파는 공화국의 적이라도 믿어줄 어머니와 같은 존재이다. 명준이 월북을
한 이유는 본질적으로 밀실의 혐오에서 기인된 것이나 윤애가 안겨준
"노여움과 서운함"도 크게 자리잡고 있었다. 그는 자신을 완전히 이해하고
감싸줄 '어머니'를 희구하고 있었던 것이다. 그러나 전쟁 속에서 은혜는
죽는다. 명준은 은혜를 잃음으로써 그가 추구하던 어머니는 사라지고
영원히 가질 수 없는 희구의 대상이 된다. 은혜는 명준에게 일시적으로
'유사 어머니'의 존재성을 가지고 있었던 것이다. 그런데『광장』에서 전쟁
중 은혜와의 잠자리는 전쟁의 공포를 물리칠 수 있는 안식의 감정으로
묘사된다(아래 인용문 나-1). 은혜의 품은 바로 명준이 지향하는 고향과
같은 장소를 상징한다고 할 수 있다. 은혜의 가슴속에서 느꼈던 공포와
안식의 감정은『회색인』에 등장하는 소년이 느꼈던 감정과 유사하다.
이 작품에서 고향 W시에서 폭격을 받던 독고준은 자신을 방공호 속으로
이끈 여자의 품에서 희열과 공포의 묘한 감정을 느낀다(아래 인용문 나-2).
그리고 남한으로 온 독고준은 시간이 흐른 후에도 고향의 그 여자를 희구하
게 된다.

> (가) 명준은 윤애를 자기 가슴에 안고 있으면서도, 문득문득 남을 느꼈었
> 다. 은혜는 윤애가 보여주던 순결 콤플렉스는 없었다. 순순히 저를 비우고
> 명준을 끌어들여 고스란히 탈 줄 알았다. (중략) **가슴과 머리카락을 더듬어
> 오는 손길에서 그는 어머니를 보았다. 어머니와 아들**, 아득한 옛적부터의
> 사람끼리의 몸짓. (최인훈,『광장』, 131면, 강조는 인용자)

> (나)-1 단추와 가죽 허리띠를 끌러낸 풀빛 루바시카 윗저고리를 벗긴다.

154

그녀의 드러난 가슴에 얼굴을 묻는다. 그 가슴속에서 만 가지 소리가
들린다. 악을 쓰는 기관총 소리가 들려온다. 발작처럼 터지를 포소리.
땅바닥을 씹는 전차의 바퀴소리. 악의가 응어리진 강철 덩어리를 떨어뜨리
는 포격기의 엔진 소리. **그들 소리보다 한바퀴 더 아득히 들리는 소리.
솔밭을 지나는 바람소리. 둑을 때리고 부서지는 물결, 먼 바다 소리.**
(최인훈, 『광장』, 162면, 강조는 인용자)

(나)-2 찢어지는 듯한 쇳소리가 머리 위를 달려갔다. 뒤를 이어 또 또.
공습. 닫혔던 문이 열렸다. 준의 누님 또래의 여자가 나타났다. 그녀는
달려나오면서 준의 팔을 잡았다. 준은 여자가 끄는 대로 달렸다. (중략)
그때 부드러운 팔이 그의 몸을 강하게 안았다. 그의 뺨에 와 닿는 뜨거운
뺨을 느꼈다. 준은 놀라움과 흥분으로 숨이 막혔다. 살냄새. 멀어졌던
폭음이 다시 들려왔다. 준의 고막에 그 소리는 어렴풋했다. (중략) 폭음.
더운 공기, 더운 뺨. 더운 살, 폭음. 갑자기 아주 가까이에서 땅이 울렸다.
어둠 속에서 사람들이 한꺼번에 웅성거렸다. 폭음. 또 한번 굴이 울렸다.
아우성 소리. 폭음. 살 냄새… (최인훈, 『회색인』, 49~50면)

최인훈의 작품에서 여성과의 사랑은 어머니에 대한 희구의 감정과 연결
된다. 그녀들은 극한 폭력의 상황에서 보호받지 못한 남성 자아를 보살피는
임무를 이행한다. 폭격 가운데에서 주인공은 황홀한 감각의 세계로 빠져든
다. "솔밭을 지나는 바람소리", "먼 바다 소리"를 듣고, "살냄새"를 맡게
되는데 이는 고향 그리고 고향의 어머니와 연결되는 청각과 촉각의 세계라
고 할 수 있다.

한편 김승옥과 김원일의 소설에서 남성 자아는 고향을 희구하지만 고향
과 고향 어머니를 안식의 대상으로 생각하지 못한다. 그렇기 때문에 대리
모성을 내세움으로써 어머니의 부재를 채우는 서사가 나타난다.

김승옥의 <생명연습>에서 형은 고향과 어머니 모두에게서 안식을 얻지 못하는 것으로 나타난다. 어머니를 희구했으나 자신이 원하는 '모성적 어머니'를 구성하지 못함으로써 자살한다. 반면 주인공인 '나'는 보살핌의 성격이 결핍된 고향과 어머니를 다른 대상으로 대체하면서 스스로를 충족시키고 있다. '나'는 형처럼 자기세계를 가진 인물들을 사귐으로써 죽은 형의 빈자리를 채운다. 형을 연상시키는 영수와 고향 바닷가를 헤매고, 서울에서는 '자기세계'를 가진 오선생과 한교수와 만난다. 그래서 형이 자살한 과거의 사건에 대해서도 큰 거리낌 없이 회상할 수 있는 것이다. 이와 같은 방식으로 '나'는 성적으로 문란한 어머니와 황폐한 고향을 다른 존재로 대체함으로써 모성적 어머니와 따뜻한 품을 지닌 고향을 소유하게 된다. '나'는 어리지만 매우 영리한 주체로 어머니 대신 누이를 모성적 대상으로 택하고 있으며, 아버지의 부재와 전쟁이라는 상황 속에서도 바다를 통해 고향의 모성적 부분을 발견해낸다.

 나와 누나는 나란히 서서 금속처럼 차게 빛나는 해면을 바라보며 한참씩 서 있곤 했는데 그럴 때야 비로소 나는 어린 가슴에 찾아오는 평안을 느끼는 것이었다. 그러다가 보면 어느새 누나의 가느다란 손가락을 꼬옥 쥐고 있곤 했다. (김승옥, <생명연습>, 23면)

이 작품에서 누나는 어머니를 대체할 수 있는 이미지로 묘사된다. 그녀는 집안 살림을 하는 가운데에서도 공부를 잘했고, 막내 동생에게 자신이 쓴 글을 읽어주면서 애정표시를 한다. 형과 어머니 세계의 중재자였으며 그 세계로부터 '나'를 보호하는 대리모이다. 또한 금빛 바다는 전쟁의 흔적이 남겨진 고향 대신 평화로운 세계를 주조하는 근원이다. 요컨대 이러한 대리적인 대상을 통해 '나'는 서울로 이사 간 후에도 귀향을 할 수 있게 되는 것이다. "어린 날을 그래도 행복하게 보낼 수 있었던 것은 오직 누나가 있었기 때문이었다."[94]

김원일의 <빛의 함몰>(1972)에 등장하는 형수는 '나'의 시선 속에서 다면적인 여성 이미지로 구현된다. 먼저 그녀는 고향의 불편한 어머니가 아닌 언제든 벗어날 수 있는 편한 존재로서 어머니의 대리자라고 할 수 있다. 그리고 형수가 존재하는 천안은 형을 잃은 부모가 자신에게 지나친 기대를 걸고 있는 부담스러운 고향 대신 머물 수 있는 '유사 고향'이 된다. 그러나 그녀는 '나'의 병을 걱정하고 돌봐준다는 점에서 모성적이지만 동시에 혈연이 아니기 때문에 성적인 유혹을 느낄 수 있는 불완전한 어머니일 수밖에 없다. 성적으로 느껴질 때, 형수는 나에게 금지의 대상이 된다. 천안에서 갑자기 상경을 다짐하는 것은 나에게 형수가 모성적 존재가 아닌 유혹자로 다가왔기 때문이다.

먼저 나를 맞기는 화단에 가득 핀 샐비어 꽃의 작렬하는 진홍색이었다. 그 순도 높은 진홍색이 눈부셨다. 8월 한낮의 타는 햇살을 받고 활짝 핀 많은 꽃송이가 개선하는 혁명가의 환영 같아보여, 나는 실소를 흘렸다. **남성을 유혹하는 여성의 교태 같기도 했다.** 그 상반된 연상 또한 내 병이었다. 한 가지 사물에서 이질적인 두 느낌을 떠올리는 핀트 맞지 않는 사고가 **나를 당혹하게 했다.**
(중략) 형수는 그을린 뺨에 미소를 띠며 나를 반겼다. 형수의 아사 적삼 안에 은은히 비치는 겨드랑이의 검추레함에 눈이 가자, 그네의 건강한 젊음과 밤마다 삭여낼 정열의 진한 한숨이 떠올랐다. 건전치 못한 내 상상이 부끄러웠고, 금방 피로가 몰려왔다. (김원일, <빛의 함몰>, 176~177면, 강조는 인용자)

94) 김승옥, <생명연습>, 『김승옥 소설전집』 1, 문학동네, 2004, 45면.

인용문에서 알 수 있듯이 '나'는 형수를 직접 대면하기 전부터 무의식적으로 그녀를 모성적 존재로 생각하지 않았음이 드러난다. 천안의 형수 집에 들어갔을 때 '나'를 맞이한 것은 진홍색의 꽃이다. 얼마 전까지 서울에서 데모대에 참가했던 그는 꽃에 혁명가의 이미지를 부여한다. 그러나 진홍빛을 통해 실제로 느낀 것은 형수를 연상시키는 '여성의 교태'였다. 즉 '나'는 형수에게 느껴지는 목욕 뒤의 신선함과 비누 내음을 피해 서울로 떠나는 것이라고 할 수 있다.

그리고 '나'는 상경의 명분을 만들고 유혹자로서 형수의 이미지를 지우는 작업을 한다. 남편을 잃은 후 혼자 조용하게 사는 형수를 "흔적 없이 살다 끝내 조용히 사라져버리는", "삶에 아무런 의미를 부여하지 않고 사는"[95] 사람으로 이미지화 하면서 '나'가 추구하는 이상향과 반대편에 선 존재로 위치시킨다. 그래서 '나'는 스스로 천안을 떠나 서울에 다시 가야 하는 상황을 만든다.

<절망의 뿌리>에서도 어머니의 대리자로 여겨지는 여성인물이 구현된다. 이 작품에서 만현은 늘 알 수 없는 불안을 느끼고 있으며, 폭력적인 성향이 내재된 인물이다. 창부의 손가락을 칼로 절단하여 감옥에 갔던 그는 할머니가 돌아가신 양로원에서 일하는 가은에게 묘한 충동을 느끼고 만남을 시도한다. 그리고 또 정당한 이유 없이 가은에게 폭력을 행사한다. 그녀는 만현에게 자신에게 왜 그러냐고 묻지만 뚜렷한 이유는 찾기 어렵다.

이러한 이유가 부재한 듯 보이는 만현의 폭력 이면에는 베트남과 6·25 전쟁의 충격이 도사리고 있는데, 특히 6·25 당시의 가족사가 그에게 커다란 영향을 미치고 있다. 아버지는 인민군의 대검에 가슴을 찔려 죽고 어머니는

---

95) 김원일, <빛의 함몰>, 『어둠의 혼』, 김원일중단편전집1, 문이당, 1997, 183면. 이러한 형수의 이미지는 이 시기 작품에 나타난 변화 없고 정체된 고향의 이미지와 연결된다. '유혹자'에서 '정체된' 이미지로의 변모는 주인공의 탈향을 촉진시킨다.

우물에 떨어져 자살한다. 만현을 유일하게 걱정해 준 할머니 역시 양로원에서 세상을 떠난 상태이기 때문에 그에게 고향은 완전히 부재한다. 만현은 단지 도시를 부유하며 폭력을 저지르는 것으로 나타나는데 그 배후에는 암흑과 같던 과거의 고향이 자리하고 있다. 그는 표면적으로는 도시에 적응하지 못하기 때문에 괴로운 것으로 나타나지만 실상은 과거의 기억에 박제되어 있기 때문에 현실에 적응할 수 없는 것이라 할 수 있다.

어머니는 만현을 낳은 후 폐가 약해졌고 아버지가 죽은 후에는 정신 이상 징후까지 보여 아들까지 못 알아본다. 그는 어린 시절 제대로 모성을 느끼지 못했다. 그러한 만현은 자신을 걱정하는 가은에게 "모성애가 발동하면 짐짓 어른스러워지는 게 여자의 속성이다"[96]고 하며 실소하기까지 한다. 그리고 가은의 온 몸에 폭력을 행사하는데, 이는 아무 이유 없이 인민군에게 죽어야 했던 아버지와 매를 맞던 할머니의 모습을 재현하는 것이라고 할 수 있다.

"놓으세요! 제가 무슨 잘못이 있다고 이러세요?"
"잘못은 없지. 아무 잘못도 없다. 오직 내 앞에 네가 서 있다는 것 외에는. 난 그런 놈이니깐." (중략)
나는 주먹으로 가은이의 양 뺨을 후려쳤다. 그녀는 제대로 신음 한 번 지르지 못한 채 입에서 피를 쏟았다. 블라우스를 쥔 손으로 나는 그녀의 복부를 쥐어박았다. (김원일, <절망의 뿌리>, 264면)

주목되는 점은 만현이 가은에게서 어머니에게 얻지 못했던 모성을 희구한다는 사실이다. 그는 가은에게 어머니의 이미지를 부여하고 있으며(인용문 가) 그녀로부터 위안을 얻고자 한다. 즉 여성에 대한 폭력은 어머니에

---

96) 김원일, <절망의 뿌리>, 『어둠의 혼』, 김원일중단편전집1, 문이당, 1997, 247면.

대한 경멸에 의해서만 나타나는 것이 아니다. 본질적으로는 전쟁의 충격과 공포가 재현된 것이라고 할 수 있다. 그리고 역설적으로 자신이 폭력을 행사한 바로 그 여성에게 모성을 희구하고 있다(인용문 나). 전쟁의 폭력 안에서 정신병자가 되어야 했던 어머니의 자취를 가은에게서 발견하고 있는 것이다.

(가) 입에서 흐르던 피는 멈춰 있었다. 그녀는 자는 듯 눈을 감고 있었다. 핏기 없는 얼굴이 어릴 적에 본 어머니 얼굴 같았다. (김원일, <절망의 뿌리>, 265면, 강조는 인용자)

(나) 중태가 신고했는지, 사이렌소리가 들렸다. 나는 반수면 상태에서 편안한 마음으로 그 소리를 듣고 있었다. 그 소리가 점점 가까워졌다. 얇은 옷을 통해 가은이의 숨쉬기가 느껴졌다. 가은이의 배가 조용히 규칙적인 운동을 하고 있었다. 어릴 적 어머니가 불러주던 자장가를 듣듯 나는 그 배의 율동에 귀를 기울였다. 감미로운 움직임이었다. 그 뱃속에 언젠가는 또다른 생명이 자리잡을 것이다. (김원일, <절망의 뿌리>, 266면, 강조는 인용자)

만현은 가은의 몸에 손을 대고 싶은 욕망은 전혀 없었던 것으로 묘사되는데, 이는 가은의 신체를 여자가 아닌 '어머니'의 몸으로 느꼈기 때문이다. 그리고 어머니의 대리자가 된 가은의 배에 누워 어릴 적 어머니와 마주하는 듯한 감미로운 경험을 한다.

최인훈, 김승옥, 김원일의 작품 속 인물들이 스스로 고향을 부재화 시키고, 고향과 동일화를 이루지 못해 괴로워하는 원인은 전쟁의 충격적 경험에만 있는 것은 아니다. 근본적으로 어머니와의 관계가 제대로 이루어지지 않고 있기 때문이라고 여겨진다. '나'는 항상 어머니에게 결핍을 인식하고 있지만 그 결핍은 메워질 수 있는 것이 아니다. 어머니의 대체물을 만들어 의지하고 있으나 근본적인 해결책은 될 수 없는 것으로 나타난다.

2) 고향의 거부와 공포의 어머니

남성 자아들은 어머니를 대신하는 여성을 만들어내고 있으나 본질적으로 어머니와 고향에 느끼는 '공포'의 감정을 극복하지 못한다. 앞에서 분석했듯이 작품 속 주인공들은 고향의 고통스런 실체를 알고 있으므로 고향의 비동일화를 견지한다. 안식처가 아닌 고향(아무 것도 아닌 무(無)로서의 고향)의 실체를 직면하는 것은 도시 삶을 불가능하게 하고 죽음을 불러올 수 있으므로 고향은 거부될 수밖에 없다. 고통스러운 고향은 '무서운' 어머니의 존재성과 연결된다.

이청준의 초기 소설에서 어머니의 존재가 비중 있게 그려진 경우는 드물다. <바닷가 사람들>(1966)에서 주인공은 바다에서 아버지와 형을 잃는다. 어머니는 남편과 큰아들을 잃은 상황에서 집안일을 할 때마다 우는 소린지 노랫소린지 알 수 없는 중얼거림의 소리를 낸다. '나'는 이러한 어머니의 음성을 통해 평안을 얻지 못한다. 실제로 <귀향연습>에서 어린 주인공이 일하는 어머니를 기다리다 지쳐 잠이 들곤 하는 모습이 그려지고 있는데, 이때 어머니의 존재를 느끼는 장소는 어머니의 품이 아니라 논과 밭의 '어디에선가'이다. 이처럼 몸은 보이지 않고 소리로만 존재하는 어머니는 고향의 가난 등 여러 상황과 연결되고 있다. 또한 목소리가 들리는 곳을 아무리 찾아도 보이지 않는 어머니는 결코 도달할 수 없는 욕망의 대상이 된다. 특히 <바닷가 이야기>에서 정체를 알 수 없는 '중얼거림의 소리'는 아버지를 배반하는 듯한 어머니의 행위와 연결되면서 어린 소년에게 공포스러운 것으로 인식된다고 할 수 있다.

<바닷가 사람들>에서 어머니는 공사장 사람들에게 밥을 팔지 말라고 하는 아버지의 말에 절대적으로 순종하는 사람이었다. 그러나 아버지의 생사 여부를 알 수 없는 상황에서 사람들은 어머니가 송주사와 '무엇을 같이 한' 것 같다고 이야기하고, 어머니는 송주사를 아버지 대하듯 한다. 혼자 남은 어머니는 '나'를 불안하게 하는 대상이 된다.

김승옥과 김원일의 소설에서는 어머니를 죽이려고 하거나 극단적으로 거부하는 남성 자아가 등장한다. 이때 어머니는 아들의 삶을 위협하는 '무서운 어머니'의 존재성을 가진다. 무서운 어머니의 존재성은 고향의 황폐함과 맞물려 형성된다. 전쟁과 가난으로 인한 아버지의 부재와 고향의 해체는 안식처가 없다는 불안으로 이어진다. 그 부재를 채우는 어머니의 억척스러운 삶은 남성자아에게 공포로 다가온다. 김승옥의 소설에서 폐병에 걸린 아들은 어머니의 '생명연습'으로 인하여 자신이 결핍된 존재임을 확인하게 된다. 그래서 어머니는 두려운 존재이다(<생명연습>). 김원일의 작품 속 남성 주인공은 가난한 고향을 벗어나 도시로 이동하지만 어린 시절에 그를 고통스럽게 만들었던 황폐한 '뻘밭'의 기억을 떨치지 못한다. 보살핌의 모성이 부재한 고향은 공포스럽게 묘사되며, 어머니와 고향은 거부의 대상이 된다(<굶주림의 행복>).

'무서운 어머니'는 전쟁 기간 중 아버지의 부재를 대신하는 생활력 강한 모성의 형상으로서 전쟁 이후 남성 작가의 작품에 자주 나타나는 여성 이미지라고 할 수 있다. 김승옥의 <무진기행>에 등장하는 여성 인물도 모두 '무서운 어머니'로 나타나고 있다.[97]

---

97) 곽상순은 <무진기행>의 어머니를 무자비하고 혹독하게 사회적 실패를 처벌하는 모성으로 설명하며, 김경수는 「2005년의 무진기행」(『작가세계』 2005 여름, 62면)에서 '나'의 아내를 자신을 군대에 가지 못하도록 골방에 가두었던 어머니처럼

김승옥의 <생명연습>(1962)은 전쟁이 초래한 아버지 상실의 충격과 그 부재에서 오는 가족 로망스를 그리고 있다.[98] 이 작품에서 고향은 전쟁으로 황폐해진다. 그런데 피난을 갔다 온 후 집이 무너져 있는 까닭이 전쟁에만 있는 것은 아니다. 집이 낡았는데도 수리하지 못한 '가난'에 일차적인 원인이 있다. 이 작품에 나타난 '형' 역시 두 가지 복합적인 상황에 처해 있다. 전쟁으로 고향이 폐허가 된 상황에서, 아버지가 안 계신 가난한 집의 장남은 '폐병'까지 걸려 생계에 도움을 줄 수가 없다.

과거에 젊은 형은 병으로 인하여 중학교도 중도에 그만두고 다락방에만 갇혀 있었던 반면 어머니는 밀수선의 선장, 세관 관리, 헌병문관을 차례로 집에 끌어들였다. 세 남매는 집안 형편이 풍족하지는 않았으나 그것에 불만을 가진 사람이 없는데도 어머니가 왜 그러는 것인지 이해할 수가 없었다. 이러한 고향 여수에서의 '나'의 기억은 형의 세계와 어머니의 세계가 대립하여 서로에게 폭력을 행사하는 공간으로 형상화되고 있다.

> 어머니는 형에게 연애를 권했다. 형은 학교를 그만둔 뒤로는 썩어가는 폐에 눈물 어린 호소를 해가면서 문학으로 방향을 바꾸고 있었으므로 어머니는 그런 핑계를 내세우고, 연애는 네 문학 공부에 어떤 자극이 될지도 모른다고 권했으나 형은 흥, 하고 웃어버렸다. (중략)
> 피난지에서 어머니가 한번 좋은 처녀가 있는데 결혼할래, 하고 물었더니, 아무리 전쟁중이라도 어머니가 미쳐버린다는 건 슬픈 일이에요, 라고 대답을 하고 나서, 어머니를 똑바로 쳐다보면서 싸늘한 웃음을 지었다.
> (김승옥, <생명연습>, 44~45면)

현재의 그를 통어하는 '무서운 어머니'로 이야기한다(곽상순, 앞의 논문, 2008, 264면 각주13, 14번 내용 재인용).

98) 유임하, 「마음의 검열관, 반공주의와 작가의 자기 검열」, 『상허학보』 11, 상허학회, 2005, 140면.

폐병에 걸린 형은 고생만 하지 않았더라면 마흔이어도 단정한 용모가 그대로 남아 있을 어머니의 남자관계를 증오한다. 형은 폐병에 걸린 자신에게 끊임없이 극기만 강요하는 사람인데, 그것이 불가능함을 상기시키는 사람이 바로 어머니라고 할 수 있다. 어머니를 죽이려고 하는 까닭은 그녀를 통해 자신이 알고 싶지 않은 진실과 조우할 위험이 있기 때문이다. 그 진실은 형의 자기세계라는 것이 허구,99) 즉 환상에 불과하다는 사실이다. 자기세계는 구성된 것에 불과하기 때문에 그 과정에서 남다른 노력인 '극기'와 일종의 대가로서 위악의 포즈가 필요하다.100) 폐병에 걸린 형이 자신에게 연애를 권하는 어머니를 죽이자고 하는 것은 아버지의 사망 후에 "어떤 해결 없이는 새로운 생활"101)을 할 수 없는 어머니의 상황을 이해하기가 무섭기 때문이라고 할 수 있다. 그는 어머니에게 살아갈 '어떤 것'을 제공하는 '생명연습'이란 무서운 진실을 거부한다. 대신에 표면적으로 어머니의 문란한 남자관계를 내세워 살인을 공모하려 한다.

요컨대 폐병에 걸린 형은 그 자체로 해체된 고향을 상징한다. 형은 극기를 통한 자기세계를 형성함으로써 정체성을 확보하려고 하지만 어머니의 존재가 그러한 자기세계의 허구성을 들추기 때문에 문제가 되는 것이다. 생명연습 없이 극기만이 강요되는 형 자신의 삶이 아무 것도 아니라는 사실을 드러내기 때문에 어머니는 '공포'의 대상이 된다. 어머니의 생명연습은 형의 존립을 무너뜨리는 위험한 것이 된다.

그런데 어린 아이인 '나'의 시선에서 '생명 연습'은 부정적인 이미지로

---

99) 류보선은 김승옥이 모색한 자기세계에 대해 "거부의 몸짓은 강렬하지만 실체는 없다"고 평가한다(류보선, 「개인과 사회의 대립적 인식과 그 의미」, 『문학사상』, 1990.5).
100) 박진영, 앞의 논문, 2008. 272면.
101) 김승옥, <생명연습>, 『김승옥 소설전집』 1, 문학동네, 2004, 49면.

그려지지 않는다. '나'는 생식기를 잘라버린 신부의 부흥회에서 소름이 돋는 악몽을 느끼지만 애란인 선교사의 자위 행위는 죄라고 여기지 않는다. 그것을 통해 오히려 평안과 생명을 생각한다. 즉 어린 '나'에게는 생명연습 없이 극기만이 강요되는 상황이 공포로 인식되는 것이다. 그런 의미에서 형에게 어머니가 절제의 대상이 되는 까닭은 그녀의 성관계가 문란하거나 혹은 아버지의 부재를 확인시켜서가 아님이 더욱 분명해진다. 형은 자신에게 끊임없이 극기만을 강요하고 있는데 그것은 현실적으로 불가능하다. '나'와 누나는 어머니가 생명연습을 통해 삶을 지탱하고 있음을 알기 때문에 불평할 수 없는 것이다.

오히려 어머니는 아버지를 배신하지 않았다. 어머니는 아버지를 닮은 형에게 복종하고자 했으며,[102] 집으로 데려온 남자들에게 아버지의 역할을 부여하지 않았다. 그래서 형이 어머니의 남자관계를 아버지에 대한 그리움 때문이라고 생각했다면 자살을 하지는 않았을 것이다. 환상을 통과하지 않은 어머니의 이미지는 모성에 대한 경멸로 이어진다. 반면 누나는 어머니에 대한 '경멸'을 피하는 방법을 알고 있었다(아래 인용문). 가상의 아버지를 세움으로써 어머니의 생명연습을 합리화하는 글을 써 폐병에 걸린 동생의 마음을 위로하려고 했다. 완전한 허구로서 현실은 지탱될 수 있는 것이다.

어머니가 사귀던 몇 남자들의 얼굴을 나는 똑똑히 외우고 있다. 그들은 차례차례 어머니를 거쳐갔는데 이상하게도 그 남자들의 용모에는 공통된 점이 많았다. 눈이 쌍꺼풀이라든지 콧날이 오똑하고 얼굴색이 비교적 창백하다든지, 하여간 나의 기억 속에 그들의 얼굴은 서로 비슷했다.

---

102) 김명석은 어머니에게 있어 진정한 아버지의 대리자는 아버지를 가장 닮은 형이며, 형 속에서 아버지를 보는 어머니는 늘 형에게 복종해야 했다고 설명한다(김명석, 『김승옥 문학의 감수성과 일상성』, 푸른사상사, 2004, 95면 참조).

그리고 좀더 거슬러올라가면 그것은 놀랍게도 아버지의 얼굴과 거의
일치되는 것이다. (중략) 아아, 어머니는 얼마나 아버지를 찾아 헤매었던
것일까. (김승옥, <생명연습>, 50~51면)

위의 인용문과 같이 어머니를 이해함으로써 '고향'의 삶은 아무 문제없이
지속될 수 있다. 그러나 형은 끝내 환상으로 결핍을 메우지 못하고 자살한다.
형의 자살로 반 미쳐버린 어머니가 서울로 이사를 서두르고, 고향 여수는
심연의 공간으로 남는다.

김원일의 소설에서도 '부재해서 그리운 아버지'와 '엄격해서 두려운
어머니'의 형상이 나타나고 있는데, 이는 작가를 불행한 의식의 소유자로
만든 중요한 동인이다.[103] <어둠의 혼>에서 아버지로 인하여 가족과
동네사람들에게 음식을 꾸러 다니는 어머니는 노기가 어린 눈으로 장자인
'나'를 '빌어 묵을 밥통아'라고 부르며 부지깽이로 때린다. 어머니는 부재하
는 남편 대신 자식들을 먹여 살리기 위해 악착같이 살 것을 요구받는
여성이다. 그리고 어린 '나'는 이러한 어머니를 이해할 수 없다.

<굶주림의 행복>(1975)에서 여학생을 살인한 소년 억수는 경남 중리에
서 부산으로 가출하여 거지로 떠돌다가 서울에서 세차꾼으로 세차장에서
일하기 전까지 구걸, 식당 종업원 등 밑바닥 일터를 전전했다. 그는 세차장에
서 열네 살 난 소녀의 목걸이를 강탈한 후 이유 없이 수차례 칼로 찔러
살해한다. 그리고는 검사에게 살 재미가 없다며 사형을 받아도 상관없다고
말한다. 이러한 극단적인 여성 혐오는 어머니를 증오하지 않기 위한 방편으
로 해석할 수 있다. 어머니 대신에 다른 여자들이 희생양이 되는 것이다.[104]

---

103) 류보선, 「자신만의 진리를 위한 서사적 모험」,『잃어버린 시간』, 김원일 중단편전집
    4, 문이당, 2007, 323면 내용 참조.
104) 하응백은 김원일의 작품에서 어머니는 아들에게 '남자의 의무'만을 강요했기

이때 부모에 대한 증오는 경험적 아버지와 아버지-이름 사이, 그리고 경험적 어머니와 모성적 기능의 틈새에 의해 형성된다. 즉 고향은 상징적 부모들과 실재적 부모들을 일치시키는 데 실패하는[105] 공간이며, 이러한 문제가 생길 때 주체들은 어머니의 형상을 다른 대상에 재배치시키면서 부모의 혼동스러운 특징들을 그 분신의 탓으로 돌리게 된다.[106] 어머니의 형상을 다른 대상으로 돌렸기 때문에 살인이 더 쉽게 이루어질 수 있는 것이다.

이 살인 사건의 배후에는 암흑 같은 과거의 고향이 자리 잡고 있다. 검사에게 신문을 받던 억수는 흡연 욕구가 강렬한 가운데 오랜만에 어린 시절 고향을 생각한다. 본능적인 욕구가 치솟으면서 무의식이 겉으로 떠오른 것이다. 억수는 살기 위해 태어난 곳을 등질 수밖에 없었던 탈향자이다.

> 엄마야, 밥 도고, 배고프다. 죽이라도 도고, 배고프다. 옥수숫대를 씹으며 울던 아우의 질긴 울음이 들린다. 큰 머리를 여윈 목으로 지탱하던 젖먹이 여동생도 떠오른다. 엄마는 굴 따러 가고, 억수마저 학교에 가면 젖먹이 막내는 흙을 먹었다. 황혼녘, 막내를 업고 우는 아우를 데리고 마을을 나서면 황혼을 삼키며 철썩이던 넓은 바다와 잿빛 뻘밭이 두려웠다. 학동네 사람들의 발을 삼키다 못해 머리까지 삼킬 듯, 그 흉물스런 뻘밭으

때문에 아들은 어머니에 대한 사랑과 증오의 감정을 갖게 된다고 설명한다. 그러나 어머니에게 증오를 드러내는 것은 반인륜적이므로 그 화살을 어머니의 모습을 한 동성의 여자들에게로 돌린다는 것이다(하응백, 「들끓음의 문학, 혼돈의 문학」, 앞의 책, 1997, 347면 참조).

105) 알렌카 주판치치, 이성민 옮김, 『실재의 윤리』, 도서출판b, 2004, 293면 내용 참조.

106) 위의 책, 294면. 알렌카 주판치치는 라캉의 「신경증의 개인적 신화」를 언급하면서 어머니 안에 있는 어머니 역할 이상의 그 무엇 즉 자신의 온갖 지적, 성적 삶을 영위하는 여자의 모습은 주체를 위한 성적 대상으로서 기능하도록 '허용된' 또 다른 여성적 형상(장모나 가족의 친구)으로 체현된다고 설명한다.

로 그는 엄마를 찾아 나섰다. 엄마는 어디서 굴을 따기에 아직 돌아오지
않나. 배고파 울며 삿자리를 긁어대어 손톱 밑에 피가 맺힌 젖먹이 여동생
의 할딱이는 숨을 아우등짝으로 들으며 눈물을 떨굴 때, 낙동강 하류의
그 철새 울음이 왜 그렇게 부럽던가. 도망가자. 저 철새처럼 도망가자.
부산으로 나가 쓰레기통을 뒤져 먹더라도 중리를 떠나자. (김원일, <굶주
림의 행복>, 239면)

이 소설의 서두와 말미에 두 번 등장하는 고향의 이미지는 억수의 잔인한
살인 욕망과 그의 내면에 갇혀 있는 고향에 대한 감정을 교묘하게 겹치게
한다. 그리고 "황혼을 삼키며 철썩이던 넓은 바다와 잿빛 뻘밭"으로 이미지
화되는 고향은 안식처가 부재한 공포스런 감정을 이끌어낸다. 억척스런
어머니는 생계를 위해 굴을 따러 가고 집에 남은 자식들을 돌볼 여유가
없다. 그런 의미에서 고향의 거부는 곧 어머니의 거부라고 할 수 있다.
억수는 마지막으로 고향의 어머니를 만나겠느냐는 검사의 말에 보고 싶지
않다고 말한다.

그런데 주목해야 할 점은 <굶주림의 행복>은 주체에 내재해 있는
실재를 드러내고 있다는 것이다. 살인자 소년은 현실에서 편안하게 살고
있는 검사가 필연적으로 지닌 잔여물, 즉 잉여를 보여주는 존재이다.[107]
억수는 검사가 자신의 상징적 정체성을 획득하기 위해서 폐기해야만 했던
금지된 대상[108]이라고 할 수 있다.

이 작품은 아무 관련이 없을 것 같은 검사와 소년의 이미지를 의도적으로

---

107) 이 작품에서 소년 억수는 상징적 구조로 통합할 수 없는 요소인 동시에 상징적
　　구조의 동일성을 구성하는 요소라고 할 수 있다. 한스 홀바인의 그림 <대사들>에
　　서 거울에 비친 '죽음의 잔여물'로서의 왜상이 재현하는 것은 항상 결여를 내재한
　　주체성이다(토니 마이어스, 앞의 책, 2005, 186~187면 참조).
108) 슬라보예 지젝, 주은우 옮김, 앞의 책, 2006, 214면, 각주26 참조.

겹쳐 놓고 있다. 검사의 회상을 통해 드러나는 가난했던 고향의 기억은 앞에서 언급한 소년의 고향과 다르다고 할 수 없다. 강한 생활력을 가진 어머니 밑에서 자란 그는 시험에 합격할 당시 작업복과 군화를 신은 초라한 모습이었고 영양 섭취를 못해 현기증이 났다. 다만 이 두 남자의 다른 점은 검사는 이상적인 환경에서 자란 여자와 순조롭게 결혼했고, 넝마주이의 모습을 한 소년은 자신과 절대 함께 할 수 없는 소녀를 잔인하게 죽였다는 것이다.

이 작품에서 살인자 소년과 그에게 죽임을 당한 소녀는 지나치게 잔인하거나 너무나 순수하게 그려지면서 세상에 쉽게 존재하지 않을 것 같은 이미지로 형상화 된다. 작가는 순진무구한 소녀를 살해하는 소년의 행위를 통해 검사의 내부에 있는 무서운 심연을 보여주었다고 여겨진다. 즉 행복하게 살고 있는 것 같지만 삶 뒤편에 도사리고 있는 검사의 어두운 과거를 그대로 비추고 있다. 소년이 소녀를 죽였을 때 노출한 파괴성은 검사가 과거에 일시적으로 가졌을 법한 그러나 지금은 잊어버린 감정일 수 있는 것이다. 그렇기 때문에 검사에게 소년은 사회에서 없어져야 할 무서운 살인자인 동시에 연민의 대상이 된다. 억수에게 주어진 차가운 감방과 자기가 돌아갈 따뜻한 응접실이 함께 떠오른 것은 자신의 과거에 대한 연민 때문이다.

결론적으로 억수는 그 자체로 심연의 고향이라는 혐오스런 실재를 담지한 대상이다. 고향의 실체는 억수의 무서운 살인 행위처럼 '공포스러운' 것이다. 억누를 수 없는 무서운 살인 본능을 지닌 억수의 소녀 살인 행각은 고향과 어머니에 대한 원망과 증오의 표현이라고 할 수 있다.

Ⅱ장에서 1960~1970년대 소설 속 남성 자아는 고향을 기반으로 자신의

정체성을 구현하기 어려운 것으로 나타난다. 또한 모성이 제거된 어머니의
모습은 역설적으로 고향의 파괴와 아버지의 죽음을 그대로 드러내는 효과
를 창출한다.

그런데 1970년대 중후반으로 들어서면서 이청준, 김원일의 소설에서
어머니와 '나'의 관계가 변모하기 시작한다. 이러한 양상은 고향과의 동일화
를 불가능하게 하는 전쟁의 기억, 전근대적 고향에 대한 혐오를 끌어안는
변화로 이어진다. 모성이 결핍된 고향을 인식하기 때문에 안식처로서의
고향을 희구하는 것이 아니라, 그 결핍된 공간까지 사랑함으로써 안식처를
스스로 만들어내는 서사로 전환한다고 할 수 있다. 그러면서 혐오스럽고
탈향하고 싶었던 고향은 과거에 대한 이해를 바탕으로 한 귀향의 공간으로
(이청준), 공포스러웠던 어머니의 생활력은 아버지 대신 가족을 먹여 살리기
위해 어쩔 수 없었던 것임을 깨닫는 것(김원일)으로 전환된다.

이청준은 1970년대 후반에 이르러서 그 전과는 다른 시선에서 고향을
바라보게 된다. 아들의 상처를 어루만져주는 어머니의 모습이 드러나기
시작한다. <연>(1977)과 <빗새 이야기>(1977)에서는 탈향한 지 30년
만에 빈털터리로 귀향한 아들을 측은해 하는 어머니의 모습이 나타난다.

그리고 이청준의 <살아 있는 늪>(1979)과 <눈길>(1977)에 이르러
고향에 대한 이해가 심화되는 양상이 나타난다. 고향을 벗어나 서울로
빨리 가고자 하는 '나'의 소망은 버스가 고장 나고 도로에 장애물이 생기면서
좌절된다. '장애' 상황에 대한 시골 사람들의 반응은 '무서운 참을성'이다.
이러한 시골 사람들의 모습은 <눈길> 등에 나타난 어머니의 '체념'과도
유사한 형태를 지니고 있다. <눈길>에서 어머니는 지붕을 개량하고 싶은
마음이 있었으나 아들에게 부담을 주지 않기 위해 체념 섞인 목소리로
소망을 제안한다. 그리고 그 소망을 자신의 실없는 노망기 탓으로 돌린다.

그런데 <눈길>에서 어머니의 존재성은 <살아 있는 늪>에서 '나'에게 '엿'을 내미는 고향 아주머니의 모습과 연결된다. 당하지만 말고 사람 값 좀 하라는 '나'의 말에 버스 안에 있던 아주머니는 오히려 엿을 주면서 속이나 풀라고 이야기한다. 엿을 주는 자신의 손이 부끄럽지 않게 빨리 가져가라는 아주머니의 모습은 자신이 잘못한 것이 없는데도 그렇다고 인식하는 <눈길>의 어머니를 연상시킨다. 과거에 어머니는 서울로 다시 공부하러 올라가는 아들을 배웅한 후, 집도 없이 의지할 데 없는 고향 어귀에서 괜한 부끄러움을 느꼈다.

갈 데가 없어서가 아니라 아침 햇살이 활짝 퍼져 들어 있는디, 눈에 덮인 그 우리 집 지붕까지도 햇살 때문에 별 수가 없더구나. 더구나 동네에선 아침 짓는 연기가 한참인지 그렇게 시린 눈을 해갖고는 그 햇살이 부끄러워 차마 어떻게 동네 골목을 들어설 수가 있더냐. 그 놈의 말간 햇살이 부끄러워져서 그럴 엄두가 안 생겨나더구나. 시린 눈이라도 좀 가라앉히자고 그래 그러고 앉아 있었더니라 … (이청준, <눈길>, 39면)

이와 같은 감정은 재난의 원인을 자신의 덕 없음에 돌리는 것109)이라 할 수 있다. 그리고 <눈길>에서 어두운 새벽이라는 시간에 면소 차부까지

---

109) 이청준은 원죄의식이 자기 원망이나 체념이 아니라 밝은 빛을 두려워하고 그 빛 앞에 나서기를 부끄러워하는 것이라 설명한다. 그런데 이청준이 작가노트(1978.4)를 통해 "나 역시도 아직 그 빛에 대한 두려움과 고향 사람들에게서와 같은 원죄 의식 비슷한 것에서 멀리 벗어나지 못하고 있었던 느낌이다."라고 고백하고 있다(이청준, <원죄 의식과 부끄러움>, 『눈길』, 중단편소설5, 열림원, 2000, 118~119면 참조). 이러한 내용으로 볼 때, 1970년대 후반에 이르러 작가는 작품을 통해 고향 사람들과 주인공의 감성을 연결하고 있음을 알 수 있다. 고향의 내부인으로 스스로를 재설정하고 있는 것이다.

어머니와 내가 동행한 것, <살아 있는 늪>에서 주인공이 어두운 시간을
선택해 고향과 서울을 이동하는 것 역시 이러한 의식과 연결된다. 결국
<살아 있는 늪>의 주인공이 고향을 항상 '어둠' 속에서 바라볼 수밖에
없었던 이유는 '부끄러움' 때문이었다고 여겨진다. <눈길>에서 어머니에
게 빚이 있는데도 그렇지 않은 것처럼 행동했듯이, <살아 있는 늪>에서
고향에 가졌던 부정적 감정은 역으로 고향이 아니라 '나'가 스스로에게
가졌던 감정이라고 할 수 있다. 그리고 서서히 고향 사람들이 가졌던
원죄 의식이 단순히 체념이 아니었음을 깨닫게 된다.110) 주인공은 이러한
어머니의 존재성을 이해하게 되면서 고향과 스스로를 합일시키는 가능성을
가지게 되는 것이다.

　이러한 면모는 김원일의 소설에도 나타나기 시작한다. <미망(未
忘)>(1982)에서 '나'는 어머니와 할머니가 보여주는 감정의 대립과 할머니
의 죽음을 통해 오히려 '두 어머니'를 이해하게 된다. 그 이해는 궁극적으로
는 '나'가 어머니에게 가졌던 두려움을 치유하는 과정이라고 할 수 있다.
그녀들은 대립적인 이미지로 묘사된다. 할머니는 소식(小食)을 하고 몸집이
작은데 반해, 어머니는 체격이 우람한 여장부로 폭식을 하며 환갑을 넘기고
도 고향에서 장사를 계속할 정도로 생활력이 강했다. 어머니는 이자놀이가
잘 안 되고 젊은 사람들에게 밀려 장사일이 어려워져서야 장남이 있는
서울로 올라온다. 이와 같은 어머니의 모습은 남성 자아에게 공포스러운
모성적 초자아로 느껴진다.111)

<hr>

110) 이러한 과정에서 고향의 외부인으로 스스로를 규정하던 주체들은 고향의 내부적
　　위치에 서게 된다. <새가 운들>에서 제민이 깨닫게 된 노인의 소망은 무덤이라는
　　외공간을 요람과 같은 내밀성의 내공간으로 바꾸는 것이라고 할 수 있다(오은엽,
　　「이청준 소설의 공간 연구」, 이화여자대학교 박사학위논문, 2010, 60면).
111) <미망>에서 폭식하는 어머니의 이미지는 지젝이 이야기하는 '아귀처럼 집어삼키
　　는 새'와 연결된다. 아버지가 부재하여 그 역할(법의 기능, 아버지의 이름)이

그러나 대립적인 이미지를 가진 두 여인은 사실 똑같이 고통스런 책임을 감내하며 가장노릇을 해야 했다. 할머니와 어머니는 시집을 와서도 의지할 '남편' 혹은 '아들'이 부재했다. 그녀들은 스스로 자립해야 하며 가족을 먹여 살릴 것을 요구받는 처지에 있었다. 그래서 그들은 매우 다른 듯 보이지만, 서로를 누구보다 더 잘 이해할 수 있었다. 증오의 관계에 있지만 같은 삶을 살았기 때문에 서로를 가련하게 생각할 수밖에 없다.

어머니의 생활력이 남성 자아에게 한없는 공포를 안겨준 것이 사실이지만, 어머니의 삶의 방식이야말로 아버지가 없는 집안을 이끌기 위한 최선의 선택이라는 점을 인정할 수밖에 없[112]는 것이다. '나'에게 생활력이 너무 강한 어머니가 '두려운' 존재였듯이, 어머니에게 자신을 아들 잡아먹은 여자로 낙인찍은 시어머니는 '증오의' 대상이었을 것이다. 그러나 어머니는 시어머니가 왜소하고 의지할 데 없는 여자였음을, '나'는 어머니가 강해지지 않고는 살아남을 수 없었던 여자였음을 깨닫는다.

그리고 어머니에 대한 이해는 곧 과거 고향을 이해하는 것으로 나아간다.[113] 김원일은 초기 소설에서 끊임없이 탈향을 욕망하였고 고향과 비동일

지연됨으로써 그 공백은 '정상적'인 성 관계를 불가능하게 한다. 그리고 그 공백은 모성적 초자아에 의해 채워지게 되는데, 이러한 어머니에 대한 인상은 공격적 자극에 의해 지나치게 부풀려진다. 그래서 아이들의 환상 속에서 어머니는 아귀처럼 집어삼키는 새로 나타나기도 한다(슬라보예 지젝, 김소연·유재희 옮김, 앞의 책, 200면 내용 요약). 즉 어머니에 대한 이해는 이러한 '모성적 초자아'에서 벗어나는 과정과 연관된다.

112) 류보선, 「자신만의 진리를 위한 서사적 모험」, 『잃어버린 시간』, 김원일 중단편전집 4, 문이당, 2007, 322면.

113) 동시에 여성에 대한 시선도 전환된다. 전쟁의 트라우마-고향-어머니(여성)에 대한 인식의 변화가 같이 일어나고 있는 것이다. 1970년대 중후반에 이르러 김원일은 초기 소설과는 다른 시선으로 여성의 몸을 바라보게 된다. 단적인 예로 <따뜻한 돌>(1981)에서 상경하여 매달 고향에 돈을 보내고 곧 가정을 이루고자 하는 여공은 공장의 유해 물질로 임신중독증에 걸린다. 이 소설은 독극물에 중독된

화 하였다. 그리고 어머니를 부정하고 두려워했기 때문에 결국 고향이 부재화되어 나타났다고 할 수 있다. 그러나 이와 같이 '두려운 어머니'의 이미지가 '가련한 과거를 가진 인간'으로 전환된 것은 작가가 과거의 고향과 전쟁에 대한 생각이 깊고 커졌음을 의미한다고 할 수 있다. <미망>에 명시되고 있듯이 "두 자식을 매질로 키워온 어머니를 내가 뜨겁게 이해하게 된 것"114)이다.

김현은 이청준을 예술가로 만드는 것은 귀향의 꿈이라고 설명한다.115) 이와 같은 설명은 김원일에게도 적용될 수 있을 것이다. Ⅱ장의 소설가들에게 고향과 어머니는 공포스러운 것이기 때문에 거부의 대상이었다. 그러나 1970년대 중후반 이후 고향과 화해를 이루면서 정체성 획득의 단계로 나아가는 양상을 보여주게 된다.

채로 임신한 여인의 몸과 시골에서 "억센 바닷바람에 주름마다 갈라터진" 그녀의 어머니 이미지가 겹쳐지면서 여성에 대한 인식의 전환을 보여준다. 김원일이 고향과 자연생태를 결부시켜 <도요새에 관한 명상>(1979) 등을 쓰게 된 것도 이러한 변모 과정의 결과라고 할 수 있다.

114) 김원일, <未忘>, 『잃어버린 시간』, 김원일중단편전집4, 1997, 132면.
115) 김현, 「고향탐색의 문학적 의미」, 『책읽기의 괴로움』, 민음사, 1984, 144~145면.

Ⅲ. 산업화와 과거 고향의 낭만화

Ⅲ장에서는 산업화가 진전되어 농어촌까지 도시의 물결이 들어오게 되면서 탈향의 서사가 귀향의 서사로 변모되는 지점을 고찰해 보고자 한다. Ⅱ장에서 분석한 작품의 주인공들은 도시의 부정적 근대성에 대해 인식하고는 있지만 전쟁과 가난의 기억을 간직한 고향을 안식처로 생각할 수 없었기 때문에 도시/고향이라는 구도로 공간을 이분화 할 수 없었다. 그런데 산업화가 진전되는 1970년대 이후에 도시를 비판하고 고향으로의 회귀와 정착을 추구하는 일련의 작가군이 등장하게 된다.

이문구의 초기 작품과 고향의 가난, 아버지에 대한 혐오 등을 다룬 문순태의 소설에는 탈향을 지향하는 인물이 등장한다. 그런데 도시화의 문제를 다룬 작품에서 고향은 갑자기 낭만적인 공간으로 전환된다. 그 이면에는 근대화·도시화에 대한 비판이 존재한다고 여겨진다.[1] 이 시기의 고향은 더 이상 자족적인 공동체로 남아 있을 수 없었으며 자기 갱신력마저 상실하기 시작했다.[2] '산업화'로 인한 농어촌의 변화로 인하여 고향에

---

1) 본서는 1970년대에 이르러 고향 이미지가 전환된 것은 산업화와 도시화에 대한 혐오 의식이 강하게 작용하였기 때문이라고 생각한다. 현재의 고향을 비판하기 위해 '고향'을 사랑하는 주체가 구성되었으며, 과거 고향이 낭만화 된 것이다.
2) 김경수, 「刀耕의 삶과 문학」, 『공공의 상상력』, 랜덤하우스중앙, 2005, 168면.

대한 주체의 시선이 전환되었다고 할 수 있다.

이때 과거와 현재의 시간이 대립되면서 원초적 고향에 대한 향수가 나타난다. 현재의 고향은 망각과 거부의 대상이 아니라 회복되어야 할 공간으로 재탄생한다. 근대의 부정적 측면을 비판하기 위해서는 고향을 심연의 장소가 아닌 안식처로서 기억하는 인식의 전환이 필요하다. 그래서 이 시기 작품에서는 '기억'을 재구성하여 과거의 고향을 긍정적으로 이미지 화하고 모성성과 대자연이 지닌 원시성3)4)의 힘을 부각시킴으로써 '노스탤지어'로서의 고향을 호출하게 된다.

노스탤지어라는 말은 '고향으로의 귀환'을 갈망한다는 의미에서 유래되었다. 그런데 미국 사회학자 데이비스는 노스탤지어를 과거와 현재의 필연적인 내적 대화를 포함한 것이라고 파악하고, 노스탤지어가 아이덴티티의 연속을 강화하는 것이라고 주장한다.5) 즉 노스탤지어로 고향을 호출하는 행위는 정체성의 기반을 마련하기 위한 논리와 연결된다. 이러한 과정을 통해 심연이었던 고향은 숭고한 고향으로 전환되며, 역설적으로 현실에서

---

3) 벨(Michael Bell)은 원시적 세계관의 세 가지 중요한 특징으로 정령론(animism), 자연에 대한 외경심, 그것들이 표현되는 제식을 이야기한다. 본서에서 사용하는 '원시성'이라는 단어는 특히 '자연에 대한 외경심'이라는 개념으로 사용하고자 한다(Michael Bell, 김성곤 옮김, 『원시주의』, 서울대학교 출판부, 1985, 14면 참조). 작품에 나타난 "자연에 대한 외경심"에 대한 구체적 양상은 본서의 Ⅲ장 3절에서 분석하고 있다.

4) '원시성(the primitive)'이라는 용어는 '문명화(the civilized)'와 대립되는 개념으로 서구의 식민지 정복이라는 역사적 경험의 산물에서 나온 말이다. 서구인들은 미개국과의 접촉을 통해 그들이 가진 '원시성'을 흡입하였다. 이국적 문화, 동방의 풍경, 여성이 원시성과 등가의 개념을 이룬다. 특히 원시주의는 악마 같은 도시에서 벗어나 지방과 시골 변두리에서의 삶을 지향하며 자연의 우위성을 강조한다(박연실, 「20세기 서구 미술에서 '원시성'의 문제」, 『미학·예술학연구』 13, 한국미학예술학회, 2001 참조).

5) 나리타 류이치, 앞의 책, 2007, 241면 참조.

는 고향을 상실했으나 과거의 고향은 확고하게 구축된다. 즉 과거 고향에 대한 낭만적 인식을 통해 현재 고향의 '무장소성(無場所性)'에도 불구하고 장소에 대한 정체성을 획득하게 되는 것이다.

이문구에게 고향은 시대적 문제 해결의 유일한 가능성이자 구체적인 현실로서 각인[6]되었을 것이라 여겨진다. 그것은 문순태 등의 작가에게도 마찬가지로 적용될 수 있다. 과거의 고향을 이상적인 것으로 의미화하면 할수록 현재의 고향은 명확히 치유해야 할 공간이 된다. 즉 노스탤지어로 과거를 의미화 하는 작업은 현재 고향에 진행되고 있는 산업화에 대한 비판을 위한 것으로 해석할 수 있다.

III장에서 낭만적 고향의 형상화는 과거를 '회상'함으로써 이루어진다. 여기에서의 '회상'은 단순히 지나간 일을 기억하는 것이 아니라 심연을 건너 조화로운 과거와 조우하는 기능을 한다. 또한 그 회상 속에서 '모성'은 대지의 품처럼 아늑하여 안식처를 제공해 줄 수 있는 힘을 가진 것으로, 혹은 어려운 상황을 이겨낼 수 있는 희생성을 가진 것으로 부각된다. 심연에 빠졌을 때 그것을 넘어갈 수 있는 안내자[7]로서 어머니의 힘이 강조되고 있는 것이다. 그리고 그러한 모성을 닮은 '자연'은 인간의 순리와 화해를 이끌어낼 수 있는 성격을 가진 것으로 묘사된다. 결국 III장에서 고향이 II장에서의 고향과 확연히 다른 의미로 나타나는 까닭은 '모성', 즉 '어머니'의 존재적 양상이 다르기 때문이라고 할 수 있다.

---

6) 김경수, 앞의 책, 2005, 170면.
7) 하이데거는 트라클의 시를 분석하면서 소년과 푸른 들짐승이 심연에 빠졌을 때 그것을 넘어갈 수 있도록 빛을 밝혀줄 수 있는 존재로 '엘리스'라는 소녀를 이야기하고 있다. 소녀는 구원에의 지시자인데 심연을 넘어 회상을 하는 것을 도와주는 안내자이다. 이러한 사유의 역할이 『사유는 무엇인가?』에서 어머니로 표현되기도 한다(최상욱, 『하이데거와 여성적 진리』, 철학과현실사, 2006, 324~326면 참조).

이문구와 문순태는 모성과 대자연성의 회복을 통한 과거 고향의 복원을 꿈꾸었다. 그런데 주목되는 점은 고향의 무장소성을 극복하기 위한 장치로 어머니의 모성성이 강조되고 있는 것은 사실이지만, 남성 자아의 정체성은 할아버지 혹은 아버지 등의 남성에 의해서 그 근원이 모색되고 복원되는 것처럼 나타난다는 것이다. 그리고 희생적인 남성상을 강조하고 있다는 특수성이 있다.

전쟁 체험과 관계가 깊었던 작품과 달리 산업화와 관련이 깊은 작품에서는 과거 고향이 정신적 안식처로 기억된다. 그래서 III장에서는 고향으로 회귀하고자 하는 주체의 욕망에 의해 귀향의 서사가 형성되는 것에 주목하여 내용을 전개하려고 한다.

1. 농촌/도시의 대립화와 고향의 재인식

1960년대 전상국의 작품, 이문구의 초기작품 등에서 고향은 안식처가 아니며 주인공들은 탈향을 할 수밖에 없는 상황에 놓여 있다. 이 시기는 근대화의 측면에서 도시와 농촌(고향)의 차이가 컸기 때문에 산업화의 정도에 따라 도시와 농촌이 근대/전근대의 이항 대립적 도식 안에 위치될 수 있었다. 그런데 이향자들은 도시의 부정적 측면을 인식하고 있었음에도 고향에 긍정성을 부여할 수 없기 때문에 고향과 도시의 관계를 긍정/부정이라는 이항대립적 구도로 인식하지 못했다. 반면 1970년대 초중반을 넘어서면 농촌에 도시적 요소가 유입되면서 도시와 농촌은 단순한 대립 구도로 설명하는 것이 불가능해진다. 고향과 농촌의 풍경이 점점 닮아가고 있기 때문이다. 그런데 역설적으로 이 시기 소설에 나타난 고향은 '과거'의 시간을 강조하는 것을 통해 도시와 완전히 대립적인 장소로 위치된다.

산업화 되기 전의 과거에 대한 향수와 도시화가 진행되는 현재에 대한 혐오의 감정을 대립시킴으로써 이향자는 과거 고향과 현재 도시의 관계를 긍정/부정으로 명확하게 정의내린다.

도시화의 혐오로 인하여 부각되는 것이 바로 '향토'이다. 고향으로의 회귀 욕망은 이러한 향토에 대한 그리움과 결부되고 있으며, 귀향은 도시의 횡포 혹은 고향의 도시화 현상으로 지연되는 것으로 나타난다. 그러나 향토가 개발과 대척 관계에 있는 것으로 형상화되면서도 이러한 향토가 구성된 것에 불과함을 보여주는 작가도 등장한다.

요컨대 1970년대 초반 이후 도시화에 비판적 시선을 강하게 견지한 작품군이 등장하면서 고향은 그리움의 대상으로 재인식된다. 그리하여 과거 고향은 ① 전쟁, 가난과 결부된 트라우마의 장소이자 ② 도시의 이향자를 구원할 수 있는 유일한 공간으로 이중화되어 형상화 된다. 고향을 재인식하는 데 중요한 역할을 하는 것은 바로 '향토'라 할 수 있다.

1) 도시화 혐오와 향토의 부각

이문구의 초기 소설에서는 도시에 대한 양가적 감정이 나타난다. 도시는 전쟁의 심연으로부터 벗어날 수 있는 희망의 장소이자 그러한 이향자의 꿈을 무너뜨리는 이중적 장소로서 형상화된다.

이문구의 <떠나야 할 사람>(1971)에서 서울은 고향과 다르게 약게만 굴면 충분히 견딜 수 있고 전쟁에의 동원이라는 공포에서 해방될 수 있는 공간으로 여겨진다. 춘대는 "잊을 수 없는 과거로 괴로워하느니보다"[8] 모든 것을 잊고 새롭게 시작하기 위해 서울행을 생각한다. 이러한 서울에 대한 기대는 <암소>(1970)에도 나타난다.

---

8) 이문구, <떠나야 할 사람>, 『암소』, 이문구전집2, 랜덤하우스중앙, 2004, 289면.

(서울에서 생활하는 모습이) 근근이 하층 생활을 꾸려 나가는 궁색진 생활 실태들이었음에도 그는 그게 얼마나 부러웠던지 모른 것이다. 서울은 … 문 밖만 나가면 가게들이 거기서 거기였고 싸전과 탄가게는 돈만 주면 내 집 뒤주나 부엌 아궁이와 다르달 게 없을 것이었다. 이삼십 리씩 혀 빠지게 걷지 않게 돼 있었고 음식은 서울하고도 한복판이 전국에서 가장 싸다는 것이다. 서울은 … (이문구, <암소>, 168면)

선출이는 교육받지 못하고 땅이 없는 농촌의 청년이 할 수 있는 일은 도회지에 가서 장사를 하는 것이라 생각한다. 주인 황씨에게 맡긴 돈과 자신의 육체적인 노동력만 있으면 서울에서 보다 나은 삶을 살 수 있을 것이라 여긴다. 서울은 머슴이었던 그가 신분에서 벗어나 자유롭게 살 수 있는 구원지였던 것이다. 그러나 희망은 서울로 갈 밑천이었던 암소의 죽음으로 좌절된다. 물론 <몽금포타령>, <다가오는 소리> 등의 작품에서 도시는 이향자의 꿈을 무너뜨리는 공간으로 나타난다. 그러한 측면에서 <떠나야 할 사람>, <암소> 등에 나타난 도시에 대한 기대는 막연한 것, 이루어질 수 없는 것이었다고 할 수 있다.

반면 1970년대 이후[9] 개발이 급속화되면서 도시와 고향의 대비는 심화된다. 도시는 허무한 물질주의가 팽배한 공간으로 정립되고, 도시로 이동한 이향자들은 고향에서보다 더 혹독한 가난에 처하거나 죽음의 위협에 이르기도 한다.

문순태의 <빈 무덤>(1975)에서 아버지는 아들의 출세를 위해 촌을 떠나 도회지로 나오고 윤선규는 교도관 시험에 합격하여 고향의 자랑스런

---

9) 구체적으로 말해서는 『관촌수필』등 이문구의 70년대 초반 이후 소설, 70년대 중반 이후의 전상국과 문순태 소설, <삼포 가는 길>, <이웃 사람> 등 황석영의 70년대 초반 이후의 소설에서 이러한 변화가 확연하게 드러나기 시작한다.

인물이 된다. 그러나 아내가 병에 걸려 약값을 감당하기 어렵고 집을
잃게 될 위기에 처하자 귀향하고자 하는 마음이 강해진다. 도회지로 나온
아버지를 원망하고 자신도 시골에서 농사를 짓고 있는 친구들처럼 살았으
면 하는 생각을 한다. 궁지에 몰린 그는 훔친 보석을 땅에 묻어 놓았다는
죄수의 말을 믿고 알려준 곳에 가서 땅을 판다. 그러나 얻은 것은 죄수가
거짓말을 했다는 사실과 빈 항아리뿐이다. 또 다른 작품인 <멋장이들
세상>(1976)에서 도시는 순박했던 미스홍을 시내버스 여차장에서 다방
아가씨로 다시 고급 콜걸로 전락시킨 공간이다. 무엇보다도 '마네킹'으로
대변되는 서울 사람들의 모습은 진실된 것이라고는 찾아볼 수 없으며
허상에 불과하다는 인식이 깔려 있다.[10]

　<빈 무덤>의 보석 없는 항아리와 <멋장이들 세상>의 마네킹은 허구로
서의 도시 이미지를 비판하기 위해 설정된 요소들이다. 고등교육을 받고
고향의 자랑이 되었던 남자는 도시에서 아내와 집을 잃을 위기에 처하게
되고, 순박했던 시골 여자는 도시의 폭력성을 담지한 남자에게 구타를
당해 피를 흘린다. 도시는 이향자를 망치는 공간으로 파괴와 허무의 장소성
을 가지며, 도시에 대한 이향자의 분노도 강렬하게 표출된다.

　당신이 판 당신의 무덤은 비어 있습니다. 당신은 결국 아무것도 얻은

10) 문순태의 소설에서 일반적으로 도시는 속물적·물질적인 장소로, 고향은 안식처로
　　설정된다. <멋장이들 세상>도 그러한 양상이 나타난다. 그러나 작품을 자세히
　　살펴보면, 고향을 안식처로 설정하면서도 사실은 안식처가 아니라는 이중적인
　　인식이 존재한다. 오만석은 고향 면사무소 사환으로 들어간 지 7년 만에 임시
　　면서기가 되지만 시찰 나온 도지사가 그가 담당한 마을 안길에서 개똥을 밟았다는
　　이유로 해고를 당한다. 이러한 고향에서의 일화는 그가 도회지에서 주방장이
　　시키는 대로 새벽마다 맥주 속에 구정물을 넣어 빼돌리다가 덜미를 잡히거나
　　의상실에서 여자를 재워주다가 해고당하는 사건과 상동 관계를 가지고 있다.
　　즉 고향으로 내려가도 문제가 해결되는 것은 아니다.

182

것 없이 나의 노예가 된 것입니다. (문순태, <빈 무덤>, 50면)

"이놈에 멋쟁이 마네킹이 망쳐놨어! 이놈에 마네킹이 나를 망쳤어!" (중략)
"이런 가짜 멋쟁이들은 박살을 내서 쓰레기로 만들어 삐려야 혀!"
오만석은 울부짖으며 마네킹을 계속해서 시멘트 바닥에 내던졌다. (문순
태, <멋장이들 세상>, 299면)

요컨대 III장에서 다루어지는 작가들의 작품 속에 나타난 '도시'는 II장과
는 다르게 고향과 대립된 공간성을 지니며 혐오스러운 장소가 된다.
황석영의 <이웃 사람>(1972)에서 '나'는 자수성가하여 식구들을 호강시
키겠다고 상경했으나 그 꿈은 좌절된다. 어려운 형편 속에서 병원에 피를
파는 일을 하게 되면서 서울에 가졌던 기대가 허울뿐임을 절실히 깨닫는다.
기대를 했던 서울의 중심지는 이제 이향자(離鄕者)들을 위협하는 공간이
된다. 주인공은 서울 변두리 난민촌과 서울 중심지 번화가를 버스로 왔다
갔다 해보지만 탈출구는 부재한다.
이러한 서울의 이미지는 이 시기 많은 작품에서 공통적으로 나타난다.

생각 속에만 -아, 서울-하며 있는게 아니라 서울은 분명히 그 수많은
사람들하구 함께 있었지요. 그런데두 **한편으론 서울은 상상 속에만 있었습
니다.** 다시 다른 버스를 탔죠. 또 종점에 이르러 보면 거긴 내가 가려던
곳이 아니죠. 되돌아 시내로 들어와두 그렇구요. 몇 달 전에 고향을 떠나서,
또 며칠 전에 피를 팔면서까지, 조금 전에 버스를 타고 달아나려고 했던
바로 그곳에 돌아와 있는 겁니다. (황석영, <이웃 사람>, 177면, 강조는
인용자)

(서울은) 뒤꼭지에도 손가락에도 발뒤꿈치에도 눈 안 달린 데가 없어.

눈마다 뻘겋게 불을 쓰고 다니드만. 심장도 말이시, 우리같이 손톱으로만
튕겨도 피가 팍 솟구치는 그런 심장이 아니고, 송곳으로 찔러도 피 한방울
안 나오는 양철 심장이라야 살겠데야. (문순태, <말하는 징소리>, 87면)

'서울이란 데가 싫어 죽겠습니다. 하루에도 몇 번씩 고향으로 내려가
버릴까 궁리를 합니다. 아무도 나 같은 인간을 거들떠보지도 않아요.
내가 만약 자동차에 깔려 죽었다 해도 눈 하나 깜짝할 사람이 없다고
생각하면 난 이상하게 아무나 막 찔러 죽이고 싶은 충동을 느낍니다.
그러나 나는 이제 고향에 가고 싶다는 생각이나 세상 사람들이 모두
밉다는 생각을 하지 않습니다. 춘자 씨가 같은 서울에 살고 있다는 사실만
으로도 나는 즐겁습니다.' (전상국, <전야>, 162면)

'서울'로 대표되는 도시에 대한 증오의 감정은 산업화에 대한 혐오스러움
에서 비롯된다. 그런데 문제적인 점은 이러한 도시화가 고향에까지 확산되
었을 때 작품 속 인물들은 최후의 정주지를 잃어버렸다는 생각을 하게
된다는 것이다. 1960년대에 전쟁과 빈곤으로 인한 고향 상실을 그렸다면,
1970년대를 넘어가면서 산업화로 인한 고향의 상실을 이야기하기 시작한
다.

황석영의 <삼포 가는 길>(1973)에서 주인공은 도시를 벗어나 고향에
정착할 생각에 마음이 설레지만 개발되고 있는 삼포의 소식을 들으면서
그 꿈이 좌절된다. 현재 섬은 육지가 되었고 벽지로 인식되던 공간에
관광호텔 등이 생겼다. 정씨는 고향의 변화에 실망하며 '마음의 정처'를
잃어버렸다고 느낀다. 고향에 가서 할 수 있는 일은 도시에서 했던 일인
공사판의 막노동뿐인 것이다. 작품의 마지막에 "정씨는 영달이와 똑같은
입장이 되어버렸다."[11]는 내용은 정씨가 일거리를 찾아 끊임없이 이주하는

영달이처럼 고향 없는 사람이 되어 버렸음을 의미한다. 안식처로서의 고향으로 돌아가기를 간절히 추구하지만 농어촌의 개발은 이들의 귀향을 방해한다.

이문구의 『관촌수필』(1973)에서도 귀향하고자 하는 마음은 가득하나 개발된 고향의 모습으로 인해 그럴 수 없는 상황에 대한 한탄이 나타난다.

> 오래간만에 고향 풍물과 어울려, 해묵어 체증이 된 향수를 말끔히 씻었어야 옳았다. 그럼에도 나는 그곳을 외면하였다. 내게는 만감이 사무치는 곳이 기 때문이었다. (중략)
> 외국인에 의하여 외국인들의 취미대로 개발된 해수욕장에서, 외국인들이 이루어놓은 풍속과, 그들이 즐기던 분위기를 본받아 갖은 행색으로 설치는 인파 속에 섞여, 그들과 다름없이 지내기에는 어딘지 모르게 싫었던 것이다. (이문구, <행운유수>, 108면)

또한 이 시기 소설은 고향에 정주하기 싫어서 탈향하는 사람보다는 고향에 정주하고 싶어도 타지로 이동할 수밖에 없는 상황이 형상화된다. 황석영의 <맨드라미 피고 지고>(1977)에서 백암마을 사람들은 땅이 있고 발 뻗을 집이 있는 고향이 제일이라고 생각한다. 서씨는 삼년 후에 서울에 가서 장사를 하자는 아들의 제안에 시골이 대처보다 어수룩하다며 돈을 모아 땅을 사 이 곳에 머물러야 한다고 말한다. 그러나 고향에 근대화의 물결이 들어오면서 타의에 의해 고향을 떠날 수밖에 없는 상황에 처하게 된다. 동이 노인이 태어나서부터 계속 살아온 고향이 갑자기 남의 고장 같이 느껴지는 것은 옛 모습을 잃었기 때문이다. 그리고 토박이 홋집

사람들과 도회지에서 소작지를 찾아 들어온 사람들이 늘면서 마찰이 생긴
다. 종가의 친척인 현보는 이틈에 타관에서 온 사람들의 소작권을 가로챌
궁리를 한다. 대농장을 효율적으로 경영한다는 명목으로 훗집을 없애고
농번기마다 일꾼을 모으는 방식을 선택하려 한다. 그리하여 소작을 하던
사람들의 반이 쫓겨날 위기에 처한다.

문순태의 작품에서 개발이 부정적으로만 그려지는 것은 아니다. 댐
건설로 인하여 가뭄 때에도 농사를 지을 수 있게 되었다는 사실을 소설
속 인물들도 알고 있다. 이들에게 문제가 되는 점은 댐 건설로 인하여
태어나고 자란 땅이 사라졌다는 사실이다. 인물들에게 땅이 없어진 것은
곧 고향이 삭제됨을 의미한다. 그래서 인간의 근원, 정체성을 확인할 수
있는 어떤 대상이 뿌리 뽑혔다는 인식을 갖게 된다. <고향으로 가는 바
람>(1977),『징소리』(1980) 연작에서는 물에 잠긴 고향에 대한 그리움과
도시 생활을 힘겨워하는 사람들의 모습이 드러나고 있다. 고향의 개발로
인하여 정처 없이 도시에서 피폐한 생활을 하게 된 시골 사람들의 이야기는
문순태 소설에서 중요한 부분을 차지한다.[12]

한편 이러한 도시화·산업화를 비판하고 도시와 대립된 '고향'의 존재성
을 드러내기 위해 발견하게 된 것이 바로 '향토'라고 할 수 있다. 그런데
70년대 문학에 나타난 향토는 도시의 주변 공간으로서 시골로 설정되거나
지식인의 심적 위안처로서의 자연으로만 표상되는 것은 아니다.

문순태의 <고향으로 가는 바람>, <상여울음>(1975) 등의 많은 작품에

---

12) 이문구, 황석영의 작품이 개발된 고향까지도 혐오스러운 것으로 나타난다면,
   문순태 작품의 주인공들은 개발된 고향을 혐오스러워하기보다는 고향의 옛 모습을
   파괴한 대상에 더 비판적인 시선을 보내고 있다. 문순태의 소설에 자주 등장하는
   불도저의 부정성은 산업화에 대한 증오를 드러낸다. 또한 이들 작품군은 공통적으
   로 도시의 혐오스러움을 고향에서 마주할 때, 고향을 회생시켜야 할 대상으로
   인식하고 있다.

나타난 고향은 도시와 대비되는 향토성이 짙게 나타난다. <고향으로 가는 바람>에서 노루목에 댐이 건설되자 타지로 나가게 된 이들은 정초에 마당밟기 굿을 할 때 쓰는 중요한 도구인 부락기를 마을에 남아 있는 사람에게 조심스럽게 건네준다. 그러나 이러한 기구들은 물에 잠기게 될 마을의 운명과 함께 사라지는 것으로 처리된다. <상여울음>에는 고싸움놀이의 진행 과정과 상여소리의 가사까지 상세하게 설명된다. 마을 사람들은 고싸움놀이에서 아랫돌 고가 이겨야 풍년이 든다는 속설을 굳게 믿고 있으며, 놀이의 성패는 신령님이 결정할 문제라고 생각하면서 항상 정당하게 경기에 임한다. 줄패장이와 구경꾼들까지 모두 한마음이 되어 하는 경기는 며칠이고 계속된다. 그리고 오랜 시간 고싸움놀이가 진행되면서 마을 사람들의 마음은 하나로 합쳐진다.

> 아랫돌 <고>가 징징 쿵짜쿵 징징 쿵짝쿵 하고 밤을 뒤흔드는 농악소리에 맞춰 학교 운동장으로 들어서자 아랫돌 사람들은 와아 하고 함성을 올렸다. 암수 두 <고>는 서로 맞붙을 듯하다가는 물러서고 물러섰다간 다시 앞으로 우르르 전진하여 맞붙지는 않고 깡충깡충 뛰기만 했다. 구경나온 마을 사람들은 누구나 할 것 없이 자기네 마을의 <고> 꼬리잡이가 되어 <고>가 뒤로 꽁무니를 뺄 때 재치있게 꼬리를 돌려 물러서곤 했으며, 다시 전진할 때는 와아와아 함성을 지르며 성난 용처럼 곳대가리를 치켜들고 내달았다. (중략) 옷돌 고꾼들과 마을 사람들이 한덩이가 되어, 이겼네 이겼네/옷돌이 이겼네 (문순태, <상여울음>, 247~248면, 266면)

문순태의 소설에서는 징을 신들린 듯이 잘 치고 그것을 자신의 목숨처럼 아끼는 사람이 등장한다. 또한 민속 도구를 잘 다루고 사랑하는 인물들은 고향의 정신을 그대로 간직하고 있는 것으로 형상화된다. 그런데 고향이 개발되기 시작하면서 장승제, 굿 등의 마을 행사를 할 수 없게 된다. 장승제 기간에 하나가 되어 마을의 안녕과 번영을 기원하였던 풍습은 근대화에 의해 단절되는 것으로 나타난다. 그리하여 고향을 잃은 시골 사람이 도시 한복판에서 징을 치는 기이한 풍경이 연출되기도 한다. 그리고 사라진 향토는 이웃들의 외침, 악기의 소리 등 다양한 감각으로 사람들의 기억 속에 각인되기도 한다. 문순태의 소설에 나타나듯이 징소리 그리고 대장간 망치질 소리는 고향에 대한 한을 일깨운다.13) 향토는 고향과 등가의 의미를 가지며 형상화되기 때문에 향토의 상실은 고향의 상실로 이어진다.

또한 고향의 역사와 정신을 함축하고 있는 향토성은 근대화의 과정에서 파괴되지만 현재의 기술로 쉽게 복구할 수 없는 것으로 나타난다.

(가) "수백 년 된 징이 있었는데, 왜정 때 놋쇠 공출로 빼앗기고, 해방이 되던 해에 다시 장만했지만 육이오 때 불타 버렸답니다. 그러다가 육이오가 끝나고 집집이 추렴을 해서 장만한 징이 얼마 전까지 있었지만 깨져서 소리가 덜덜 떨어 엿장수한테 줘 버렸다죠 아마. (문순태, <무서운 징소리>, 120면)

(나) "계장님 고향 사람덜은 징소리가 뭔지 모르겠구만요."
"에끼 이보슈, 아무러면 징소리를 모르겠수. 까짓거 시장바닥에 을마든지

---

13) 징소리가 갖는 이러한 역사적 의미를 연구자들은 '恨'으로 표현한다. 김정자는 <징소리>에 나타난 '한'은 삶의 좌절과 원망들이 삭아 잔잔한 빛깔로 가슴에 부딪치는 한국인의 그윽한 멋으로서의 문체를 만든다고 설명한다. 허칠복의 한이 서린 징소리는 곧 물에 잠긴 방울재 마을 사람들의 한인데, 이러한 한은 객체를 향한 원망에서 자책의 정서 세계로 전환된다. 요컨대 징소리의 한은 마을 사람들을 환희에 넘치게 하기도 하고, 잃어버린 고향을 되찾게 하기도 하고, 추억의 재생장치를 만들어 주기도 한다. 이러한 의미에서 문순태는 징소리로 표출하는 한은 가장 명확하고 폭넓은 한국적 한의 전형성을 드러내고 있다는 것이다(김정자, 앞의 책, 1998, 271~293면 참조).

188

있는데."

"요새는 전깃불 환히 쓰고 맹근 가짜 징이 하도 많아서요. 전깃불 쓰고 맹근 건 놋쇠 소리만 나지요. 그런 건 징소리가 아닙니다요. (중략) 원래가 징은 깜깜헌 디서 맨들지요. 깜깜헌 대장간 안에서 놋쇠를 벌겋게 달구어, 그 빛으로 망치질을 허지요. 다른 불빛이 새어들어가면 본래의 맑은 징소리가 안 나고 놋쇠 소리만 난답니다요." (문순태, <무서운 징소리>, 120~121면)

향토는 일제시대, 6·25, 산업화 등의 역사적 과정에서 훼손되고 사라지는 것으로 나타난다(위 인용문 가). <무서운 징소리>에서 칠복은 징이 없는 동네를 '별 볼일 없는 마을'이라 언급하는데, 이는 향토의 훼손을 곧 고향의 상실로 여겼기 때문이다. 이 작품은 '땅'이 고향을 구성하는 육체라면 '향토'는 고향을 이루는 '정신'으로 규정한다. 이러한 고향의 정신은 근대화된 현재의 공간에서 쉽게 구성할 수 없다(위 인용문 나). 고향의 정신이 깃들지 않은 대상은 징의 모습을 가지고 있더라도 향토성을 지닌 징이라고 할 수 없는 것이다.

이러한 향토가 불러내는 것은 공동체의 기억이며 고향 사람들의 동질성을 확인시키는 역할을 하고 있다. '향토'는 그 자체로 '고향'과 등가를 이루는 이미지로 재현되는 경우가 많은 것이다.

그러나 최일남의 <서울 사람들>(1975) 등은 향토를 그리워함으로써 역설적으로 '향토'가 허구적이라는 사실을 증명해낸다는 측면에서 주목된다. 아름다운 시골 풍경 속에서 예상하지 못했던 창녀들을 발견하고 당황하는 장면은 향토의 허구성을 보여주는 절정의 장면14)이라고 할 수 있다.

---

14) 이 작품에서 '창녀'는 '향토'라는 개념을 봉합할 때 나타나는 잔여물이라고 할 수 있다.

이 작품에서 향토는 고향과 떨어진 도시에서 취미로 소비된다.

<서울 사람들>에서 상경하여 어렵게 대학을 마치고 가정을 꾸린 남성 네 명이 도시의 문명을 피해 자연의 품을 느껴 보자며 여행을 계획한다. 강원도와 충청도의 경계선에 있는 읍에서도 한참 더 들어간 깊숙한 산골에서 옛 정취를 즐기기로 한다. 이미 시골의 부모님들을 서울로 모시고 왔기 때문에 고향을 갈 기회가 없었던 이들은 오랜만에 어린 시절에 놀았던 공간과 비슷한 곳으로 간다는 생각에 들뜬다.

> **비록 우리들의 고향은 아니라도 좋아. 고향과 엇비슷한 데로 가서 우리를 키워 준 고향 같은 무드 속에 며칠 묻혔다 오는 거야.** 알고 보면 우리들 넷이 모두 산골 촌놈들 아니니. 먹고 사느라고 너무 오래 그런 정경과 등을 지고 살아왔고 (최일남, <서울 사람들>, 26면, 강조는 인용자)

> "바로 이거야. 우리가 십여 년 전에 먹었던 맛이 바로 이거야. 서울서도 가끔 시래깃국을 끓여 먹는데 영 맛이 나야 말이지. **매사는 무드가 중요해.** 이 토장국 하나만으로도 여기까지 온 보람이 있지 않니? 쓰러져 가는 초가지붕 밑에서 말이다." (중략)
> "그래. 학교만 파했다 하면 산으로 몰아세웠지. 그때는 그게 그렇게 지긋지긋했는데 지금 생각하면 그런대로 재미있었어." (최일남, <서울 사람들>, 35면, 강조는 인용자)

인용문에서 드러나듯이 이들이 원한 것은 고향이 아니라 옛 기억의 특정 부분을 되살릴 수 있는 '고향과 비슷한 무드'라고 할 수 있다. 그러나 어린 시절을 떠올릴 수 있었던 고향에서의 추억을 실제로 경험하게 되자 생각한 것과는 많이 다르다는 것을 깨닫는다. 소금으로는 이를 잘 닦을

190

수 없었고 처음 도착했을 때는 속까지 시원했던 시골의 들판도 하루가
지나자 갑갑하고 심심하기만 하다. 그리고 커피와 텔레비전 쇼가 있는
서울을 그리워하게 된다. '나'는 이러한 자신을 '속물'이라 생각하기도
한다.

그러나 촌에 대한 이중적 감정은 단순히 농촌출신 도시인의 위선으로만
분석하기는 어렵다. 에드워드 렐프가 언급했듯이 특정 공간을 심원으로
설정하고자 하는 인간의 무의식이 만들어낸 한 결과이기도 하기 때문이다.
이향자들은 '태어난 곳'인 고향에는 양가적인 감정을 갖더라도 '향토'를
통해 안식처로서의 고향을 구성할 수 있다. 향토는 농촌출신 도시생활자에
게 일종의 '위안'의 기능으로 작용할 수 있는 것이다. 이러한 점에서 '향토'는
고향을 단순히 '태어난 곳'이 아니라 '안식처'로 그 의미를 확장시키는
힘을 가지고 있다.

문제적인 점은 어린 시절과 촌을 동경하기는 하지만 '고향'으로의 여행은
망설이고 있다는 것이다. 작품에서 고향으로의 여행은 "아직도 남아 있는
이런저런 관계에 얽매이다 보면 우리가 당초에 기도한 것과는 다른 방향으
로 일이 빠져 나갈지도 모르"15)기 때문에 피해야 할 것으로 서술된다.16)

이 소설의 의의는 '옛 고향의 맛'에 환상을 가지는 이유를 들추는 것에
있다. 도시 생활을 버텨내기 위해 그것이 허상임에도 끊임없이 불러낼
수밖에 없는 사실을 안다는 것이다. 그러한 행위는 도시인들의 속물성을
보여주는 것이나 동시에 고향을 상실해 버린 이향자들이 도시생활을 버틸

---

15) 최일남, <서울 사람들>, 『서울 사람들』, 세대문고, 1975, 199면.
16) 최일남의 <서울 사람들>에서 고향은 비록 자신들의 뿌리에 속하는 것이지만,
    이제는 오히려 이질적인 것이 되어버렸다. 땔나무를 하던 어린 시절을 거쳐 도시의
    직장인으로 변모한 '촌놈'들의 자화상이 그려지고 있다(권영민, 앞의 책, 2004,
    290~291면).

수 있는 기능을 한다. 즉 향토로 불러낸 '고향'과 실제 고향 사이에는 일정한 간격이 존재한다. 향토는 고향에 추억과 그리움 그리고 일정한 동경의 이미지를 부여하는 힘이 있다. 과거가 고난의 시간이었다고 해도 고향을 "뼈와 살을 굳히는데 중요한 대목을 이루는"[17] 장소로 불러낼 수 있는 위력이 있는 것이다. 그래서 아무리 '향토'가 견고하게 구조화 된다고 해도 Ⅱ장에서 언급한 '환상'의 메커니즘과 연결될 수밖에 없다.

이러한 '향토'의 성격은 최일남의 다른 작품 <손꼽아 헤어보니>를 살펴보면 쉽게 알 수 있다. 이 작품의 주인공은 작은 아버지가 6·25 당시 부역을 했다는 이유로 출세의 단계로 여겨지는 해외출장을 갈 수 없게 된다. 그는 전쟁 때 가족이 했던 일이 자신의 앞길을 막는다는 생각을 하게 되고, 오랜만에 고향을 방문한다. 그러나 고향은 다음의 인용문에 나타난 것처럼 그리움의 대상이 될 수 없다.

> 큰 기차역에서 내려 다시 택시를 잡아타고 30분쯤 달려간 S읍은 갈 데 없는 촌이었다. 현수가 겨우 초등학교에 들어가자마자 곧 떠나 버린 고향은 오다가다 **우연히 들러 본 여느 지방과 별로 다를 것이 없었다. 고향이라는 말이 주는 새콤달콤하면서도 늘 마음 한구석을 촉촉이 적셔 주는 옅은 감상 따위가 별로 일지 않았다.** 고향이라면 그래도 외가쪽이든 친가쪽이든 살붙이가 그래도 몇몇은 남아 있어서 백화수복 두어 병쯤 차고 불시에 들이닥치면 집주인이 신발도 제대로 꿰어 신지 못하고 우루루 토방으로 내려서면서 "아이고 이게 누구냐. 현수 아니라고? 죽지 않고 사닝께 이렇게 만날 때도 있구만잉" 하는 정경쯤은 있어야 한다. (최일남, <손꼽아 헤어보니>, 174~175면, 강조는 인용자)

---

17) 최일남, <서울 사람들>, 『서울 사람들』, 세대문고, 1975, 197면.

이 작품에서 현수는 너무 일찍 상경하여 고향에 대한 추억이 부재하는 것으로 나타난다. 그래서 가족의 정, 고향의 인심을 느낄 수 없다. 고향에 들렀다 상경하면서도 차장 밖으로 보이는 들판과 아낙네들의 웃음 속에서 '자연'에 대한 그리움 혹은 시골 사람들의 건강성 등을 느낄 수 없다. 이러한 주인공의 감정 상태를 통해 '향토'가 구성된 개념임을 알 수 있다. 고향에 대한 그리움의 감정, 즉 향수는 어린 시절 등의 '기억'과 '향토'의 요소가 조합될 때 생성된다고 여겨진다. 이 둘 중 어느 요소가 삭제되면 향토에 대한 그리움, 향수는 생겨날 수 없다.

최일남의 작품은 <서울 사람들>을 비롯해서 도시 사람이 되어 버린 농촌 출신 이향자의 속물성을 드러내는 작품이 많다. <가위>는 도시인의 시선에서 하나의 취미로 향토를 구성하는 방식을 보여준다. 이 소설은 서울의 한 가정이 한 달에 두 번 정도 멀리 떨어진 농장 등에서 좋은 경치와 음식을 즐기는 내용을 담고 있다. 그런데 시골 음식은 도시보다 질이 좋지 않은 것으로 나타난다(아래 인용문 가). 그런데도 시골 음식을 먹으러 가는 이유는 다분히 '경치'와 '특산물'을 소비하기 위해서이다(아래 인용문 나). 또한 주인공의 인식 속에서 현재 아내가 별미로 산 미국산 오이짠지와 과거 어머니가 해준 반찬이었던 된장에 있던 벌레가 대립되어 나타난다. 이러한 내용은 도시/농촌이라는 도식을 형성시키며, 단순히 입맛의 차이를 넘어 위생/불결의 대립을 보여주기도 한다.

(가) 글쎄요. 갈비허고 빈대떡이라든가. 하지만 장소값이지 음식이야 시내만도 못허지 않겠수. 자기들은 잘 한다고 합디다만 역시 시골인데 별 수 있을라구요. (최일남, <가위>, 279면)

(나) 바람도 쐬고 색다른 음식도 먹고, 어떤 때는 그 지방의 특산물이나

기념품같은 것을 사오기도 하였다. 그것은 우리 생활의 한 가닥을 이루고 자칫 단조해지기 쉬운 생활에 나름대로의 완만한 커브와 잔잔한 리듬을 부여하는 행위였다. (최일남, <가위>, 279면)

<가위>에서 이향자의 기억을 통해 드러나는 어린 시절 고향의 음식은 문명적인 것과는 먼 것이라고 할 수 있다. 그러한 원시성은 배고픈 시절이었기 때문에 "죽지 않는다는 보장만 있으면 아무거나 갉아먹었"[18]던 추억으로 나타난다. 농촌 출신자에게 고향의 기억은 배고픔과 가난으로 가득차 있으나 도시인이 가끔씩 경험하는 농장에서의 식사는 하나의 별미로 존재하게 되는 것이다.

우리들은 진달래꽃으로 해서 푸르딩딩하게 물이 든 입술이며 이빨을 드러내고 서로 흉보면서도 싫증이 날 때까지 꽃을 따먹었다. 그러다가 더러는 집에서 괭이를 가지고 나와서 금광을 캐듯 칡뿌리를 캐었다. 그걸 톱으로 썰어서 한나절을 씹고나면 혓바닥까지 새까매지고 잇몸이 지끈지끈 아팠다. 가을이면 아직 여물기 전의 목화를 따먹고 아무데서나 무를 쑥 뽑아 대충대충 흙만 털어서 먹기도 했다. (최일남, <가위>, 287면)

최일남의 소설은 도시의 이향자가 구성해낸 '향토'의 전형을 보여준다. 이렇게 형성된 향토는 이향자의 취미와 감상을 충족시키는 것으로 나타난다. 그러나 고향에 일시적인 향수를 가질 수는 있되 낭만화하는 단계까지는 가지 못했다고 할 수 있다. 이문구, 문순태의 작품에서 고향 이미지의 근간을 이루는 '향토'는 구성된 측면이라는 점에서 최일남의 소설에 나타난

---

18) 최일남, <가위>, 『손꼽아 헤어보니』, 교문사, 1979, 287면.

194

'향토'와 연결된다. 그러나 단순히 취미와 감상이 아니라 '조화로운 삶의
체계가 있었던 과거'가 견고하게 서사화 되는 과정 속에서 '향토'가 부각된
다. 그래서 현재의 고향에 가족이 부재하거나 인심을 느낄 수 없어도
'기억'을 통해 '노스탤지어'의 감성으로 과거 고향이 재현될 수 있는 것이다.
귀향의 서사에서 중요한 역할을 하는 것이 바로 자연 등의 향토이지만,
과거를 서사화하는 방식이 결합될 때 비로소 노스탤지어의 고향이 탄생할
수 있다고 보아진다.19) '전략적'으로 지향해야 할 향토, 고향이 탄생되는
것이다.

2) 두 고향의 생성과 귀향으로의 전환

도시화를 비판하기 위해 귀향의 서사를 구축한 작가의 1960~1970년대
작품을 자세히 살펴보면 서로 다른 두 개의 얼굴을 한 고향이 존재하고
있음을 알 수 있다. ① 6·25 전쟁의 상흔, 가난, 전근대성으로 정주 불가능한
고향, ② 도시화로 인하여 훼손된 현재의 고향과 이와 상반된 안식처로서의
과거 고향이 생성되고 있는 것이다. 역설적이지만 ①, ②의 고향은 이문구,
문순태, 황석영 등의 작가에게 모두 나타난다. ①의 고향은 Ⅱ장에서 다룬
작가들의 작품과 매우 흡사한 고향 이미지가 나타나고 있으며, 도시에서
새로운 삶을 시작하고자 하는 탈향의 의지가 내재되어 있는 경우가 많다.
②의 양상은 산업화가 가속화되는 1970년대를 넘어서면서 심화되기 시작한
다. '산업화'라는 사회적 배경에 의해 과거 고향을 안식처로 바라보는
재인식의 과정이 이루어졌다고 할 수 있다.

그리하여 이들 작가군의 1960~1970년대 작품에는 안식처로서의 고향과

---

19) 과거를 서사화함으로써 노스탤지어의 고향을 생성하는 과정은 본서 Ⅲ장 2절에서
    서술하였다.

심연의 고향이 공존하고 있다. 이문구처럼 초기 소설에서 중기 소설로 넘어가면서 탈향에서 귀향의 추구로 전환되기도 하지만, 문순태처럼 비슷한 시기에 쓰여진 작품에 안식처로서의 고향과 심연의 고향이 모두 나타나기도 한다.

첫 번째로 심연으로서의 고향은 6·25 전쟁과 가난 등의 요소와 긴밀한 관련을 가지며 트라우마에 의해 탈향의 의지를 보여주는 경우가 많다. 또한 도시에 대한 동경이 나타나며, 도시와 비교하여 근대화되지 못한 고향에 대한 거부의 태도도 드러난다.

전상국의 <동행>(1963)은 6·25 당시 마을 사람들에게 아버지를 잃고 고향에서 쫓겨났다가 오랜만에 귀향한 최억구가 우연히 춘천에서 동행하게 된 '큰 키의 사내'에게 자신의 과거를 이야기하는 내용을 담고 있다. 인민군은 마을의 천더기로 따돌림 당하던 억구를 위원회의 부위원장으로 임명하고, 그는 동네 사람들을 죽이는 일에 가담하게 된다. 그러는 가운데 억구의 아버지는 이웃에게 복수를 당하고 그는 마을에서 쫓겨난다. 사건의 전말은 최억구가 인민군에게 이용당한 것이지만 남은 것은 마을 사람들과 억구 간의 증오뿐이다.

그런데 이 작품에서 전쟁은 무서운 사건으로 형상화되고 있으나, 전쟁보다 더 큰 상처로 남아 있는 것은 고향 사람들과 주인공의 갈등이라고 할 수 있다. 탈향은 동네 사람들의 냉대라는 소외감에서 기인된 것이며, 전쟁이 그것을 재촉했다고 할 수 있다. 억구가 전쟁이 끝나고 10여 년이 지난 후 고향의 아버지 무덤을 방문하는 과정은 '귀향'이 아니라 자신이 탈향을 했던 과거의 흔적을 확인하는 작업이라고 할 수 있다.

고향은 단지 '태어난 장소'일 뿐이며 억구의 귀향을 반겨줄 사람들은 존재하지 않는다. 타지에서 만난 고향 사람들과의 인연이 살인으로까지 이어지고 있는 것은 아직 인물이 전쟁의 기억에서 벗어나지 못했다는 것을 의미한다. 즉 작중 인물은 고향과의 인연을 완전히 절연한 후 타지에서 새로운 삶을 모색할 것을 요구받는다. 다음의 인용문은 그러한 처지에 놓인 억구의 심정을 보여준다. 고향은 가고 싶어도 갈 수 없는 정주 불가능한 장소인 것이다.

> "그래 내가 그 사람들을 만나지 못할 건 뭐유? 난 와야리서 낳구, 거기서 뼈가 굵었구, 가친이 게서 돌아가시구, 게다가 나두 사람인데 내가 왜 그 사람들을 못 만난단 말이우?" (전상국, <동행>, 30면)

작품의 마지막 부분에서 억구가 고향에 있는 아버지의 무덤에서 자살을 할 것처럼 암시되는데 이것을 막는 것은 타향사람인 '큰 키의 사내'가 준 담배이다.[20] 전상국의 1960년대 소설에는 고향에 대한 증오만이 있을 뿐 화해는 전혀 나타나지 않는다.

이러한 양상은 이문구의 초기 소설에서도 마찬가지로 드러난다. 이문구의 <떠나야 할 사람>(1971)에서 약혼자 선일이를 전쟁으로 잃은 춘대는 도처에 곡식과 채소를 만들 수 있는 땅이 있고 열심히 일을 하고 있음에도 극한 가난에서 벗어날 수 없는 것을 이상하게 생각한다. 그리고 자신을 비롯한 마을 사람들의 가난과 인심의 부재는 단순히 전쟁에 있는 것이 아니라 고향 내부의 문제에서 기인된 것이라고 생각한다.

---

20) 60년대 소설은 전쟁 등 고향에서의 어두운 기억으로 인하여 동향 사람들과 긍정적 관계를 맺는 경우를 찾아보기 어렵다. 반면 70년대 이문구의 『관촌수필』등에는 타향인은 '흘러 들어온 사람'으로 부정적인 시선에서 그려지며 동향 사람에 대한 애정이 심화된다. '동향인'에 대한 긍정적 감성은 1970년대 중반의 문순태, 전상국의 소설에도 비슷하게 나타난다(본서 Ⅲ장 2절 2항 내용 참조).

땔거리가 아쉽잖은 높나직한 산을 지고, 논배미와 밭다랑이를 안은 채 수평선이 가물대는 바다를 내 것 만든 마티마을이건만, 두메 화전촌 못잖게 가난에 찌든 까닭은 무엇인지, 이미 여러 날째지만 지칠 줄 모르고 개펄에서 허리를 잡아온 춘대는 온종일 생각해도 알 수 없을 노릇이었다. 시절 탓이라고들도 하고 동란이 일어 지금도 밤낮없는 전쟁이긴 하되 오로지 전쟁 탓이라고만은 말할 수 없을 것 같던 것이다. 전쟁으로 인심이 사나워진 건 이해하고도 남음이 없을 수 없는 바이지만 아무리 전쟁 중이라 해도 이토록 험악할 법이랴 싶은 거였다. (이문구, <떠나야 할 사람>, 271면)

마을의 분란은 전쟁에서 죽은 선일이가 유산으로 남긴 벼 다섯 섬의 새경 때문에 시작된다. 선일의 죽음이 알려지자 갓난아기였던 그를 버리고 새 남자와 마을을 떠났던 생모 윤칠월이 나타나 직계 가족의 권리를 행사하려 하고, 춘대의 어머니 들충나무집은 생계를 유지하기 위해 딸의 만류에도 불구하고 선일의 새경을 갖고자 한다. 그리고 선일이가 믿고 새경을 맡긴 탁봉영감까지 자신의 이익을 챙기려고 윤칠월 편을 든다. 그러므로 춘대와 징병을 피하기 위한 왕식이의 탈향에 대한 기대는 단순히 생계 문제 때문에 생긴 것이 아니다. 마티마을에서의 불쾌한 기억과 죽음의 위협에서 탈출하고 싶은 것이다. 마티마을은 "구장이나 면서기한테 잘못 보여 남보다 먼저 전쟁터로 끌려 나갈 위협"[21]적 공간이자 전쟁과 죽음의 땅으로만 느껴진다.

황석영의 <돌아온 사람>(1970), <장사의 꿈>(1974)에서 고향은 도시만큼 황폐한 장소로 형상화 되고 있다. <돌아온 사람>에서 농촌은 안식처로서의 장소가 아니라 전쟁의 상처가 잠재된 공간이다. 그래서 '나'는 그곳에

21) 이문구, <떠나야 할 사람>,『암소』, 이문구전집2, 랜덤하우스중앙, 2004, 291면.

198

서 휴식을 할 수 없으며, 오히려 "불 꺼진 대도시의 한길 가운데 서 있는"[22] 것처럼 느낄 수밖에 없다. 농촌=도시로 형상화되고 있는 것이다. <장사의 꿈>에서 주인공은 도시에서 벗어나고 싶지만 그 대안적인 장소가 고향이 될 수는 없는 것으로 나타난다. 고향은 대대로 장사였던 할아버지, 아버지가 고기 잡는 일을 하다가 죽음에 이른 장소이며, 남편을 잃은 어머니가 병에 걸려 힘겹게 죽어가던 공간이다.

　주목되는 점은 많은 작품에서 고향으로의 회귀 욕망을 보여주는 문순태도 농촌과 대비된 공간인 '도시'가 드러나지 않는 소설에서는 귀향을 망설이는 경향성을 보여준다는 것이다.

　문순태의 작품에는 가족, 특히 아버지와 결부된 고향의 트라우마를 다룬 소설이 많은데 대표적인 작품이 <아버지 長구렁이>(1975)라고 할 수 있다. 이 작품을 주목하는 까닭은 고향이 지녔다고 여겨지는 원시성과 건강한 육체적 활력이 부정적인 시선에서 그려지고 있기 때문이다.『징소리』등 문순태의 다른 작품과는 명확히 변별되는 고향의 이미지가 나타나고 있다. 여기서 '나'의 고향은 해남읍에서 십이 킬로미터를 더 들어가야 하는 곳으로, 아버지는 고향에서 장사가 잘 되는 뱀탕집 뱀장수였다. 아버지를 제외한 다른 가족들은 절대 뱀을 먹지 않았는데, 뱀에 대한 혐오는 아버지에 대한 미움과 연결된다. 어머니는 제대로 먹지 못한 채 일에 시달리다가 죽고 '나'는 징그러운 아버지가 싫어 서울로 도피한다. 서울로의 도피는 단순히 아버지 때문만은 아니었다. 그 이면에는 도시에서 잘 생기고 좋은 옷을 입고 온 사람들에 대한 동경과 좁고 변화가 전혀 없는 고향에 머물기 싫은 마음도 존재하고 있다.

　이 소설의 주인공은 촌의 육체적 활력과 삭막한 도시에서의 기운 없는

---

22) 황석영, <돌아온 사람>,『객지』, 황석영중단편전집1, 2000, 121면.

삶을 대비시키는 가운데 전자보다 후자의 삶을 선택한다. 아버지로 대변되는 고향은 뱀이 서로 엉켜 꿈틀거리는 이미지로 재현되고 있으며 뱀과 아버지에 대한 혐오스러움은 고향에 대한 미움으로 전이되고 있다. 고향의 기억은 계속해서 영향을 미쳐 주인공은 거리, 직장, 방에서까지 뱀의 형상을 보는 착각에 빠진다. 양기가 넘치는 아버지의 원초적인 힘은 가족을 위해서가 아니라 뱀장수 아낙과 도회지의 유부녀들에게 소진되었기 때문에, '나'는 활력 넘치는 고향의 아버지보다 항상 영양이 부족하여 힘이 없는 도시의 자신을 더 긍정한다. 이 작품의 주인공은 고향과 아버지로부터 정체성을 부여받지 못하는 것으로 나타난다.

그래서 '나'는 도시생활을 힘겨워 하지만 뱀에 물려 죽었다는 아버지의 소식에 별다른 감흥을 느끼지 못하며 귀향을 원하지도 않는다. 그에게는 원초적 힘으로만 기억되는 고향이 서울보다 휴식처로서의 기능을 한다고 할 수 없다. 그렇기 때문에 고향 사람에 대한 동질감이나 애정을 찾을 수 없다.

> 밤 열시. 광주행 완행열차는 객차마다 만원이었다. 수원역을 지나서까지도 술렁거리는 차 안은 가라앉질 않았다. 바글바글 들끓었다. 가난에 찌든 퀴퀴한 냄새. 서울 거리에선 쉽게 찾아 들을 수 없는 짙은 전라도 사투리가 범벅이 되었다. (중략) 전라도 승객들은 열차에 올라서기가 바쁘게 남루한 가난도, 부끄러움도, 투박한 사투리처럼 활짝활짝 까발리는 것이었다. (문순태, <아버지 長구렁이>, 112~113면)

완행열차에 탄 사람들은 거듭 연착만 하는 인생을 사는 이들로 그려지며, 그들은 곧 '나'의 모습이기도 하다. 위 인용문의 내용에서 '사투리'는 문맥상 부정적인 의미가 부여되고 있다. 서울에서 오직 '서울말'만 사용했던 이들이 광주행 열차에 오르자마자 사투리로 말하는 모습은 정겨움보다는 부끄러움을 모르는 것으로 묘사된다. 열차 안 풍경에 대한 이러한 시선은 '나'의 감정이 투사된 것으로서, 주인공의 귀향은 보잘 것 없으며 설렘보다는 거부하고 싶은 것으로 드러난다.

문순태의 다른 소설 <말 없는 사람>(1977), <안개 우는 소리>(1978)에서도 고향에서의 불행한 기억으로 인하여 탈향을 지향하는 남성자아들이 나타난다. 이들에게 행복한 귀향은 불가능한 것이기 때문에 실제의 부모 대신 고향을 대변할 수 있는 그리움의 대상을 만들어내기도 한다. 이러한 작품에서 고향은 긍정적으로 이미지화되지 못하기 때문에 고향을 욕망한다고 해도 도시와 농촌은 특별히 대립적으로 나타나지 않는다.

<말 없는 사람>에서 아버지의 얼굴도 알 수 없는 무당 아들로 태어난 웅보는 새우섬에서 항상 하대를 받는 존재였다. 웅보는 덕촌네를 겁탈했다는 누명을 쓰고 탈향하여 목포에서 성공한다. 그러자 고향 사람들은 덕촌네가 웅보를 유혹한 것으로 사건을 미화시키면서 웅보가 다시 와주기만을 바란다. 웅보는 새우섬에서 보기 어려운 '전자 벽시계'를 보내거나 목포에서 만난 고향 사람들에게 술을 사주면서 자신의 성공을 증명할 뿐 귀향하지는 않는다. 천한 신분으로 태어난 웅보에게 새우섬은 자신이 고향 사람들과 다를 바 없는 한 존재임을 증명해야 하는 전근대적인 공간으로 나타난다.

<안개 우는 소리>에서 출복에게 고향은 사경도 받지 못하고 열심히 일한 아버지가 자신의 아내를 강간한 주인집 참봉을 살해한 공간이다. 고향은 도시 광주로 나오기 전, 어쩔 수 없이 살아내야 했던 걸식의 장소일 뿐인 것이다. 태어난 곳은 노루목이지만 그 곳을 고향으로 명명할 수 없는 탈향자의 위치에 서 있다.

그러나 출복은 자신을 보살펴주는 노인들을 통해 끊임없이 '아버지'의

형상을 찾아나간다. 어린 자신을 돌봐주던 노루목의 상여지기 애꾸노인과 도시의 인쇄소 배노인은 '아버지'를 대신하던 사람들이라고 할 수 있다. 출복은 자신의 귀향이 결코 자랑스러운 것이 아니며 고향 사람들 몰래 다시 도시로 가야 한다는 사실을 알면서도 고향을 가지고 싶은 욕망을 품고 있다. 고향을 혐오하면서도 상여지기 노인을 잊지 못해 노루목에 다시 오는 것, 고향이라는 단어에 '짭짤한 감정'을 느끼는 것은 고향을 욕망하기 때문이다. 그래서 후에 찾은 아버지가 정신병자이자 살인자라는 사실을 알면서도 한 핏줄임을 의식하며 의지하고자 하는 것이다. 그러나 아버지가 요양소에서 사라지는 상황으로 작품이 마무리 되는 것은 출복에게 귀향이 불가능한 것임을 암시하는 것이라 할 수 있다.

이 작품에서 아버지가 있는 요양원으로 가는 길은 고향 노루목에서 그를 공포로 몰아넣었던 할미산 골짜기를 연상시킨다. 즉 출복에게 고향은 하나의 트라우마이자 그를 궁지로 몰아넣은 도시와 다를 바 없는 공간이다. 이러한 원체험으로 인하여 귀향은 망설여지며, 고향은 안식처로 호명되기 어려운 것이다.

두 번째로 1970년대를 넘어서면서 전쟁과 가난 등에 의해 형성된 트라우마가 아닌 산업화·도시화가 문제 되는 소설에서는 고향이 '안식처'로 재인식되는 경향이 나타난다. 고향은 회귀해야 할 장소이기 때문에 탈향이 아닌 귀향의 서사가 구성된다. 귀향의 추구는 단순히 "나이드니까, 가보구 싶어서"(황석영, <삼포 가는 길>)로 표현되기도 하고, "무엇이 왜 안 변했는가를 알아내"기 위해서(이문구, <관산추정>)라고 서술되기도 한다. 또한 어부 노릇을 하다가 침몰 사고로 부인과 외아들을 잃어버려 바다가 원망스러웠지만 "수구초심의 고향 그리운 정은 어찌할 수가 없"어 끊임없이 고향으로의 회귀를 꿈꾸기도 한다(문순태, <청소부>).

202

그런데 주목되는 점은 이러한 작품에서는 부정적이었던 과거 고향의 이미지가 긍정적으로 전환되는 양상이 광범위하게 일어나고 있다는 것이다. 전쟁과 가난 등의 역사적·개인적 트라우마로 인하여 탈향과 망각의 장소였던 고향은 안식처의 이미지로 변모한다. 고향에 대한 거부 혹은 동일화와 비동일화 사이의 양가적 감정은 고향으로 회귀하고 싶은 욕망으로 완전히 바뀌고 있다. 황석영의 <삼포 가는 길>처럼 고향은 "비옥한 땅은 남아돌아가구, 고기두 얼마든지 잡을 수 있"[23)는 아름답고 풍요로운 공간으로 묘사되는 것이다. 또한 이상적인 과거 고향의 장소성은 개발로 인하여 변질된 현재의 고향과 대비를 이룬다.

문순태의 작품에서 도시 이향자들은 끊임없이 귀향을 꿈꾼다. 특히 <멋장이들 세상>에서 광주에서 고생하던 오만석은 일단 고향으로 내려갈 결심이 서자 모든 근심이 사라지는 감정을 느낀다. 『징소리』에서 칠복은 고향 땅을 팔고 도회지에서 살게 되는데 농사짓는 기술밖에 없어 할 수 있는 일을 쉽게 찾을 수 없다. 문순태의 소설에서 과거에 중요하게 여겨졌던 농사짓는 기술, 대장장이 기술 등은 도시에서 혹은 도시화 되는 고향에서는 쓸모가 없는 것으로 나타난다. 그래서 혼자 고향 근처로 내려가 농사 품팔이를 하는데, 그러한 어려운 환경 속에서도 고향에 있다는 사실이 그에게 안정감을 부여한다.

봄이 오자 칠복은 양동 품팔이시장에 나가는 것을 포기하고 혼자서 고향인 장성으로 돌아가, 수몰이 안 된 가까운 마을에서 모내기 일을 해주었다. 농사철이라 농촌에서는 하루도 쉴새없이 바빠서 일자리는 얼마든지 있었으며, 방울재 사람들이나 방울재 사람들의 친척들이 더러 있어서 그런지,

23) 황석영, <삼포 가는 길>, 『삼포 가는 길』, 황석영중단편전집2, 창작과비평사, 207면.

도회지에서 막일하는 것보다는 마음이 편해서 좋았다. (문순태, <징소
리>, 21면)

한편 이문구는 초기 소설에서 중기 소설로 이행하는 과정24)에서 과거
고향의 이미지가 전환되고 있음이 주목된다. 앞에서 언급했듯이 『관촌수필』
이전의 이문구 작품에서는 많은 인물들이 고향을 떠나 도시로 가고자
했다. 또한 실제 이문구 자신도 고향이 지긋지긋하여 상경했다고 고백하기
도 했다.25) 그러나 이제 그러한 인물들이 "나는 사포곶 사람이다. 예서
자랐고 예서 늙어 묻힐 사람이다. 사포곶의 흥망성쇠가 살갗에 새겨진
사람이다"26)라고 말하기 시작한다.
　이문구의 작품 <다가오는 소리>(1972)는 도시에 대한 막연한 기대를
안고 올라온 남성이 귀향을 하고 싶지만 그러지 못하는 상황이 제시되어
있다. 즉 이 작품은 주인공이 탈향과 귀향 사이에 놓여있다는 측면에서
주목된다. 이문구의 초기작품에서는 탈향을 주로 추구할 뿐 귀향에 대한
생각은 잘 드러나지 않았으나 여기에서는 귀향의 여지를 남겨놓고 있는
것이다. 고향이 심연이기 때문에 다가갈 수 없는 것이 아니라 자신들이
서울에서 제대로 자리를 잡지 못했기 때문에 부끄러워서 고향에 갈 수
없는 것으로 나타난다. 귀향의 불가능성을 고향 자체가 아닌 미취업, 혹은
현재의 일시적일 수도 있는 도시에서의 가난에 돌림으로써 언제라도 고향

---

24) 본서 42면 각주 62번 참조.
25) 농사짓는 일이 지겨운데다 농군으로 일생을 마감하기가 억울했고 부모와 형제를
　　잡아먹은 저주스러운 땅에 더 이상 머물기가 싫어 고향을 등졌다고 한다(김종철,
　　「작가의 진실성과 문학적 감동」, 『관촌 가는 길』 이문구연구논문집, 구자황 편저,
　　랜덤하우스코리아, 2006, 53면 참조 ; 『한국문학의 현단계』, 창작과비평사,
　　1982.2)
26) 이문구, <해벽>, 『다가오는 소리』, 이문구전집6, 랜덤하우스 중앙, 2004, 117면.

204

으로 회귀할 수 있는 기회를 마련하고 있다.

　다음의 인용문은 이문구의 초기 작품에 나타난 탈향의 추구 양상과도 변별되고 있다. 인용문 (가)에 나타난 탈향의 의지는 이문구의 <떠나온 사람>, <추야장> 등 초기작품과 비슷한 맥락에 있는 것 같지만 (나)처럼 고향에 돌아가지 못하는 이유를 금의환향을 할 수 없는 것에 돌림으로써 귀향의 가능성을 열어놓고 있다.

　(가) 내가 서울에서 발을 붙여보고자 올라온 게 소위 '덮어놓고 서울'식의, 예사로운 離農民 유형임은 사실이지만 도시 생활에의 동경이나 허영에 들떠 저지른 일이 아니었음은 말한 그대로이다. 어차피 내 소유의 토지가 없고 천상 남의 농사에 품이나 팔 유휴 노동자 신세를 못 면할 바엔 하루 벌어 먹는 농촌 노동자이기보다 하루 일하면 이틀을 먹더란 도회 노동자가 낫다고 봤기 때문이었다. (중략) 근근이 끼니나 잇는 황촌에 태어나 의지가지하긴커녕 쳐다볼 것이라곤 늙은 부모의 주름살과 쓰러져 가는 옴팡간의 굴뚝, 소나기도 못 견뎌 일쑤 사태나던 야산뿐인 벽촌에서, 이년제 초급대학마저 반밖엔 못 다닌 제대장병의 처신을 이해할 수 있다면, 그 무렵의 내 심경도 훤히 보일터였다. (이문구, <다가오는 소리>, 193~194면)

　(나) 월급이란 걸 받을 때는 여비가 넉넉잖아 못 갔고, 직장을 잃은 뒤로는 남 보기 부끄러워 안 갔다. 그러기는 부영이도 마찬가지였다. 그녀도 창피해서 친정을 못 가겠다는 거였다. 친정엔 장모 장인에 처제 나부랭이나 하며 푸데기도 적잖다고 했다. 사백여 호에 이르는 둔치목 마을이 온통 강씨네 자작일촌이라던 것이다. 그중에서 대학을 나온 여자는 통틀어 부영이 단 한 사람. 안팎 동네의 선망과 기대를 한 몸에 받으면서 서울 유학을 한 것이라 했다. 요즘처럼 이렇듯 찢어지게 살고 있을 줄은 아무도

모를 것이라 했다. 더구나 제 남편이 무직자로 들앉아 와이셔츠에 곰팡이가 피고 있으리라곤 상상도 안 하리란 거였다. (이문구, <다가오는 소리>, 203~204면)

고향 이미지의 전환은 과거에 겪었던 전쟁과 가난의 체험 속에서 오히려 현재의 삶보다 나은 면을 발견하는 것에서 가능해진다. 『관촌수필』 이전의 작품에서는 전쟁에 의해 인간성이 상실된 고향을 떠나 도시로 나아가려는 모습이 그려졌다면, 『관촌수필』에서는 일제치하와 전쟁 속에서도 배고프고 아픈 사람들이 쉴 수 있는 안식처로서의 고향이 부각되고 있다. 이전까지 이문구 작품의 농촌 혹은 고향의 세계와는 변별된 공간성을 창조하고 있다. 그리고 그러한 과거와는 다르게 산업화의 물결이 '관촌'을 침범하면서 황폐해진 현재의 고향에 대해 비판하게 된다.

요컨대 III장의 분석 대상 작가들은 70년대 이후 전쟁으로 인한 고통보다 산업화에 의한 고향의 변모에 중점을 두면서 점차 비판을 심화시켜 나가는 경향성을 보여준다. 그리하여 고향에 새로운 이미지를 부여하는 전략으로 귀향의 서사를 추구하게 된다.[27] 또한 고향에 대한 재인식은 심연의 시간을 넘어서기 위한 '치유'의 문제와 결부된다.

한편 고향을 안식처로 설정하는 이러한 소설군에서 귀향길은 매우 정겨운 것으로 그려진다. 그리고 그 귀향의 설렘은 항상 농촌과 대비된 도시의

---

27) 이러한 경향성은 이 시기 활동하는 많은 작가의 작품에 드러난다. 유임하는 오영수의 작품에 나타난 자연을 분석하면서 산골오지는 근대의 바깥에서 상정되는데, 유소년 시절의 체험과 기억을 중첩시킨 '고향'의 변형된 모습에 가깝다고 설명한다. 또한 70년대 이전 작품에서 자연은 전후사회의 고통을 위로받는 장소였는데 반해 70년대 이후 소설에서 '산골 오지'는 문명비판의 원점으로 의미 변환이 일어난다는 점에 주목하고 있다(유임하, 「근대 비판과 자연회귀―오영수 소설의 현실성」, 『기억의 심연―한국소설과 분단의 현상학』, 이화문화사, 2002).

206

부정적 근대성을 중점적으로 부각시키면서 고조된다.

전상국의 <전야>(1974)는 서울에서 식모살이를 하던 춘자가 오랜만에 고향에 가보고자 했으나 사기를 당해 귀향이 지연되는 사건을 다루고 있다. 서울역에서 남동생의 친구인 상수인 척 하는 부랑자에게 몸을 유린당하면서 파출소에 붙잡히고 귀향은 다음날로 미뤄진다. 하루 사이에 서울역에서 너무 많은 시련을 겪은 그녀는 동향 사람인 상수를 만나 함께 귀향하면서 "고향 징검다리 건너 찔레덩굴 속처럼 아늑"[28]함을 느낀다. 이 작품은 그녀의 몸을 유린했던 도시의 '아저씨'들과 고향 사람인 상수를 대립시킨다. 그리고 그 가운데 지연되었던 귀향길은 같은 고향 사람에 의해 다시 가능해진다. 불행한 가족사를 지니고 있음에도 그녀의 귀향길은 망설여지거나 거부되는 것이 아니라 마치 수학여행을 마치고 집으로 돌아오는 학생들처럼 정겨운 것으로 그려지고 있다.

이러한 귀향길은 황석영의 <삼포 가는 길>(1973)에서도 비슷하게 나타난다. 영달은 공사장 인부로 있다가 공사가 새봄으로 연기되는 등의 일이 겹치면서 우연히 10년 만에 고향 삼포로 가려는 정씨와 합류한다. 그 과정에서 작부로 일하다 도망쳐 나온 백화를 만나게 되고 세 사람은 고생스러웠던 도회지에서의 생활에서 벗어나 귀향하기를 고대한다. 백화는 밤마다 고향으로 출발하리라 작정할 만큼 고향을 그리워했다. 그리고 이제 고향으로 가서 농사를 도우며 동생들을 돌보리라 생각한다. 귀향하는 과정도 헤어지는 기차역에서 영달이 백화에게 '삼립빵 두 개와 찐 달걀'을 전달하는 등의 장면을 통해 감동적으로 그려지고 있다.

또한 이문구의 작품에서 서울은 온갖 사기와 불신이 팽배한 공간으로 묘사되는 가운데 도회지에 대한 실망으로 귀농을 하는 인물이 등장한다.

---

28) 전상국, <전야>, 『바람난 마을』, 책세상, 2007, 181면.

<월곡후야>(1977)의 희찬은 아무것도 되는 일이 없었던 서울을 떠나 두메산골로 들어가 과수원을 경영한다. 희찬은 알뜰하게 농사를 지어 과수 아래에는 딸기가 반 이상을 뒤덮고 있으며 그 외에도 그늘에서 견딜 수 있는 푸성귀를 고루 가꾼다. 이러한 그의 모습은 서울에서 온종일 쭈그려 앉아 번역일을 하다가 관절염을 얻은 모습과 대조를 이루고 있다.

귀향 의지의 이면에는 도시에 대한 혐오스러움이 존재한다. 고향에서의 추억이 좋은 것만은 아니었어도 농촌이 도시보다는 살기 좋은 곳이라는 인식을 엿볼 수 있다. 도시로 이향한 인물들은 인생의 정착지로서 고향을 항상 마음에 품고 있으며 도시의 뒷골목에서 가난 혹은 착취에 시달릴 때 귀향의 감정은 고조된다고 할 수 있겠다.

2. 체험의 재구성과 '노스탤지어'의 고향

현재의 상황에 따른 기억의 자의성은 시간의 주관적 인지와 밀접하게 연관된다. 사후성 원리의 핵심은 과거가 보존되거나 단순히 기억 속에서 발견되는 것이 아니라, 기억이 현재적 이해 속에서 구성[29]된다는 것이다. 이러한 프로이트의 사후성 원리에서 기억 행위의 준거점이 되는 것은 바로 현재이기 때문에 기억은 "축적이 아니라 구성"이 된다. 이는 기억을 통해서 자신의 현재를 체험할 수 있음을 말해준다.[30] 또한 이미지는 상상력의 변용에 의한 가치화가 중요한 것인데, 바슐라르는 과거의 어떤 일들을

---

29) 김현진, 「기억의 허구성과 서사적 진실」, 최문규 외, 『기억과 망각』, 책세상, 2003, 223~224면.
30) 위의 책, 224~225면 참조. 김현진은 프로이트의 사후성 원리가 라캉의 주체 이론을 환기시킨다고 설명한다. 라캉은 주체가 언어 내지 담론을 움직이는 원동력이 아니라 서사적 담론의 효과나 결과에 불과한 것으로 본다.

기억하는 것은 그것들에 하나의 가치, 행복, 후광을 부여하는 것이라고
말한다.31) 바슐라르는 현실과 몽상 사이의 흐릿한 경계 안에서 최초의
집에서 나오는 새의 노래와 옛집의 매혹을 환기하고 있는데, 이러한 '집'의
아늑성은 최초의 행복으로서의 집을 잃어버린 후에 가능한 것이라고 할
수 있다. 과거의 집이 잃어버린 내밀함의 이미지로 기억되기 때문에 탄식과
아쉬움이 생기는 것이다.32)

　1970년대 초반 이후 이문구의『관촌수필』과 문순태의『징소리』등에
이르면 과거 고향은 잃어버린 옛집으로서 탄식과 아쉬움이 감도는 '돌아가
고 싶은 장소'로서의 자리를 차지하게 된다. 이러한 옛고향은 따뜻한 인간관
계에 대한 소망33)으로 나타난다. '향토'를 기반으로 고향은 산업화 시대의
출구를 찾는 역할을 부여받게 되는 것이다. 그리하여 고향은 상실된 인간성
을 회복하고 서로간의 화해가 가능한 공간으로 전환되며, 현실의 어려움을
극복할 수 있는 공동체 사회가 유지되었던 공간으로 이미지화 된다. 이러한
고향 이미지를 창조하는 데 중요한 역할을 하는 것이 바로 '자연'이다.
'자연'은 조화로운 인심을 창조하고 선한 본성을 일깨우는 원시적 힘이
내재해 있는 것으로 나타난다.

　한편 기억에 의해 묘사되는 자연의 풍경은 정형적 이미지를 가지며,
과거는 감각 등의 요소를 통해 견고하게 구축된다. 과거 고향은 촉각,
청각 등의 심상으로 이미지화 되면서 그 동안 망각되고 있었던 아름다운
기억을 들추는 형태로 재현되는 것이다. 그러한 고향 이미지는 현재의
도시화와 개발을 비판하기 위해 작가가 전략적으로 구성한 것이라고 말할
수 있다고 여겨진다.

---

31) 가스통 바슐라르,『공간의 시학』, 동문선, 2003, 149면 내용과 각주 44번 참조.
32) 위의 책, 203~205면 내용 참조.
33) 나병철, 앞의 책, 2007, 220면 참조.

1) 정형화된 풍경과 원시성의 힘

Ⅱ장에서 다룬 작품군에서는 고향의 자연을 휴식 공간 혹은 재생의 관점에서 바라보기는 했지만 일시적으로만 그러한 이미지가 나타났다. 고향이 진실로 휴식의 장소가 되지는 못했으며 작품 속 인물도 그 사실을 알고 있었다. 그래서 고향의 아름다운 자연 풍광을 묘사하거나 그것을 찬미하는 작품은 드물었다. 또한 이문구의 초기 소설에서는 배고픔과 어려운 삶이 황량한 자연으로 이미지화되기도 하였다. 가족을 도외시하고 자신의 성욕만 채우는 어머니와 뱃속의 아이를 지우려는 딸이 지닌 불모의 이미지로 재현되고 있는 것이다.

> 푸성귀도 없는 보릿고개였다. 윤만은 매일 해지길 기다려, 거름으로 갈아 놓은 남의 자운영을 베어 들었고, 한 순(旬) 가량은 그것으로 연명했던 것이다. 그때는 어쩌라고 밀기울마저 금싸라기 같았던가. 자운영 논을 논임자가 내다보기 시작하고부터는 그나마도 더 이상 낫을 들이대진 못하게 돼 있었다. 들판은 냉이나 광대나물, 소루장이와 질경이 따위 보드라운 나물은 이미 뿌리를 구경할 수 없이 되어 있었다. 흔한 건 쑥, 쑥을 뜯어다 먹을 수 있었다. 그러나 쑥도 그냥 먹지 못하는 것, 속이 아리고 입맛이 써서 곡기를 섞어 버무리지 않으면 못 먹는 풋새였다. (중략) 지긋지긋한 봄이었다. 생각만 해도 끔찍스런 계절이었다. (이문구, <추야장>, 44면)

또한 이문구의 <백의>(1969)에 등장하는 주인공은 고향의 온후한 인심과 정을 당연한 것으로 받아들이기보다는 현실에 존재하기 어려운 것으로 여긴다. 도화담(桃花譚)이라는 고향 공간을 현실 세계와 구별된 공간으로 인지하고 있는 것이다. 그래서 '나'는 액자 구성을 이용하여 도화담에

210

현실성을 부여하려 하기도 한다. 이 작품은 액자 내부의 이야기로 들어가기 전에 "영감과 작별한 이튿날 이 이야기를 그대로 옮겼더니, 영감과 인연이 있다는 명수 부친께서도 사실이라고 전부를 시인하였다."[34]는 내용을 삽입한다. 이러한 서술 방식은 내부 스토리를 사실로서 신뢰하는 효과를 준다.[35] 액자 안의 이야기가 명확한 사실이라고 강조하고 있는 것이다.[36]

'나'는 서울에서 겪었던 말 못할 좌절감과 울분에서 벗어나 자신을 반추하기 위해 풍치 좋은 산골로 떠난다. 도화담은 버스도 안 들어가는 곳이며, 주인공은 도랑물에 세수를 해가며 넓은 들판을 건넌다. 그리고 그 곳에 살고 있는 비현실적 인물인 듯 여겨지는 절벽이 영감과의 조우를 통해 인정이 넘치는 고향의 장소감을 체험한다. 그러나 그러한 체험은 타인이 믿을 수 없는 종류의 것으로 서술되고 있다. 즉 <백의>의 주인공은 아래의 인용문 (가), (나)에 드러나듯이 처음에는 인정, 치유력 등이 본래 촌에 존재하는 것으로 생각하지 않았으며, '비현실' 혹은 '망상'이 아닐까 하는 의문의 시선으로 바라본다.

(가) 되풀이하지만, 그 영감에 관한 이야기를 여태껏 나는 한마디도 누구에

---

34) 이문구, <白衣>, 『암소』, 이문구전집2, 랜덤하우스중앙, 2004, 20면.
35) 이야기를 알게 된 배경에 대한 설명 등은 내부 스토리가 작가의 상상력의 산물이 아니라 실제했던 이야기임을 강조하게 되면서 독자로 하여금 내부 스토리를 실제로 있었던 과거적 사실로서 신뢰하도록 하는 효과를 준다(구수경, 「소설의 시점」, 김상태 편, 『한국현대소설론』, 학연사, 2000, 74면 참조).
36) <백의>는 이문구의 초기 소설에서 드물게 고향의 인정과 자연의 풍광을 모두 아름답게 드러내는 작품이라고 할 수 있다. 작품 속 주인공이 고향을 이렇게 인식할 수 있는 까닭은 도화담이 '나'의 고향이 아닌 친구의 고향이기 때문이다. 즉 주인공은 도화담에 얽힌 일제 강점기와 전쟁 시대의 상처에서 자유로우며, 그 곳의 아름다운 풍광을 객관적으로 접하게 된다. 도화담이라는 장소와 연관된 기억이 없어서 이 장소에 얽힌 이야기들을 스스로 서사화하는 것이 불가능하여 완전한 휴식처로만 대할 수 있다.

게 갈라준 적이 없다. 아무것도 아닌 이야기일뿐더러, **누가 듣건 영락없이 요새 시절이 어떤 시절인데 그런 비현실적인 옛날이야기 같은 소릴 하느냐** 는 핀잔이나 먹겠으므로였다. (이문구, <백의>, 10면, 강조는 인용자)

(나) 나는 그 사이 엉뚱한 망상이 불쑥 튀어나와 스스로 실소를 하고 있었다. 어려서 들은 옛날얘기가 떠올랐던 거다. 혹시 이 영감 내외가 열두 바퀴 재주를 넘어 인면을 쓴, 백 년 묵은 불여우는 아닐까 하는 거였다. 사람으로 둔갑하여 바지 속에 꼬리를 감추고 나를 홀리는 거나 아닐까. 내가 만만찮으니까 술을 먹여서라도 의식을 흐려놓은 다음 해칠 셈은 아닐는지. 그렇지 않다면 무슨 까닭으로 이만한 호의를 베풀랴 말이다. 거절할 수 없어 마시긴 마시되 경계를 하자. 참으로 유치한 망상이 었다. (이문구, <백의>, 19~20면)

그러나 1970년대를 넘어서면서 과거 고향의 대자연은 인심(人心)의 조화 로움을 대변하는 것으로 새롭게 발견된다.[37] 즉 풍요로운 대자연은 조화로 운 인심으로, 훼손된 고향의 자연은 황폐해진 인심과 결부되는 것이다. 과거의 고향은 가난했지만 인심만은 그 어느 곳보다 좋았던 공간으로 기억된다. 반면 현재의 고향 사람들은 오성찬의 <흐르는 고향>에서처럼 거리에서 마주친 나를 보고 고개를 돌려버리거나 노골적으로 도전적인 표정을 지을 뿐이다.

그런 의미에서 이 시기 이문구, 문순태 등의 소설에 나타난 자연의 파괴에 대한 문제는 우리가 일반적으로 생태소설에서 언급하는 자연의

---

37) 근대세계에서 원시성과 환상에 대한 가치 획득은 도시문명을 도덕적 전락이나 타락상태로 간주할 때 부각된다. 그 대안은 문명에 오염되지 않은 신성관념을 가진 순수 공간으로서의 자연이다. 도시적, 문명적인 이성에 반발하여 채택된 일련의 전략적 모티프라고 할 수 있다(유임하, 「모성의 근대성과 그 소설적 계보」, 앞의 책, 2002, 213면).

오염 문제와 연관된다고 보기는 어렵다. 즉 공장 폐수 등에 의한 삶의 공간에 대한 위기라기보다는 인간성의 파괴에 대한 문제의식이 반영되어 있다고 할 수 있다. 물질 만능주의는 인간성의 상실을 불러오는데 그러한 인심의 문제를 자연의 개발 혹은 인간이 거주하는 공간이 훼손된 이미지와 결부시켜 표현하고 있다.

오성찬의 <흐르는 고향>(1973)은 감귤 과수원으로 갑자기 부자가 된 사람이 많아지자 배금주의가 팽배해지고 그 속에서 고향이 황폐화되는 모습을 형상화하고 있다. 외부로부터 걸린 병이 마을사람들에게 전염되는 과정은 고향의 현실을 은유적으로 드러내는 것이라 할 수 있다.

표면적으로 고향은 '나'가 떠났을 때보다 훨씬 잘 살게 된 것으로 보인다. 어린 시절 추수 때도 황무지 밭처럼 느껴지던 땅에는 귤나무들이 질서 있게 심어져 있었으며 초가지붕은 모두 슬레이트나 함석으로 바뀌었다. 그러나 마을 밖에서 표면적으로 보이는 풍요로운 풍경과는 다르게 마을 안으로 들어갈수록 삭막해진 고향 인심을 마주하게 된다. 이러한 고향의 변모는 『관촌수필』 등 이 시기의 다른 작품에서도 동일하게 찾아볼 수 있다. 고향으로 가는 길에서 옛 산천이 보이자 마음이 설레던 귀향자는 달라진 마을의 풍경에 울적해진다. 도시적 요소가 유입되면서 농촌은 더 잘 살게 된 것이 사실이지만 공동체성 등 인간의 관계성은 파괴되었기 때문에 귀향자들은 오히려 과거를 그리워하게 된다.

그리고 아래 인용문의 내용처럼 인간성의 상실은 황폐하고 더러운 고향 풍경에 대한 묘사를 통해 은유적으로 표현된다.

> 높아진 울담, 그 위에 둘러진 가시철망, 심지어 어떤 울담은 시멘트 개벽을
> 한 위에다 보기만 해도 소름이 끼치는 날선 유리나 사금파리 조각들을

하늘을 향해 박고 있었다. 대문 아니 단 것을 미풍으로 알던 마을, 이 마을의 집집마다 칙칙한 주황색의 철문을 해 달고 뾰족한 창날들을 그 위에 꽂고 있었다. (오성찬, <흐르는 고향>, 168면)

칠성바위 언저리엔 오죽잖은 블록집들이 무려 다섯 채나 지어져 있었다. 담장도 안 쳐 있고 쓰레기장과 닭, 오리장이 너절하니 흩어져 있는 가옥들 이었다. (중략) 집집마다 하수도가 돼 있지 않아 산소 자리와 칠성바위 둘레는 온통 수챗구멍이나 다름없이 더럽혀져 있었고, 특히 다섯 가구의 다섯 군데 변소는 악취를 제멋대로 풍기며 보기 흉한 꼴들을 하고 서 있던 것이다. (이문구, <일락서산>, 24면)

특히 이문구의 작품은 생태소설에서 흔히 나타나는 폐수 등으로 인한 희귀 동물의 죽음이 아니라 '인간 공해'로 인한 동물의 죽음이 나타나 있다. <관산추정>의 '나'는 복산이의 집 주변에서 우연히 도깨비불을 보고난 다음날이면 안개가 자욱하던 과거를 기억해낸다. 그러나 예전의 그 불빛은 오늘날 낚시꾼들의 간드렛불로 변하여. 시골의 고요한 새벽을 유흥 소리로 어지럽게 하고 있다. 유수지에는 살인 사건으로 경찰들이 잠복하고 있으며 동네 인심은 아이가 논두렁에서 콩서리를 해도 고발되는 시절이 되었다. 해수욕장 근처 풀밭에 널린 콘돔을 먹고 돼지가 죽는 일이 발생하기도 한다.

이문구는『관촌수필』에서 농촌으로 도시적 요소가 유입되면서 일어나는 인간성 상실에 대한 비판을 적극적으로 하고 있다. <공산토월>에서 상경 했던 소년은 서울 인심이 박정하여 살 수 없다고 여겨 귀향하려는 중, 그 동안 먹고 싶었던 것이나 먹고 가자는 생각으로 돈을 마련하기 위해 택시 운전사를 살해한다. 그런데 이 작품은 소년이 도시를 떠난다고 해도 다시 순박한 소년이 되지는 못했을 것이라고 이야기한다. 그 이유는 두 가지로 제시된다. 고향이 더 이상 소년을 품어줄 수 없으며, 소년 또한 이미 도시체험을 오래 했기 때문에 고향에 적응할 수 없다는 것이다. 즉 개발된 농촌은 예전의 순박한 장소가 아니며, 돌봐준 사람 없이 오랜 기간 서울에서 산 소년 역시 예전의 순진성을 잃어버렸을 것이라고 설명한 다.

그런데 이 시기 '자연'은 상실된 인간성을 회복할 수 있는 대상으로 새롭게 발견되고 있다. 또한 과거 고향은 모성적 대지의 장소로서 도시적 요소가 존재하지 않는 이상적 공간으로 강조된다.

문순태의 <청소부>에서 고향의 경관을 훼손시키는 불도저의 세계는 순리에 어긋남이 없는 대장장이 아버지의 세계와 대조를 이루면서 묘사된 다. 같은 '쇠'의 성격을 지녔다고 해도 대장간에서는 농사를 짓기 위한 '낫' 등을 만든 반면, 불도저는 농토를 없애버리는 근대적 기계로 나타난다. 그래서 아래 인용문의 내용처럼 망치질 소리는 평안한 죽음과 안식을 주며(인용문 가), 불도저의 '와글'거리는 소리는 유년의 세계와 삶의 현장을 뭉개는 것으로 묘사된다(인용문 나).

> (가) 남수 아버지 차대장은 숨을 거두면서, 갑자기 대장간 망치질 소리가 듣고 싶다고 했었다. 하는 수 없이 장남인 남수는 임종을 해야겠기에 동생 남식이를 시켜 이미 문을 닫은 지 오래된 대장간에 들어가 망치질을 하도록 했었다. 차대장은 남식이의 망치질 소리를 들으며, 만족스러운 얼굴로 눈을 감았던 것이다. (문순태, <청소부>, 93면)

> (나) 명절 때면 공차기며 줄당기기를 하고 놀았던 수박등에다 새마을 공장을 짓는다며 불도저가 들어왔다. 불도저는 온종일 이글거리는 땡볕

아래서 방울재를 밀어버릴 것처럼 와글거리며 수박등을 까무너내렸다. 불도저가 수박등을 까무느라 흙더미가 벼포기가 검실검실 자라는 논을 메웠다. 수박등 흙더미가 벼포기를 덮을 때 방울재 사람들은 그들 자식들이 흙속에 파묻히는 듯한 아픔을 참았었다. (문순태, <청소부>, 100면)

문순태의 <청소부>에서 개발에 대한 비판은 이문구의 작품과 마찬가지로 역시 자연환경의 파괴에 대한 것은 아니다. '불도저의 이미지'는 '쓰레기더미'와 등가의 의미를 지니며, "착하고 가난한 사람들이 사는 집들을 밀어내는 것"으로 정의되고 있다.

그런데 주목되는 점은 이 시기 이문구와 문순태의 작품에 나타난 고향의 자연 풍경이 정형의 수사로 표현되고 있다는 것이다. 즉 미문(美文)으로 고향의 전형적인 풍경을 추출한다.[38] 그런 의미에서 고향의 풍경은 실제하는 것이라기보다는 관념에 의해 구성되었다고 해석할 수 있다.

4백여 년에 걸친 그 허구헌 풍상을 다 부대껴내고도 어느 솔보다 푸르던, 십장생의 으뜸다운 풍모로 마을을 지켜온 왕소나무가 아니었던가. (중략) 물을 쓴 조금 때면 삼사십 리 밖의 수평선이 하늘과 한 빛깔로 아물거리고, 밀물이 들어차면 철둑과 연결된 방파제 위로 갯물이 넘실대던 바다. 갈매기와 해오라기가 하늘을 뒤덮으며 너울대고, (중략) 안옷(黃布)을 활짝 펼친 돛단배라도 들어오는 날이면 뱃사공들의 뱃노래가 물새들의

---

38) 나리타 류이치, 앞의 책, 2007, 119면. 이러한 고향의 풍경은 '아름다운 향토'이며, '사랑해야 할 향토'이다. 이러한 풍경 기술은 너무나 유형적이라서 서로 고유명을 교환하더라도 무리가 없다. 풍경은 상투어가 중첩되어 표현되는데, 상투어를 열거하면 할수록 풍경은 '특정한 장소'로부터 이탈하여 마치 '보편적으로 존재하는 것과 같은 풍경'이 된다. 스치야는 이것을 '노스탤지어의 심상풍경'이라고 명명한다. 풍경=지리는 아이덴티티와 연결되며 풍경=공간의 공유에 근거한 '감정의 공동성'을 만들어낸다(나리타 류이치, 위의 책, 119~120면 요약).

그것보다 더욱 구성지게 울려퍼지던 바다였었다. (이문구, <일락서산>, 15면, 27면)

비로소 잊어버렸던 고향이 떠올랐다. 일년 내내 금줄에 묶여 있는 마을 어귀의 아름드리 늙은 느티나무며, 느티나무 그늘에 덮여 한여름 삼베 땀등거리만 걸친 어른들의 침대가 되어 준 판판한 당산돌, 대낮에도 그 앞을 지나자면 으스스하게 몸이 떨리고 머리끝이 쭈뼛거리는 후미진 아카시아 숲길의 상여집, 안산의 잡목숲 나뭇잎들마저 삐들삐들 시들어 가는 더위에도 한 바가지만 퍼마시면 땀띠가 가라앉는 징검다리 건너 비석거리의 각시샘이며 (중략) (문순태, <말하는 징소리>, 57~58면)

『관촌수필』의 '왕소나무'와 '바다'의 이미지는 <말하는 징소리>의 '마을 어귀의 아름드리 늙은 느티나무'와 '당산돌, 잡목숲, 각시샘'과 대응될 수 있다. 기억에 의해 나타난 고향의 옛 풍경은 정형화된 이미지로 재현되고 있는 것이다. 돌아가고 싶은 어린 시절의 기억, 파괴되지 않은 자연, 어려운 사람들을 품어 안는 모성으로서의 고향은 자연히 '향수'를 불러온다. 그리고 이 향수는 단순히 과거에 대한 그리움이 아니라 '향수'를 더 이상 불러일으킬 수 없는 현재의 고향을 비판하기 위한 전략이라고 할 수 있다.

이렇게 그리움에 의해 '회상되는' 고향의 이미지는 『징소리』의 칠복이 꿈속에서 보았던 수몰된 고향의 풍경과 비슷하다(아래 인용문 가). 그리고 꿈에 나타난 고향의 풍경은 이문구의 『관촌수필』에 나타난 과거 어린 시절의 풍경과도 연결된다(아래 인용문 나). 마을 사람들은 모두 하나가 되어 조화로운 삶을 추구하고 있다.

(가) 그날밤 칠복은 댐 관리사무실에서 철철철 물레방아 돌아가는 소리와

도 같은 물소리를 들으며 잠이 들었다. (중략) 빨간 고추가 널린 지붕과 마당에 윤기 있는 가을 햇살이 명주실처럼 빈틈없이 꽂혀내리고, 추수를 끝낸 들판에서는 검불을 태우느라 연기가 솔솔 피어오르고, 고소한 잿불 냄새가 창자 속 깊숙이 스며들어 식욕을 돋우었다. 추수를 끝낸 마을에서는 메기굿이 한창 어우러져 있었다. 마을 어귀 늙은 팽나무 아래에 어린아이, 노인, 아낙 할것없이 온 마을 사람들이 한데 덩이져 덩실덩실 춤을 추었다. (문순태, <달빛 아래 징소리>, 280~281면)

(나) 석공네 마당의 앙상한 오동나무 가지에 달이 열리고, 그 아래에 모닥불이 뜨물보다 더 짙은 연기를 올리며 지펴지자, 우리는 콩깍지며 바심하고 뒷목들인 검불과 마른 참깻대 따위를 한 아름씩 안아다 불에 얹었다. 불이 이글거리며 화룽화룽 타오르자 온 동네는 콩낟과 벼이삭 그리고 덜 털린 참깨 타는 고소한 냄새로 가득해졌으리라 싶다. (중략) 풍장 소리와 노래는 사립 울안에서 요란하게 울려퍼지고 있었다. 여전히 누군가가 소리를 부르고 있었다. 멍석 너덧 닢내기만한 안마당엔 어른들이 겹겹으로 둘러서서 모두가 엉덩이를 궁싯궁싯 들썩대며, 그러나 하나같이 군소리를 참고 눈과 얼굴로만 흥겨워하고 있었다. (이문구, <공산토월>, 199면, 203면)

자연 풍경의 정형화는 '기억'으로 과거를 불러오기 때문에 나타나는 현상이다. 또한 조화로운 자연의 삶 속에서 인간성을 회복할 수 있다는 자조적이고 교훈적인 목소리가 내재되어 있다. 자연을 훼손시키는 개발과 인간성 상실을 결부한 것은 자연의 리듬에 순응하여 살아야 한다는 교훈적 의미를 전달하기 위해서이다. 그리고 이러한 자연 이미지의 의미화 논리 안에는 실제 자연 질서의 지향만이 존재하는 것으로 말하기는 어렵다. 텅 빈 기표인 '자연'에 '조화로운 인심'이라는 의미를 봉합하고 있다고 여겨진다. 단순히 자연의 순리 등을 지향하는 의미라면 전근대로 돌아가자는 막연한 논리로 귀결될 수 있다. 그런데 작가가 '고향'을 통해 말하고자 하는 것은 전근대로 돌아가자는 것이 아니라 산업화에 따른 상실의 문제이다.

한편 '순리'를 담고 있는 이와 같은 자연은 전상국, 문순태의 작품에서 모든 것을 '화해'로 이끄는 힘이 있는 것으로 묘사된다. 1970년대 후반에 이르면 전쟁과 가난 그리고 낮은 신분으로 인하여 고통스러웠던 고향의 기억이 자연의 힘으로 극복되는 경향까지 나타나게 된다. 즉 인간의 선한 본성을 들추고 도시에서 느끼지 못한 활력을 부여하는 힘으로서 대자연의 원초성이 부각되고 있는 것이다.

전상국의 <맥>(1977)에서 최만배는 탈향 후 새로 맞은 부인이 죽고 나서 그 동안 말하기도 꺼려하던 고향으로 간다. 최만배가 탈향한 이유는 전쟁이라는 어두운 기억에 있다. 6·25 전쟁 이전부터 시작된 김씨 문중과 최가 사람들의 대립은 전쟁으로 인하여 더욱 심화되는데, 최만배는 인민위원장이 되어 마을 사람들을 괴롭힌다. 그러한 내력은 쉽게 지울 수 없는 것이기 때문에 시간이 흘렀어도 최만배가 고향에 다시 정착하는 것은 어려운 일이었다.

이 작품에서 고향은 '원초적 생명력'의 공간으로 그려진다. 도시에서 힘이 없었던 최만배는 험한 산길을 "날다시피 걸었"고, "무슨 힘이 저토록 뻗쳐나는지"[39] 서울에서와는 전혀 다른 사람이 된 듯했다. 내년에 농사를 시작할 생각으로 자랑스러운 얼굴을 하기도 한다.

(중략) 깊은 산의 숨소리가 나를 압도했다. 항상 침묵하는 느낌 속의

---

39) 전상국, <맥>, 『바람난 마을』, 책세상, 2007, 54면.

산은 그러나 분명히 숨 쉬고 있었다. 하지만 무덤들은 말하지 않았다. 그것은 무덤 이상의 그 어떤 의미도 상징도 없었다. **그렇지만 나는 분명 느끼고 있었다. 살아 숨 쉬는 자는 항상 이런 그럴싸한 배경과 시간 앞에서 솟아오르는 그 원시적인 충동에 못 견뎌 함을.** (전상국, <맥>, 56~57면, 강조는 인용자)

이 작품에서 최만배와 고향의 화해가 쉽게 이루어지는 까닭은 고향이 본래 가진 것처럼 여겨지는 원초적 생명력이 회복되고 있기 때문이다. 그렇기 때문에 도시에서는 결코 이루어질 수 없는 화해가 '고향'에서는 이루어질 수 있는 것으로 나타난다.[40]

문순태는 『철쭉제』(1981)에서 극적인 '화해'와 '소통'을 이끌어내고 있다. 전쟁으로 인한 상처로 탈향하여 도시에서 증오와 복수의 욕망으로 가득찼던 주인공은 귀향을 통해 화해의 길로 접어들게 된다. 이 작품에서 육이오 당시 주인공의 아버지는 인민군에게 죽었고, '나'는 서울에서 복수를 위해 법 공부를 하여 출세한다. 세월이 지난 후 그 유해를 찾아 지리산의 '세석평전'을 향하는 길은 아버지에 대한 기억을 더듬는 과정이자 박판돌과 운명적으로 얽힌 주인공의 가족사를 이해하는 과정이라고 할 수 있다.

아버지의 뼈를 찾아 떠나면서 점점 고향은 아늑하고 아름다운 곳으로 전환된다. 아래 인용문은 시간의 흐름에 따라 나열한 것으로 (가)→(라)로 진행되면서 황폐한 과거의 고향은 풍요로운 현재의 고향으로 이미지가 바뀌고 있다.

---

40) 유임하는 <맥>에서 쉽게 해소되는 적의는 이상적이며 상상적인 고향 관념을 보여준다고 주장한다. 이러한 소설적 환기와 고향의 설정은 불가해한 비극의 신원을 해명하고 정체성을 확인하기 위해서라고 할 수 있다. 이는 자아의 내면과 고향이 불가분리의 관계를 가짐을 뜻한다고 설명한다(유임하, 앞의 책, 1998, 143면).

220

(가) 솔매마을은 기둥뿌리 하나 남김 없이 깡그리 잿더미가 되어버린 것이었다. 전쟁의 상처라고 하기보다는 차라리 죽음의 형장처럼 고즈넉하고 을씨년스러운 분위기였다. (중략) 솔매마을은 이제 잿더미의 흔적조차도 찾아볼 수 없었으며, 남아있는 것이라고는 잡초들 속에 주춧돌과, 허물어진 돌담, 불에 그을린 집터의 나무들만이 앙상한 주검의 잔해처럼 바람과 햇살들 사이에서 삐걱거릴 뿐이었다. (문순태, 『철쭉제』, 39면)

(나) 펑퍼짐한 산허리에 융단을 깔아 놓은 듯 붉은 철쭉꽃밭이 펼쳐져 있었다. 일행은 화엄사에서 그곳까지 오는 동안 가장 넓고 아름다운 철쭉꽃밭을 본 것이다. (중략) 붉은 빛깔에 반야봉 꼭대기에 걸린 하늘은 더욱 파래 보였고, 상큼한 꽃향기가 허파 속 깊숙이까지 찔려왔다. (문순태, 『철쭉제』, 56면)

(다) 끝이 보이지 않았다. 하늘끝까지 붉게 물들여져 있는 듯했다. 암·수 원앙이 어울려 비비꼬는 비단 금침이불 하나로 세석평전 삼십여리를 덮어버린 것 같은 꽃밭은 **불난 것처럼 이글이글 타올랐다.**
나는 지리산에서 아름답게 아름답게 다져진 또하나의 **거대한 생명의 신비**를 본 것이었다. 산에 대한 경외를 느끼는 한편, 모든 아름다움의 집약을 보았다. (문순태, 『철쭉제』, 88면, 강조는 인용자)

(라) 두 팔을 벌리고 어둠 속에 아버지 같은 모습으로 웅숭그리고 앉아있는 지리산을 가슴 안으로 힘껏 끌어안았다. (문순태, 『철쭉제』, 122면)

(가)에서 주인공은 전쟁으로 폐허가 되었던 고향의 옛터를 떠올리고 있는데, 현재 고향의 풍경은 과거의 모습과 크게 다르게 않은 것으로 나타난다. 그러나 여행의 과정에서 인용문 (나)와 같이 아름다운 고향의

전경을 발견하고 (다)처럼 세석평전의 철쭉꽃밭에 이르러서는 '거대한 생명의 신비'를 경험한다. 불이 난 것처럼 타오르는 빛깔로 묘사되는 철쭉은 고향의 생명력을 대변하는 존재라고 할 수 있다. 그리고 마침내 사라져 없어진 것으로 여겨졌던 아버지의 유해를 찾게 되는데, 신비롭게도 철쭉의 뿌리로 감겨져 깨끗하게 보존되어 있었다. 소설의 마지막 부분인 (라)에서 '나'는 상처뿐인 줄 알았던 고향에 숨겨진 원대한 힘을 발견하고 그 고향을 품어 안을 수 있는 사람이 된다.[41]

과거의 상처를 지울 수 있는 것은 아니지만, 이러한 일련의 과정을 통해 주인공은 고향을 아버지의 얼굴이자 박판돌의 아버지 얼굴로 받아들일 수 있게 된다. 요컨대 과거는 더 이상 오해와 거부의 대상이 아니며, 이제 고향은 어린 시절 자신과 놀아주던 박판돌과 재회할 수 있는 안식처로 회복된다. 그리고 이러한 '회복'과 '화해'는 자연이 지닌 조화로움과 원시적 에너지에 의해 가능한 것으로 나타난다고 할 수 있다.

2) 과거의 서사화와 고향과의 합일 지향성

Ⅲ장의 작품군에서 인물들은 자신을 고향의 내부적 존재로 위치시키고 있으며, 토박이와 타지인을 구별하는 의식이 명확해지는 경향을 보여준다. 타지인은 마을의 분위기를 흐릴 수 있는 이방인으로 묘사되며 그러한 유민을 환대하고 배척하는 태도가 성립되고 있는 것이다.[42] 문순태의

---

41) 이러한 아름답고 아늑한 고향의 회복은 창부 '미스 현'의 이미지 변화와도 일치한다. 처음에 '나'는 미스 현의 창부와 같은 이미지에 반감을 가지지만, 나중에는 "철쭉꽃을 든 그녀의 얼굴은 되바라진 데가 없이 순수해 보였다"고 묘사된다. 그녀는 처음에 남성들과 문란한 잠자리를 하는 여성으로 형상화 되나, 작품의 마지막에 인부에 정착하여 사귀는 것으로 마무리된다(미스 현의 이미지 변모에 관해서는 임은희, 「문순태 소설에 나타난 생태학적 인식 고찰 — 성과 여성, 자연을 중심으로」, 『우리어문연구』 30, 우리어문학회, 2008, 371~372면에 자세히 설명되어 있다).

<고향으로 가는 바람>처럼 타지에서 만난 동향인에 대한 끈끈한 정을 묘사하는 작품도 등장한다. 고향에서는 사이가 좋지 않았다고 하더라도 객지에서는 '고향' 친구라는 이유로 서로 친해질 수 있는 것이다. Ⅱ장에서 다룬 작품에서는 토박이/타지인의 인식이 명확하게 나타나지 못했으나 이문구, 황석영 등의 작품은 토박이/타지인을 나누고 있으며, 어떤 부분에서는 지역 토박이를 우위에 놓는 양상도 드러난다.

(가) "야아, 그럼, 거기 가서 아주 말뚝을 박구 살아버렸으면 좋겠네."
"조오치, 하지만 댁은 안될걸"
"어째서요?"
"타관 사람이니까." (황석영, <삼포 가는 길>, 207면)

(나) 조는 내리 삼 대를 사포곶에서만 살아온 도리깨마을 토박이였다. 그의 종문인 청해 조씨와는 이렇다 할 인연이 없던 고장이긴 했지만, 드난살이로 여일이 없던 뜨내기 아닌 다음엔 모를 이치가 없도록 터를 닦으며 살아왔던 것이다. (이문구, <해벽>, 54면)

(다) "그것도 아니여. 뭐냐 허면 이 동네에 사는 유일헌 본토백이라 이거여. 타관서 떠들어온 드난살이 열 사람버덤은, 났거나 못났거나 그래두 토백이 하나가 더 낫다-그거여. 그래서 내가 늘 속절읎이 바쁜 것이구." (이문구,

---

42) 데리다는 '이방인'을 설정하는 것은 허구적인 것이라고 이야기한다. 우리는 이방인은 곧 적이라고 생각하고 이방인을 막기 위한 제재를 취한다. 무해한 이방인을 취사선택할 필요, 환대의 조건이 필요한 것이다. 그리고 국경을 넘어왔으니까, 외국인이고, 고향이 다르니까, 우리와 동일한 말씨를 쓰지 않으니까, 동문이 아니니까 등의 이유로 '이방인'을 배척한다. 그러나 우리는 이방인에게 둘러싸여 살고 있고 나는 필연적으로 이방인이 될 수밖에 없다. 그러므로 이방인을 적대하는 것은 나 자신을 적대하는 것이다(자크 데리다, 남수인 옮김, 『환대에 대하여』, 동문선, 2004, 159면 역자후기 요약).

<관산추정>, 299~300면)

이문구의 <해벽>에서 토박이는 고향의 흥망성쇠가 살갗에 새겨진 사람, 자신의 고향을 지키는 사람으로 형상화된다. 그리고 <관산추정>에 이르면 타지인은 유민이자 이방인으로 치부되고 토박이는 그러한 타지인과 대립되는 우월한 지위를 얻고 된다. 이러한 내용은 <여요주서>에서 "원주민이 밀려나고 유입인(流入人)이 가운데를 차지하여 노박이로 굳어가는"[43] 현실을 비판한 것이라고 할 수 있다. <화무십일>에서 전쟁 중 관촌으로 온 이북인 가족을 죽거나 흩어지게 만든 인물이 타지에서 흘러 들어온 '장돌뱅이 서울 사내'로 나타나는 것도 연장선상에서 해석할 수 있을 것이다.

고향과의 합일은 앞에서 분석했듯이 향토에 의해 가능해지며, 여기에 '과거'를 서사화하는 작업을 통해 고향을 '노스탤지어'로 구축함으로써 고향에 대한 소속감을 더욱 단단하게 만들게 된다.

이문구는 옛 모습을 상실한 현재의 고향에 안타까운 마음을 가지며 현실에 대한 비판과 고향의 회복을 촉구하는 소설 쓰기를 기획하는데, 그 첫 단계가 과거의 기억과 화해하여 심연에서 벗어나는 것이다. 과거의 아픔을 인식하되 그 고통을 그리워할 수 있는 단계에 이르기 위해서는 과거의 체험을 재구성하는 과정이 필요하다. 이러한 과정을 통해 과거가 괴롭기 때문에 기억하는 것을 망설이고 주저하게 되거나 혹은 과거를 파편적·부분적으로 불러오는 것에서 벗어나게 된다. 과거를 서사화 함으로써 '노스탤지어'의 고향을 재현하게 된다.

이문구의 『관촌수필』 이전 작품 중에서는 '과거'를 총체적으로 서사화한 소설을 찾기가 어렵다고 할 수 있다. 도시에서의 꿈이 좌절되고 고향에도

---

43) 이문구, <여요주서>, 『관촌수필』, 이문구전집8, 랜덤하우스중앙, 2004, 303면.

갈 수 없는 인물에게 과거사는 <다가오는 소리>에서처럼 허무한 것으로 나타난다.

> 과거사란 대개 허무한 것이지만 내 경우에 있어서의 그것은 사실상 아무런 대가도 얻지 못한, 값어치 없는 세월이었다. 비럭질에 동원됐던 것처럼 無償의 徒勞였던 것이다. 현실이 그것을 분명하게 말해주고 있는 것이다. 그나마도 이제 와서야 간신히 깨우친 바이지마는 그러나 **과거에 비춰 미래까지 당겨 내다보고 싶진 않다.** (이문구, <다가오는 소리>, 181면, 강조는 인용자)

그런데 『관촌수필』의 바로 전작이라고 할 수 있는 <해벽>은 과거가 서사화까지 되지는 못하였으나 과거의 시간이 긍정적으로 다루어지고 있다. 또한 미각, 촉각 등의 감각을 통해 과거를 떠올리고, 부정적인 현재와 대비되는 시간으로 과거를 설정했다는 점에서 『관촌수필』과 형식적으로 긴밀한 관계에 있는 소설이라고 할 수 있다.

이 작품의 조등만은 사포곶의 발전을 위해 노력하는 인물이었지만 내부 문제로 조합 임원에서 물러나게 되었으며 폐항 등으로 인해 마을은 급격히 퇴락하기 시작한다. 그는 자신의 재산을 기부하면서까지 고장 어업 수단의 근대화와 수산 교육 기관의 건설을 추진하였지만 학생들은 지원하지 않았다. 어민들은 어부로 살아온 과거를 수치스럽게 여기며 도회지로 나가기를 원했다. 이제 사포곶은 유흥가만 번창했고 조등만은 "선조의 뼈를 묻고, 자식들을 길러낸 고향이란 생각이 옅어"[44]진다. 이러한 상황에서 갑자기 몸이 나빠진 그는 집에서 낮잠만 잔다. 그리고 훼손되지 않은 자연에서 자라는 생물을 먹으며 잔병 없이 즐거운 시간을 보내던 어린 시절을 추억한

---

44) 이문구, <해벽>, 『다가오는 소리』, 이문구전집6, 랜덤하우스중앙, 2004, 75면.

다. 그러나 그 추억은 현재에 영향을 미칠 수 있도록 구조화되어 있지는 않으며 단지 '과거에는 그랬었지'라는 막연한 의미만을 가지고 있다.

> 그는 매일 밤 그렇게 바다 소리를 들어왔던 것이다. 처연한 가락으로도 들리고 천둥과 회오리바람으로 들리기도 하는 소리였다. (중략) 이윽고 물너울이 자치락거리며 싸우는 소리가 귓결에서 일렁거리기 시작했다. 하늘과 땅을 치며 울부짖는 처참한 싸움이 시작된 것이다. 시퍼런 물굽이, 하늘의 정기를 핥아먹어 밑바닥 끝까지 짙푸른 하늘보다 더 넓은 파도가 조의 가슴을 쳐대는 거였다. (중략)
> 황바리 (꽃발게) 한테 물린 손가락에 입김 쐬며 게구멍 속에다 오줌을 누며 되레 발 밑으로 기어나오던 능쟁이의 그 둔박스런 모습. 조는 풀썩 웃었다. (중략) 온몸을 뻘로 매흙질하곤 갈밭과 목새를 뒤져 잡히는 대로 구럭에 담으며 해 가는 줄도 모르고 놀았었다. 배가 출출해지면 무엇이든지 갯물에 헹구어 날로 먹어치우곤 했었지. (이문구, <해벽>, 49~50면)

과거는 그 시간을 대하는 방식에 따라 비참했던 순간이나 죽음에 대한 상념을 낳아 트라우마의 반복에 의해 과거의 시간 속으로 침잠하게 하기도 하고, 반대로 현재의 우리에게 행복의 원천으로 작용하거나 비정한 시간의 흐름으로부터 구원해 주기도 한다.[45] 이처럼 과거는 현재의 우리에게 전혀 다른 감정을 줄 수 있다. 이문구가 1970년대 초반까지 전자의 방식으로 과거를 이야기했다면, 그 이후에는 후자의 방식으로 과거를 '기억'하는 것이 가능해졌다고 할 수 있다. 즉 고향에 대해 망각하려 했던 주체는

---

45) 스티븐 컨은 프루스트의 『잃어버린 시간을 찾아서』를 해석하는 것을 통해 과거가 현재의 우리에게 영향을 미치는 두 가지 방식에 대해 이야기하고 있다. 이와 관련해서는 책의 내용 참조(스티븐 컨, 박성관 옮김, 『시간과 공간의 문화사』, 휴머니스트, 2004, 127~131면).

점차적으로 그 망각으로부터 나오는 길을 찾아가게 된 것이다. 과거를 서사화 하는 방식은 중기 소설인『관촌수필』에서 완성의 단계에 이르렀다고 여겨진다.

이문구가 갑자기 과거를 중요시하는 까닭은 현재의 시간을 의미 있게 해 주는 기반을 마련하기 위함이라고 할 수 있다. 그리하여 그는『관촌수필』에서 시대의 변화에도 불구하고 변모하지 않는 것들에 대해 관심을 갖고 그것에 대한 애정을 서술한다. 고향이 과거라는 시간성을 통해 새롭게 발견되는 것이다. 이문구의 작품에서 과거 기억의 전환은 바로 '현재'와 깊은 관련이 있다.

세월은 지난 것을 말하지 않는다. 다만 새로 이룬 것을 보여줄 뿐이다. 나는 날로 새로워진 것을 볼 때마다 내가 그만큼 낡아졌음을 터득하고 때로는 서글퍼하기도 했으나 무엇이 얼마만큼 변했는가는 크게 여기지 않는다. 무엇이 왜 안 변했는가를 알아내는 것이 더 중요하겠기 때문이다. 그리고 그것은 관촌부락을 방문할 때마다 더욱 절실하게 느껴졌다. (이문구, <관산추정>, 282면)

과거의 수많은 체험은 근본적으로 깊은 망각의 심연 속에 놓인 뒤에 아무런 의미 없는 우연한 상황이나 계기에 의해 기억으로 일깨워졌다고 할 수 있다.[46] 『관촌수필』에서 과거의 기억은 사라진 왕소나무의 자리에 새로 들어선 대상으로부터 촉발되고 있다. 이러한 연상적 기억은 의도적으로 회상하는 것이 아니라, 스스로를 언어에 내맡김으로써 과거의 일들이

---

46) 조경식, 「망각의 담론, 기능 그리고 역사」, 최문규 외, 『기억과 망각-문학과 문화학과의 교차점』, 책세상, 2003, 276면. 조경식은 연상적 기억은 망각을 전제로 하며, 프루스트 역시 "기억과 망각이 정확하게 섞여야 한다는 점"에 대해 언급했다고 설명한다.

자신에게 저절로 떠오르도록 유도하는 것이라고 할 수 있다.47) 이러한
서술 원칙은 무엇보다 작가가 자신의 특정한 의도에 따라 사건을 전개하고
있는 것이 아니라 자신에게 지금 떠오르고 있는 생각만을 서술하고 있을
뿐이라는 인상을 강화시켜 준다.48)

회상은 내부와 외부 사이에 체험된 분열을 화해시키고 과거의 삶이
분산되는 것으로부터 해방시키며 마침내 그것을 온전하고 분명한 것으로
보이게 하는 특징49)이 있다. 그래서 서사적 회상은 내면성과 외부세계의
이원성을 극복할 수 있는 효율적인 수단에 해당한다.50)

이문구가 과거를 발견하는 형식적 특성은 두 가지로 생각해 볼 수 있다.
첫째, 후각과 미각 등은 과거를 구체화시키는 '통로'의 구실을 할 수
있는데, 이러한 방법론을 통한 그의 소설언어가 세계를 주관적으로 전유하
는데 기여하고 있음은 분명하다.51) 예를 들어 <화무십일>과 <행운유수>
에서는 '청각'으로 과거를 불러낸다. <화무십일>에서 노부부는 도망간
며느리와 손자를 찾겠다고 서울로 소반 장수가 되어 떠난다. 전쟁으로
인해 이북에서 관촌으로 들어온 부부는 다시 서울로 이주하여 떠돌이
생활을 하게 된다. '나'는 서울에 살면서 소반 사라고 외치는 청승맞은
늙은 영감의 목소리가 들리면 과거의 일들을 떠올리며 밖을 내다본다.
그리고 <행운유수>에서는 술집이나 라디오에서 잊혀진 유행가를 듣게

47) 정항균, 앞의 책, 2005, 161면.
48) 위의 책, 163면 참고.
49) 위르겐 슈람케, 원당희·박병화 옮김, 『현대소설의 이론』, 문예출판사, 1995,
    202~203면 ; 신재은, 「토포필리아로서의 글쓰기」, 『한국문학이론과비평』 20,
    한국문학이론과비평학회, 2003, 120면 각주12번 재인용.
50) 신재은, 위의 논문, 120~121면.
51) 한수영, 「말을 찾아서」, 구자황 편저, 『관촌 가는 길』이문구연구논문집, 2006,
    279면 참조 ; 『문학동네』, 2000 가을.

되면 동심이 되살아나 옹점이가 불렀던 노래들과 어린 시절을 회상하게 되는 '나'의 모습이 그려지고 있다. 시집에서 쫓겨나 사람들에게 약을 팔기 위해 거리에서 구슬픈 노래를 부르는 옹점이를 생각하며 안타까워한다.

그런데 주목할 점은 이러한 수사적 기법을 통해 노스탤지어로서의 과거가 구성되고 있다는 것이다. 무의식적인 기억은 잃어버린 시간까지도 되돌려 줄 수 있다. 언어로 표현할 수 없는 색깔, 향기, 기온 등의 감각적인 연상들 속에서 과거를 회상할 때 우리는 행복했던 순간의 기쁨을 강렬하게 경험할 수 있다.[52] 이러한 수사를 통해 주인공은 불안과 공포의 대상이었던 '아버지'의 다른 면모를 발견할 수 있게 된다. 보송한 흙의 촉감은 딱딱하고 차가운 쇠의 속성을 지닌 아버지의 이미지를 물렁물렁하고 따뜻한 것으로 바꾸어 놓는다.

작품에서 '나'는 석공이 해마다 두 번씩 마당을 맥질하던 모습을 회상한다. 석공의 맥질 작업 후에 동네 아이들은 뛰어 놀면서 마당을 곱게 다진다(아래 인용문 가). 그런데 아이들이 뛰어노는 광경은 곧 아버지가 춤을 추는 모습으로 전환된다(아래 인용문 나). 이 장면은 준엄하고 모든 가사에 있어 식객으로 치부되던 아버지의 존재론적인 변모를 보여준다(아래 인용문 다 → 나에서 일어나는 이미지의 변화). 요컨대 석공의 결혼을 맞아

---

52) 스티븐 컨, 앞의 책, 2004, 131면 참조. 베르그송과 프루스트는 기계적·습관적 기억과 대립되는 '자발적 기억'과, '무의식적 기억'을 개념화하였다. 프루스트는 무의식적 기억을 떠올리는 여러 감각 중 후각과 미각을 이야기하였는데, 이러한 감각에 의해 무의식적 기억이 되살아나 갑자기 명료하게 과거를 기억해내는 '특권적 순간'이 발생한다고 하였다. 베르그송은 평소의 습관 기억 때문에 거의 나타나지 못했던 무의식적 과거가 우리 내부에 보존되어 있다가 어떤 순간에 순수 기억의 작용에 의해 잃어버린 과거를 온전히 재구성해내기도 한다고 하였다 (김진성, 「베르그송과 프루스트―프루스트 소설의 철학적 해명을 위한 시론」, 『베르그송 연구』, 문학과지성사, 1985, 131~140면 참고).

잔치가 흥겨워진 날에 떠오른 마당에 대한 기억은 바로 '흙'의 촉감에서 비롯된 것이며, 그 촉감은 고향에서의 기억을 계속적으로 확장시키고 있다.53)

(가) 매흙이 질음하게 반죽되어 깔린 위에 아이들은 대오리로 엮은 발이나 헌가마니를 덮고는 자글자글 떠들어대며 가로세로 뛰고 짓밟아 다지는 거였다. 마당바닥의 매흙이 묵처럼 솔았다가 송편이나 수제비 모태마냥 되직해지면 아이들은 대오리발이나 가마니 위를 밟기보다도 맨발로 맨흙 밟기를 더 즐겨하였다. (중략) 뛰면 미끈거리는 고무신짝은 애당초 거추장스러운 것, 온 들판을 맨발로 뛰어다녀도 사금파리 한 조각 찔릴 것 같지 않게 보드랍고 넓어 보이기만 하던 아침이었다. (이문구, <공산토월>, 191~192면)

(나) 한 손으로 주안상 가장자리를 두들겨가며 앉아서 노래하는 어른, 코와 눈이 그렇게 크고 음성 또한 굵직한 신사, 그이는 아버지였다. 나는 가슴이 벅차올라 숨조차 제대로 쉴 수가 없었다. (중략) 다시 한 번 뜻하지 않은 일이 벌어졌음이니 그것은 아버지가 일어서서 어깨춤을 추기 시작한 거였다. (이문구, <공산토월>, 203~204면)

---

53) 이러한 감각의 힘은 문순태의 소설에도 드러나는데, 『징소리』의 칠복은 타향의 흙냄새를 통해 젊은 시절의 고향 방울재를 불러온다.
"칠복은 여러 차례 반복해 가며 크게 숨을 들이마시고, 콧구멍을 벌름거리며 냄새를 맡았다. 새콤하고 들척지근한 흙의 냄새가 쩌릿쩌릿 핏줄 속으로 파고들어 왔다. (중략) 칠복은 문득 순덕이한테 장가를 든 지 이 년 후에 머슴살이 새경을 모아서, 처음으로 땅을 장만했을 때의 감격이 살아난 듯싶었다. 물길이 멀어 가뭄만 되면 농사를 망치기 일쑤인 일곱 되지기 칼배미논의 흙이 그렇게 부드러울 수가 없었다. 볼에 비벼본 칼배미의 흙은 아내 순덕이의 살결만큼이나 부드럽고 구수한 호박꽃 향기가 풍겼다."(문순태, <무서운 징소리>, 『징소리』, 천지서관, 1993, 131면).

230

(다) 나는 굵은 철창 안에 태연하게 앉아서 담소하던 아버지가 두렵기만
했던 것이다. (중략)
귓전에 와 닿는 아버지의 입김은, 그 먼저 경험한 바 있는, 박제한 호랑이의
콧수염이 볼에 스칠 때 섬뜩했던 것과 똑같은 충격이었다. (이문구, <일락
서산>, 54면~56면)

둘째, '어린이'의 기억을 통해 과거를 낭만적인 시공간으로 호출하고
있다. 이 작품에는 전쟁이 일어나기 전, 할아버지가 살아계시던 시절에
대한 추구가 간절하게 나타나고 있다. 또한 '그리움'의 정서를 지시하는
단어가 계속적으로 사용된다. 그 시절은 "'실락원의 별'이란 말이 그처럼
실감날 수"54) 없는 시간이었다. 이러한 노스탤지어로서의 과거 고향은
어린 시절의 '나'의 눈을 통해 형상화된다.
어린 시절의 기억을 더듬고 낭만적인 과거를 회상하는 소설은 『관촌수필』
뿐만 아니라 오성찬의 작품에서도 찾아볼 수 있다.

대복이 뒤만 따라다니면 모든 걸 내 맘대로 장난해도 겁날 게 없던 그리운
시절-, 그것은 내가 일곱 살 나던 해부터 한 이태 동안의 비록 짤막한
세월에 지나지 않지만, 그러나 다시금 꿈결 속에 본 대자연처럼 그지없이
아름답고, 은하를 헤엄쳐가는 듯한 심란한 향수에 잠기게 하며, 때로는
나 혼자나 알고 죽을 것같이 비밀스럽고, 혹은 물려줄 수 없는 소중한
재산처럼 여겨지곤 한다. (이문구, <녹수청산>, 128면)

이 언덕에서 구불구불 냇가를 따라 이어진 잔디길, 봄이면 메밀잣밤나무
꽃향기 속에 묻히는 이 길을 나의 소년은 거의 매일 거닐었다. 이
길은 그야말로 나의 꿈과 낭만을 키워주던 요람이었다. 벗들과 어울려

54) 이문구, <녹수청산>, 『관촌수필』, 이문구전집8, 랜덤하우스중앙, 2004, 119면.

숫된 인생토론과 잡담으로 혹은 봄날의 한 때를, 혹은 달 밝은 가을밤을
통째로 보내던 추억, 그리고 숙녀와의 즐겁고 애달팠던 추억들이 낡은
필름처럼 토막져 내 시야를 어지럽혔다. (오성찬, <흐르는 고향>,
173~174면)

어린 시절의 기억이 낭만적이 될 수 있는 이유는 자연의 풍취와 함께
놀이에 대한 서사가 동반되기 때문이다. 물총새 잡기, 꽃게잡이, 팽이치기
놀이는 향토에 대한 세밀한 묘사와 함께 서사화 되면서 촉각, 미각과
같은 가장 원초적인 감각을 이끌어낸다. 그리고 그러한 감각의 작용이
과거를 더욱 풍요롭게 만든다.

이문구의 작품에서 과거의 서사화는 과거의 경험을 현재를 살고 있는
주체가 조화롭게 수용하기 위해 시도된다.[55] 그리고 이문구가 이러한
변모를 꾀한 것은 과거를 현재에 통합하는 시간의 '지속'을 지향하기 위한
것이라고 할 수 있다.

이러한 『관촌수필』은 단순히 기억에 존재하는 안식처로서의 고향과
파괴된 현재의 고향이 대립적으로 형상화 된 작품으로 이해하기는 어려운
측면이 있다. 이문구의 초기 작품에는 고향을 벗어나고자 하는 주체들이
적지 않게 그려지고 있는데, 이러한 고향이 '그리움'의 정서로 귀환하고

---

55) 베르그송의 인식론은 시간 속에서 대상을 인식하는 방식에 바탕을 두고 있으며,
그는 시간이 인생의 핵심이라는 신념이 확고하여 시간을 사는(live) 방법을 배워야
한다고 주장하였다. 시간 속에서 훌륭하게 살아가는 능력은 과거를 현재 속에
통합하는 힘 바로 '자유의 원천'이라고 할 수 있다. 지속으로부터 단절되어 현재
속에서만 살거나 과거 속에서만 사는 사람들은 빈약한 삶을 살 수밖에 없다.
현재 속에서 훌륭하게 평형을 잡고 있고, 그러면서 언제든 과거나 미래로 쉽게
왕래할 수 있는 삶을 추구하기 위한 원리를 경험의 역학 속에서 찾아내야 한다.
가장 자유로운 인간이 과거를 통합할 수 있으며, 엄청나게 많은 기억들을 활용하여
현재의 도전에 대응할 수 있는 것이다(스티븐 컨, 박성관 옮김, 앞의 책, 2004,
123~126면 요약).

232

있는 것에 대해 설명할 수 없기 때문이다.

이 작품에 형상화된 고향을 세 가지 형태로 나누어 생각하면 이문구의 작품에 제기된 여러 가지 질문들에 대해 답을 할 수 있다고 여겨진다. 아래 <표 9>의 내용과 같이 주인공이 지향하고 그리워하는 시간은 할아버지가 생존해 계셨던 전쟁 전의 고향이며, 이 시기가 노스탤지어로 그려진다. 그리고 6·25 전쟁 시기까지도 고향은 인정이 살아있는 공간으로 형상화되고 있기 때문에 동일화가 가능하다고 할 수 있다. 문제가 되는 공간은 농촌공동체가 해체되었다고 여겨지는 '개발되는 고향'이다.

<표 9> 『관촌수필』에 나타난 세 가지 모습의 고향

① 전쟁 전의 고향	② 전쟁 중의 고향	③ 개발되는 고향
할아버지의 생존 모성적 세계	할아버지의 죽음 모성적 세계	옛 것이 사라진 세계
노스탤지어의 공간 (지향해야 할 시간)	전쟁으로 황폐화되었으나 인정이 살아있는 공간	산업화로 이전의 모습 상실
농촌공동체의 면모가 살아있는 공간 동일화가 가능		농촌공동체가 해체된 공간 동일화 불가능

한편 위 표의 내용과 함께 <녹수청산>에 나타난 대복이의 변모 양상은 고향의 변화와 긴밀하게 연결된다는 점에서 주목할 만하다.

① 전쟁 전의 고향56)은 '나'가 아직 어린아이였고 할아버지의 품 안에서 세상을 바라보던 시기이다. 마을에 초상이 나면 바쁜 철이라도 모두 논밭의 일손을 놓고 상을 당한 집에 가서 일을 거들어 주는 농촌공동체의 면모가 가장 잘 드러나는 시기라고 할 수 있다. '나'는 이 시절 대복이와 가장

---

56) 송현호는 『관촌수필』에서 전쟁이 일어나기 전의 고향을 "'淨福의 두레공동체"라고 표현하면서 자연, 동물, 인간이 구분되지 않고 어우러지는 유토피아로 설명한다(송현호, 「공동체의 와해와 농촌소설」, 『문학이 있는 풍경』, 새미, 2004, 141면).

행복하게 놀았던 것으로 그려진다. 또한 할아버지의 기강이 존재했던 시간으로 혼란한 상황을 극복할 수 있는 질서가 존중되었다.

② 전쟁 중의 고향은 6·25로 인하여 황폐화 되었으나 인정만은 살아있는 공간이다. 그리고 어머니의 모성과 이웃 간의 공동체적 의식으로 고향을 보존할 수 있는 것으로 나타난다. 무엇보다 전쟁 중의 관촌은 퇴락을 거듭하고 있었으나 그 안에서 사람들이 화목하게 서로 어울리며 살아가는 것으로 그려진다. 전쟁과 죽음의 그림자가 농촌공동체의 힘을 통해 극복되고 있는 것이다. 그러므로 이 시기는 긍정적 성격을 지닌다.

모두들 비명에 세상을 뜨고, 어른이라고 오로지 어머니 한 분뿐이었던 우리집도 적잖이 변모된 채 겨우 하루살이를 하고 있었다. 명절날 무시날 따로 없이 주야장천 내방객의 신발들이 즐비하던 사랑 뜰과 댓돌에는 퍼렇게 이끼가 끼어 시절이 아님을 말하고, 문짝마다 안으로 굳게 잠겨진 사랑마루엔 여름 먼지 겨울 띠끌만이 자리를 만난 듯 쌓여 지는 해 붉은 노을에 퇴락만 거듭하고 있었다. 그러나 울안엔 언제나 사람들이 들벅거렸음을 무슨 조화 속이라 이를 것인가. 밤낮으로 마을 아낙들이 모여들었으니 안사랑이라 이름할 것인가. 그네들은 낮잠을 자러 오기가 예사였고 어린아이를 맡기러 오기도 했다. 어렴성 모르고 무시로 드나들어 거의 마을방이나 다름이 없었다. 덕택에 어머니는 적적한 줄을 몰랐고 마당일 부엌일 거들어주는 손이 많아 자자분한 집안일로 허리를 앓지 않아도 되었다. (이문구, <공산토월>, 218면)

<녹수청산>에서 6·25 전쟁 당시 철이 없던 대복이는 참봉집 손녀딸 순심이를 겁탈하려고 했으나 깨달은 바가 있어, 그 집 머슴으로 들어가 나무를 팔아서 양식을 대준다. 순심이가 부역을 한 관계로 땅을 모두

234

몰수 당해 생계유지가 막연했던 참봉집의 충직한 머슴이 된 것이다. 전쟁과 이념의 극한 대립 속에서도 대복이와 순심이가 서로를 배척하지 않았던 까닭은 인정(人情) 때문이다. 대복이가 전쟁터로 출정하던 날 숨어 지내던 순심이가 밖으로 나왔다가 경찰에 잡혀가는 모습을 보는 '나'의 시선을 통해 작가가 6·25전쟁에 놓인 '관촌'을 어떻게 바라보고자 했는지 알 수 있다. 전쟁의 참상을 고통스럽게 인식하고 있으나 동시에 동정과 안타까움의 시선으로 그려내고 있는 것이다.

> 순심이는 견딜 수가 없었다. 마지막 길인지도 모르고 떠나는 사람, 집안에 숨어서 멀리 뒷모습만이라도 바라보고 싶었다. (중략) 대복이가 걷다 말고 불현듯 돌아서서 이쪽을 한바퀴 둘러보며 집과 울타리, 논밭이며 나무들에게 두루 작별을 고하던 것이다. 몇 달 만이었을까, 그녀가 대복이 얼굴을 대낮에 밝은 눈으로 쳐다봤던 것은. 대복이가 안 보일 때까지 변소 속에서 있던 그녀는 갑자기 구토감이 걷잡지 못하게 치밀어오름을 가라앉힐 수 없었다. 나는 아직도 알지 못한다. 입덧 증상이 어떤 것인지를. 그리고 우연히 지나가다가 순심이를 발견하고 경찰서에 일러바친 자가 누구였는지도. (이문구, <녹수청산>, 167면)

요컨대 이문구는 사라져버린 고향의 질박한 인정과 풍속에 대한 그리움을 배경[57])으로 전쟁 시기를 이미지화하고 있다. 고통스러운 시간이지만 6·25 시기의 고향도 긍정적인 시각에서 그려진다.

③ 산업화가 되어 도시적 요소가 시골에 본격적으로 들어오면서, 관촌은

---

57) 강진호, 「분단현실의 자기화와 주체적 극복 의지」, 『1970년대 문학연구』, 소명출판, 2000, 58면. 강진호는 이문구가 분단 현실을 담담하게 수용하는 민중들의 삶의 자세를 그렸으며, 그런 시각에서 과거사를 포용하려는 작가 정신을 확인할 수 있다고 설명한다.

인정마저도 사라진 장소로 변모한다. 그런데『관촌수필』에서 작가는 관촌의 부정적인 변모를 가속화시키는 산업화에 대한 비판을 분명히 하고 있다. 이 작품에서 문제화 되는 것은 그 과거를 회복불능한 것으로 만드는 당대의 사회적·문화적 변화라고 할 수 있다.58) 그리고 이문구는 현재를 비판하기 위해 과거를 부각시킨다. 이 작품에서 농촌의 개발과 물질의 유입은 극복하기 힘든 것으로 나타난다. 한국전쟁을 견뎌냈으나 "박래품과의 실질적인 접근"과 "요즘은 모를 사람이 없이 된 피서지 대천 해수욕장"59)은 이겨낼 수 있는 대상이 아닌 것이다. 그리고 작가는 인정의 세계를 무너뜨리는 것을 도시화라고 규정지으면서 ③의 고향에 대해서는 ①, ②의 고향과는 다른 냉정한 시선을 견지한다.

①, ②의 고향을 묘사하는 부분에서도 새로운 문물과 신종 상업에 대한 이야기가 언급되는 지점에서는 갑자기 비판적인 시선으로 전환된다. 예를 들어, 대천 해수욕장은 6·25 직전에 만들어진 것으로 그때부터 번진 신종 상업이 관촌을 무질서하고 혼탁한 분위기로 만들기 시작했다고 설명한다. 이러한 문물에 현혹된 대복이의 타락은 그가 전쟁 기간 중에 마을사람들에게 했던 악랄한 행위보다 더 비판적으로 그려진다. 땔나무나 모종 등의 농촌 일에 게을러지고 남의 물건을 훔치는 대복이는 상대할 가치가 없는 인물로 나타난다.

이문구가 세 가지 모습의 고향을 불러내면서 첫 번째 고향을 노스탤지어로 형상화하고는 있으나 그가 강조하고자 하는 내용은 두 번째 고향에 있다고 여겨진다. '나'가 가장 지향하는 <공산토월>의 석공과 같은 인물도 ②의 고향에서 불러낸 인물이다. 그리고 '나'에게 문제가 되는 것은 세

---

58) 김재영, 「연작소설의 장르적 특성 연구」, 『현대문학의 연구』 26, 한국문학연구학회, 2005, 346면 참고.
59) 이문구, <녹수청산>, 『관촌수필』, 이문구전집8, 랜덤하우스중앙, 2004, 137면.

236

번째 고향인 도시화된 고향 마을의 모습이며, 고향의 낭만화는 산업화를 비판하기 위한 전략으로 구성되었다고 할 수 있다.[60]

이렇게 고향을 세 개의 이미지로 분리함으로써 이문구의 소설에 제기되었던 몇 가지 질문이 해결된다. 이문구는 과거의 고향을 노스탤지어로 부르되 완전한 노스탤지어의 시공간은 전쟁 전, 즉 할아버지가 살아계시던 시대라고 할 수 있다. 그런데 이문구가 『관촌수필』에서 가장 강조하는 고향의 모습은 6·25 전쟁이라는 역사적 비극에 대응[61]하던 시기이다. 어려운 시절이지만 변함없이 공동체적 생활을 지속시키고 있음을 부각시켜 이미지화 하고 있는 것이다.

그러나 노스탤지어로서의 고향을 호출함으로써 과거/현재라는 고향의 시공간적 대립을 이끌어내어 근대의 부정성을 비판하는 데는 성공했다 하더라도, 전쟁 이전 할아버지가 살아계시던 시기가 정말 그랬는가의 문제는 여전히 남겨진다고 할 수 있다.[62]

---

60) 일반적으로 『관촌수필』은 『우리동네』와 함께 중기 소설로 분류된다. 그런데 본서는 『관촌수필』이 농촌·농민 소설의 성격이 강한 『우리동네』로 나아가기 위한 전 단계로서의 성격이 강하다는 점을 강조하려고 한다. 근대의 부정적 측면을 비판하기 위해 과거 고향을 노스탤지어로 불러내는 작업은 필수적인 것이었다. 초기 소설에서 많은 인물들이 고향과 내적 합일성을 이루지 못한 경우가 많은데, 『관촌수필』에서 창조한 고향을 통해 인물과 과거 고향의 합일성이 가능해지고 있다. 현재의 고향을 비판하기 위해 과거에는 그렇지 않았다는 것을 강조하는 동시에 현재의 '나'에게 정체성을 부여해 주고 사명감을 가지게 해 줄 대상의 구성이 필수적인 것이었다고 여겨진다.
61) 권영민, 「개인적 경험과 서사의 방법」, 『관촌수필』, 이문구전집8, 랜덤하우스코리아, 2004, 383면 내용 참조.
62) 할아버지가 살아계신 시기가 객관적으로는 '노스탤지어'라고 하기 어렵다고 해도 개인적으로 낭만적 시간으로 느끼는 것은 가능하다고 보아진다. 그러나 할아버지가 느끼는 당대와 '나'가 생각하는 그 시기 고향의 이미지는 다를 수밖에 없을 것이다. '나'는 그 시간을 '보존'하여 그대로 기억할 수 없기 때문에 자신이 원하는 어떤 부분만을 확대 재해석하는 '왜곡'을 보여줄 수밖에 없다.

한편 문순태는『징소리』를 통해 과거의 고향을 낭만과 심연으로 이원화시키고 있다. 이 작품은 '징소리'가 가진 청각적 심상으로 고향의 다면적 의미를 접근한다. 칠복은 고향 방울재가 댐 건설로 수몰지가 되면서 광주로 흘러들어오게 된 사람으로 도시의 백화점과 증권회사가 들어찬 11층 빌딩에서 징을 친다. 그런데 현재를 살고 있는 사람들에게 고향을 환기시키는 징소리는 두 가지 의미로 이원화되어 표현된다.

(가) 그것은 **잊혀진 고향에서 불어오는 한 줄기의 뭉클한 바람이었다. 고향 사람들의 울부짖음**이었다. 울부짖음과 함께 이름만 생각나는 고향 사람들의 얼굴이 찢겨진 선전 포스터처럼 희미한 모습으로 머릿속에서 펄럭였다. (중략) 공간이 차단된 고층빌딩의 깊숙한 사장실에서 듣는 징소리는 **신비하고 감미로운 혀끝으로 얼어붙은 심장을 핥아 향수의 지느러미들을 일으켜 세웠다**. (중략) (문순태, <말하는 징소리>, 57~59면, 강조는 인용자)

(나) 그는 옥상 위에서 겅중거렸다. 머리끝에서 발부리에까지 한 줄기의 소리가 그의 핏줄을 타고 온몸에 퍼지면서, 고향을 잃은 분한 마음, 아내를 잃은 슬픔이 징소리와 함께 하늘과 땅으로 울부짖음이 되어 흩어졌다. 그는 방울재에 댐을 막으려고 불도저를 들이댔던 빨간 모자를 삐딱하게 눌러쓴 측량기사며, 물에 잠긴 마을에 낚싯줄에 드리운 낚시꾼들, 아내를 나꿔채 간 식당 주방장의 머리통을 깨부수듯 신들린 사람처럼 징채를 휘둘렀다. (문순태, <말하는 징소리>, 71면)

데이비스는 도시 공간에 소박한 노스탤지어가 넘치고 있는 것처럼 보인다고 말한다. '아름다운 과거'와 '매력 없는 현재' 사이의 대비에 근거해 상기된 과거는 '그리운 고향'과 '사람을 타락시킨 도시'로서 논해졌다.[63]

도시/농촌의 대립항을 통해 도시는 부정적인 공간이 되지만, 역설적으로 그렇기 때문에 도시는 농촌을 낭만적으로 인식할 수 있는 노스탤지어가 충만한 공간이 되는 것이다.

(가)의 내용을 살펴보면, 징소리는 도시 사람들에게 고향에 대한 낭만적인 향수를 불러일으키고 있으며 사람들은 그 소리를 귀가 아닌 가슴으로 듣는다. 바쁜 삶속에서 잊고 있었던 고향은 그리움의 대상으로 형상화되고 있다. 이문구의 『관촌수필』에서처럼 '뭉클한 바람'의 촉각과 '울부짖음'의 청각 등 다양한 심상으로 이미지화 된다. 이러한 과거의 기억은 어른들이 아무리 설명해 주어도 도시의 아이들은 이해할 수 없는 것이다. 고향은 자동차와 공장 굴뚝이 내뿜는 매연으로 검어진 도시의 하늘과 대조적인 낭만적인 이미지로 재현된다.

즉 <말하는 징소리>에서 도시 사람들에게 과거의 고향이 '노스탤지어'의 장소로 구현되고 있되, 그 시절이 왜 좋았는지 왜 그리움의 대상이 되는지에 대해서는 언급되지 않는다. 그 이유는 고향에서 있었던 사건을 회상하기보다는 도시와 대비된 공간으로서의 낭만적 이미지를 '고향'이라는 장소에 부여했기 때문이다. 과거의 구체적인 사건은 삭제되었기 때문에 '울부짖음', '찢겨진' 등의 뭉클함이 느껴지기도 하지만, 궁극적으로는 '신비하고 감미로운' 이미지로 그려질 수 있는 것이다.

(나)에서는 고향과 아내를 잃은 칠복의 분한 마음이 표현되고 있다. 칠복은 도시에서 시대의 변화와 자신에게 닥친 운명에 대해 징을 치면서 한풀이를 한다. 이때의 고향은 낭만성이 축소되고 상실감이 확대된다.

요컨대 징소리를 통해 도시 사람들은 '과거'의 시간을 불러오고 칠복은 '현재'의 고향이 지닌 문제를 들추어냈다고 할 수 있다. 그런데 징소리를

---

63) 나리타 류이치, 앞의 책, 2007, 242면.

통해 도시 사람들은 칠복이 고향에서 장승제를 지냈던 것처럼 공동체적
체험을 하게 된다. 장승제에서 농악대뿐만이 아니라 동네 처녀와 아이들까
지 춤을 추며 하나가 되었듯이 도시 한복판에서 벌어지는 '징울리기'는
일종의 축제로 의미가 확장된다. 징소리는 구경꾼들을 칠보증권 옥상으로
몰려들게 했고 도시인이 잃어버린 고향을 끊임없이 일깨워준다. 그러나
도시 사람들에게 고향에 대한 노스텔지어는 구성된 것이기 때문에 징소리
가 중단되면 고향에 대한 기억도 사라진다. 징을 잃어버린 칠복이 더
이상 칠보증권에서 필요 없게 된 까닭도 그 때문이다.

　이러한 징소리는 도시가 아닌 방울재에서도 이원적 의미로 드러난다.

　(다)-1 (징소리는) 흉년에 아기를 굶겨 죽인 젊은 어머니의 배고픈 울음,
고향을 잃은 사람들의 슬픈 울부짖음이나 전장에 나간 아들의 전사통지서
를 받고 눈물은 메말라 버린 채 숨만 가쁜 늙은 어머니의 목쉰 울음소리
같기도 하고, 긴긴 겨울밤 오동나무잎이 휘휘휘 바람에 떠는 소리에
잠 못 이루고 대처로 돈벌이 간 남편을 기다리는 가난한 아낙의 긴 한숨,
때로는 순덕이처럼 다른 남자와 눈이 맞아 자식까지 버리고 집을 나간
아내를 원망하는 남편의 뼈를 깎아내는 듯한 탄식과도 같은 징소리.
(문순태, <마지막 징소리>, 197~198면)

　(다)-2 손판도는 징소리가 무서워 자꾸만 심장이 오그라들었다. 그것은
마치 죽은 칠성네의 사설 외는 소리, 손양중이의 화초가 목청 타는 소리
같기도 하고, 고향을 잃은 방울재 사람들이 목놓아 우는 소리처럼 들리기도
했다. (문순태, <달빛 아래 징소리>, 235면)

　(라) 횃불싸움을 하러 가는 날 밤, 그가 마을 앞 돈단에 나와서 징을
울리면 방울재 청년들은 대나무나 싸리나무로 미리 만들어 두었던 홰에

불을 붙여 들고, 고래고래 소리를 지르며 모여들곤 하였다. (중략) 칠복은, 옛날 방울재에서 횃불싸움할 때처럼 징을 거칠게 두드리며, 남창 마을 사람들이 횃불을 들고 몰려나오기를 기다렸다. 신통하게도 징소리를 들은 마을 사람들이 횃불 대신 손전등 불을 켜들고 하나둘 모였다. (문순태, <무서운 징소리>, 190~191면)

징소리는 인용문 (다)의 내용과 같이 과거 고향의 어두운 면을 들추는 슬픔의 소리와 전쟁과 가난이라는 역사적·개인적 트라우마를 불러낸다. 징소리는 과거 고향에 대한 비가(悲歌)인 것이다. 반면 (라)에서 징소리는 공동체 문화가 분열된 남창 마을 사람들의 마음을 하나로 연결해 주는 역할을 한다. 과거 방울재에서 놀이를 할 때 '횃불'을 들고 나왔던 것처럼 남창마을 사람들은 '손전등'을 들고 칠복 주변을 둘러싼다. 농촌 공동체의 놀이를 통해 물신주의, 개인주의와는 대비되는 가치를 형상화하고 있다.

(나), (다)의 내용은 현실성이 있으나, (가), (라)의 내용은 실제의 고향과는 상관없이 고향에 가질 법한 감수성의 형태를 보여준다. 과거의 고향은 인용문 (가)와 같이 돌아가고 싶은 장소가 아니라 (다)처럼 슬픔의 시간이 함축된 공간이다. 또한 과거 고향은 (라)처럼 공동체성이 살아 있는 공간으로 기억되며, 그 힘이 현재의 농촌에도 실현되길 바라고 있다. 문순태는 인용문 (나)에 나타난 퇴락한 고향을 비판하고 재건하기 위해 과거 고향에 내재되었다고 여겨지는 '공동체성'(인용문 라)의 힘을 강조한다.

요컨대 『징소리』에서 '광주'와 '방울재'가 각각 현재의 도시와 고향의 모습을 드러낸다면, 남창마을은 작가가 지향하는 바가 담긴 공간이다. 남창마을에서 칠복이 도시화에 의한 물질주의에 침식당한 농민들을 치유하고 규합하는 과정은 곧 농촌 공동체의 회복과 연결된다.

한편 『징소리』는 고향에서의 기억을 거부하는 장필수 혹은 맹만수 등과 같은 인물을 등장시켜 아직 치유하지 못한 심연을 드러내면서 언어로 형상화할 수 없는 부분까지 '말하고자' 한다. 그래서 표면적으로 『징소리』에서 과거 고향은 『관촌수필』의 이상적 과거 고향(할아버지가 살아계시던 고향)과는 다르게 노스탤지어와 고통의 시간으로 끊임없이 이원화 된다. 그러나 과거를 고통의 시간으로 보는 사람은 고향을 배신하고 도시의 삶을 지향하는 장필수, 맹만수이며, 고통스러운 일을 당했더라도 고향을 되찾으려는 칠복은 과거를 심연으로 생각하지 않는다.

　<말하는 징소리>에서 장필수의 아버지는 자신이 메기굿의 징을 치는 정월 한 달 동안 박포수와 아내가 관계를 맺는다는 것을 알고는 박포수를 죽인다. 그 후 그는 10년간 징역살이를 하다가 병이 나 죽고, 장필수와 그 어머니는 고향을 떠나 광주에 정착한다. <무서운 징소리>의 맹만수는 같은 마을에 살던 박천도에게 아버지를 잃는다. 원한 관계가 없었는데도 전쟁의 폭력성에 휘둘리면서 서로 원수지간이 되어 버린 것이다. 그러나 이들은 과거와 끝내 화해를 이루려고 하지 않는다. 반면 칠복은 6·25 당시 아버지가 죽는 끔찍한 일을 체험했으나 장필수나 맹만수처럼 괴로워하지는 않는다. 칠복이 고통스러워하는 지점은 과거의 기억이 아니라 현재 사라진 고향땅에 있다고 할 수 있다.

> 칠복은 그렇게 아버지가 죽은 내력을 알고 있지만, 고향 방울재가 무섭거나 싫지가 않았다. 그것은 어쩌면, 맹 계장 어머니와 같은 마음일지도 모른다고 생각했다. (중략)
> 그런대로 땅에 정이 들어, 아버지를 죽인 점례나, 아버지를 애매하게 끌고 간 사람들에 대한 미움이나 원망이 그렇게 뼈 끝에 맺혀오지는 않았었다. (문순태, <무서운 징소리>, 130면)

242

『징소리』에서는 '칠복'에 의해 전쟁의 고통과는 별개로 과거의 '고향'이
무조건적으로 향수의 대상으로 전제되는 경향이 강하다. 요컨대『징소리』
에서는 6·25의 경험이나 아버지에 대한 트라우마가 극단적인 고통으로
나타나 있지 않다. 그 이유는『징소리』가 도시화에 대한 비판적인 시선을
견지하고 있기 때문이다. 그리하여 상대적으로 그러한 트라우마의 고통이
감소되고 고향의 낭만화가 심화되는 경향이 나타난다. 고향의 낭만화는
실제의 고향을 형상화 한 것이 아니라 전략화의 산물이라고 할 수 있다.

문순태도 이문구와 마찬가지로 과거를 파편적이 아닌 총체적으로 서사
화함으로써 고향과 합일을 이룬다. 또한 과거의 고향이 낭만적 고향/고통스
러운 고향으로 이원화되어 이미지화 되고 있으나 그 두 개의 고향 중
전자에 중점을 두어 현재의 고향을 극복하려는 점에서 이문구가 지향하는
고향과 연결된다고 할 수 있다.

3. 고향의 숭고화와 주체의 동일화 욕망

하이데거가 말하는 고향은 향토 지향적인 종교의 공동체로서 아테네인
들이 아테네신의 비호 안에서 자신들의 대지와 하나가 되었던 세계라고
할 수 있다. 즉 하나의 공동체가 동일한 신 앞에서 함께 춤추고 노래하면서
축제를 벌일 수 있는 세계이다.[64] 하이데거의 시각으로 볼 때 현대인들은
자신들이 태어난 토착의 세계로부터 벗어나 있기 때문에 믿고 의지할
수 있는 것이 아무것도 없다. 사람들은 호기심과 흥분을 끊임없이 자극하는
것들이 명멸할 뿐인 세계에 살고 있는 것이다.[65] 그래서 하이데거는 현대인

---

64) 박찬국, 앞의 책, 2001, 232~233면 요약.
65) 위의 책, 241~242면 요약.

에게 '고향'이 중요함을 역설하며 고향의 세계를 찬미한다. 이문구와 문순태
가 이야기하는 '돌아가야 할 과거'의 의미 규정을 명확히 하기는 어렵지만,
그 시기는 대략적으로 '평온하고 안정된 삶이었던 유년' 혹은 '댐이 건설되
기 전의 고향'이라고 할 수 있다. 그리고 향수는 자아와 외부 세계가 '간극을
지니지 않고 융화되어 있던 시절'66)을 그리워하는 데서 나온다.

　과거 고향의 향토적 이미지들은 고향의 숭고화에 기여한다. 그리고
그렇게 구성된 고향은 하이데거의 '고향' 특히 '사방세계'67)의 공간성과
연결되는 지점이 있다. 고향이라는 장소의 정체성은 자연, 신적인 것,
죽을 자로서의 인간이 긴밀하게 상호 관계를 맺으면서 형성되는 것이다.68)
자연에 대한 외경심과 인간의 정체성이 긴밀한 관계에 있으며, 인간의
생활을 자연의 일부로 보는 세계관도 드러난다. 향토성의 세계는 근대화에
대한 감성의 완충지대로서, 근대화 안에서 위안 받지 못한 감성은 자신을

───

66) 민병인, 앞의 논문, 2000, 131면.

67) 기술의 발전으로 인간의 '거주하기'에 대한 위협을 감당해내는 방법으로 하이데거
　는 세계가 非기술적인 방식으로 전개될 수 있는 공간을 마련해야 한다고 주장하는
　데 그것이 바로 '사방' 공간이다. 땅, 하늘, 신적인 것, 우리와 함께 살아가는
　죽을 자들이 바로 '사방'인데 이러한 것들의 조화로운 상호 관계로부터 세계가
　통합된 구조로 출현할 수 있다고 보았다(마크 A 래톨, 권순홍 옮김, 『How To
　Read 하이데거』, 웅진 지식하우스, 2008, 204~207면 참조).

68) 하이데거의 후기 사상에서 두드러지는 네 개의 방역들의 관계는 인간과 무관하게
　존립하는 어떤 보편적인 우주를 이야기하는 것이 아니다. 저마다 다른 것들을
　비추는 거울인 동시에 다른 것들은 자기 자신을 비추어주는 거울이 된다. 그리하여
　서로가 서로의 본질을 살리는 상생적 상호관계성을 맺게 된다. 여기서 '땅'은
　건립하면서(혹은 봉사하면서) 떠받치고 있는 것이자 길러주면서 결실을 맺어준다.
　'하늘'은 죽을 자들로서의 인간이 이 땅 위에 거주하며 살아가는 구체적인 삶의
　경험 속에서 나타나는 날씨 현상이면서 동시에 존재의 무상함과 경이로움을
　일깨우는 신적인 것의 비밀스런 영역이라고 할 수 있다. 또한 '신적인 것'은
　신(god), 신성의 영역이라고 할 수 있다. 그런데 하늘이 땅과 마주하듯 신적인
　것은 죽을 자들로서 머무는 인간과 마주한다(신상희, 「하이데거의 사방세계와
　신」, 『철학』 84, 한국철학회, 2005 내용 참조).

문화적 공동체의 감각 속에 귀속시킴으로써 구제받고자 한다. 즉 자연과 인간의 일체감을 통해 인간은 자신을 둘러싼 자연과 환경에 귀속될 수 있다.[69] 요컨대 고향의 향토와 과거라는 시간을 바탕으로 현재의 고향이 무장소화(無場所化) 되는 것에 관계없이 정체성을 구성하는 것이 가능해진 다.

한편 Ⅱ장에서 분석한 작품군이 과거를 배제하고 고향을 부재화 하는 경향을 보인다면, Ⅲ장에서 다뤄지는 작품의 인물들은 과거 고향의 숭고화 를 통해 정체성을 획득한다. 현재 고향의 무장소화를 치유시킬 주체가 탄생되는 것이다. 고향의 숭고화를 통해 탄생된 인물들은 현실을 비판할 책임이 있으며 고향을 재건하기 위한 힘을 발휘하고 있다는 측면에서 영웅[70]성을 가진다. 이러한 영웅들에게서 고향을 지키는 파수꾼으로서의 존재성[71]을 발견할 수 있다.

---

69) 박헌호, 『한국인의 애독작품 – 향토적 서정소설의 미학』, 2001, 책세상, 107면, 176면 내용.

70) 영웅이란 스스로의 힘으로 자기 극복의 기술을 완성한 인간이다. 또한 개인적, 역사적 제약과 싸워 이것을 보편적으로 타당하고 정상의 인간적인 형태로 환원시 킬 수 있었던 인간을 의미한다(조셉 캠벨, 이윤기 옮김, 『천의 얼굴을 가진 영웅』, 민음사, 2004, 29~53면 참조). 조셉 캠벨은 영웅의 모험 서사를 출발 → 입문 → 귀환으로 이야기하는데, 『관촌수필』과 『징소리』가 그러한 과정을 섬세하게 형상화했다고 보기는 어렵지만, 시련에 놓인 마을을 구출할 소명을 부여받고 그것을 수행하는 주체를 강조한다는 측면에서 영웅의 서사를 밟고 있다고 여겨진 다.

71) 하이데거는 인간존재의 귀향을 촉구하는데, 이는 탈공간화의 시대에 인간의 공간화를 위한 사유의 책임을 호소하는 것이다(강학순, 「공간의 본질에 대한 하이데거의 존재사건학적 해석의 의미」, 『하이데거연구』 15, 한국하이데거학회, 2007, 408면). 고향을 지키는 파수꾼이 지닌 사명은 조화로운 사방세계의 상호 관계 속에서 사물들과 교감하면서 사물들 곁에서 참된 거주 공간(고향)을 발견하는 것이라고 할 수 있을 것이다.

1) 고향의 '무장소화(無場所化)'와 '사방(四方)' 세계 지향

1970년대 이후 산업화로 고향의 공간성이 크게 변모하거나 고향이었던 땅 자체가 사라지는 '무장소화(無場所化)'[72] 현상으로 인하여 '장소의 정체성'[73]을 회복하기 위한 열망이 커지게 되었다. 이 시기 작가들은 산업화에 의해 공동체로서의 삶이 붕괴되고 인간성이 상실된 현재의 고향이 아닌 '그렇지 않았다고 여겨지는' 과거를 통해 장소의 정체성을 회복하고자 한다. 그리하여 상실되었다고 여겨지는 고향은 '땅'이 없어지거나 가족이 전혀 살지 않는 상태에서도 오히려 더욱 확고한 실체로 자리잡는다. 또한 역설적으로 도시에서 이방인이었던 이향자들이 고향에서 장소성을 확보하고 위로를 받기도 한다.

문순태의 소설에서 고향은 정체성을 담지한 공간으로 설정된다.[74] <고

---

72) 본서 34면 각주 45번 내용 참조.

73) 하이데거는 "우리가 어떤 종류의 존재와 어디에서 어떻게 관련을 맺든 정체성은 반드시 생겨나게 된다"고 했다. 정체성은 매우 기본적인 것이기 때문에 그 주요한 특징이 분명히 드러난다 할지라도 간단히 정의할 수 없는 현상이기도 하다. 어떤 것의 정체성은 다른 것으로부터 그것을 구분해낼 수 있도록 하는 지속적인 동일성을 말한다. 그러한 고유의 정체성은 다른 사물에 대한 정체성과 분리되는 것이 아닌데, 에릭슨은 정체성이란 그 내부에 있는 지속적인 동일성과 어떤 종류의 특성을 타자와 지속적으로 공유하는 것 양자를 모두 의미한다고 말했다. 또한 변화할 수 없는 것이 아니라 환경이나 태도의 변동 특징이 달라질 수 있다고 하였다. 이와 관련하여 '장소의 정체성'을 살펴보면 케빈린치는 다른 장소와의 차별성을 제공하며, 독립된 하나의 실체로 인식하게 하는 토대 역할을 한다고 정의한다. 또한 모든 개인들은 의식적으로든 무의식적으로든 특정 장소에 특별한 정체성을 부여할 수 있으며, 이러한 정체성은 상호 주관적으로 결합되어 공통의 정체성을 형성한다(에드워드 렐프, 앞의 책, 2005, 108~109면 요약).

74) 박성천은 문순태의 작품에 나타난 고향을 다음의 네 가지 이유에서 '신원찾기'의 공간이라고 설명한다. ① 6·25 전쟁 등 정신적 원적지를 찾아가는 귀향 ② 외부 도시에서 내부 고향으로의 회귀와 화해 ③ 모성을 희구하는 귀향 ④ 귀향의 열망이 투사된 심리적 공간(박성천, 『문순태 소설의 서사 구조 연구-恨의 극복양상을 중심으로』, 전남대학교 박사학위논문, 2008, 191~199면 참조).

246

향으로 가는 바람>에서 고향은 댐건설로 인하여 무장소화 되었으며 노루목 사람들은 타지로 이사를 간다. 그런데 그 사람들은 고향에서 조금이라도 가까운 곳에서 살기 위해 땅값이 비싸 손해를 보더라도 이웃 마을로 이주하려고 한다. 그 이유는 고향이 없어졌다고 해도 마음의 거리까지 멀어지기는 싫기 때문이다.

<징소리>에서 도회지로 나가 정착하지 못하고 낚시꾼들에게 매운탕을 끓여주며 생계를 꾸리는 방울재 사람들은 댐의 건설을 고향의 죽음과 연결시킨다. 댐이 고향 땅뿐만이 아니라 고향 사람들까지 물에 잠기게 했다고 생각하는 것이다. 사람들이 타지로 나가는 과정에서 방울재의 공동체적 성격은 점차적으로 붕괴될 수밖에 없다. 공동체의 분열로 인해 고향과 고향 사람이 죽음에 이르렀다는 의식을 가지게 된 것이라 할 수 있다. 그런데 이러한 시골 사람의 가치관은 도시 생활자에게는 이해될 수 없는 것으로 나타난다. 아래 인용문의 내용처럼 도시에서 온 낚시꾼과 방울재 사람들의 소통이 일시적으로 어긋난다.

> "사람들꺼정 한꺼번에 잼겨뿐 거이 더 마음 아프구먼유."
> "누가 빠져 죽었나요?"
> "죽은 거나 매한가지라유. 수십 년 동안 얼굴 맞대고 정 붙이고 살아온 방울재 사람들은 시방 어디에 가서 찾을 겁니까유. 살아 남은 사람들은 몇 집 안되지라유."
> "예끼 이보슈, 난 또 무슨 소리라구!"
> "선생님들은 우리 속 몰라유." (문순태, <징소리>, 16면)

고향의 '땅' 자체가 방울재 사람들의 근원을 형성하고 있기 때문에 수몰은 곧 정체성의 소멸과 죽음으로 인식된다. <저녁 징소리>의 칠복이 도시에서 징을 치다가 파출소로 끌려가서 자신이 고향 없는 사람이라고 말하는 까닭도 이러한 연유에서이다.

『징소리』 연작에서 수몰된 방울재는 '잊지 않는 것'(기억)에 의해 지속될 수 있는 고향이라고 할 수 있다. 현재 실재하는 것이 아니라 과거에 존재했다고 여겨지는 고향의 공간성을 구축하기 위해 고향성(故鄕性)이 무엇인지 이야기하는 부분이 자주 나타날 수밖에 없다. 문순태는 『징소리』를 통해 공동체성과 인심이 살아 있는 공간이 구현되면 그곳이 곧 '고향성'을 지니게 된다고 언급한다. 고향의 땅과 자연은 나와 고향을 하나로 연결하여 '일체' 시키는 열쇠로 작용한다. 그런데 이렇게 모든 것이 화합되는 세계는 현실적인 공간으로 느껴지지 않는 측면도 있다.[75]

이러한 자연과 인간의 일체감은 하이데거가 지향하는 사방세계의 존재성과 연결하는 것이 가능하다고 여겨진다. <달빛 아래 징소리>에서 칠복은 손판도가 마을과 함께 한 늙은 나무들을 자르자 어린 시절부터 자신과 함께 한 자연의 아름다움이 사라져버렸다고 생각한다. 나이 많은 나무들은 마을의 역사와 함께 한 존재이기 때문에 나무들의 죽음은 곧 전쟁 때 죽은 칠복 아버지의 시체와 동일시된다. 죽을 자들인 인간들과 함께 하던 나무의 죽음으로 하늘을 보며 느꼈던 황혼의 아름다움도 퇴색된다.

여름날 그늘 밑에 서 있으면 나뭇가지들이 온통 **방울재 하늘을 모두 덮어 버린 것 같았던 마을 앞 늙은 팽나무가 넘어지는 순간,** 칠복이는

---

75) 문순태는 이 작품의 고향을 "현실적 공간의 고향을 말하는 것은 아니다. 그것은 어쩌면 원초적 상황의 회귀를 의미하는 것인지도 모른다. 고향은 모든 것을 용서하고 화합하는 새로운 세계인 것이다."라고 언급한다(문순태, 「고향의 역사와 한―연작 장편 『징소리』의 창작노트」, 『징소리』, 천지서관, 1993, 319면). 즉 작가는 『징소리』에서 칠복이 말하는 이상적인 고향이란 존재했던 장소라기보다는 지향해야 할 공간이라고 이야기하고 있는 것이다.

어렸을 때 바람재 모퉁이 아카시아 숲속에서 **구더기가 득실거리는 아버지 시체를 발견했을 때처**럼 큰 아픔에 가슴이 뻐개지는 듯싶었다.

어렸을 때 칠복이는 해가 넘어갈 무렵 서쪽 하늘로 뻗지른 팽나무 가지 끝에 부챗살처럼 퍼지며 붉게 타오르는 황혼을 바라보며 이 세상에서 가장 아름다운 꽃을 보듯 취해 있곤 하였다. 정말이지, 늙은 팽나무 가지 끝에 매달린 불타는 황혼은 그가 제일 좋아하는 짙은 자주색의 양달개비꽃 보다도 훨씬 아름답다고 생각했다. 방울재 마을 앞 늙은 좀팽나무가 손판도의 톱에 잘려 하늘이 무너지듯 넘어진 그후로 칠복은 해가 떠오르는 찬란함도, 황혼이 불타는 아름다움도 전혀 느끼지 못하고 살아왔다. (문순태, <달빛 아래 징소리>, 277면, 강조는 인용자)

『징소리』에서 고향은 인간의 안식처로 전제된 공간이다. 그래서 고향과 조화롭게 연결된 인물들은 순조로운 삶을 살지만 그렇지 못한 인물들은 파괴성을 보이거나 세상으로부터 소외된 면모를 보인다. 손판도의 아버지는 빨치산이었고 어머니는 술집여자였는데, 6·25 때 방울재 사람들에게 목숨을 잃었다. 그리고 그는 베트남전에서 무수한 여성을 강간한 인물이다. 의지할 고향이 없는 그는 베트남 참전 후 방울재로 돌아와 늙고 오래된 나무들을 모두 잘라낸다. 마을 노인들의 비난에도 불구하고 그러한 행위를 하는 까닭은 고향의 땅과 정신적으로 연결되지 못했기 때문이다. 반대로 고향을 떠나 도회지에서의 삶을 모색했으나 실패한 인물이 다시 방울재로 회귀하여 자살하는 이유는 죽어서나마 고향과 일체감을 느껴보기 위해서이다. 작가는 인간의 파괴성과 소외성을 극복할 수 있는 장소로 자연과 인간이 일체를 이루는 '고향'을 제시한다.

<달빛 아래 징소리>의 마지막 부분은 하늘, 땅, 신, 죽을 자들인 인간이 합일을 이루는 경지를 보여준다. 문순태는 이러한 조화를 이룰 때 인간이

인간답게 존재할 수 있으며 타지에서도 고향에 있는 듯한 아늑함을 누릴 수 있다고 여긴 듯하다.[76]

(가) 전립을 쓴 상쇠 최순필은 고개를 까닥거리며 전립 끝에 끈을 달아 장식한 털뭉치를 앞뒤로 흔들고 (중략) 장고잽이 김구만이도 보였다. 헤어졌던 마을 사람들이 모두 모였다. 그들의 얼굴에는 슬픈 그림자가 보이지 않았다. 다시 만난 기쁨만이 충만해 있었다. (중략) 딸 금순이는 제 어미의 어깨 위에서 오긋오긋 꽃나비춤을 추었다. (문순태, <달빛 아래 징소리>, 281~282면)

(나) 수백년 동안 방울재를 지켜온 방울재의 혼이 저 골짜기에 숨어 있는 것 같지가 않은가? (문순태, <달빛 아래 징소리>, 285면)

(다) 칠복이의 징소리는 멀고먼 불귀의 북망산으로 가는 상여소리처럼 슬프게 울었다. 해가 떠오르지는 않았지만 하늘과 땅은 다시 밝아왔다. (중략) 손판도는 보트를 밀고 칠복이의 모습이 콩알만해질 때까지 댐의 상류로 거슬러올라가면서 그가 어렸을 때 손양중이한테서 배웠던 화초가 한 대목을 자꾸자꾸 되풀이해서 흥얼거렸다. (문순태, <달빛 아래 징소리>, 289~290면)

칠복이 꿈꾸는 고향은 타향으로 나갔다가 몸과 마음이 상한 채 방울재로 돌아와 자살한 최순필, 김구만 그리고 칠복의 아내가 한데 어우러져 메기굿을 벌일 수 있는 공간이다(위 인용문 가). 하늘, 땅, 신, 죽을 자들의 세계가 합일을 이루는 방울재는 신비로운 '혼'이 내재된 장소이다(위 인용문 나). 그리고 이러한 '사방'이 조화로운 공간에서 방울재를 혐오했던 손판도는

---

76) 마크 A 래톨, 권순홍 옮김, 앞의 책, 2008, 214면 내용 참조.

고향의 세계와 합일을 이루게 된다(위 인용문 다). 칠복으로 인해 고향에 대한 의식이 고양된 손판도는 고향에 돌아와 죽은 칠복 아내의 시체를 통해 방울재를 완전히 고향으로 삼게 된다. 그는 작품 전반부에서 6·25가 일어났던 당시 방울재 마을 사람들을 죽인 생부와 방울재 마을 남자들에게 술을 팔았던 생모를 혐오한다. 그리고 그러한 자신의 부모를 죽였던 방울재를 증오했다. 그러나 후반부에 이르러서는 칠복의 징소리가 가진 의미를 이해하고 그 동안 잊고 있던 양부 손양도에게 배운 민요 '화초가'를 부른다. 그는 물속에 잠겨 버린 부모의 유골에 관심을 가지면서, 수몰된 방울재의 터전에 대해 다시 생각한다. 손판도는 방울재가 실제 태어난 곳은 아니지만 고향으로 삼게 되는 것이다.

이러한 세계관은 『관촌수필』에서도 발견된다. '나'는 고향의 왕소나무와 바위들을 자연으로서만이 아니라 할아버지의 의지와 얼이 굳어져버린 영구불변의 영혼으로서, 신성하고 경건한 것으로 생각한다. 또한 모성은 대지성의 성격을 가지는 것으로 묘사되는데 어머니의 죽음은 곧 감나무의 죽음으로 이어진다. 『관촌수필』의 왕소나무와 감나무는 문순태의 『징소리』에 등장하는 늙은 나무와 같은 의미로 형상화 되었다고 할 수 있다. 죽은 자인 할아버지는 땅과 하늘과 체질을 나눈 존재이며, 고향의 바위는 할아버지의 얼이 굳어진 신비로운 사물로 신성시된다.

그 무렵만 해도 할아버지는 자신이 일컬었듯 문자 그대로 白首風塵이었으니, 정자나무의 해묵은 뿌리마냥 간신히 견뎌내던 형편이었다. 望百의 여든아홉을 누린 탓에 인생무상을 삶 자체로서 느꼈고, 그래서 張力을 잃었으되 매사에 自若할 수 있는 소중한 것을 지녔던 것인지도 몰랐다. 외람된 말이겠지만 바위들과 당신이 한몸임을 알았다면 바람이나 눈비 따위, 모든 자연계의 현상과 자신의 존재가 어떤 성질 혹은 체질을 서로 나눴는지도 알았을 것이었다.

나는 그 바위들이 무심무태한 한갓 자연 물질로서 그치는 것이 아닐 것 같았다. 할아버지의 의지와 얼이 굳어져버린 영구불변의 영혼이며, 아니면 최소한 그 상징일 것 같았으므로 신성하고 경건하게만 보였던 것이다. (이문구, <일락서산>, 23면)

감나무가 갑자기 죽은 것은 어머니의 운명과 거의 동시였으리라던 것이 많은 사람들이 같이한 의견이었다. 그 감나무는 어머니의 대소상을 치른 이듬해까지도 깨어나지 않았다. 아니 완전한 고사목으로, 건드리면 부러지는 삭정이가 돼 있었다. 마을 사람들은 다시 입을 모아 그 감나무를 볼 적마다 故人이 생각난다고 했다. 보기 싫으니 베어버리라는 충고였다. 나도 마찬가지였다. 어머니의 반생과 모든 것을 함께하다 죽은 나무를 그저 두고 고향을 떠난다는 것은 뭔지 모르게 서럽고 안타까운 일이었다. (이문구, <일락서산>, 25~26면)

　자연과 인간이 상호 긴밀한 관계를 맺는 과정에서 고향의 땅과 개인이 밀접하게 연결되고 있다. 즉 인간은 자연과의 교감을 통해 고향의 땅에 큰 의미를 두게 되면서 장소 정체성을 확보한다. 할아버지가 혹은 어머니라는 존재 자체가 바로 그 장소가 되고 있는 것이다.[77] 그리고 주인공은 그 대상들과 자신을 일체시킴으로써 근원을 확보하게 된다.

　이문구는 『관촌수필』에서 할아버지를 통해 인물의 정체성을 구성한다. 『관촌수필』 연작의 첫 작품인 <일락서산>(1972)부터 화자가 '할아버지'의 세계를 지향하고 있음을 명시하고 있으며 가문을 지킨 유일한 사람이 바로 할아버지로 나타난다. 그런데 '할아버지'의 존재성은 『관촌수필』에 처음 묘사된 것은 아니다. 정체성의 근원으로서 할아버지는 <백의>(1969)

---

77) 본서 30면 각주 33번의 내용 참조.

에서부터 드러나고 있으며 그 이미지가 『관촌수필』에서 견고화 되어 형상
화되었다고 할 수 있다.

> 가지도 백룡나무마냥 다다분한 게 가로퍼져 마치 살 나간 우산 받은
> 것처럼 기운, 나지막한 노송에, 칼깃이 처진 황새 한 마리가 긴 목을
> 외로 빼고 앉았고, 그 밑에 살품이 벌어진 마포 등거리와 헌 수목 고의를
> 입은 영감이 접사리 깔고 앉아 조는 모양만 찍었던 거였다. (이문구,
> <백의>, 9~10면)

> 지팡이에 굽은 허리를 의지한 할아버지가 당신의 헛묘(假墳墓)를 굽어보고
> 서 있었던 것이다. 향용 아끼시던 마가목지팡이를 짚은 할아버지는 역시
> 망건으로 탕건을 받쳐 쓰고, 공단 마고자 아래 허리춤에서는 안경집이
> 대롱거렸으며, 허연 수염을 바람결에 날리면서 구부정하게 서 있음이
> 천연하였다. (이문구, <일락서산>, 15~16면)

두 작품에서 '할아버지'의 모습은 회상 속에서 드러난다. 특히 <일락서
산>에서는 갑작스런 환각을 통해 죽은 할아버지를 대면하고 있다. '나'는
오랜만에 찾은 고향의 길에서 기억 속에 각인되어 있던 죽은 할아버지를
불러낸다. 그런데 <백의>의 추상적인 할아버지의 존재성은 『관촌수필』에
서 보다 견고하게 나타난다.

> (가) 노송도 울타리 밖에 있었는데 그 밑엔 주인인 듯한 영감이 노송
> 둥치에 허리를 기대고 앉아 듬성한 수염으로 침을 흘리며 졸고 있었다.
> 나는 영감의 그 꼴을 보자마자 가슴이 뭉클해지는 순간을 의식하였고
> 잠시 당황했었다. 무엇에서일까? 나는 그 경황에도 까닭을 자문해 보고
> 있었다. 그리고 그 대답도 지극히 간단하다는 것은 다음 순서로 얻을

수 있었다. "… 우리 할아버지 …" 나는 그렇게 중얼거려버렸던 거다.
어떻게 된 셈일까. 생전 처음 보는, 늙어도 거칠게 늙은 그 영감에게서
우리 할아버지라는 엉뚱한 생각을 해낸 것은. 그 점에 대해선 시방까지도
석연치 않다.

(중략) 다시 말해서 그 영감은 슬픔이었던 거다. 영감의 모습을 묘사해서는
물론 아니다. **영감이 가진 넋이 곧 슬픔이 아닌가 하고 느껴졌더란 말을
내가 구변이 없어 장황하게 늘어놓았을 뿐이다. 또 우리 할아버지라고
부른 것을, 우리 증조, 고조 할아버지, 더 나아가서 태고의 조상 할아버지라
고 불렀어도 마찬가지이다. 왜냐하면 슬픔을 형상화시켜 그 대명사로
불렀기 때문이다. 이에 대해선 후일 장소를 달리하여 보다 자세하게
이야기하기로 하겠다.** (이문구, <백의>, 14~15면, 강조는 인용자)

(나) 내가 그리워해온 선대인은 어머니나 아버지, 그리고 동기간들이
아니었다는 뜻이기도 하다. 고색창연한 李朝人이었던 할아버지, 오직
그분 한 분만이 진실로 육친이요 조상의 얼이란 느낌을 지워버릴 수
없는 거였고, 또 앞으로도 길래 그럴 것같이 여겨진다는 것이다. 받은
사랑이며 가는 정으로야 어찌 어머니 위에 다시 있다 감히 장담할 수
있을까마는, 그럼에도 삼가 할아버지 한 분만으로 조상의 넋을 가늠하되,
당신 생전에 받은 가르침이야말로 진실로 받들고 싶도록 값지게 여겨지는
터임에, 거듭 할아버지의 존재와 추억의 조각들을 모든 것의 으뜸으로
믿을 수밖에 없던 것이다. (이문구, <일락서산>, 9~10면)

<백의>에서는 아직 할아버지의 이미지가 구체적으로 나타나지는 않는
다. 단지 '슬픔', '태고의 조상'으로 이야기하고 있다. 또한 잘 알지 못하는
늙은 영감에게 '우리 할아버지'를 떠올린 것에 대해 그 이유를 명확하게
제시하지는 못하고 있으며 '침을 흘리고 졸고 있는' 친근함으로 묘사하고

있다(위 인용문 가). 그런데 『관촌수필』에 이르러 할아버지의 존재성은 <백의>가 가지고 있던 슬픔, 친근성 이외에 정신적 지주로서의 의미가 새롭게 부여되면서 과거의 고향을 대표하는 상징적 존재로 거듭난다(위 인용문 나). <백의>에서 '우리 할아버지'에 대해 후일 장소를 달리하여 자세하게 언급하겠다는 말이 <일락서산>에서 이루어지고 있는 것이다. <백의>에서 할아버지에게 느껴지는 슬픔이 단순히 유행가 가사에 나오는 '심금'으로 표현되었다면 이후 작품인 『관촌수필』에 이르러 기존의 가치관이 무너지고 고향이 사라진 슬픔으로 의미가 구체화된다. 할아버지는 과거 고향 자체를 의미하는 것이기에 그의 죽음은 고향의 사라짐을 의미한다. 현재의 관촌은 하늘, 땅, 신, 죽을 자가 합일을 이룰 수 없는 세계이기 때문에 슬픔의 공간이 된다. 하늘과 땅이 마주하듯 할아버지의 존재성은 죽을 자로서 땅 위에 머무는 나와 마주하는 경이로운 것[78]이었는데, 현재 고향의 공간성은 그러한 조화로운 세계를 무너뜨리고 있다.

'나'가 할아버지의 존재성을 강조하는 것은 자신의 정체성을 확인할 수 있는 사람이기 때문이다(위의 인용문 나). 슬레이트 지붕을 한 구멍가게가 생긴 오늘날에는 할아버지의 가르침은 찾아볼 수 없다. 할아버지의 죽음과 함께 전쟁이 일어나고 소음과 기차의 매연이 고향을 뒤덮었다. 그렇기 때문에 '나'가 근원으로서의 가치를 찾아낼 수 있는 시간은 산업화 이전 시기가 되며, 할아버지의 세계를 강조할 수밖에 없는 것이다. 그런데 사실 할아버지는 돌아가시고 사라졌기 때문에 노스탤지어는 영원히 복원할 수 없다.

이문구가 과거의 관촌을 지향함에 있어 모성보다 전근대적 인물인 할아버지를 내세운 것은 특이점이라고 할 수 있다. 그 이유는 할아버지와

---

78) 본서 243면 각주 68번 참조.

어머니의 존재성의 차이 때문이다. 할아버지의 질서가 그의 죽음과 함께 사라져 버린 것이라면 어머니의 대지적 모성은 사라진 것이라고 보기는 어렵다. 즉 노스탤지어의 세계는 사라져 버려 영원히 획득할 수 없는 시간이기 때문에 애도하고 있으나 '모성'은 시간을 초월하여 고향을 안식처로 존재하게 하는 땅의 힘이라고 할 수 있다.

그런 의미에서 '나'는 할아버지 세계를 지향하고는 있으나 그 시간의 복원까지 꿈꾸는 것은 아니었다고 할 수 있다. 할아버지의 세계에 대한 그리움은 근대적 세계가 가진 부정성에서 기인된 것이나 전근대적 사회로의 이행을 추구했다고 해석하기는 힘들다.[79] 문순태 혹은 이문구가 대안으로 내세우는 것은 '전근대적인 고향'이 아니라 전근대적 고향이 가지고 있다고 여겨지던 공동체의 세계 혹은 인정의 세계라고 할 수 있다.

> 할아버지는 무슨 譜學에 조예가 깊었다거나 뼈를 자랑하는 고리타분한 취미로서 족보를 받들어 모신 것은 아니었던 듯하다. 淸白吏가 속출한 것은 아니지만 줄곧 사대부 가문이었다가 당신대에서 그치고 한갓 유생에 머물러 선대의 뒤를 못 댄 한으로 그랬으리라 여겨지는 것이다. (중략) 그는 과거는 스스로 포기했다고 했다. 그 즈음엔 이미 선조들이 모두 벼슬살이를 반납하고 낙향해버린 뒤였고, 공부를 중단해야 할 만큼 의기와 가산이 침체돼 그럭저럭 失期해버리고 만 것이라 했다. (중략) 스스로를 이방인으로 자인하며 인간사에서 은퇴와 함께 변천하는 시대와 세월을 방관하기로 작정한 까닭이었으리라. (이문구, <일락서산>, 39~44면)

위 인용문의 내용을 볼 때, 할아버지는 전근대적 인물이지만 그 질서를

---

79) 구자황 등의 경우도 『관촌수필』이 고향상실에서 끝나는 것이 아니라 고향탐색이 진행된다는 측면에서 복고의 지향으로 해석하는 것은 誤讀이라고 지적한다(구자황, 앞의 책, 2006 참고).

확고하게 대변하는 존재라고 보기는 어렵다. 낙향하여 세월을 흐름에서 벗어난 은둔자로서 여생을 보내려고 했던 인간으로서의 이미지가 더 강하게 나타난다. 또한 할아버지는 권위의 대상이 아니라 손자의 재롱을 보아주고 장난까지도 받아들이는 친근한 존재로 그려지고 있다. 그 시절 고향은 그러한 할아버지를 품을 수 있는 공간이었으며 또한 나에게 할아버지는 그 자체로 진정한 고향의 감정을 느끼게 해 주는 따뜻한 대상이 된다.

요컨대 6·25때 할아버지가 돌아가신 뒤로 안식처로서의 고향은 사라지기 시작했다. 산업화가 시작된 후로는 정답던 존재들이 모두 소멸되거나 변질되었다. 그러나 역설적으로 고향이 사라졌음에도 고향이 안식처가 되는 인식의 변모가 뚜렷하게 나타나고 있는 것이다. 자연과 인간이 긴밀한 관계를 맺는 '사방 세계'를 지향함으로써 마을 사람들이 하나가 되는 고향 공동체를 지향한다. 그리고 그 안에서 정체성을 확보하고자 한다.

아래 인용문에서 '지는 해'에 대한 그리움은 과거의 고향이 이제는 '존재하지 않는 것'이라고 생각하기 때문에 갖게 되는 감정이다.

> 나는 이어 칠성바위 앞으로 눈을 보냈는데 정작 기대했던 그 할아버지의 환상은 얼핏하지도 않았다. 그런데도 할아버지의 넋만은 벌써 남의 땅이 되어 버린 칠성바위 언저리에 아직도 묵고 있을 것만 같았음은 웬 까닭이었는지 몰랐다. 잘 있어라 옛집, 마지막으로 그렇게 중얼거리며 다시 한 번 옛집을 되돌아보았을 때, 그 너머 서산마루에는 해가 지고 있었다. 지는 해가 있었다. (이문구, <일락서산>, 57면)

그러나 과거 고향은 '나'의 동일화 대상으로 여전히 존재한다. 즉 <일락서산>에서 과거의 고향을 숭고화 하고 고향과의 동일화를 이루면서 정체성을 획득한다. 그리고 이렇게 구성된 '고향'이라는 공간 안에서 근대화의 부정적 측면을 비판할 영웅형 인물들이 등장하게 된다.

2) 근대화 비판과 희생적 영웅형 창조

이문구의 <해벽>에서는 고향의 번영을 추구하다가 실패하여 '병'든
몸으로 유년시절을 그리워하는 인물이 등장한다. 고향의 근대화를 구현하
여 고장의 번창을 갈망하였지만 자신이 원하는 방향으로 이루어지지 않고
이용만 당한다. 작가는 『관촌수필』에 이르러서 도시/고향으로 공간을 대립
시키는 가운데 시골 청년이 '도시적인 것'을 지니고 있는 것을 비판한다.
농촌의 근대화를 위해 투신하는 것 같지만 사실 인정도 신념도 없는 시골청
년의 타락성을 부각시킨다. 또한 도시적인 것의 침투를 인정하면서도
애써 그것을 거부하는 데서 시골청년의 아이덴티티를 구하려는 경향을
보인다.[80]

이문구의 <월곡후야>에서 수찬이를 비롯한 청년들은 마을의 기강을
어지럽힌 강간범을 심판하기 위해 그를 추방하고자 한다. 그리고 스스로를
지역 사회 발전과 근대화를 위해 봉사했다고 생각한다. 아래 인용문의
내용처럼 청년들은 자신들이 종채리의 발전을 위해 투신한 결과 마을이
발전하고 있음을 명확하게 밝힌다.

(중략) 그런 결과 내년이면 전기가 들어오도록 되어 있어. 따라서 잘
살아보자는 의지와 근면과 협동 정신이 투철한 마을이라구 평판이 났어.
다시 말하면 어제의 종채리가 아닌, 오늘날의 종채리로 이미지를 바꿔버렸
어. 그에 힘입어 우리는 또 80년대에 가서 호당 소득 2백만 원을 목표로

80) 나리타 류이치, 2007, 237~240면 참조. 나리타 류이치는 자신의 아이덴티티를
비도시적인 것에 두고 고향을 내세우는 것을 '소박함의 가면'을 쓰고 도시에
맞서는 것이라고 설명한다.

258

　　사업을 시작했던 거라. (이문구, <월곡후야>, 361면)

　　그러나 이러한 상황에서 다음날 일찍 마을을 떠난 사람은 강간범이 아니라 수찬이다. 『관촌수필』에서는 처녀와 함께 큰 여행 가방을 들고 종채리를 떠나가는 수찬이의 모습을 통해 근대화에 투신하는 듯 보이지만 그 이면은 그렇지 않은 시골청년의 타락상이 나타난다. 이는 작가가 타락한 시골 청년인 수찬이의 존재성으로 근대화 논리의 허구성을 보여주려는 것이다.

　　그런데 이문구의 소설에서 근대화의 논리를 거부하는 대표적인 인물형은 귀농을 하거나 진정한 시골청년이 되는 것이 아니라 근대화의 흐름과 상관없이 '변하지 않는' 모습을 보여주는 사람이라고 할 수 있다. 고향이 변모되거나 사라진 지점에서 긍정적인 기억을 부각시켜 구축해 낸 과거의 고향은 이문구의 초기 소설과는 다르게 숭고한 이미지로 재탄생한다. 이러한 메커니즘 속에서 과거에 존재했던 '희생적' 인물에 대한 지향성이 뚜렷해진다. 자신을 희생하면서 고향을 지켜냈으나 비정한 역사의 흐름 속에서 소멸된 인물들은 도시의 속물성과는 상반된 가치를 지닌 존재들로 형상화된다. 정체성의 근원인 할아버지, 모성으로 마을 사람들을 품어 안았던 어머니 외에, 차례대로 회상되는 옹점이와 석공, 유천만은 공통적으로 이타적·희생적 속성을 보여준다.

　　'나'는 회상을 통해 옹점이 등 여러 인물들의 개인적 과거를 서사화하지만 그 '사적 기억'은 특정 누군가의 경험이 아니라 '우리 모두가 가지고 있을 법한' 기억으로 전환된다.[81] 이러한 인물형은 지식인과는 거리가 있다.

---

81) 구자황은 『관촌수필』에서 이문구가 끄집어 낸 기억은 개인적 차원의 고립적이고 단절된 기억이 아니라 일종의 '집합 기억'이라고 설명하는데, 이는 사회적 현상으로서의 성격을 지니며 당대의 보편인들이 공유함으로써 反映的 측면과 造型的

『관촌수필』과 『징소리』의 주인공들에게 전쟁의 이념은 중요하게 간주되지 않는다. 그들에게 그것은 스쳐지나가는 바람[82]이었다.

<행운유수>의 옹점이는 학교를 다닌 적이 없지만 어렵지 않은 국한문 정도는 알고 있는 영민한 인물이다. '나'의 눈에 비친 옹점이는 타인에 대한 연민이 강한 사람이자 순경의 심문에 기가 죽지 않는 인물로 묘사된다. 관촌 사람들은 이웃 마을에 북해도에서 왔다는 전재민들이 정착하자 '도둑놈 소굴'이라 부르면서 냉대했으나 옹점이는 불쌍하게 생각하며 그 사람들이 살아온 이야기에 관심을 가진다.

그 중에서 석공은 진정한 시골 청년의 이미지를 구현하고 있다는 점에서 주목된다. 이미 『관촌수필』은 <공산토월>의 '석공'을 위해 쓰여진 글이라고 평가될 만큼 석공은 한국전쟁의 혼란 속에서 고초를 인내하는 놀라운 희생성을 보여준다.[83] 이러한 시기에 필요한 인물형은 세태에 따라 변하지 않고 타인을 위할 수 있는 구원의 인간상 즉 '석공'이다. 옹점이와 대복이가 그리움의 대상이었다면 석공은 동경의 대상으로까지 승화되고 있다. 석공

측면을 동시에 갖고 있다고 설명한다(구자황, 앞의 책, 2006, 133면 참조). 그리고 본서는 옹점이, 석공 등이 가지는 '조형적' 측면에 주목하여 소설가가 왜 이러한 인물들을 구성하고 강조했는지에 주목하고자 한다.

82) 강진호는 『관촌수필』등의 '석공'과 같은 인물형에게 이념은 스쳐 지나가는 바람이었고, 사실 그것이 당대 민중들의 일반적인 생각이었다고 설명한다. 한승원의 <폐촌>에서 분단의 비극을 "잘못 만난 시국 탓"으로 보는 견해와 일치한다는 것이다(강진호, 「분단현실의 자기화와 주체적 극복 의지」, 『1970년대 문학연구』, 소명출판, 2000, 60면 참조).

83) 김윤식은 <공산토월>의 석공 '신현석'을 '傳'의 형식으로 풀어냈다고 설명한다. '전' 형식은 사마천의 『사기』에서 온 것으로 한 인간의 일대기를 그리되, 우상화하는 방식으로 변질돼 갔음도 숨길 수 없는 사실이었다. <공산토월>이 '전' 형식으로 서술된 까닭은 인간성의 가장 소중한 것 중에 하나인 어떤 '덕목'을 신현석을 통해 보여주겠다는 의도가 담겨있다(김윤식, 「모란꽃 무늬와 물빛 무늬」, 『관촌 가는 길』 이문구연구논문집, 구자황 편저, 앞의 책, 282~284면 참조 ; 『한국문학』, 2000.3).

260

은 할아버지가 돌아가신 후 전쟁과 이념의 갈등 속에서 하나의 가치를 보여준다. '나'의 아버지가 구금되었을 때 정성스럽게 세 끼 식사를 대접하였고 그러한 경력 때문에 사회주의와 관련이 전혀 없음에도 오랜 형무소 생활을 하게 된다. 그 후 마을의 궂은일은 도맡아 하였고 스스로 집안의 살림까지 크게 키웠으며, 할아버지부터 '나'에 이르기까지 3대에 걸친 모든 죽음과 대소사를 치러주었다. 그는 마을을 구해내고 마침내 스스로도 성공하였으나 그러한 고초를 온몸으로 견디다가 병에 걸려 최후를 맞은 영웅형 인물이라고 할 수 있다.

한편 순수하면서 어리석은 인물형은 향토성을 형상화하는 주요소라고 할 수 있는데, 이때 순박성은 '자연의 인간적 전이'로 설명할 수 있다. 그들은 근대적인 삶의 원리를 체화하지 못했기 때문에 무력하며, 무력하기에 더욱 인간적인 대응 양상을 보인다. 그래서 그들의 패배는 필연적인 것이 되지만, 역설적으로 현실에서 패배한 인물들을 통해 인간적인 풍모를 확인하게 된다.[84] 이문구는 이러한 순진성과 희생성을 갖춘 인물에 대해 긍정성을 부여한다.

예를 들어 <관산추정>(1976)에 등장하는 유천만은 일제치하에서 징용을 당해 고생을 하다 병을 얻은 후 집안의 살림을 모두 부인에게 맡긴다. 그는 힘을 못 쓰기 때문에 모를 심거나 밭이랑을 고르는 일은 하지 못한다. 그러나 잔칫집에서 가축을 잡아주고 막걸리 한두 잔을 얻어 마시거나 목수 밑손 노릇을 하고 시루떡 한 조각을 맛보면서 행복하게 살아간다. 그런 일은 든 힘에 비해 보상이 거의 없었는데 '나'는 유천만의 그런 점을 좋아한다. 가족을 가난으로 몰고 부인을 고생시킨 사람이지만 속물성과 대비되는 인물형이기 때문에 긍정성을 부여하고 있다고 해석할 수

84) 박헌호, 앞의 책, 2001, 100~103면 내용 요약.

있다. 근대의 논리 안에서는 무능력자에 불과하지만 그 '무능력'과 '순진성'
을 속물적 인간형과 대비되는 가치로 강조하려는 것이다.

전상국의 <여름 손님>(1977)에서도 『관촌수필』의 유천만과 같은 인물
이 등장한다. 이 작품의 주인공은 6·25 당시에는 인민군에게, 전쟁 후에는
동네 사람들에게 이용당하며 마을의 어려운 일을 도맡아 했던 아버지를
혐오한다. 고향에서 중학교만 마치고 상경하여 출세한 주인공은 아버지를
부정하기 때문에 고향까지도 거부한다. 고향 친구 석두와 마주하는 것을
두려워하는 까닭은 석두의 모습 속에서 고향을 보게 되기 때문이다.

이 작품에서는 '석두'에게 주인공 아버지의 특성을 투영시키면서 동시에
긍정성을 부여한다. 고향 친구 석두의 낙천적이면서 순진한 성격은 주인공
의 기회주의적 삶과 대비를 이룬다. 도시 중심가의 '나'의 집 사람들에게
석두는 불결한 사람, 간첩, 불쌍한 사람으로 비춰진다. 석두는 일을 하지
않는 날이면 이웃집의 하수구를 뚫는 일 등을 해주고는 미미한 사례금을
받는다. 석두는 자신의 행동을 '신임'이라는 단어로 설명한다. 신임은 타인
대신 어려운 일을 행하는 희생적 행위와 결부된다.

> "(중략) 옛날 자네 으르신네나 우리 아버지가 남의 궂은 일을 그렇게
> 도맡아 한 게, 꼭 먹고 살라고만 해서 그런게 아이었었구나 하는 생각이
> 들데나. (중략) 그런 남이 싫어하는 궂은일을 하면서두 맘이 편했던 건
> 틀림이 없어. (중략) 그 양반들한테 그런 일을 시킨 건 누구도 그런 일을
> 할 수 없다고 생각한 때문이야. 신임이랄까" (전상국, <여름 손님>,
> 101면)

도시에서는 타인을 위한 '희생적' 행위가 왜곡되어 받아들여지는 것으로
묘사된다. 석두의 아들은 큰비가 왔을 때 공장의 기계 부속품을 구하러

들어갔다가 익사하지만 공장 사람들은 부속품을 훔치러 들어간 것으로 결론짓는다. 보상금을 물어주지 않기 위해 타인의 희생적 죽음을 인정하지 않는 것이다.

순진함을 갖춘 희생적 인물형은 문순태의 소설에서도 광범위하게 나타난다. 고향을 떠나 도시로 온 이향자들은 어려운 처지에 놓인 시골 출신 여자들에게 도움을 주는 구원의 인물로 형상화되고 있다. 문순태의 작품에서는 특히 도시의 넝마주이 모습으로 재현되는 영웅형 남성 인물이 주목된다. 벤야민에게 넝마주이는 폐물(廢物)을 통해 자신의 불확실한 생존을 영위하는 자들이며, 도시 속에서 고통 받는 인물인 그는 매춘부의 상대역이기도 하다. 넝마주이와 매춘부는 모두 그들이 속해 있는 사회·경제적인 환경과 품위 없는 행동 때문에 경멸받는다. 그러나 넝마주이는 현대성의 폐허에 서식하면서 폐허를 재생하는 사람이다. 사물을 수집하는 것을 통해 사람과 사물을 망각으로부터 구원하는 것이다. 넝마주이는 현대성의 궁핍을 구체화할 뿐만 아니라 '발굴하고 기억하는' 인물의 전형이다.[85]

<청소부>에서 차남수는 방울재에서 대장간을 하는 집안에서 태어났는데 일감이 줄어들자 아버지가 병이 나서 돌아가신다. 그리고 동생은 읍내로 누이동생은 서울로 탈향하면서 집안이 몰락한다. 일거리를 찾아 광주로 온 차남수는 창부 순자가 어렵게 모은 돈으로 청소부가 된다. 차남수는

---

85) 그램 질로크, 앞의 책, 2005, 325~329면 내용 요약. 벤야민에게 매춘부 외에 영웅의 용모를 취하는 또 다른 인물은 넝마주이이다. 넝마주이는 완전히 파괴되고 낡고 버려진 것에 새로운 기능을 부여하여 다시 유용한 대상으로 만들어 그것을 구출한다. 파편은 그들의 모자이크를 맞추는 능력이 부여하는 정황에 따라 구성된다. 그리하여 미삭은 벤야민에게 "넝마주이의 행위는 역사가(역사유물론자)의 과제에 대한 알레고리"로 언급하기도 한다. 그래서 넝마주이는 현대성의 궁핍을 구체화할 뿐만 아니라 현대적 기억상실증에 철저하게 저항한다(그램 질로크, 위의 책, 같은 쪽 요약).

고향을 지향하는 인물로, 어려운 환경 속에서도 옛 모습을 잃지 않고 있으며 대장장이었던 아버지의 뜻을 이어받아 여건이 되면 그 일을 하고자 한다.

청소부 차남수는 도시에서 병에 걸리거나 쫓겨난 여성 인물들을 도와주는 구원자로 등장한다. 본서에서 주목하는 점은 이러한 넝마주이형 인물인 차남수가 도시에서 발굴하고 기억해내는 것이 무엇인가 하는 것이다.

첫 번째로 차남수는 창부 노릇을 하다가 자궁암에 걸린 순자를 가족처럼 보살핀다. 그녀는 도시의 남자들과 포주에게 시달리다가 병을 얻었다는 측면에서 죽어가는 존재 혹은 버려진 존재라고 할 수 있다. 즉 순자는 폐기된 쓰레기와 같은 위치에 있으며 차남수는 그러한 그녀(=쓰레기)를 발견한(=주운) 청소부다. 또한 순자는 창부이면서 더 이상 창녀 노릇을 할 수 없기 때문에 죽음 직전의 '순결한 창녀'라는 이중적 존재로 나타난다. 그녀는 사내들이 그녀 앞을 지날 때에도 더 이상 눈웃음을 보내지 않았고 병이 깊어서는 방에 들어가 도시와의 소통을 스스로 차단한다. 오직 자신에게 헌신하는 차남수에게만 정을 주면서 죽을 날만 기다린다.

차남수는 손님 행세를 하며 순자를 일주일에 한 번씩 찾아가 정성껏 간호를 해주며, 그녀의 병이 나으면 함께 위선적인 도시를 떠나 귀향할 꿈을 키운다. 순자는 돌림병에 어머니를 잃고 새로 장가간 아버지에게 버림받은 후 광주에 흘러 들어온 여자로, 아파도 의지할 사람이나 공간이 부재한다. 그런데 차남수는 그녀에게 살아야 할 이유를 제공하는 동시에 그녀의 죽음을 지켜볼 유일한 사람이 된다.

두 번째로 청소부 차남수는 하치장 쓰레기 사이에서 돈으로 바꿀 수 있는 빈병들을 모은다. 쓰레기 더미는 도시의 삶을 들여다볼 수 있는 거울과 같은 존재성을 가진다. 더 이상 필요 없어 폐기된 도시의 오물에는 영아의 시체까지 숨겨져 있다. 이는 화려하게 보이는 도시에 감춰진 어두운 그늘이라고 할 수 있다. 그는 연탄재만 가득 쌓여 있는 쓰레기 더미에서 가난한 자들의 삶을 찾아보기도 한다.

> 쓰레기 하치장에서 갓난애 시체가 발견되는 것은 자주 있는 일이며, 그 때마다 파출소에 신고하면 오라 가라 성가시기만 하기 때문에, 모른 척해 버리는 게 상책이라는 거였다. (중략)
> 어쩌면 그가 쉬는 시간마다 하치장의 쓰레기 더미들을 막대기로 뒤적거리는 것은, 빈병들을 모아 짭짤한 용돈을 마련하기 위해서라기보다는, 신기하기만한 오만가지 부의 찌꺼기들을 찾아보고 싶었기 때문인지도 모를 일이었다.
> 어제 발견한 길자라는 식모 아가씨가 주인한테 보낸 편지도, 이 부의 찌꺼기들 가운데서 찾아낸 것이었다. 차남수는 이 쓰레기들을 뒤적거리면서, 부자들이 먹는 약들이며 입는 속옷, 즐겨 사용한 도구 닦아내는 고급종이들까지도 어떤 것들인가를 알 수가 있었다. 그들에 비해, 가난한 사람들이란 불만 피우고 밥만 끓여 먹고 사는 건지, 걸레조각 하나 없이 연탄재만 나오는 것이었다. (문순태, <청소부>, 77~78면)

차남수는 쓰레기장에서 우연히 길자라는 여자가 보낸 편지를 발견하고 식모살이 중에 억울한 누명을 쓴 후 고향으로 쫓겨난 사연을 알게 된다. 그는 진실을 밝히겠다는 생각으로 얼굴도 모르는 길자의 편지를 그녀가 일했던 주인집에 건네준다. 차남수는 폐물이 되어 버린 편지에 새로운 의미를 부여하여 유용한 대상으로 만들고 있는 것이다.[86] 그러나 그러한 노력에도 길자의 누명은 벗겨지지 않는다. 길자의 편지는 그녀의 의도와는

---

86) 위 각주 내용 참조.

상관없이 처음부터 버려질 운명이었다고 할 수 있다. 그렇기 때문에 차남수가 아무리 그 편지를 집주인인 박정만에게 전달해도 누명을 벗기는 것은 불가능하다. 문순태의 작품에 나타난 순진한 인물형인 수많은 차남수들은 병에 걸린 여인을 치유하거나 억울한 누명을 벗겨줄 힘이 없다. 순자는 불치병에 걸렸고 길자의 누명에 대해 관심을 가질 사람은 없다. 할 수 있는 행위는 <청소부>에서처럼 쓰레기 더미를 무너뜨리거나 <멋장이들 세상>에서처럼 마네킹을 박살내는 것뿐이다.

그러나 편지 전달이 실패하는 과정을 보여주는 것을 통해 도시의 불합리성을 들춰내고 있다. 길자의 편지를 전달하려는 차남수의 순진성 이면에는 도시에서 폐기된 수많은 길자들의 존재성을 상기시키려는 넝마주이의 영웅성이 숨어 있다. 동료 청소부 강필만이 식모살이하다가 도둑 누명을 쓰고 쫓겨나는 것을 당연스럽게 생각하는 것을 비판하고 식모인 길자의 억울함과는 상관없이 평안한 일상이 지속되는 현실을 보여주려는 것이다.

『징소리』에 이르면 타인을 계도하고 고향의 재건할 수 있는 힘을 지닌 영웅형 인물이 등장한다. 이 작품에서 칠복은 도시의 속물로 전락한 아내와 고향을 잃어버린 손판도를 회개시킨다. 그리고 남창 마을 사람들에게 농촌 공동체의 생활 방식을 일깨워 주는 사람으로 나타난다. 즉 서사가 진행됨에 따라 고향에 대한 칠복의 의식도 점차 확고해진다. <징소리>에서 고향과 아내를 잃어버린 상처로 정신이 나간 사람으로 취급되던 칠복은 고향의 상실(시련) → 탈향(출발, 입문) → 귀향(귀환)의 서사가 확장하는 가운데 잃어버린 고향을 재건할 수 있는 가능성이 있는 인물로 재탄생되고 있다. <징소리>에서 탈향한 칠복은 <말하는 징소리>에서 현재 고향의 타락을 인식하고 징소리가 가진 위력을 확인하는 기회를 가지게 된다. 이때 칠보증권 옥상에서 징을 칠 수 있도록 도와주는 조력자를 만난다.

<무서운 징소리>에서는 남창리를 퇴락시키는 박천도를 저지하려는 음모를 꾸미고 직접 실행에 옮기는 대범함까지 보여준다. 그리고 순채를 뜨느라 농사를 짓지 않았던 사람들을 계몽시킴으로써 남창 마을을 새로운 곳으로 탈바꿈시킨다. 칠복은 죽었던 마을을 회생시키는 능력자로 성장하게 되는 것이다. 이러한 과정을 거쳐 고향으로 회귀한 칠복은 <달빛 아래 징소리>에서 고향 사람들을 한데 묶는 능력을 가진 사람으로 완성된다. 고향을 혐오하던 손판도를 재생시키는 영웅적 면모를 보여준다.

<마지막 징소리>에서 칠복은 순덕에 의해 방울재의 자연과 같은 지위로 격상된다. 칠복은 고향의 자연과 완전히 동일화된 인물로 형상화 된다. 아래의 인용문에서 순덕은 고향이 싫어 탈향했으나 위선적인 도시 생활을 통해 남편을 그리워하듯 방울재에 대한 애정을 가지게 된다.

> 그녀는 쑥부쟁이꽃 모가지를 잘라 코에 대고 깊숙이 숨을 들이마셨다. 상큼한 꽃향기가 핏줄 속까지 스며드는 듯싶었다. 꽃향기가 꼭 칠복이의 살냄새처럼 새큼했다. 그녀는 꽃을 코 끝에 대고 킁킁 냄새를 맡으며 걸었다.
> 추수를 끝낸 산다랑이 논바닥 그루터기가 마치 수염을 잘 깎지 않는 칠복이의 턱끝처럼 까칠까칠하게 느껴졌다. 순덕이는 문득 논바닥으로 뛰어들어가서 까칠한 벼 그루터기를 쓰다듬어 주고 싶은 충동을 느꼈다. 볼이라도 싹싹 비벼대고 싶어졌다. (문순태, <마지막 징소리>, 200~201면)

이러한 영웅형 남성인물들의 성격 중 강조되는 것은 지나치게 성실하다는 것이다. 그들은 쉬지 않고 노동하는 인물로 형상화된다.

차남수는 잠시도 손발을 사리고 앉아 있지 못하는 성미였다. 어려서부터

대장간에서 망치질, 메질, 풀무질로 하루하루 해를 넘기며 뼈가 굳어
온 그는, 잠시라도 두 팔의 근력을 탈 풀고 있자면 되레 어깨와 팔이
근질근질해지는 것이었다. (문순태, <청소부>, 79면)

동네에서 동트며 일변 일어나 맨 먼저 연장자루를 쥐고 나선 사람은
석공이 아니었을까 싶다. (중략) 형무소에 들앉아 있는 동안 처자 다음으로
그립고 잡아보고 싶어 못 견딘 것이 낫 호미 쇠스랑이며, 밤마다 귓전에
들려온 것이 도리깨 소리 탈곡기 소리였다고 실토하더라는 것이다. (중략)
석공은 가장 모범적인 일꾼이 되어갔다. (이문구, <공산토월>, 221면)

그런데『관촌수필』의 '나'는 자신이 추종하는 옹점이와 같은 인물형이
세상 사람들에게 큰 호소력을 지닐 것이라고 생각하지는 않았던 것으로
나타난다. 문순태 역시 작품 후기를 통해『징소리』의 허칠복을 이 시대를
살아갈 수 없는 사람, 비현실적 존재로 설명한다.

나는 그녀만한 정신 자세를 가진 인간을, 내가 이 사회에 나와 벌어
먹게된 뒤로는 몇 사람 외에 구경하지 못했다고 단언할 수 있으리라
믿는다. 물론 그녀가 '민족적 주체 의식에 의해' 집안 물건을 빼돌리거나
엿장수를 속여가며 내게 주전부리를 시켰다고 말해봤자 이해한다고 할
사람은 없을 터이지만. (이문구, <행운유수>, 97면)

허칠복은 이 시대에서는 살아갈 수 없는 사람이다. 어쩌면 그는 현실의
사람이 아닌지도 모른다. (중략) 현실 속에서는 이루어질 수 없는 이상만을
꿈꾸는 비현실적 존재이다. (중략) 이름 자체가 수십 년 전에 어느 시골에서
나 흔히 찾아볼 수 있는데다가, 그의 정서와 의식은 한 세기 전 삶에게나
어울리는 구시대적 인물의 전형이다. 내가 일부러 이같은 인물을 설정한

것은 주인공이 지금의 부조리하고 인간성이 황폐해 버린 현실 속에서 살아갈 수 없음을 암시하기 위해서이다. (중략) 허칠복이의 '징소리' 그 소리를 통해서 인간다운 삶에 대한 간절한 꿈을 외쳐대고 있을 따름이었다.[87]

즉 이문구와 문순태는 현실성 있는 인물형을 창조하는 데 역점을 두었다기보다는 현실을 치유할 수 있는 힘이 있다고 여겨지는 상징적 인물을 구축함으로써 허구를 실제처럼 받아들이고 있다고 여겨진다. 즉 이러한 인물들의 구성을 통해 "노스탤지어의 고향은 불가능하다 그러나 가능한 것처럼 행동할 것이다."라는 명제를 만들어내는 것이다.[88] 현재와 다른 유토피아가 존재했다고 믿음으로써 그러한 장소성을 상실한 '지금'을 효과적으로 비판하고자 한다.

희생형 인물형은 근대화와 함께 사라진 노스탤지어와 상동성을 가지며, 과거 고향의 존재성과 맞물리면서 지향되고 있다. 그러한 측면에서 촌사람은 순진하고 희생적인 성격을 지니며 도시 사람은 기회주의적이며 속물적이라는 이분법적인 성격의 부여는 현실을 반영했다기보다는 근대화를 비판하기 위한 전략 안에서 해석해야 할 것이다. 과거 고향과의 일체감을 기반으로 하여 창조된 영웅형 인물은 궁극적으로 '현재' 고향과의 동일화를

---

87) 문순태, 「고향의 역사와 한─연작 장편 『징소리』의 창작노트」, 『징소리』, 천지서관, 1993, 313~317면 요약.

88) 슬라보예 지젝, 김소연, 유재희 옮김, 앞의 책, 1995 참고. 지젝은 어떤 측면에 있어서 상징적 허구를 받아들임으로써 일종의 '능동적 망각'을 취해야 한다고 주장한다. 예를 들어 "민주주의적 형식은 '얼룩'의 형식을 가질 뿐이라는 것을 나는 잘 알고 있지만 나는 민주주의가 가능한 것처럼 행동할 것이다."라고 말하기도 한다. 이러한 분열로 인해 민주주의는 '전체주의'가 될 운명을 피할 수 있다는 것이다. 문순태와 이문구도 노스탤지어라는 고향이 실재했었다고 믿었다기보다는 그러한 고향을 믿는 구원적 남성 인물들을 창조하는 것을 통해 고향이 퇴락하는 것을 막고자 했다고 여겨진다.

욕망하고 있다.

그러나 문제적인 점은 전략적으로 구성된 이러한 주체들이 가지는 숭고성이 보살핌의 모성을 강조함으로써 여성의 희생성을 이끌어내고 있다는 것이다. Ⅲ장에 나타난 귀향의 추구는 곧 모성의 각성과 어머니 복원의 서사와 그 맥을 같이 한다.

4. 각성된 모성과 어머니 복원

Ⅲ장의 작품군에서는 어머니 역할이 강조되고 있는데, 그 이유는 궁극적으로 남성의 정체성 회복과 관계가 있다. 보살핌의 모성은 표면적으로는 인정의 강조로 읽혀지지만 그 이면에는 타인에 대한 희생을 강요하는 측면이 있는 것이 사실이다.[89]

이 시기 고향의 모성성은 결여된 것으로 생각하기보다 '상실'로 여겨진다. Ⅱ장에서 강조한 개념인 '결여(lack)'와 달리 '상실(loss)'은 상실 이전의 완전한 충만의 상태를 전제한다. 대상은 처음부터 없던 것이 아니라 주체가 잃어버린 대상, 따라서 다시 되찾아야 할 대상이 된다.[90] 고향의 낭만화는 보살핌의 성격을 가진 따뜻한 '모성적 어머니'의 이미지를 강조하면서 가능해진다. 여기서 고향은 곧 어머니이고, 병든 고향은 변질된 모성으로

---

89) 하이데거의 사방세계에서 '땅'은 자신이 자양분을 베풀어주고 길러주어 결실을 맺는 모든 것이자, 자신으로부터 산출된 이 모든 것들에게 봉사하는 만물의 어머니로서 사유되고 있다. 모든 것을 떠받치며 길러주는 만물의 어머니인 땅은 말없이 헌신할 뿐, 그것들에게 어떤 대가를 요구하거나 자기 자신을 내세우지 않는다. 그 깊이를 알 수 없는 무한한 자비로 사유되고 있는 것이다(신상희, 앞의 논문, 2005, 74면) 그런데 이문구, 문순태의 작품은 여성에게 이러한 '땅'의 역할을 부여함으로써 희생적 모성을 강조하는 특징이 있다.

90) 김용수, 『자크 라캉』, 살림출판사, 2008, 27면.

형상화된다. 그래서 이문구는 대지모로서의 어머니를 구현하고자 하며, 문순태는 '타락한 어머니'를 '순결한 어머니'로 재건하기 위해 노력한다.

모성은 고향을 그리움의 대상으로 만드는 요소이며 고향을 재건할 수 있는 주체를 구성하는 중요한 수단이 되는 것으로 나타난다. 고향의 존립은 이문구와 문순태의 소설에서 순결의 상실/보존(하려는 것)과 밀접한 관계가 있다. 순결한 여성의 존재성은 불결한 도시/그리움의 고향이라는 공간성을 나누는 하나의 기준이 된다.

1) 고향의 낭만화와 보살핌의 모성

보살핌의 모성을 강조하는 데에는 고향을 따뜻한 어머니의 품으로 전제하는 논리가 내재해 있다. 모성은 인물이 고향에서 장소감을 획득할 수 있는 바탕으로 작용한다. 그래서 이문구는 『관촌수필』이후, 이전의 작품에서 잘 드러나지 않았던 모성을 '부각'시킨다. 문순태의 작품에서 모성은 전쟁을 극복하고 고향을 지켜내는 힘으로 나타난다. 그런데 이러한 모성은 고향의 낭만화와 밀접한 관계를 가진다.

이문구의 초기작에 나타난 어머니들은 가난 속에서 아이들을 버리거나 양육에 관심이 없고 자신의 살 궁리만 하는 속물로 등장하는 경우가 많다. <추야장>(1972)에서 능애의 어머니 뚝생이댁은 남자와의 관계가 복잡한 여성으로 자신의 삶만을 생각하며, 능애는 윤만이와의 결혼이 불가능한 일임을 알고 아이를 유산시키고자 한다. 그리고 능애는 고향에서 단란한 가정을 이루리라는 꿈을 접고 서울에서 취직하여 새로운 남자와 만나기를 기대한다. <떠나야 할 사람>의 윤칠월과 들충나무집과 같은 여성 인물도 자신의 이익에 집착하는 인물이다. 특히 윤칠월은 아들을 낳자마자 버렸고, 아들이 전쟁 중 사망하자 그 재산을 가져오기 위해 극단적인 속물성을 보여준다.

그런데 중기 소설『관촌수필』에 이르러 시대의 상처를 치유하고 타인을 포용하는 어머니가 형상화되고 있다. '나'의 어머니는 전쟁 중에 가난 등으로 어려움을 겪는 관촌 사람들을 보살피고 구제한다. 이전의 이문구 작품에서 '따뜻한 모성'이 잘 드러나지 않았다는 측면에서『관촌수필』을 기점으로 어머니의 역할이 부각되었다고 해석할 수 있다. 이 작품에서 모성은 새롭게 각성되고 있는 것이다.

『관촌수필』 연작은 가족뿐만 아니라 관촌의 모든 사람들에게 모성을 베푸는 어머니의 모습이 묘사된다. <화무십일>에서 '나'의 어머니는 피난 에서 돌아와 가족이 연명하기도 어려운 상황에 직면하고 있는데도 1·4 후퇴 때 피난한 이북 사람들을 집안에 들인다. 그리고 어지러운 시국 속에서 환갑잔치를 못 하게 되었다고 우는 이북 사람에게 고봉으로 푼 하얀 쌀밥을 대접한다. 그것은 할아버지 삭망 차례에도 보기 어렵던 이례적 인 일이었다. 그 이후 이북에서 온 영감은 '나'의 집 농사가 끝날 때까지 머무르면서 그 은혜를 갚고자 한다. <녹수청산>에서 어머니는 집에 있는 물건을 훔쳐 가져가는 대복어메의 행동을 이해하고 있으며, 그녀의 허물을 들추기보다 가난으로부터 구제해 줄 수 없는 것을 안타까워한다. <공산토 월>에서 어머니는 감옥에서 나온 석공에게 미소로 두부를 권하고, 석공은 어머니의 마음에 감동하여 눈물을 흘린다.『관촌수필』의 어머니는 어린 거지와 늙은 비렁뱅이들에게 아무 말 없이 정성스럽게 밥을 차려 내다주는 사람으로 묘사된다.

모든 것을 감싸 안고 만물을 풍요롭게 만드는 모성의 이미지는 <공산토 월>에 가장 잘 나타나 있다. 비록 어려운 시절이지만 어머니가 살아 계신 관촌은 곡식이 익어가는 평화로운 마을인 것이다.

하늘에서는 별 하나 주워볼 수 없고 구름 한 조각 묻어 있지 않았으며, 오직 우리 어머니 마음 같은 달덩이만이 가득해 있음을 나는 보았다. 달빛에 밀려 건듯건듯 볼따귀를 스치며 내리는 무서리 서슬에 옷깃을 여며가며, 개울 건너 과수원 울타리 안에서 남은 능금과 탱자 냄새가 맴돌아, 천지에 생긴다고 생긴 것이라 온통 영글고 농익어 가는 듯 촘촘히 깊어가던 밤을 지켜본 것이다. (이문구, <공산토월>, 201면)

그러나 『관촌수필』에서 할아버지의 이미지가 처음부터 총체성을 가지고 서사화 되는 반면 어머니의 따뜻한 모성은 각 작품에 파편적으로 흩어져 짤막한 일화로만 드러나고 있다. 어머니는 흩어진 부분을 모아야 하나의 인물형으로 구성할 수 있다. '모성적'인 부분만이 강조되고 있는 것이다. 어머니는 『관촌수필』에서 모성적 분위기를 형성시키는 기반이 되는 인물이기도 하지만 동시에 배경화 되는 존재라고 할 수 있다. 즉 어머니는 독립적인 인물로 존재하지는 못하면서 옹점이, 석공과 같은 인물이 공존하며 조화로운 삶을 구성했던 과거 고향의 분위기를 생성해 내는 '모성적인 어떤 것'으로 배경화 되고 있다. 요컨대 "고향의 어머니=보살핌의 모성"이라는 도식적 이미지가 창조되고 있다.

이러한 측면에서 희생적 인물형인 석공과 순진한 성격이 강조되는 유천만의 아내도 살펴볼 필요가 있다. 기존 연구는 석공과 유천만이 가진 희생성과 순진성은 주목했으나 그들의 아내들에 대한 언급은 전무하다고 해도 과언이 아니다. 작품에서 이 두 여성이 등장하는 부분은 매우 짧지만 그들에게 주어진 책임과 희생성은 남성들만큼 무거운 것으로 드러난다. 남편이 부재한 자리를 채워나가면서 살림을 이어나가는 억척스러움을 보여주지만 남편에 대한 원망은 크게 드러나지 않고 있다.

정희 엄마는 석공이 감옥살이를 하자 "머슴도 상머슴이 다 되어 손에

연장 놓을 때가 없었고, 논밭걷이와 씨앗뿌리기에 벗은 발 신발 찾을
새가 없었다."91) 유천만의 아내도 남편 대신 집안 살림을 모두 맡아 고된
삶을 이어간다.

그러나 작품의 주인공은 정희 엄마가 느낄 고통에 대해서는 별다른
설명이 없으며 석공의 고통에는 감정이입을 하고 있다. '나'는 그녀를
한때 연모하던 남자에게 심하게 맞고 쓰러진 정희 엄마의 몸을 통해 석공의
죽음을 연상한다(아래 인용문). 이와 같은 연상은 곧 검속되어 고문을
받는 석공에 대한 안타까움의 시선으로 전환된다. 또한 유천만의 아내
역시 자신에게 주어진 삶을 받아들이다가 남편의 죽음을 맞이한다.

> 석공의 시체! 참으로 방정맞은 연상이었다. 석공네 마당으로 달음박질하
> 는데도 벌집 다 된 총알 자국, 도끼와 쇠스랑에 찍혀 빠개인 뒤통수,
> 작살이나 대창에 난탕질당한 가슴과 뱃구레 … 그렇게 되었을 석공의
> 몸둥이가 두 겹 세 겹으로 떠오르던 거였다. 그 마당은 역시 내 예감과
> 엇비슷하게 걸맞은 현장이었다. 오동나무 아래에 뒹굴려진 것은 석공이
> 아니라 그의 아내였다. 그녀가 농즙을 내며 짓이겨지고 걷어차여 온몸이
> 붉게 반죽이 되어 있던 것이다. (이문구, <공산토월>, 215면)

문제적인 점은 이들에게서 '억척스러움' 이외의 남편에 대한 원망 같은
것은 거의 드러나지 않는다는 사실이다. 주어진 의무만을 묵묵히 수행할
뿐 원망이나 개인적 감정이 잘 나타나지 않는 특징을 보여주고 있다.
또한 그녀들의 안타까운 삶은 시누이, 시아버지, 친정어머니 등의 주변
인물을 통해 간단하게 설명되며,92) 주인공 '나'의 시선에서 부각되는 인물

---

91) 이문구, 『관촌수필』, 이문구전집8, 랜덤하우스중앙, 2004, 214면.
92) '나'는 석공과 유천만에게 관심을 집중시키고 있으며, 그들의 아내가 겪는 고통에

은 '구원의 인간상'으로서의 석공과 '관촌의 관산(關山)'으로 자리잡은
'유천만'이다.

요컨대 희생적 남성 인물형이 등장할 수 있었던 배후에는 그들의 아내가
존재하고 있었으나 '나'의 시선에서는 전경화 되고 있다. 『관촌수필』에서는
'모성'이 강조되는 동시에 배경화 되는 특징을 보여주고 있는 것이다.

문순태의 『징소리』에서 고향을 지킨 것은 '땅'과 밀접하게 결부되어
이미지화되는 '모성'이라고 할 수 있다. 여기서 강조되는 모성 역시 '희생적
모성'의 성격이 강하다. 희생적 어머니들은 고향을 지키는 자이며 동시에
고향의 흙 자체이다. 그러므로 그녀들은 고향을 이탈하려고 하지 않는다.
이러한 모성을 기반으로 아들은 도시에서 출세하고, 아버지들은 목숨을
구하기도 한다.

<무서운 징소리>에서 맹계장의 어머니가 고향에서 떠나지 않으려는
이유는 청상과부 시절부터 피눈물을 흘리며 장만한 전답 때문이다. 땅을
다른 사람에게 파는 행위는 고향을 파는 행위와 같은 것으로 간주된다.

> (가) 저 땅이 나를 살린 거여. 땅에다가 피눈물 다 쏟음서 죽지 않고
> 살았어. 저 땅은 에미 마음이고 한이여. 그런 땅을 팔어? 땅을 파는 건
> 이 에미를 파는 거여. (문순태, <무서운 징소리>, 125면)

> (나) 오장육부를 맷돌에 갈아 가루로 만들어 버린 듯 아팠다. 하늘이
> 내려앉고 땅이 갈라지는 것만 같았다. (중략) "인저 뭘 믿고 사끄시오
> 잉. 자식도 땅도 다 없어졌으니 … (중략) 긴긴 세월 뼈아프게 참고 살아온

대해서는 주변 가족들의 시선에 의해서만 동정된다. 정희 엄마가 "농즙을 내며
짓이겨지고 걷어차여 온몸이 붉게 반죽이 되어 있던" 상황에서는 나이어린 시누이
와 시아버지가 분노하는 것으로 나타난다. 유천만 아내의 삶은 그녀의 친정어머니
에 의해서만 진정 안타깝게 그려진다.

거이 다 허사가 되얐단 말이요." (문순태, <무서운 징소리>, 187면)

인용문 (가)의 내용처럼 땅은 모성과 깊게 결부되어 형상화된다. 맹
계장의 어머니는 시집의 살림이 기울고 전쟁 중에 남편을 잃었으나 "치마
대신 특특한 작업복 바지를 입고 늘 흙에 묻혀 있었다. 여자 같지가 않"[93]은
모습으로 땅을 팔지 않고 억척스럽게 아들의 학비를 마련하며 고향을
지켜냈다. 그러나 도시에서 자리를 잡은 아들이 땅을 팔면서 어머니는
자신이 살아야 할 이유를 상실한 것처럼 느낀다. 그리고 고향과 땅의
상실(위 인용문 나)은 어머니의 죽음으로 이어진다. 맹계장의 어머니에
의해 무섭게 치솟은 불길은 칠복의 고향 방울재를 순식간에 덮어 버린
물바다와 연결됨으로써 비극성은 심화된다.

전상국의 <맥>에는 인민군을 위해 일하던 남편을 대신하여 죽는 아내가
등장한다. 최만배의 집안은 대대로 김씨 집안으로부터 치욕스런 일을
당했는데, 그는 자신이 천덕궁이로 따돌림 받는 것을 분해하며 김구장의
딸을 무자비하게 빼앗아 강제로 결혼한다. 그는 전쟁이 일어나면서 인민위
원회 위원장이 되고 마을사람들에게 악행을 저지른다. 그러나 상황이
역전되면서 마을 사람들은 만배를 구덩이 속에 산채로 파묻으려고 한다.
그때 만배의 아내는 스스로 가슴에 칼을 꽂아 남편 대신 구덩이에 몸을
던진다.

이 작품에서 서울에서 젊은 시절을 보냈던 최만배가 다시 고향으로
회귀할 수 있었던 것은 과거 아내의 희생이 있었기 때문이다. 과거의
어두운 사건에도 불구하고 최만배가 아내의 남동생들과 악수를 하며 쉽게
화해에 이를 수 있는 까닭도 여기에 있다.

---

93) 문순태, <무서운 징소리>, 『징소리』, 천지서관, 1993, 125면.

『관촌수필』과 『징소리』 등에서는 두 가지 형태로 모성이 강조된다. ① 이성을 초월한 지혜나 도우려는 본능, 자비로움과 풍성함이 깃든 모습으로 나타나기도 하며, ② 자신의 몸을 희생하면서 무자비한 형태로 돌봄을 실천하는 여성이 등장하기도 한다.[94] 전자는 긍정적 모성으로, 후자는 부정적 모성으로 개념화할 수 있다. 그리고 모성이 지나치게 강요될 때 어머니는 인간이 아니라 하나의 사물로 느껴지게 된다.

요컨대 모성·대지성을 부각시키는 것은 고향의 낭만화와 깊은 관련이 있다. 또한 문순태의 <무서운 징소리>는 역으로 모성의 소멸을 보여줌으로써 현재 고향의 황폐성을 강조하는 형태로 서사가 진행된다. 보살핌의 모성을 강조할 때 고향은 황폐한 공간에서 낭만적 장소로 전환될 수 있다. 다음 항에서 자세히 분석하겠으나 『징소리』에서 보살핌의 모성을 회복해 나가는 과정은 고향의 재건과 깊게 결부된다.

2) 고향 재건과 순결한 어머니

『관촌수필』에서 고향의 타락은 옹점이가 약파는 사람들 가운데서 유행가를 부르는 모습으로 나타난다. 강하고 순결했던 옹점이는 남편이 전사(戰死)하면서 약장수 패거리를 따라다니며 대천장에서 노래를 부르는 처지에 놓인다. 그녀가 가장 증오했던 공간에서 생계를 위해 유행가를 부르는 모습은 '나'가 사랑했던 존재가 전락해가는 과정을 보여준다. 옹점이가 알려주던 유행가가 이제는 잊혀진 노래가 되었듯이 그녀 역시 그 노래와 함께 소멸되는 것이다. 그리고 <월곡후야>에서는 타향에서 온 사람에게 강간을 당하는 소녀와 수찬이를 따라 종채리를 떠나는 주막집 큰 딸의 모습이 문제적으로 그려진다. 이러한 현실에서 이문구에게 고향의 재건은

---

94) 김미현, 앞의 책, 1996, 291면 내용 참고 적용.

비순결하게 된 것을 순결한 것으로 돌리는 데 있게 된다.

　한편 문순태의 작품은 '순결한 것의 타락과 고향의 상실'이 '타락한 것의 회복과 고향의 재건'으로 전환하는 서사를 견고하게 구조화하고 있다.

　<福土 훔치기>(1977)에서 '나'의 아버지는 어린 시절 할머니가 다른 집의 첩이 되고 할아버지가 자살하는 끔찍한 경험을 한 후 고향을 떠난다. 그리고 서울에 살면서 고향과 아직 살아있을 어머니에 대해 말하는 것을 꺼려한다. '나'는 아버지가 돌아가신 후 하급 노동을 전전하다가 한국을 떠나 캐나다에서 새로운 삶을 살고자 한다. 고향이 있지만 없는 것과 다름없던 '나'의 아버지가 서울에 정착했듯이 한국에서 정붙일 곳 없는 '나'는 캐나다에서 새로운 보금자리를 꾸리려는 것이다.

　　돈 잘 벌어서 먹고 싶은 것 먹고 입고 싶은 옷 마음대로 사 입고 산들이 푸른 하늘의 조국에 비할 수가 있겠느냐면서, 가난하게 살아도 조국이 좋으니 이민 갈 생각이랑 말고 눈꼴사나운 일 많고 가난하긴 해도 죽식간에 조국에서 함께 늙어죽자는 친구들의 만류에도,
　　"고향도 없는 내게 무슨 조국이냐! 캐나다에도 우리 교포들이 많이 살고 있으니까, 정 붙으면 살 만하겠지 뭘!" (문순태, <福土 훔치기>, 48면)

　자신을 품어줄 따뜻한 어머니와 같은 공간이 부재하기 때문에 고향은 없는 것이 된다. 그러나 어린 시절부터 할머니를 보고 싶었던 '나'는 아버지의 고향을 방문함으로써 새롭게 고향을 발견하게 된다.

　'나'의 아버지가 고향을 증오하는 이유는 고향에서 할아버지가 죽고 할머니가 순결을 잃었기 때문이다. 할아버지는 대보름날 가난한 사람이 부자집 마당 흙을 훔쳐서 자기집 부뚜막에 바르면 부자집 복이 모두 옮겨온

다는 이야기를 믿고 실행하다가 윤시초의 종들에게 붙잡혀 죽을 만큼 맞고는 곳간에 갇힌다. 할머니는 그러한 남편을 살리기 위해 윤시초 집 첩으로 들어간다.

그런데 이 작품에서 할머니는 남편을 배신하고 부자 윤시초의 첩으로 들어간 것이 아니라는 사실이 밝혀지면서 점점 긍정적인 모성의 이미지로 전환된다. 할머니는 항상 고향을 떠나 서울에서 고생을 하고 있을 아버지를 진심으로 걱정했다. 할머니가 모성적인 이미지를 가지면서 아버지의 고향은 점점 따뜻한 공간으로 변모한다. 반면 서울로 가고 싶은 마음에 끊임없이 '나'를 유혹하던 보혜는 처음에 해맑은 처녀로 묘사되다가 점차 속을 알 수 없는 갈보의 이미지로 변형된다. 보혜는 고향이 없는 처녀인 것이다.

<표 10> <福土 훔치기>에서 할머니와 보혜의 이미지 변화

	남편을 배신하고 첩이 됨 (고향 없음) ⇒ 남편을 살리기 위해 첩이 됨(고향 생성)	
할머니	"호두껍데기같이 쭈글쭈글 찌들어 빠진" "쑥대머리 귀신 형용으로 부스스하게 엉클어진 흰 머리칼에 검부러기" "무덤에서 나온 유령처럼 흐느적거렸다."	자신을 데려오지 않는 손자를 눈물과 원망으로 기다릴 할머니 몰래 훔친 복토로 손자가 잘 살기를 바라는 할머니
보혜	"달걀 껍데기처럼 해맑고 싸늘한 느낌이 드는 처녀"	"깊은 밤중의 속 모를 여자" "키가 큰 꺽다리 갈보가 생각났다"

처음에 '나'는 할머니를 혼자서 몇 십 년을 외롭게 지낸 '유령'과 같이 느낀다. 그러나 할머니가 윤시초의 첩이 된 이유를 제대로 알게 되면서 아버지의 고향을 떠나는 것을 망설이게 된다. "내 두 다리는 땅에 얼어붙어 있었다."는 작품의 구절에서 알 수 있듯이 '나'는 할머니를 두고 캐나다로 이민 가는 것을 망설이게 된다. 그 이유는 고향이 없다고 여기던 '나'가

할머니의 존재를 통해 고향을 얻었기 때문이다. 할아버지의 자살 이후 할아버지가 치는 망치질의 환청을 듣는 할머니처럼 이제 '나'도 할아버지의 망치질 소리를 듣게 된다. 겪지 않은 과거의 일을 체험하는 이상 현상까지 나타나고 있는 것이다. 경험하지 않은 과거를 자신의 육체에 각인시키는 작업은 고향을 획득하는 하나의 의식이라고 할 수 있다.

'나'는 윤시초의 손자인 보혜와 관계를 맺으면서 겁탈 당하는 할머니의 모습을 떠올린다. 그리고 "갈보년을 안아 쓰러뜨리듯 두 팔로 덥석 보혜를 안아 올"95)린다. 이는 할머니를 첩으로 맞아들이고 아버지의 고향을 빼앗은 윤시초에 대한 복수의 행위이다. 고향을 떠나 서울을 욕망하는 보혜는 창녀의 존재성을 가지게 되는 동시에 할아버지의 죄에 대한 복수를 당하는 존재라고 할 수 있다.

문순태의 작품에서 보혜와 같이 순결하지 못한 여성은 고향을 가질 수 없는 것으로 나타난다. <흑산도 갈매기>(1978)에서 순결의 부재는 곧 고향의 부재와 연결된다. 이 작품에서 여자는 흑산도로 관광을 온 서울 남자들이 여객선에서 벌인 놀음판의 돈을 훔쳤다가 옷이 벗길 위기에 놓였으나 종배의 도움으로 모면한다. 그런데 여자와 종배는 모두 고향이 있음에도 귀향할 수 있는 처지가 아니다. 여자는 흑산도에서 창부로 있다가 도망치는 중이었고 종배는 고향에서 농사지을 자금을 마련하기 위해 흑산 도에서 어업을 하였으나 조기를 더 이상 수확하지 못해 밀려난다. 이들은 여객선에서 시원한 바닷바람과 자연의 아름다움에 취해 있는 도시 피서객 들의 반대편에 서 있는 사람들이다.

여자에게 고향은 "그리운 것이라곤 아무것도 없었다."96)라는 말로 표현

---

95) 문순태, <복토 훔치기>, 『고향으로 가는 바람』, 창작과비평사, 1977, 59면.
96) 문순태, <흑산도 갈매기>, 『흑산도 갈매기』, 도서출판 백제, 1979, 77면.

된다. 흑산도에서 포주와 어부들 피서객들에게 시달림을 받으면서도 돈은 벌지 못하고 빚까지 지고 있는 그녀는 고향도 없는 것이나 마찬가지였다. 과거에 여자는 서울에서 돈벌이를 하다가 귀향한 적이 있었는데, 그때 그녀의 어머니는 검둥이 서방 따라 미국에 가서 돈을 보내오는 다른 집 딸들에 대해 이야기한다. 어머니에게 그러한 말까지 들은 여자는 고향에 머물 수 없어 다시 흑산도로 들어오게 되었다.

종배는 기반이 전혀 없는 남자임에도 불구하고 새롭게 고향에서의 삶을 꿈꾸는 건전한 사람으로 묘사된다. 그는 자신과 처지가 비슷한 여자에게 연민을 가지며 그녀와 함께 고향에 가려고 결심한다. 그런데 여자는 그러한 종배의 마음도 모르고 자신을 위기에서 구해준 종배의 돈까지 훔친다. 그리고 여객선의 선원들과 술을 마시며 밤을 보낸 뒤 다시 흑산도의 창부 생활로 돌아가려고 한다. 이 작품에서 이름도 없이 '여자'로 불리는 흑산도 의 창부는 종배를 배신함으로써 극단의 타락에 이른다. 재생의 기회와 함께 고향으로 돌아갈 수 있는 가능성마저 잃게 되는 것이다.

그런데 문순태는 『징소리』에 이르면, <복토 훔치기>의 '보혜'와 <흑산 도 갈매기>에 등장하는 여자의 이미지를 가진 '순덕'의 재생을 본격적으로 다룬다. 이 작품은 자식과 남편을 버리고 도시에서 타락한 삶을 살던 여성이 다시 순결성과 모성을 획득하면서 고향의 품으로 돌아오는 과정을 담고 있다.

순덕은 탈향(외출) → 귀향(회귀)의 서사를 통해 처녀의 순결성을 회복하 고 모성적인 자기희생의 미덕을 체득한다. 어머니 복원의 서사를 명확하게 보여주고 있는 것이다. 순덕이 변모하는 과정은 다음과 같이 <표 11>로 요약할 수 있다.

<표 11> 『징소리』에서 순덕의 탈향/귀향, 모성의 제거/획득의 과정

작품	순덕의 이미지	고향과 모성의 관계
징소리	도시에서 식모살이를 해서 시골처녀답지 않음 도시에서 새로운 남자를 만나 살림을 차림 (허영심, 꾸미기만 좋아하는 여자)	탈향의 추구 모성의 부재
저녁 징소리	징소리가 "흥겹거나 경쾌하지도 않고, 자식을 잃은 늙은 어미의 흐느낌처럼 한스럽게 들렸다." 얼어 죽을 위기에 처한 사람을 구함 (아내와 어머니로서의 위치 자각)	탈향의 후회 모성성이 나타남
말하는 징소리	남편이 자랑스러움 칠복의 징소리에 용기를 얻고, 징소리가 들리지 않으면 몸과 마음이 시듦 (무시했던 시골에 대한 생각의 전환)	고향 그리워 함 순종적·모성적
마지막 징소리	강간당하고 자살을 선택한 어머니처럼 남자와 바람이 났던 순덕 역시 자살 선택 (순결한 어머니의 위치 선택)	귀향 및 속죄 고향과 합일
달빛 아래 징소리	다시 돌아날 "해당화"로 이미지화	고향 품에 안김

순덕은 남편과 딸 금순이를 버리고 식당에서 일하는 강만식과 함께 도회에 사는 것을 선택하면서 '모성'을 스스로 제거한 여성이다. 그녀의 모성은 탈향의 지향이 귀향의 욕망으로 전환되면서 회복된다. 그런데 순덕의 탈향과 고향으로의 회귀라는 서사구조는 여성으로서의 정체성을 찾는 과정과 정확히 역의 의미를 지닌다는 점에서 문제적이다.97)

---

97) Carol Pearson과 Kather Pope는 여성들이 자유로워지기 위해 반드시 도전해야 할 龍 혹은 敵의 네 가지를 ① 성 차이의 신화, ② 처녀성의 신화 ③ 낭만적인 사랑의 신화 ④ 모성적인 자기희생의 신화 등으로 들고 있다(김미현, 『한국여성소설과 페미니즘』, 신구문화사, 1996. 271면 각주 44번 재인용). 그런데 문순태의 <징소리>의 순덕은 탈향을 통해 ②와 ④의 내용을 몸으로 체득하고 받아들이면서 돌아온다.

　<징소리>에서 순덕은 도시에서 식모살이를 한 경험이 있어서 "화딱까"진 여자, 온전치 못한 여자로 묘사된다. 그리고 댐건설로 방울재가 수몰되면서 평소 도회지로 나가고자 했던 탈향의 소망이 실현된다. 도시에서 칠복은 아내가 벌어주는 돈으로 편하게 살지만 삶의 의미를 상실한 것으로 묘사되는 반면, 순덕은 새벽에 집을 나가 통금시간에 들어오고 자신을 꾸미는 데 유난을 떠는 것으로 형상화된다. 허영심 많은 그녀는 식당에서 강만식을 만나 새 살림을 차린다. 그러면서 아내와 어머니의 지위에서 벗어나 도시의 환락에 몸을 맡기는 여자로 완전히 전환된다.

　그러나 순덕은 새로운 여자를 만난 강만식에게 쫓겨날 위기에 처하면서 방울재에서 칠복이 쳤던 징소리를 환청으로 듣는다. <저녁 징소리>에서 순덕은 '고향을 잃었다.'고 생각하게 되는데, 그 순간부터 징소리가 구슬프게 들리기 시작한다. 징소리를 자식 잃은 어미의 흐느낌으로 생각하기도 한다. 즉 탈향을 후회하면서 잃었던 모성이 점차 드러난다. 그리고 강만식의 집 앞에서 얼어 죽을 뻔한 부자를 어렵게 살려내는 과정을 통해 타인을 살려내고 보살피는 모성의 힘을 실현하고 확장한다. 얼어 죽을 위기에 처한 부자가 칠복과 금순이로 연상되면서 순덕은 희생적인 모성의 힘을 발휘한다. 그러는 가운데 방울재의 옛집이 그리움으로 다가오기 시작한다. 고향을 떠났던 순덕은 결국 강만식에게 버림을 받지만, 자신의 몸의 열기로 두 남자를 살려내는 모성의 힘으로 점점 고향과 가까워진다.

　순덕은 쉽게 방울재로 돌아가지 못하고 멀리서 가족을 그리워한다. <저녁 징소리>에서 순덕은 칠보증권 옆 건축 공사장에서 벽돌 나르는 일을 하면서 남편의 징소리를 듣는다. 칠복의 징소리를 '조금은 흥겨웠던 것' 혹은 '신비스럽게' 등으로 묘사한다. 그리고 <말하는 징소리>에 이르면 "방울재에서도 남편 칠복이의 징소리를 좋아했다"[98)로 더 적극적인 감정을 표현하게 된다. 칠복을 무시했던 이전의 모습에서 벗어나 남편을 자랑스럽게 여긴다. 그리고 다른 사람들에게 칠보증권에서 징을 치는 사람이 자신의 남편임을 말하고 싶어하기도 한다. 이제 순덕은 도시 남자와 바람이 났던 유혹자에서 순종적인 아내로 그 위치가 전환된다.

　이러한 과정을 거쳐 마침내 순덕에게 남편은 고향과 등가를 이루는 존재가 된다. 아래 인용문에서 '칠복'과 칠복이 치는 '징소리'를 '고향'이라는 단어로 바꾸더라도 그 맥락은 같다고 할 수 있다. 그리운 가족은 수몰된 방울재로, 나아가서는 '고향'이라는 이름으로 그 의미가 확장된다. 가족을 욕망하게 된 순덕은 고향과 소통하는 존재가 되기 때문에, 고향을 통해 용기를 얻거나 좌절하게 된다.

　그녀는 **남편 칠복이 자랑스러웠다.** 그래서 같이 일하는 인부들에게 징을 치는 사람이 바로 내 남편이요, 남편은 고향에서 이름난 징채잡이였다우 하고 어깨에 힘을 주고 큰소리로 말하고 싶었다.
　순덕이는 **울컥 징소리가 들려오는 칠보증권으로 한달음에 뛰어가서 남편과 딸을 만나고 싶기도 했다.** 그러나 마음뿐이었다. 얼굴에 가죽을 둘러쓰지 않은 바에 차마 남편 앞에 마주설 수가 없었다.
　(중략) **징소리는 그녀에게 삶의 용기를 불어넣어 주었다.** 수수깡처럼 말라비틀어진 그녀의 몸에 피를 넣어 주고, 솜방망이처럼 되어 버린 머리에 한가닥 영혼의 불을 지펴 주었다. (중략) 그러나 깊고도 높은 계면조의 가락의 징소리는 때때로 그녀의 가슴에 슬픈 울부짖음으로 화살처럼 아프게 꽂혀 왔다.
　그런데 그녀의 생명의 소리와도 같이 살아 있는 징소리가 연 사흘째나 들리지 않았다. 징소리가 들리지 않자 그녀의 육신은 다시 물기 빠진

---

98) 문순태, 『징소리』, 天池書館, 1993, 94면.

284

수수깡처럼, 쭈그렁이처럼 오르라들고, 영혼은 낙엽처럼 시들기 시작했다. (문순태, <말하는 징소리>, 94~96면)

    <마지막 징소리>에서 순덕은 귀향을 했으나 칠복을 볼 낯이 없다. 그녀는 호수 속에서 칠복의 징소리에 방울재 사람들이 한덩어리가 된 환상을 보고는 어울리고 싶은 마음에 스스로 물에 빠진다. 고향과의 합일이 죽음을 통해 실현되는 것이다. 이러한 순덕의 자살은 남편이 아닌 남자와 관계를 맺어 몸을 버린 것에 대한 일종의 속죄 행위라고 할 수 있다. 순덕은 남편=고향으로 인식하고 있는데, 이러한 생각은 남편(고향)에게 돌아가기 위해 순결한 어머니가 되어야 한다는 강박증을 만든다고 여겨진다. 그러자면 순결한 어머니로 스스로를 정화시켜야 하기 때문에 자살을 선택할 수밖에 없다. 또한 이러한 순덕의 자살이 고향의 재생을 도모하게 된다는 점에서 의미심장하다. 죽은 순덕의 시체를 본 손판도는 고향으로 완전히 회귀하며, 남편 칠복은 고향을 지키는 주체로 탄생한다.

    <달빛 아래 징소리>에서 순덕은 완전히 고향의 품에 안긴다. 그래서 죽었지만 방울재에서 재생을 경험하게 되었다고 해석할 수 있다.[99] 문제적인 점은 그 재생이 단순한 부활이 아니라 모성적 존재로서의 재탄생이라는 의미를 가진다는 사실이다. 순덕은 해마다 3월이 되면 꽃을 피는 해당화가 되는 것으로 나타난다.

    순덕이 가진 도시에 대한 욕망은 칠복에게 위협적인 것이다. 이 작품에서

---

99) 성현자는 Eliade의 이론을 바탕으로 순덕이가 호수에 몸을 던지는 행위는 생명, 갱신의 의미와 맞물려 완전히 고향의 품에 안기는 것이며 낙원으로 복귀하게 되는 것으로 해석한다. 또한 방울재로 돌아온 순덕이 再生과 不死의 힘을 의미하는 한 마리의 아름다운 물뱀의 이미지로 물속으로 사라져 간 것처럼 묘사된 것도 같은 맥락이라고 할 수 있다(성현자, 「『징소리』의 이미지 考」, 이은봉 외 엮음, 『고향과 한의 미학-문순태의 소설세계』, 태학사, 2005, 196~199면 참고).

는 그러한 도시에 대한 욕망을 성적 욕망으로 치환함으로써 그녀를 비판받
아야 할 여성으로 만든다. 순덕은 칠복과 결혼했을 당시에도 시골 처녀답지
않은 풍모를 가지고 있었던 것으로 나타난다. 그러한 면모가 '도시'와
결합됨으로써 가족과 고향을 무너뜨릴 수 있는 구체적인 형상을 띠게
된 것이다. 성적 욕망과 도시에 대한 갈망을 보여주었던 순덕은 보살핌의
모성과는 거리가 있는 어머니의 형상100)을 가지기 때문에 재생시킬 필요성
이 있었다.101) 작품 속에서 순덕은 자식을 버린 악녀이며, 어떤 상황 속에서
도 아내와의 끈을 놓지 않았던 칠복과 그의 딸은 순덕의 희생양이 된다.
칠복이 고향을 떠나고 광주에서 징을 치며 떠돌며 고생한 것은 모두 순덕을
찾기 위한 행보였다. 그러므로 소설의 마지막에서 순수한 어머니로 돌아왔
으나 자살한 것은 과거의 행위에 대한 징벌이라고 할 수 있다.

이와 같은 분석을 통해 문순태의 작품에서 탈향은 모성의 부재와, 귀향은
모성의 각성과 긴밀한 관계가 있음을 알 수 있다.102) 『징소리』는 6편의

---

100) 어머니의 성적 욕망과 그 징벌에 관한 내용은 정우숙, 「최인훈 희곡 <첫째야
자장자장 둘째야 자장자장 연구>-'무서운 어머니' 모티프를 중심으로」, 『한국여
성문학회』 13, 2005, 377면~382면 참조. Ⅱ장의 김승옥, 김원일 소설에 나타난
'무서운 어머니'는 남성 자아를 위축시키지만 그것에 징벌을 가하지는 못한다.
그러나 Ⅲ장의 문순태 소설에 나타난 '무서운 어머니'는 징벌을 받게 된다.
101) 이문구의 작품에서도 역시 도시와 소비에 대한 욕망을 지닌 여성을 경계하는
내용이 다루어진다. 그 양상은 『관촌수필』과 같은 중기 소설인 『우리동네』에
이르러 심화되는데, 그러한 욕망을 지닌 여성들이 반성에 이르는 이야기도 삽입되
고 있다. 이 작품은 본서의 분석 대상 작품에서 제외되었지만, 후에 구체적으로
다룰 필요가 있다고 여겨진다.
102) 임은희는 문순태 『징소리』의 '순덕'을 긍정적인 관점에서 해석하고 있어 주목된다.
순덕이 자신의 몸으로 죽어가는 거지 사내와 아이를 살려내는 모습은 타자의
모든 것을 포용하며 공존하고자 하는 유기체적 세계인식을 드러내며, 돌봄의
윤리로 치유함으로써 댐으로 막힌 썩은 땅이 된 마을이 치유될 가능성이 있음을
시사한다고 분석한다. 그리하여 문순태의 소설에 나타난 여성을 '대의를 위한
희생적인 삶이 강요된 우상화된 모성성을 지닌 여성상'으로 평가하는 것을 부정적

연작을 통해 점진적으로 순결한 어머니를 창조해 나가고 있다. 순결의 회복과 강조는 고향의 재건과 밀접한 관계를 가진다. 고향이 안식처로 명명되기 위해서 모성의 강조는 필연적이며, 순결성을 확보하는 것을 통해 남성의 주체성 역시 확고해지는 경향성을 가진다. 이는 본래 고향에 어머니, 대지성의 성격이 있었다기보다는 모성이 부재한다고 여겨지는 고향에 대지적 성격을 부여하고 있는 것으로 해석할 수 있다. 그리고 고향의 존재성과 보살핌의 모성을 결부시키는 가운데 순수한 고향을 재건시킬 남성 영웅이 나타난다.

요컨대 이문구와 문순태의 작품에서 따뜻한 어머니의 존재성을 강조하고 복원하는 서사는 고향의 재건 욕망과 긴밀하게 결부된다. 이문구는 『관촌수필』 이후 『우리동네』에서 현재 고향을 본격적으로 비판하게 된다. 문순태의 『징소리』에서 순덕의 희생은 칠복의 정체성을 확고하게 하는 중요한 역할을 한다. 또한 타락한 어머니가 순결한 어머니로 전환하는 지점은 고향 회복의 문제와 연결된다. 오성찬의 <흐르는 고향>에서 현재 고향의 타락상과 여성 몸의 질병이, 그리고 그 병을 회복하는 길과 고향의 재건이 연결되고 있는 것도 같은 맥락을 가진다.

결론적으로 이러한 메커니즘 안에서 '모성'은 끊임없이 타자화되는 문제점을 안고 있다. 고향의 재건이라는 당면 과제 속에서 남성 역시 희생적으로 그려지고 있으나 그 속에서 여성은 더 억압적인 희생을 감수해야 하는 것으로 나타난다.

으로 설명한다(임은희, 「문순태 소설에 나타난 생태학적 인식 고찰-성과 여성, 자연을 중심으로」, 『우리어문연구』 30, 우리어문학회, 2008 내용 참조). 본서도 임은희가 주장하는 '돌봄의 윤리학'은 인정한다. 그러나 『징소리』 전작에서 '순덕'의 순결성과 돌봄의 모성이 의도적으로 각성되고 있으며, 순덕의 모성성이 강조될수록 칠복은 순덕을 품어 안을 수 있는 남편, 고향을 재건할 영웅성을 획득하게 된다는 점을 간과할 수 없다고 여겨진다.

Ⅳ. 1960~1970년대 소설에 나타난 '고향'의 문학적 의미

'고향'은 인간이 자신의 근원을 탐구하고 정체감을 회복할 수 있는 본질적인 장소로 여겨진다. 하이데거는 현대를 고향상실의 시대[1]라고 규정하였다. 자연에 대한 기술 지배 과정은 자연뿐만이 아니라 인간 자신이 황폐해지는 과정이다. 그래서 하이데거는 현대 기술문명의 극복은 인간이 고향에서 자신의 소박한 삶에 충만을 느끼는 것을 통해 가능하다고 보았다.[2]

인간은 자신이 아무 것도 아닌, 죽음에 이를 수밖에 없는 유한성을 지닌 존재라는 불안을 극복하게 해 줄 수 있는 버팀목으로 '고향'과 같은 근원적 장소를 끊임없이 희구한다. 그런 의미에서 텅빈 기표로서 고향의 허구성을 깨닫되, 고향에 동일화를 꾀할 수 있는 역설적 행위가 필요하다.

에드워드 렐프는 산업사회, 자본주의, 매스미디어 등 현대세계의 일상적 장소 경험을 틀지우는 구조의 문제에 관심을 두면서 현대 대다수의 사람들이 느끼는 장소감은 토포필리아(topophilia, 場所愛)보다 토포포비아(topophobia, 장소혐오)가 주류이기 때문에 토포포비아에 주목하고 있다.

---

1) 윤병렬, 앞의 논문, 2007, 68면.
2) 박찬국, 『들길의 사상사, 하이데거』, 도서출판 동녘, 2004, 271~273면 참조.

그의 주요 관심은 전쟁, 산업화 등 공간의 변화로 인한 지배적인 장소 경험인 무장소성(無場所性)이 어떻게 우리의 생활 속에 파고들고 있는가를 분석하는 것이다.[3] 1960~1970년대 한국소설에서 고향에 대한 장소애는 토포포비아와 관련을 가지며 시작되었다고 할 수 있다.

이 시기 한국소설에서 고향은 중요한 주제가 되었다. 본서는 탈향과 귀향의 서사를 분석함으로써 시대를 조망해 보고자 했고, 고향은 다음과 같은 문학적 특징을 지닌다.

첫째, II장의 작가군은 현실의 변혁을 보여주지 못하거나 지나친 파괴성을 보여준다는 측면에서 제대로 평가를 받지 못한 부분이 있었다. 그리고 일반적으로 현실 비판적인 역량은 III장의 작가군에 부여되곤 했다. 그러나 II, III장의 작품군은 서로 다른 형태로 그 시대를 극복하기 위한 탐색을 보여주었다고 여겨진다.

II장에서는 전쟁의 트라우마로 고향은 정주 불가능한 공간이 된다. 폭력적인 사건의 원인이 제시되지 못한 채 살인을 한다거나 과거로 침잠하여 자살을 선택하는 행위는 주인공의 외상을 독자에게 전이시키는 힘을 가진다.[4] 폭력과 죽음은 표상할 수 없는 외부를, 서사화할 수 없는 과거의 고통을 드러내는 한 수단이었다고 생각된다. 전쟁으로 인한 트라우마는 극복되지 못한 채 서사화 되는 경우가 많다. 그러나 '극복'되었다면 더 이상 심연의 역사는 말해지기 힘들 것이다. 고통스러웠던 시간이 단순히

---

3) 에드워드 렐프, 앞의 책, 2005, 310~313면 참조.
4) 오카 마리, 앞의 책, 2004, 71면 참조. 오카 마리는 발자크의 소설 <아듀>에서 슈테파니의 죽음을 반복하는 듯한 느닷없는 필립의 자살을 "독자에게 납득할 만한 설명이 이루어지지 않은 채 서사 속에 방치됨으로써 필립의 정신적 외상이 독자에게 전이된다. 슈테파니가 겪은 전쟁이라는 폭력적인 '사건'은 서사 내부에서는 완결되지 않는다. '사건'으로 완결되지 않은 채로, 독자의 트라우마로 이어져 가는 것이다."라고 설명한다(자세한 내용은 위의 책, 64~73면 참조).

망각·억압되지 않고 '글쓰기'를 통해 반복 재생된다. 그리하여 과거의 경험과 고통을 표출하는 글쓰기를 하고 있다고 여겨진다. 고통스럽게 고향을 마주하는 과정을 거쳐 1970년대 후반 이후 고향의 어두운 부분까지 감싸 안을 수 있는 역량을 지닌 주체로 성장하게 되는 것이다. 즉 트라우마의 실재에 접근하려는 고통스러운 단계를 넘어서면서 귀향에 이르는 양상을 보여준다.

Ⅲ장의 이문구, 문순태는 향토를 부각시킴으로써 낭만적인 고향을 형성한다. 특히 이문구는 초기 소설에서 심연이었던 고향을 중기 소설에서 낭만적인 과거의 장소로 전환시키고 있다. 노스탤지어의 고향 이미지를 구축하는 까닭은 전근대를 옹호하기 때문이 아니다. '현재'의 도시화 과정에서 나타나는 문제점을 비판하기 위한 것이다. 향토를 강조하는 것은 '향수'에 머물기 위해서가 아니라 현실에 대응할 수 있는 근거지로서의 장소를 만들기 위함이다. 『관촌수필』의 관촌과 석공, 『징소리』의 남창마을과 칠복이는 현실 비판의 전략 안에서 구현된 이상적 대상들이라 할 수 있다.

둘째, 1960~1970년대 고향 이미지는 근본적으로 '환상'의 메커니즘에 의해 나타난다.

'고향'은 텅빈 기표이지만 Ⅱ장 작품군에서는 원시적 힘, 바다, 유행가 등 고향의 대체물을 통해 고향의 이미지를 형상화한다. 반면 Ⅲ장의 작품군에서는 '고향'을 자연의 원초적 힘과 '과거'의 시간 등을 결부시켜 견고하게 구조화함으로써 고향을 도시와 상반된 힘이 내재된 장으로 구축한다. 요컨대 Ⅱ장의 작품군은 전쟁체험 등으로 형성된 고향의 심연을 환상의 스크린을 통해 바라봄으로써 현실을 지탱할 수 있었다. 그러나 고향의 실체를 잘 알고 있었기 때문에 '환상'의 고향은 일시적으로만 구성된다. Ⅲ장의 소설가들은 산업화·도시화의 부정적 측면을 비판할 수 있는 근거지로서의 본원적인 고향을 구축한다. 과거의 시간을 낭만화하는 '환상'을 통해 결코 도달할 수 없는 고향의 원형을 설정한 것이라 설명할 수 있다. 자연에 인간의 마음, 순리 등의 개념을 투영시킴으로써 고향은 인간을 위한 심원의 공간으로 설정되는 것이다.

셋째, 표면적으로 II장의 소설가들은 '도시'에서 타향살이를 모색하고, III장의 소설가들은 '농촌'에서 자신의 정체성을 확보하는 것으로 나타난다. 그러나 II, III장 그 어느 작품에서도 이상적인 안식처로서의 고향이 존재했다고 보기는 어렵다. 또한 역설적으로 현실에 존재하지 않는 안식처로서의 고향을 끊임없이 갈망하고 그리워한 측면은 II장의 작가들에게서 더 명확히 나타난다. 고향과의 동일화가 불가능하다는 것을 알면서도 희망을 가지고 귀향했다가 죽음에 이르는 주인공들의 행위에서 그러한 욕망을 읽을 수 있다.

II장의 작품군에 등장하는 인물들은 안식처로서의 고향이 존재하지 않음을 명확하게 안다. 그러나 다가가면 사라지는 환영(幻影)으로 존재하는 고향을 향해 고통스러운 여정을 반복한다. 결핍된 장소, 아무 것도 아닌 장소인 고향의 주변을 끊임없이 순환(탈향과 귀향의 반복)하고 그것을 희구한다. 반면 III장의 작품에서는 근원적 고향이 명확히 '과거'에 존재했으나 그것이 사라졌음을 이야기하면서 현실의 고향을 치유해야 할 공간으로 상정한다. II장에서 주인공들은 과거를 애도하지 않음으로써 과거 고향을 끝까지 욕망의 대상으로 삼았으며, III장의 인물들은 과거를 애도함으로써 현재의 고향을 새로운 욕망의 대상으로 설정한다.

1960~1970년대 발표된 많은 작품에서 '고향'은 중요한 주제로 등장한다. 그런데 고향은 전후체험과 산업화라는 배경 아래에서 매우 다르게 형상화

된다. 그 이유는 '자연'과 '모성'의 존재 양상이 다르기 때문이다.

Ⅱ장의 작품에서 자연은 인간에게 안식을 주는 동시에 고향의 무서운 이면을 드러내는 이중적 이미지로 나타난다. 인물들에게 일시적으로 안정과 재생력의 공간으로 기능하기도 하지만, 궁극적으로 고향은 고통스러운 실재와 직면하는 장소, 도시의 삶을 위협하는 곳으로 존재한다. 반면 Ⅲ장의 작품에서 자연의 지향은 인정과 순리에 따르는 삶을 의미하며 추구해야 할 대상으로 격상되고 있다. 자연은 인간의 삶을 구성하는 가장 본질적인 장소를 제공하는 것으로 나타난다. Ⅱ장에서 자연이 가지는 이중적 측면은 가족을 보살피지만 아버지의 부재를 드러내는 '공포의 어머니'와 결부된다. Ⅲ장에서 자연은 땅의 생명력, 보살핌의 모성과 깊은 연관을 맺고 있다.

또한 남성이 고향에 가지는 감정과 모성의 존재 양상 역시 긴밀한 관계에 있다. Ⅱ장의 작품군에서는 고향을 부재화 시키고 있기 때문에 고향을 총체적으로 이미지화 할 수 없었다. 그래서 자연은 고향을 지시하기보다는 고향의 대체물로서의 위치에 있다. 어머니 역시 '모성'이 결핍된 존재로 인식되는데, 남성자아가 그러한 어머니에게 가지는 반감 의식은 어머니를 절제하려는 시도로 나타난다. <생명연습>의 '형'은 다른 형제들과 공모하여 살인을 시도하고자 한다. <굶주림의 행복>의 소년은 어머니의 형상을 다른 여성에게 전이하여 살인을 저지른다. 그러나 그러한 행위를 통해 드러나는 것은 고통스러운 고향의 실재, 아버지의 부재였다. 그 안에서 남성 자아는 정체성을 확보하지 못한다.

반면 Ⅲ장에서는 무한한 자비와 보살핌의 힘을 가진 '땅'의 책임을 어머니들에게 부여한다. 그래서 어머니는 인간이 가질 수 있는 다른 성격은 제거되고 자신을 희생하는 모성의 힘만을 가진 존재로 강조된다. 그리고 보살핌의 성격을 지니지 못한 어머니를 징벌하는 면모가 나타나기도 한다.

이러한 '모성'을 기반으로 남성 자아는 정체성을 회복하며 고향을 재건할 수 있는 주체로 성장한다.

요컨대 고향을 안식처로 전제하는 것은 허구이다. 마찬가지로 대지적 힘=어머니를 동일시하는 것 역시 실제의 '어머니' 모습을 반영하는 것이 아니라 어머니를 상상적으로 구성해 내는 것이라고 할 수 있다. II장의 남성자아들은 어머니와 이상적인 관계를 맺지 못해 정체성을 구성할 수 없었다. 그러나 후에 어머니를 한 인간으로 이해함으로써 어머니와 동일화를 성취하는 방향으로 나아가는 양상을 보여준다. 반면 III장의 남성인물들은 자연과 대지의 아늑한 과거 고향을 통해 정체성을 확보한다. 그러나 그 정체성이 어머니의 희생성을 바탕으로 하고 있다는 점에서 문제점을 가진다.

이 시기 작품에 나타난 고향은 문학사적인 측면에서 다음과 같은 의의를 지닌다.

첫째, 분단 현실에 대한 문인들의 관심이 작품을 통해 본격적으로 표출된 것은 1960년대 이후로 볼 수 있다. 1950년대 중반 이후 전후작가들의 작품은 전쟁을 증언하고 폭력에 의해 와해된 주체의 분열과 혼돈을 그리는 수준에서 크게 벗어나지 못했다. 그러나 1960~1970년대에 이르러서는 전쟁의 원인을 천착하는 등 심화된 시각을 보여주게 된다.[5] 그리고 '고향'이 그러한 인식의 폭을 확장하는 데 크게 기여했다고 여겨진다.

소설에 나타난 고향은 2000년대 이후까지 활동을 지속했던 작가들의 작품 세계에서 '원형'이 된다. 그러므로 1960~1970년대 고향의 창조 과정과 그 변모 양상을 살피는 것은 그 원형을 탐색하는 한 시도가 될 수 있다.

---

5) 강진호, 『현대소설사와 근대성의 아포리아』, 소명출판, 2009, 325~350면 내용.

이 시기 작가들에게 고향은 고통스런 기억으로 형상화되었지만 계속적인 작품 활동을 통하여 이청준, 김원일 등은 과거에 함몰되지 않고 점차 과거의 기억에 직면하는 글쓰기를 하게 된다. 또한 심연이었던 고향이 시간이 흐를수록 각 작가마다 다양한 양상으로 '풀림' 혹은 '화해'의 형태를 가지기 시작한다.

예를 들어, 이청준은 <바닷가 이야기>, <침몰선>에서 탈향을 욕망하고 있으나 점차 <목포행>, <현장 사정>, <안질주의보> 등의 작품을 통해 고향과 주체와의 거리를 모색한다. 그리하여 <눈길>, <살아 있는 늪> 등에서 고향의 어두운 부분까지 감싸안을 수 있는 가능성까지 보여준다. 초기 소설에서 인물들은 해결 불능의 갈등 상황에 놓여 있지만 점차 현실과 조화로운 삶을 유지할 수 있는 힘을 지니게 된다. 하지만 그것은 무조건적인 화해를 의미하는 것은 아니다. 이청준의 소설에서 화해 과정은 내적 성장을 이루어가는 과정이며 자신을 성찰하려는 노력이 나타난다.[6] 김원일 역시 <나쁜 피> 등의 초기 소설에서는 탈향을 지향하였으나 <미망> 등에 이르러 과거의 기억과 화해하는 방향으로 나아간다. 또한 초기 소설 <어둠의 혼> 이후 『노을』, 『인간의 마을』, 『불의 제전』으로 이어지는 흐름 속에서 아들과 아버지의 거리는 점점 가까워진다. 이러한 변화는 시간이 흐르면서 과거와 자연스러운 거리감이 형성될 수 있었고 사회적으로 반공의 벽이 약해졌기 때문에 가능한 것[7]이었다고 평가된다.

그리하여 이 시기 귀향은 온갖 반목과 대립으로 얼룩진 죄의식을 분출하며 그동안 침묵으로 외면했던 존재의 신원을 되찾는 길[8]이 된다. 고통스런

---

6) 이승준, 『이청준 소설 연구』, 한국학술정보, 2005, 177~178면 내용.

7) 김한식, 「사실의 의지와 이념의 불만」, 『현대문학사와 민족이라는 이념』, 2009, 261~279면 내용.

8) 유임하, 「성장과 각성」, 앞의 책, 2002, 235면.

294

탈향과 귀향의 반복을 통해서 고향과 화합으로 나아가는 단계로 올라설
수 있었다. 즉 고향의 빈 공간, 무서운 실재와 끊임없이 마주하는 행위를
통해 점차 고향을 이해하는 주체로 성장하게 된다.

한편 농민들의 문제가 1970년대 사회적 관심사로 제기되는데, 농촌
사회의 구조적 모순과 농민의 고통을 가장 폭넓게 다루는 작가로 이문구를
생각할 수 있다. <암소>, 『관촌수필』, 『우리동네』로 이어지는 소설적
작업은 농촌의 현실과 농민의 삶을 여러 측면에서 조명하고 비판하는
일로 이어진다. 그가 제시하고 있는 농촌의 현실과 농민의 모습은 연작의
형태로 발표된 『우리동네』에 집약되고 있다.9) 이문구는 『관촌수필』의
'고향'을 바탕으로 『우리동네』, 『산 너머 저쪽』 등의 작품으로 나아갔다.
『관촌수필』에서 동일화 가능한 과거 고향을 구축한 후 거기서 얻은 정체성
과 힘을 통해 『우리동네』에서 본격적으로 현재의 고향을 비판할 수 있었던
것이다.

문순태는 <백제의 미소>, <고향으로 가는 바람>, 『징소리』, 『타오르는
강』 등 거의 모든 작품에서 '방울재'나 '노루목'을 배경으로 삼는다. '허구'의
왕국을 세우려는 의욕과 함께 짙은 고향의식을 가지고 있음을 알 수 있다.
그러나 문순태는 향수에만 집착한 것이 아니라 '고향'을 통해 역사의식과
사회적 관심을 보여준다. <청소부>에 나타난 인간 소외 현상 비판 등이
그러하다.10) 또한 문순태는 80년에 이르면 전쟁의 트라우마를 다룬 70년대
소설에서 한 단계 나아가 <물레방아 속으로>, <말하는 돌>과 같이
역사의 폭력성을 반성하고 그 원인을 스스로에게서 찾는 반성적 시각까지
보여준다. 그리고 『징소리』에서 구축된 근원적 고향은 『철쭉제』에 이르러

---

9) 권영민, 앞의 책, 2004, 284~286면 요약.
10) 이보영, 「민중의 恨과 그 힘」, 이은봉 외 엮음, 앞의 책, 2005, 233~240면.

보다 구체화 된다.

또한 이문구, 문순태의 작품에 나타난 '노스탤지어'로서의 '과거' 고향 역시 산업화 시대 이후에 계속적으로 추구되는 고향의 형태로 생각해 볼 수 있을 것이다. 과거 고향을 현재 고향에 대비시키고 그것을 지향하는 현상은 비인간화 현상이 심화되는 1990년대 이후 소설에도 드러난다. 산업화와 물신주의에 대한 비판의 대항점으로 '고향'을 전면에 내세우는 경향이 한국 문학사에서 지속적으로 나타나고 있는 것으로 여겨진다.[11] 이러한 '고향'의 면모는 일제시기에 발표된 소설 등의 양상과 비교하여 문학사 측면에서 어떻게 변모 확장되고 있는지 연구할 필요가 있을 것이다.

둘째, 자연 생태 소설은 1970년대 후반부터 본격적으로 출발되었다고 여겨진다. 본서는 고향과 자연에 대한 이해가 자연스럽게 환경 파괴에 대한 중요성을 일깨웠다고 생각한다. 특징적인 것은 전쟁의 기억과 산업화의 문제가 '고향'이라는 공간성과 결부되면서 심도 있게 전개된다는 점이다.

김원일의 <도요새에 관한 명상>(1979)은 전쟁과 산업화로 인한 고향의 상실이 동시에 나타나고 있다. 또한 고향 상실의 원인이 전쟁과 근대화라는 외부의 요인뿐만이 아니라 '우리 자신'에게 있다는 반성적 시각이 돋보인다. 이 작품은 세 남자의 고향 상실과 자연이 훼손되는 과정을 결부시키면서 안식처가 상실된 근본적인 원인이 전쟁, 분단, 산업화에 있는 것이 아니라 인간의 '관계'에 있음을 부각시킨다. 사흘 사이 동진강 하구에서 갑자기 새들이 집단으로 죽은 이유가 그 지역 공장의 공해 때문(외부의 문제)이라고

---

11) 가령 최기인의 『까치병』(1998)에서 현재는 산업화로 물신주의가 보편적 가치로 통하는 훼손된 세계이며, 반면 과거는 신이 존재하고 모두가 다복하게 살아가는 세계로 설정된다(송현호, 「원초적 고향 찾기와 인간성 회복―최기인의 『까치병』을 중심으로」, 『한중인문과학연구』 3, 한중인문학회, 1998, 58면). 이와 같은 과거 고향/현재 고향의 대립화는 많은 소설에서 찾아볼 수 있다.

생각했으나 실제 원인은 동생과 그 친구가 도요새를 박제하기 위해 강 주변에 뿌린 '콩'(내부의 문제)에 있었다. 그들에게 필요한 것은 이북의 고향이 아니라 안식처로서의 공간을 제공할 수 있는 자연환경과 가족 구성원이 서로를 이해하는 마음이다. 그런 의미에서 이 작품은 단순히 환경 파괴만을 문제로 삼고 있지 않다. 욕심으로 사는 것이 아니라 자연으로 살면서 서로를 살리는 상생의 세계를 말하고 있다.[12] 그리고 그 세계가 새로운 '고향'으로 설정된다.

이청준의 <잔인한 도시>(1978)에서 사내가 어두운 밤에 세찬 빛줄기를 이용하여 새들을 잡는 풍경에 심한 공포감을 느끼는[13] 이유는 그 밝은 빛이 새들의 안식처를 빼앗는 역할을 하기 때문이다. '세찬 빛줄기'는 이청준의 소설에서 전쟁의 트라우마로 이야기 되었던 '전짓불'과 연결된다.[14] 작가는 전쟁으로 인하여 상실된 고향을 1970년대 후반 파괴되는 자연 환경, '새' 등으로 변용하여 이야기하고 있는 것이다.

주목되는 점은 이 소설에서 유토피아를 연상케 하는 자연과 인간이 조화를 이룰 수 있는 공간[15]이 고향의 이미지와 결부되어 나타난다는 것이다. 새의 안식처는 곧 할아버지가 상상하는 아늑한 고향으로 재현된다. 이것은 '고향'의 의미가 '태어난 곳' 이상의 것으로 확산되고 있음을 보여준다. 즉 이 작품에서 '고향'은 단순히 태어난 장소가 아니라 '편히 쉴 수

---

12) 김현숙, 「박경리 작품에 나타난 죽음과 생명의 관계」, 『현대소설연구』 17, 한국현대소설학회, 2002, 325면 내용 참조.

13) 이청준의 작품 <소문의 벽>, <퇴원> 등에서 나타나는 유년시절 '전짓불'의 공포가 <잔인한 도시>에서 '새'가 자신의 보금자리를 빼앗길 때 느낄 공포로 전도되고 있다는 점이 주목된다. 이 작품에서 '새'의 처지는 고향이 부재한 사내가 도시에서 겪는 공포의 은유로 해석할 수 있을 것이다.

14) 본서 53면 각주 10번 내용 참조.

15) 이승준, 「인간과 자연의 화해－이청준 소설의 생태학적 의미」, 『한국 현대소설과 생태학』, 도서출판 작가, 2008, 140면.

있는 안식처 혹은 자연 공간'으로 의미가 확장되고 있다. 과거의 기억에 의해 재현되는 것이 아니라 누구나 꿈꿔보는 유토피아의 공간이라고 할 수 있다. 즉 실제의 공간에 근거하여 이야기되는 장소가 아니라 완전히 가상의 장소인 것이다.

요컨대 <잔인한 도시>에 나타난 고향은 과거의 고향에서 실제 경험한 것들과는 꼭 관련이 있다고 할 수 없다. 탱자나무 울타리, 푸른 대숲이 지시하는 아름다운 자연과 막연히 상상되는 '따뜻한' 촉감의 심상은 자신이 원하는 안식처의 이미지가 재현된 것으로 해석할 수 있다. 고향이 도시인 사람들, 농촌을 경험하지 않은 이들도 상상할 수 있는 안식처로서의 고향 이미지인 것이다.

1960~1970년대는 급격한 사회 변동으로 인하여 도시와 고향은 모두 인물들에게 안식처로 기능할 수 없었다. 현재를 살아가는 인물들에게 안식처가 될 수 있는 특별한 장소나, 현실을 벗어날 수 있는 탈출구는 실질적으로 존재하지 않았던 것이다. 그러나 작가들은 '고향'을 통해 출구를 열 수 있는 가능성을 담지한 주체를 점차 구성해 나감으로써 시대에 대처하는 새로운 문학적 모색을 시도했다고 여겨진다. 이 시기 '고향'은 인간이 소망하는 근원적인 공간이자, 전쟁의 상흔을 치유할 수 있는 힘이 내재된 상상력의 장소이며, 인간 소외 현상 등을 발생시키는 도시화 등을 비판하고 해결을 모색하는 장으로서 중요한 역할을 해냈던 것이다.

V. 결 론

　본서의 연구 목적은 1960~1970년대 한국문학에 나타난 탈향과 귀향의 서사를 종합적으로 분석하고 고향이 어떠한 방식으로 의미화 되고 있는지 고찰하는 것이었다. 작품에 나타난 '고향'의 공간성을 응시함으로써 주체들의 욕망, 더 나아가 그러한 주체들을 구성한 작가들의 욕망까지도 파악할 수 있었다. 또한 1960~1970년대 소설에 나타난 '고향'의 존재성을 전쟁체험과 산업화라는 두 개의 영향 관계 안에서 구분하여 분석하고 그 차이를 고찰하였다.

　Ⅱ장에서는 전쟁체험과 관련이 있는 김승옥, 김원일, 이청준의 소설과 이호철, 최인훈의 일부 작품을 분석 대상으로 하여 고향의 서사를 살펴보았다. 전쟁의 트라우마로 인한 이향자의 탈향 추구 양상에 주목하면서 고향이 욕망의 대상이지만 결코 성취할 수 없는 '환영(幻影)'의 모습으로 나타나고 있음을 고찰하였다. 이향자들은 도시에서 '산책'과 '구경'을 통해 타향살이를 모색하지만 도시에서 장소감을 획득할 수 없다. 그래서 고향을 '없는 것'으로 생각하면서도 그것에 의지할 수밖에 없다. 이러한 고향에 대한 양가적 감정은 어머니에 대한 경멸과 희구로 치환하여 생각하는 것이 가능하다. 인물들이 전쟁의 충격적 경험으로 인하여 스스로 고향을 부재화시키기도 하지만, 어머니(=고향)와의 관계를 제대로 맺고 있지 못하기

때문에 고향은 괴로운 공간이 된다. 그러나 70년대 후반에 이르러 탈향의 서사는 귀향의 서사로 전환되는 양상이 일어난다. 이러한 변모는 고향과 어머니를 이해하고 고향의 결핍된 부분까지 감싸 안으면서 정체성을 확보하려는 인식의 전환에서 기인된 것이다.

6·25를 다룬 소설에서 문제가 되는 것은 '전쟁'이라는 역사적 사건뿐만이 아니라 그러한 상황에서 잔인해지는 인간의 모습이다. 폭력의 체험을 통해 소년은 전쟁의 트라우마를 형성하게 된다. 그리고 정신적 외상으로 인한 플래시백(flashback)이라는 '과거의 재생' 현상을 경험한다. 트라우마는 반복 재생되면서 고통의 진실을 드러낸다는 측면에서 매우 중요하다고 할 수 있다. 이 시기 출향은 단순히 고향에서 밀려난 것이 아니라 탈향의 욕망을 가진 인물들이 자발적으로 선택한 측면이 부각되어 나타난다. 전쟁과 분단은 탈향을 추동하는 중요한 원인이었으나 가난, 전근대성 등의 내부적 원인 역시 탈향을 이끌어낸 잠재적 요인이라고 할 수 있다. 타관으로 나가기를 바라던 인물들이 이향한 후 막상 도시에서의 삶이 자신이 기대한 것과 다르다고 해도 다시 귀향하지는 못한다. 도시를 안식처로 생각할 수는 없지만 고향에 정주할 수 없음을 알기 때문에 도시는 제2의 고향이 되는 것이다. 또한 월남인도 고향을 그리워는 하지만, 탈향을 할 수밖에 없는 위치에 있다. 즉 월남인과 향도자가 도시에 머물게 된 구체적인 맥락은 다르더라도 전후의 고향은 머물 수 없는 장소로 형상화되고 있으며, 새로운 집짓기를 하고자 하는 모색이 나타난다.

고향이 가진 힘이라고 생각되는 자연, 육체적 힘은 도시 체험을 통해 상실되었다고 여겨진다. 그런데 그러한 힘은 재생력이 존재하지 않는 고향을 대신하는 것으로서 고향과 동일화를 가능하게 하는 고향의 대체물이라고 할 수 있다. 현실에서 귀향은 거부되고 고향은 부재하지만 작중 인물들은 자연 등을 고향과 연결시키는 환상을 통해 정체성을 확보할 수 있게 된다. 그러나 주목할 점은 대부분의 경우 '환상의 스크린'을 통해 고향 이미지를 창조하면서도 그것이 단지 상상에 불과하다는 사실도 알고 있다는 것이다. 그래서 고향의 재생력은 일시적으로만 지속되며 환상은 오히려 고향의 진실을 은폐하지 않고 드러내는 역할을 한다. 고향에서 삶을 풍요롭게 했던 육체적 힘과 자연의 생명력을 강조하는 것은 고향을 고향답게 만드는 작업이라고 할 수 있다. 그러나 실제 고향은 폭식과 살인하는 몸이 연상시키는 전쟁과 가난의 장소이다. 조화(造花 : 도시, 원시성의 부재)가 아닌 생화(生花 : 고향, 원시성의 존재)를 갈망하는 것은 근대성의 경험으로 인하여 겪게 되는 자기 소멸의 공포 때문이다. 일시적으로는 가족의 생명을 앗아갔던 바다를 재생의 공간으로 전환시키는 환상을 통해 도시에서 출구를 얻게 되기도 한다.

주인공들은 고향의 대체물을 통해서만 동일화를 유지할 수 있다는 사실을 명확히 알고 있었기 때문에 자신을 고향의 내부인으로 위치시키지 못했다. 그래서 동향(同鄕)이라는 감수성도 생겨나기 어려웠다. 그러나 이향 주체는 '유행가', '고향 사람의 특성'이 순수하게 고향을 의미하지 못함을 알지만 그것을 추종하는 이중성을 보여준다. 그 균열된 대상들이 주인공들의 정체성을 담지해 주는 유일한 것이기 때문이다. 그래서 고향이라는 환상을 명확히 알면서도 그 환상을 믿고 싶어 하는 것이다.

이러한 서사를 통해 알 수 있는 것은 이향자들이 스스로 고향을 '부재화'하고 있다는 것이다. 고향을 '없다'고 여기기 때문에 고향 이미지는 대체물을 통해 파편적인 형상으로 구현될 수밖에 없다. 이향자는 도시를 탐색하는 가운데 자신의 정체성을 찾고 안식처도 발견하고자 한다. 그러나 도시에서 새로운 삶을 도모하려는 시도는 끊임없이 결렬된다. 그리하여 무의식적으로 도시 곳곳에서 고향을 연상시키는 흔적들을 발견하고 그것을 추구하게 된다. 이향자들은 고향을 구축(驅逐)하고 도시에서 산책과 구경을 통해 타향살이를 모색하지만 대부분 실패로 끝난다. 그래서 고향에 정주할 수 없음을 알지만 다시 귀향을 시도하게 되는 것이다.

이향자는 고향이 다가가면 사라지는 환영(幻影)에 불과함을 알지만, 결코 고향의 상실을 인정하지 않는다. 고향을 부재화 하면서도 그것을 갈구하는 이중적 태도를 보여준다. 그 이유는 고향이 삶을 지탱할 수 있는 유일한 대안이기 때문이다. 고향에 대한 애정과 혐오라는 양가적 감정은 탈향과 귀향을 반복적으로 순환하게 하는 원동력이 된다. 즉 고향에 대한 비동일화를 견지하고 고향이 욕망의 대상으로 남을 수 있다는 사실을 알고 있음에도 귀향을 계속적으로 시도한다. 고향이 동일화할 수 없는 '아무 것도 아닌' 공간임을 깨닫게 될 때 이향자는 죽음(자살)을 맞이하기도 한다. 주목할 점은 이러한 고통스런 고향가기의 반복 과정을 통해 1970년대 중후반 정도에 이르면 고향에 대한 이해와 화해의 양상이 나타나기 시작한다는 것이다. 그런데 그 귀향은 안식처로서의 고향을 발견하는 것에 의해서가 아니라 죽음의 늪과도 같은 고향 자체를 인정하면서 이루어진다.

이 시기 고향은 모성이 제거된 삭막한 대지로 묘사되고 있다. 고향에 대한 인식과 어머니에게 갖는 감정이 서로 연결되고 있는 것이다. 어머니는 작품에 잘 등장하지 않거나 묘사되더라도 따뜻한 보살핌의 이미지로 구현되지는 않는다. 또한 어머니를 죽이려고 하거나 극단적으로 거부하는 남성 자아가 등장하기도 한다. 이때 어머니는 아들의 삶을 위협하고 통어하는 '무서운 어머니'의 존재성을 가지며 남성자아는 이러한 고향과 어머니의 품 안에서 정체성을 획득할 수 없는 것으로 나타난다. 김승옥의 소설에서 남성 자아는 '무서운 어머니'를 피하기 위해 다른 형제들과 어머니의 살인을 공모하기도 한다. 김원일의 소설에서 주인공은 어머니를 부정하는 혐오스러운 살인자의 모습으로 등장하여 모성이 부재한 고향의 황폐한 모습을 드러낸다. 모성이 제거된 어머니의 모습은 역설적으로 고향의 파괴, 아버지의 죽음을 그대로 보여주는 효과를 창출한다. 어머니가 공포스러운 까닭은 고향과 아버지의 부재, 나아가서는 남성 자아의 '아무 것도 아닌' 허구의 정체성을 들추기 때문이다.

고향이 없기 때문에 고통스럽게 탈향이 전제된 귀향을 반복하듯이 모성이 결핍되었다고 여기기 때문에 간절하게 모성의 어머니를 희구하게 된다. 그러나 1970년대 중후반에 이르러 결핍된 공간까지 사랑함으로써 자신을 고향의 내부인으로 인식하는 면모가 나타난다. 이러한 변모는 '어머니에 대한' 이해를 기반으로 한다. 그리고 남성 주체는 고향 안에서 정체성을 획득하는 방향으로 나아간다.

Ⅲ장에서는 산업화와 관련된 이문구, 문순태의 소설과 전상국, 오성찬, 황석영, 최일남의 일부 작품을 분석대상으로 하여 고향의 서사를 살펴보았다. 60년대 주종을 이루었던 탈향 지향적 서사는 도시화의 혐오가 부각되는 가운데 70년대에 이르러 귀향의 서사로 변모한다. '향토'를 통해 트라우마의 고향은 노스탤지어로 재인식될 수 있었다. 또한 '향토'의 체험과 '과거'의 시간을 결부시켜 총체적으로 서사화함으로써 과거 고향은 '돌아가고 싶은 장소'의 자리를 차지하게 된다. 이러한 과거 고향의 이미지는 고향의 숭고화에 기여하고 있으며 주체들이 정체성을 확보할 수 있는 기반이 된다. 그리고 이렇게 확보된 정체성을 바탕으로 타락한 현재의 고향을 재건할 수 있는 영웅형 인물이 등장한다. 그런데 Ⅲ장에 나타난 고향의 낭만화와 남성의 정체성 회복의 서사는 곧 모성의 각성과 어머니 복원의 서사와 연결된다. 불결한 도시/그리움의 고향은 순결하지 못한 어머니/보살핌의

어머니와 같은 위치에서 논의할 수 있다.

1970년대에 이르러 산업화가 심화 확산되면서 도시는 Ⅱ장의 작품군과
는 다르게 고향과 대립화되며 혐오스러운 장소로 형상화 된다. 이러한
도시화가 고향에까지 확산되었을 때 작품 속 인물들은 최후의 정주지를
잃어버렸다는 생각을 한다. 도시화·산업화를 비판하고 도시와 대립된 고향
의 존재성을 드러내기 위해 강조되는 것이 바로 '향토'이다. 향토는 6·25와
산업화 등의 과정에서 훼손되고 단절되는 것으로 나타난다. 이문구, 문순태
의 작품에서 고향 이미지의 근간을 이루는 '향토'는 '조화로운 삶의 체계가
있었던 과거'가 견고하게 서사화 되는 과정 속에서 부각된다. 그래서 현재의
고향에 가족이 부재하거나 인심을 느낄 수 없어도 '기억'을 통해 '노스탤지
어'의 감성으로 과거 고향이 재현될 수 있는 것이다. 귀향의 서사에서
중요한 역할을 하는 것이 바로 자연 등의 향토이지만, 과거를 서사화하는
방식이 결합될 때 비로소 노스탤지어의 고향이 탄생된다. '전략적'으로
지향해야 할 고향이 구축되는 것이다.

1970년대에 이르러 과거의 고향이 전략적으로 낭만화 되었다고 주장하
는 이유는 다음과 같다. 1960년~1970년대 초반의 고향과는 전혀 다른
감수성으로 고향 이미지가 나타나고 있기 때문이다. 즉 이 시기 고향은
두 개의 형태로 창조되었다고 할 수 있다. ① 6·25 전쟁, 가난 등으로
정주 불가능했던 과거의 고향, ② 개발과 도시화로 인하여 훼손된 현재의
고향과는 상반된 안식처로서의 과거 고향이 생성되고 있다. 1970년대
초반 이후 산업화가 가속화 되면서 전혀 상반된 이미지의 과거 고향이
나타나는 양상을 보인다. 즉 부정적이었던 과거 고향의 이미지가 긍정적으
로 바뀌는 양상이 광범위하게 일어나고 있는 것이다. 탈향과 망각의 장소였
던 고향이 안식처의 이미지로 변모하면서 귀향의 서사로 전환되고 있다고

보아진다.

그리하여 1970년대 이후 과거 고향의 대자연은 인심(人心)의 조화로움을 대변하는 것으로 새롭게 발견된다. 현재 고향에 나타난 인심의 문제를 자연의 개발 혹은 인간이 거주하는 공간이 훼손된 이미지와 결부시켜 표현하고 있는 것이다. 그러한 자연은 실재하는 것이라기보다는 관념에 의해 구성된 것으로, 미문(美文)의 전형적 풍경으로 나타난다. '순리'를 담고 있는 자연은 모든 것을 '화해'로 이끄는 원시적 힘을 지닌 것으로 묘사된다.

또한 과거를 서사화하면서 과거를 현재와 단절된 시간이 아닌 통합된 시간으로 이끌어내고 있다. 감각의 요소를 활용하여 기억을 불러내는 방식을 통해 '노스탤지어'로서의 고향이 구성된다. 이러한 '과거' 속에서 찾아낸 가치는 '공동체'적 질서이다. 노스탤지어의 과거를 불러냄으로써 퇴락한 현재의 고향을 비판하고 '공동체성'을 바탕으로 현재의 고향을 재건하려는 의도가 담겨져 있다. 이러한 면모는 산업화 시대의 출구를 탐색하기 위한 모색의 하나이다.

과거와 원시성의 힘이 결부되어 구축된 숭고한 고향은 하이데거가 지향한 '사방(四方)' 공간과 비슷한 장소성을 가진다. 자연, 신적인 것, 죽을 자로서의 인간이 상호 관계를 맺으면서 조화로운 고향이 이미지화 된다. 자연에 대한 외경심과 인간의 정체성이 긴밀한 관계를 가지며 인간의 생활을 자연의 일부로 보는 세계관이 드러난다. 작품 속에서 자연과 인간은 상호 교류함으로써 장소와 개인이 하나가 되는 경지를 보여준다. 그러나 현재의 고향은 자연과 인간이 합일을 이루기 어려운 공간이 되기 때문에 안식처의 기능이 상실된 것으로 나타난다. 그리고 이러한 '사방 세계'를 통해 의도하는 것은 단순히 '전근대성'의 지향이 아니다. 순수한 과거를 이야기함으로써 그와 대비된 현재 고향을 비판하려는 것이다.

이렇게 구축된 과거의 고향을 통해 현재의 고향이 무장소화(無場所化)된 것에 상관없이 정체성을 구성하는 것이 가능해진다. 고향의 무장소화를 막고 부정적 근대성을 비판할 책임을 지닌 영웅형 인물들이 등장할 수 있는 바탕이 마련되는 것이다. 고향을 지키는 파수꾼의 존재성을 지닌 이들은 희생성과 순수함을 기본적으로 지닌다. 또한 근대화의 흐름 속에서 변하지 않는 모습으로 고향을 지켜내고 있으며, 망각된 것과 폐허 속에서 현대성의 궁핍을 구체화하고 발견해내는 영웅적 면모를 보여준다. 그리고 타인을 계도하고 공동체적 힘으로 현실 문제에 대응한다. 이러한 영웅은 과거 고향의 존재성과 맞물리면서 지향된다. 촌사람은 순진하고 도시 사람은 속물적이라는 이분법적인 성격의 부여는 현실을 반영했다기보다는 근대화를 비판하기 위한 전략 안에서 해석해야 할 것이다.

그러나 문제적인 점은 숭고한 고향과 영웅적 주체는 여성의 희생을 바탕으로 형성된다는 사실이다. 어머니는 말없이 헌신하고 어떤 대가를 바라지 않는 땅의 자비를 지닌 존재로 그려지며 희생성이 강조된다. 남성은 모성적 어머니를 통해 삶의 기반을 얻고 정체성을 획득한다. 또한 고향은 곧 어머니이고, 병든 고향은 변질된 모성으로 상징된다. 그래서 작품에서는 '타락한 어머니'를 '순결한 어머니'로 치유하기 위한 서사가 구성된다. '순결한 것의 타락과 고향의 상실'이 '타락한 것의 회복과 고향의 재건'으로 전환하는 서사가 견고하게 구조화되는 것이다. 이러한 메커니즘 안에서 '모성'은 끊임없이 타자화 되는 문제점을 안고 있다. 고향의 재건이라는 당면 과제 속에서 남성 역시 희생적 인물로 그려지고 있으나 그 속에서 여성은 더 억압적인 희생을 감수해야 하는 것으로 나타난다.

1960~1970년대 소설에 나타난 고향은 2000년대 이후에까지 활동을

지속했던 작가들의 작품 세계에서 '원형'이 된다고 여겨진다. 그러므로 이 시기 고향의 창조 과정과 그 변모 양상을 살피는 것은 원형을 탐색하는 한 시도가 될 수 있을 것이다. 그리고 자연 생태 소설은 1970년대 후반부터 본격적으로 출발되었다고 여겨진다. 고향과 자연에 대한 이해가 자연스럽게 환경 파괴에 대한 중요성을 일깨웠다고 생각된다.

이 시기 '고향'은 인간이 소망하는 근원적인 공간이자, 전쟁의 상흔을 치유할 수 있는 힘이 내재된 상상력의 장소이며, 인간 소외 현상 등을 발생시키는 도시화 등을 비판하고 해결을 모색하는 장으로서 중요한 역할을 해냈다고 보아진다.

참고문헌

1. 기본 자료

김승옥, 『김승옥 소설전집』 1, 문학동네, 2004.

김승옥, 『김승옥 소설전집』 2, 문학동네, 1995.

김원일, 『어둠의 혼』, 김원일중단편전집1, 문이당, 1997.

김원일, 『오늘 부는 바람』, 김원일중단편전집2, 문이당, 1997.

김원일, 『도요새에 관한 명상』, 김원일중단편전집3, 문이당, 1997.

김원일, 『잃어버린 시간』, 김원일중단편전집4, 1997.

문순태, 『고향으로 가는 바람』, 창작과비평사, 1977.

문순태, 『흑산도 갈매기』, 도서출판 백제, 1979.

문순태, 『피울음』, 일월서각, 1983.

문순태, 『징소리』, 天池書館, 1993.

오성찬, 『탐라인/한라산』, 오성찬 문학선집1, 푸른사상사, 2006.

이문구, 『암소』, 이문구전집2, 랜덤하우스중앙, 2004.

이문구, 『다가오는 소리』, 이문구전집6, 랜덤하우스중앙, 2004.

이문구, 『관촌수필』, 이문구전집8, 랜덤하우스중앙, 2004.

이청준, 『별을 보여드립니다』, 중단편소설1, 열림원, 2001.

이청준, 『병신과 머저리』, 중단편소설2, 열림원, 2006.

이청준, 『가면의 꿈』, 중단편소설3, 열림원, 2002.

이청준, 『눈길』, 중단편소설5, 열림원, 2000.

이청준, 『소문의 벽』, 중단편소설7, 열림원, 1998.

이청준, 『이어도』, 중단편소설8, 열림원, 2005.

이청준, 『숨은 손가락』, 중단편소설9, 열림원, 2001.

이호철, 『서울은 만원이다』, 한국문학대표작선집18, 1994.

이호철, 『이호철문학선집』 5, 국학자료원, 2001.

전상국, 『바람난 마을』, 책세상, 2007.

최인훈, 『광장/구운몽』, 최인훈전집1, 문학과지성사, 1994.
최인훈, 『하늘의 다리/두만강』, 최인훈전집7, 문학과지성사, 1994.
최인훈, 『우상의 집』, 최인훈전집8, 문학과지성사, 1993.
최일남, 『서울 사람들』, 세대문고, 1975.
최일남, 『손꼽아 헤어보니』, 교문사, 1979.
황석영, 『객지』, 황석영중단편전집1, 창작과비평사, 2000.
황석영, 『삼포 가는 길』, 황석영중단편전집2, 창작과비평사, 2004.
황석영, 『몰개월의 새』, 황석영중단편전집3, 창작과비평사, 2000.

2. 작품 목록

김승옥, <생명연습>, ≪산문시대≫, 1962.5.
김승옥, <환상수첩>, ≪산문시대≫, 1962.10.
김승옥, <누이를 이해하기 위하여>, ≪산문시대≫, 1963.6.
김승옥, <역사>, ≪문학춘추≫, 1964.7.
김승옥, <무진기행>, ≪사상계≫, 1964.10.
김승옥, <건>, ≪청맥≫, 1965.3.
김승옥, <빛의 무덤 속>(未完), ≪문학≫, 1966.6.
김원일, <나쁜 피>, ≪현대문학≫, 1972.
김원일, <빛의 함몰>, ≪월간문학≫, 1972.
김원일, <어둠의 혼>, ≪월간문학≫, 1973.
김원일, <절망의 뿌리>, ≪창작과비평≫, 1973.3.
김원일, <벽>, ≪세대≫, 1973.
김원일, <잠시 눕는 풀>, ≪현대문학≫, 1974.
김원일, <여름 아이들>, ≪주간서울≫, 1974.
김원일, <돌멩이>, ≪세대≫, 1975.
김원일, <굶주림의 행복>, ≪신동아≫, 1975.
김원일, <도요새에 관한 명상>, ≪한국문학≫, 1979.
김원일, <따뜻한 돌>, ≪세계의 문학≫, 1981.
김원일, <未忘>, ≪문예중앙≫, 1982.
문순태, <아버지 長구렁이>, ≪한국문학≫, 1975.3.
문순태, <청소부>, ≪창작과비평≫, 1975 봄.
문순태, <빈 무덤>, ≪시문학≫, 1975.6.

문순태, <상여울음>, ≪세대≫, 1975.10.

문순태, <멋장이들 세상>, ≪월간중앙≫, 1976.3.

문순태, <福土 훔치기>, ≪월간대화≫, 1977.1.

문순태, <고향으로 가는 바람>, ≪월간중앙≫, 1977.3.

문순태, <말 없는 사람>, ≪신동아≫, 1977.6.

문순태, <흑산도 갈매기>, ≪신동아≫, 1978.12.

문순태, <안개 우는 소리>, ≪문예중앙≫, 1978 가을.

문순태, 『징소리』, 1980.

문순태, <징소리>, ≪창작과비평≫, 1978 겨울.

문순태, <저녁 징소리>, ≪한국문학≫, 1979.5.

문순태, <말하는 징소리>, ≪신동아≫, 1979.6.

문순태, <무서운 징소리>, ≪한국문학≫, 1980.2.

문순태, <마지막 징소리>, ≪문학사상≫, 1979.12.

문순태, <달빛 아래 징소리>, ≪한국문학≫, 1980.7.

문순태, 『철쭉제』, 1981.

오성찬, <흐르는 고향>, ≪현대문학≫, 1973.8.

이문구, <백의>, ≪사상계≫, 1969.7.

이문구, <몽금포타령>, ≪창작과비평≫, 1969.9.

이문구, <암소>, ≪월간중앙≫, 1970.10.

이문구, <떠나야 할 사람>, ≪정경연구≫, 1971.5.

이문구, <秋夜長>, ≪월간중앙≫, 1972.1.

이문구, <海壁>, ≪세대≫, 1972.2.

이문구, <다가오는 소리>, ≪월간중앙≫, 1972.7.

이문구, 『관촌수필』, 1977.

이문구, <日落西山> 관촌수필1, ≪현대문학≫, 1972.5.

이문구, <花無十日> 관촌수필2, ≪신동아≫, 1973.1.

이문구, <行雲流水> 관촌수필3, ≪월간중앙≫, 1973.2.

이문구, <綠水靑山> 관촌수필4, ≪창작과비평≫, 1973.9.

이문구, <空山吐月> 관촌수필5, ≪문학과지성≫, 1973.12.

이문구, <關山芻丁> 관촌수필6, ≪창작과비평≫, 1976.12.

이문구, <與謠註序> 관촌수필7, ≪세계의 문학≫, 1976.12.

이문구, <月谷後夜> 관촌수필8, ≪월간중앙≫, 1977.1.

이청준, <퇴원>, ≪사상계≫, 1965.12.

이청준, <바닷가 사람들>, ≪청맥≫, 1966.9.

이청준, <별을 보여드립니다.>, ≪문학≫, 1967.

이청준, <침몰선>, ≪세대≫, 1968.1

이청준, <꽃과 뱀>, ≪월간중앙≫, 1969.6.

이청준, <개백정>, ≪68문학≫, 1969.

이청준, <가학성 훈련>, ≪신동아≫, 1970.4.

이청준, <소문의 벽>, ≪문학과지성≫, 1971.6.

이청준, <목포행>, ≪월간중앙≫, 1971.8.

이청준, <귀향연습>, 1972.8.

이청준, <현장 사정>, ≪문학사상≫, 1972.11.

이청준, <안질주의보>, ≪문학사상≫, 1974.6.

이청준, <새가 운들>, 1976.

이청준, <연 : 새와 어머니를 위한 변주 ①>, 동아일보, 1977.

이청준, <빗새 이야기 : 새와 어머니를 위한 변주 ②>, 1977.4.

이청준, <눈길>, ≪문예중앙≫, 1977 여름.

이청준, <잔인한 도시>, ≪한국문학≫, 1978.

이청준, <살아 있는 늪>, ≪한국문학≫, 1979.

이호철, <탈각>, 1959.

이호철, <서빙고 역전 풍경>, ≪청맥≫, 1965.5.

이호철, 『서울은 만원이다』, 동아일보 연재, 1966.

전상국, <동행>, 조선일보 신춘문예 당선, 1963.

전상국, <전야>, ≪창작과 비평≫, 1974 가을.

전상국, <맥脈>, ≪현대문학≫, 1977.3.

전상국, <여름 손님>, ≪현대문학≫, 1977.10.

최인훈, <우상의 집>, ≪자유문학≫, 1960.2.

최인훈, 『광장』, ≪새벽≫, 1960.10.

최인훈, <7월의 아이들>, ≪사상계≫, 1962.7.

최인훈, 『회색인』, ≪세대≫ 연재, 1963.6~1964.4.

최인훈, <國道의 끝>, ≪세대≫, 1966.5.

최인훈, 『하늘의 다리』, ≪주간한국≫연재, 1970.

최일남, <서울 사람들>, ≪한국문학≫, 1975.

최일남, <손꼽아 헤어보니>, ≪교문사≫, 1979.

최일남, <가위>, ≪현대문학≫, 1979.1.

황석영, <돌아온 사람>, ≪월간문학≫, 1970.6.
황석영, <이웃 사람>, ≪창작과비평≫, 1972 겨울.
황석영, <삼포 가는 길>, ≪신동아≫, 1973.9.
황석영, <장사의 꿈>, ≪문학사상≫, 1974.2.
황석영, <맨드라미 피고 지고>, ≪창작과비평≫, 1977 겨울.

3. 국내연구서

① 논문

강학순, 「공간의 본질에 대한 하이데거의 존재사건학적 해석의 의미」, 『하이데거연구』
    15, 한국하이데거학회, 2007.
곽상순, 「김승옥의 <무진기행> 연구－'무진'과 '하인숙'의 상징적 의미를 중심으로」,
    『국제어문』 44, 한국국제어문학회, 2008.
권택영, 「증상으로 읽는 이청준 소설」, 『한국문학이론과 비평』 42, 한국문학이론과비
    평학회, 2009.
김미현, 「수상한 소설들」, 『세계의 문학』 124, 2007 여름.
김소륜, 「이청준 소설의 환상성 연구－'모성' 추구 양상을 중심으로」, 이화여자대학교
    석사학위논문, 2006.
김영찬, 『1960년대 한국 모더니즘 소설 연구－최인훈과 이청준의 소설을 중심으로』,
    성균관대학교 박사학위논문, 2001.
김정아, 「이문구 소설의 토포필리아 연구」, 충북대학교 박사학위논문, 2004.
김재영, 「연작소설의 장르적 특성 연구」, 『현대문학의 연구』 26, 한국문학연구학회,
    2005.
김한식, 「체험의 형식과 관찰의 문체－1960년대 소설을 위한 시론」, 『우리어문연구』
    24, 우리어문학회, 2005.
김현숙, 「박경리 작품에 나타난 죽음과 생명의 관계」, 『현대소설연구』 17, 한국현대소
    설학회, 2002.
김현숙, 「현대소설에 표현된 '세대갈등' 모티브 연구」, 『상허학보』 2, 상허학회, 2000.
김현숙, 「한국 여성 소설문학과 모성」, 『여성학논집』 14-1, 이화여자대학교 한국여성
    연구원, 1998.
김화경, 「모더니티가 구성한 농촌과 고향－김유정 '농촌소설' 재론」, 『현대소설연구』
    39, 한국현대소설학회, 2008.
류보선, 「자신만의 진리를 위한 서사적 모험」, 『잃어버린 시간』, 김원일 중단편전집4,

문이당, 2007.

류보선, 「개인과 사회의 대립적 인식과 그 의미」, 『문학사상』, 1990.5.

민병인, 『이문구 소설 연구―농경문화 서사와 구술적 문체 분석』, 중앙대학교 박사학위논문, 2000.

박성천, 『문순태 소설의 서사 구조 연구―恨의 극복양상을 중심으로』, 전남대학교 박사학위논문, 2008.

박연실, 「20세기 서구 미술에서 '원시성'의 문제」, 『미학·예술학연구』 13, 한국미학예술학회, 2001.

박진영, 「김승옥 소설의 비극적 수사학 연구」, 『한국문예비평연구』 27, 한국현대문예비평학회, 2008.

박훈하, 「당대적 시원으로서의 김승옥 소설과 위악의 수사학―<환상수첩>을 중심으로」, 『한국문학논총』 47, 한국문학회, 2007.

백지연, 「1960년대 한국 소설에 나타난 도시공간과 주체의 관련 양상 연구―김승옥과 박태순의 소설을 중심으로」, 경희대학교 박사학위논문, 2008.

송현호, 「일제 강점기 만주 이주의 세 가지 풍경―『고향 떠나 50년』을 중심으로」, 『한중인문학연구』 28, 한중인문학회, 2009.

송현호, 「원초적 고향 찾기와 인간성 회복―최기인의 『까치병』을 중심으로」, 『한중인문과학연구』 3, 한중인문학회, 1998.

신상희, 「하이데거의 사방세계와 신」, 『철학』 84, 한국철학회, 2005.

신재은, 「토포필리아로서의 글쓰기」, 『한국문학이론과비평』 20, 한국문학이론과비평학회, 2003.

오은엽, 「이청준 소설의 공간 연구」, 이화여자대학교 박사학위논문, 2010.

오태영, 「향수의 크로노토프―1930년대 후반 향수의 표상과 유통」, 『한국어문학연구』 49, 한국어문학연구학회, 2007.

유승현, 「이문구 소설의 특성 연구」, 『우리어문연구』 27, 우리어문학회, 2006.

유임하, 「마음의 검열관, 반공주의와 작가의 자기 검열」, 『상허학보』 11, 상허학회, 2005.

윤병렬, 「하이데거의 존재사유에서 고향상실과 귀향의 의미」, 『하이데거연구』 16, 한국하이데거학회, 2007.

이수형, 「이청준 소설에 나타난 교환 관계 양상 연구」, 서울대학교 박사학위논문, 2007.

임은희, 「문순태 소설에 나타난 생태학적 인식 고찰―성과 여성, 자연을 중심으로」, 『우리어문연구』 30, 우리어문학회, 2008.

장윤호, 「소설에 나타나는 고향탐색 모티프 양상 연구－김승옥·이청준·한승원 소설을 중심으로」, 동덕여자대학교 박사학위논문, 2005.

전진성, 「트라우마, 내러티브, 정체성－20세기 전쟁 기념의 문화사적 연구를 위한 방법론의 모색」, 『역사학보』 193, 역사학회, 2007.

정영훈, 「김승옥 소설과 回心의 문제」, 『우리어문연구』 31, 우리어문학회, 2008.

정영훈, 「최인훈 소설에서의 반복의 의미」, 『현대소설연구』 35, 한국현대소설학회, 2007.

정우숙, 「최인훈 희곡 <첫째야 자장자장 둘째야 자장자장 연구>－'무서운 어머니' 모티프를 중심으로」, 『한국여성문학학회』 13, 2005.

정우숙, 「1960-70년대 한국희곡의 비사실주의적 전개 양상」, 이화여대 박사학위 논문, 1996.

정재림, 「기억의 회복과 분단극복의 의지－김원일의 초기 단편소설과 ≪노을≫을 중심으로」, 『현대소설연구』 30, 한국현대소설학회, 2006.

주지영, 「이청준 소설에 나타난 '고향'의 변모양상과 주체의 동일화」, 서울대학교 석사학위논문, 2004.

차혜영, 「성장소설과 발전 이데올로기」, 『상허학보』 12, 상허학회, 2004.

하응백, 「들끓음의 문학, 혼돈의 문학」, 『오늘 부는 바람』, 김원일 중단편전집2, 문이당, 1997.

한승옥, 「한국 전후소설의 현실극복의지」, 『숭실어문』 3, 숭실어문학회, 1986.

한승옥, 「지식인의 귀농 의미 재고」, 『어문논집』 25, 안암어문학회, 1985.

홍준기, 「후설, 데카르트, 라캉의 주체 개념」, 『철학사상』 14, 서울대학교 철학사상연구소, 2002.

② 단행본

강진호, 『현대소설사와 근대성의 아포리아』, 소명출판, 2009.

고인환, 『이문구 소설에 나타난 근대성과 탈식민성 연구』, 도서출판 청동거울, 2003.

공종구, 『한국 근·현대 작가·작품론』, 새미, 2001.

구자황, 『이문구 문학의 전통과 근대』, 도서출판 역락, 2006.

구자황 편저, 『관촌 가는 길』 이문구연구논문집, 랜덤하우스코리아, 2006.

구자희, 『한국현대소설과 에콜로지즘』, 국학자료원, 2008.

권영민, 『한국현대문학사2』, 민음사, 2004.

권오룡 엮음, 『이청준 깊이 읽기』, 문학과지성사, 1999.

권오룡 엮음, 『김원일 깊이 읽기』, 문학과지성사, 2002.

권택영, 『잉여 쾌락의 시대』, 문예출판사, 2003.

권택영, 『라캉·장자·태극기』, 민음사, 2003.

김경수, 『공공의 상상력』, 랜덤하우스중앙, 2005.

김경순, 『라캉의 질서론과 실재의 텍스트적 재현』, 한국학술정보, 2009.

김상태 편, 『한국현대소설론』, 학연사, 2000.

김명석, 『한국소설과 근대적 일상의 경험』, 새미, 2002.

김명석, 『김승옥 문학의 감수성과 일상성』, 푸른사상사, 2004.

김미현, 『한국여성소설과 페미니즘』, 신구문화사, 1996.

김미현, 『젠더 프리즘』, 민음사, 2008.

김영찬, 『근대의 불안과 모더니즘』, 소명출판, 2006.

김용수, 『자크 라캉』, 살림출판사, 2008.

김윤식, 『한국현대문학사』, 일지사, 1976.

김윤식·정호웅, 『한국소설사』, 문학동네, 2004.

김정자, 『소외의 서사학』, 태학사, 1998.

김한식, 『현대문학사와 민족이라는 이념』, 소명출판, 2009.

김현, 『책 읽기의 괴로움』, 민음사, 1984.

김형중, 『소설과 정신분석』, 푸른사상사, 2009.

나병철, 『가족로망스와 성장소설』, 문예출판사, 2007.

동국대학교 문화학술원 한국문학연구소 편, 『'고향'의 창조와 재발견』, 도서출판
        역락, 2007.

류보선, 『또 다른 목소리들』, 소명출판, 2006.

문학사와비평연구회, 『1970년대 문학연구』, 예하, 1994.

민족문학사연구소 현대문학분과 편, 『1970년대 문학연구』, 소명출판, 2000.

민족문학사연구소 현대문학분과 편, 『1960년대 문학연구』, 깊은샘, 1998.

박찬국, 『들길의 사상가 하이데거』, 도서출판 동녘, 2004.

박찬국, 『하이데거와 나치즘』, 2001, 문예출판사.

박찬부, 『라캉-재현과 그 불만』, 문학과지성사, 2006.

박헌호, 『한국인의 애독작품 – 향토적 서정소설의 미학』, 책세상, 2001.

상허학회, 『1960년대 소설의 근대성과 주체』, 깊은샘, 2004.

송현호, 『문학이 있는 풍경』, 새미, 2004.

신동욱 외, 『한국현대문학사』, 집문당, 2004.

안남일, 『기억과 공간의 소설현상학』, 나남출판, 2004.

연남경, 『최인훈의 자기반영적 글쓰기』, 혜안, 2012.

오양진, 『소설의 비인간화』, 도서출판 월인, 2008.

유임하, 『기억의 심연−한국소설과 분단의 현상학』, 이화문화사, 2002.

유임하, 『분단현실과 서사적 상상력』, 태학사, 1998.

이승준, 『한국 현대소설과 생태학』, 도서출판 작가, 2008.

이승준, 『이청준 소설 연구』, 한국학술정보, 2005.

이은봉 외 엮음, 『고향과 한의 미학−문순태의 소설세계』, 태학사, 2005.

이재선, 『현대한국소설사』, 민음사, 1992.

이정우, 『사건의 철학』, 철학아카데미, 2003.

이진경, 『근대적 시·공간의 탄생』, 도서출판 푸른숲, 1997.

이진경, 『근대적 주거공간의 탄생』, 도서출판 그린비, 2007.

정한숙, 「농민소설의 변용과정」, 『현대한국소설론』, 고대출판부, 1977.

정항균, 『므네모시네의 부활』, 도서출판 뿌리와이파리, 2005.

정항균, 『시시포스와 그의 형제들−현대문학과 철학에 나타난 '반복' 모티브』, 을유문
　　　화사, 2009.

조건상 편, 『한국국어국문학연구』, 국학자료원, 2001.

최문규 외, 『기억과 망각−문학과 문화학과의 교차점』, 책세상, 2003.

최상욱, 『하이데거와 여성적 진리』, 철학과현실사, 2006.

한승옥, 『이광수 장편소설 연구』, 도서출판 박문사, 2009.

4. 국외연구서

岡眞理(오카 마리), 김병구 옮김, 『기억·서사』, 소명출판, 2004.

成田龍一(나리타 류이치), 『고향이라는 이야기−도시공간의 역사학』, 동국대학교출
　　　판부, 2007.

新宮一成(신구 가즈시게), 김병준 옮김, 『라캉의 정신분석』, 은행나무, 2007.

Alenka Zupancic, 이성민 옮김, 『실재의 윤리』, 도서출판b, 2004.

Bruce Fink, 맹정현 옮김, 『라캉과 정신의학』, 민음사, 2002.

Edward Relph, 김덕현·김현주·심승희 옮김, 『장소와 장소상실』, 논형, 2005.

Gaston Bachelard, 『공간의 시학』, 동문선, 2003.

Graeme Gilloch, 노명우 옮김, 『발터 벤야민과 메트로폴리스』, 효형출판, 2005.

Joseph Campbell, 이윤기 옮김, 『천의 얼굴을 가진 영웅』, 민음사, 2004.

Kathryn Hume, 한창엽 옮김, 『환상과 미메시스』, 도서출판 푸른나무, 2000.

Mark A. Wrathall, 권순홍 옮김, 『How To Read 하이데거』, 웅진 지식하우스, 2008.

Michael Bell, 김성곤 옮김, 『원시주의』, 서울대학교 출판부, 1985.

Renata Salecl, 이성민 옮김, 『사랑과 증오의 도착들』, 도서출판b, 2003.

Sean Homer, 김서영 옮김, 『라캉 읽기』, 도서출판 은행나무, 2006.

Slavoj Zizek, 김소연·유재희 옮김, 『삐딱하게 보기』, 시각과언어, 1995.

Slavoj Zizek, 이수련 옮김, 『이데올로기라는 숭고한 대상』, 도서출판 인간사랑, 2003.

Slavoj Zizek 외, 김영찬 외 옮김, 『성관계는 없다』, 도서출판b, 2005.

Slavoj Zizek, 주은우 옮김, 『당신의 징후를 즐겨라!』, 도서출판 한나래, 2006.

Slavoj Zizek, 박정수 옮김, 『How to Read 라캉』, 웅진 지식하우스, 2007.

Stephen Kern, 박성관 옮김, 『시간과 공간의 문화사』, 휴머니스트, 2004.

Tony Myers, 『누가 슬라보예 지젝을 미워하는가』, 앨피, 2005.

Vanessa R. Schwartz, 노명우·박성일 옮김, 『구경꾼의 탄생』, 도서출판 마티, 2006.

Walter Benjamin, 조형준 역, 『도시의 산책자』, 아케이드프로젝트3, 새물결출판사, 2008.

Yi-Fu Tuan, 구동회·심승희 역, 『공간과 장소』, 도서출판 대윤, 1999.

318

찾아보기